近代外國文學思潮

Introduction to Modern World Literature

夏祖焯（夏烈）／編著
By Friedrich (Fred) Hsia

當代觀典 019

CONTENTS
目　次

近代歐洲文學

美國文學篇

日本文學篇

其他亞非拉地區文學篇

本書編著及使用說明

編著說明

1. 本書初版為顧及讀者反應及行銷，乃限制編寫內容及字數於最低量。如反應及銷售良好，後版計畫納入更多資料，擴充為雙倍字數，分成上、下兩冊。

2. 本書以 19 世紀及以後之近代文學為主，佔 9 章或 85 ％之字數；以地區劃分，則古今歐洲文學佔 8 章或近 70 ％之字數，美國文學（14.5 ％）及日本文學（14 ％）各佔一章。

3. 本書編寫脫胎於著者任教清華、世新、元智、北醫諸大學所寫之講義。講義及本書製作曾參考中英文書籍超過 120 冊，另加多篇單篇論文。如一一備載，並無意義。因本書乃屬大學初階教科書，或文學工作及愛好者基礎參考書，並非學術研究論著。讀者有意作進一步探討，謹列下本書（及講義）編著曾參考之數類書籍：

   (1) *Merriam-Webster's Encyclopedia of Literature,* Merriam-Webster, Inc., Publishers, Springfield, Massachusetts, 1995.

   (2) *Cliff Notes,* Cliff Notes, Inc., Lincoln, Nebraska，共有 240 冊以上，出版年份各異，2006 年平裝本每本售價美金 5 至 10 元。許多文學名著均有 *Cliff Notes* 作介紹。

   (3) *Monarch Notes,* Monarch Press, New York, N.Y.，與(2)之 *Cliff Notes* 相似，共有 200 冊，平裝本售價每冊美金 10 元左右。以上二 Notes 均易於閱讀，使用英文不難瞭解。

   (4) 《大英百科全書》——中英文版本均可，顯然英文版較易使用。

   (5) 中國大陸出版之各種外國文學史、世界文學史、歐美文

學史、日本文學史等。坊間無法購得，但某些大學圖書
館有此類大陸書籍。值得注意的是內容仍多偏向社會主
義意識形態。

(6) 一些與哲學、近代史、介紹書籍有關的書，例如；

Durant, Will, *The Story of Philosophy,* Simon & Schuster,
Inc. New York, N. Y. 1989.

Downs, Robert, *Books That Changed the World,* Signet
Classic, Penguin, New York, N.Y. 2004.

Canning, John, *100 Great Books: Masterpieces of All Time,*
Odhams Press, London, 1966.

(7) 多本書中所列著作之導讀或前言介紹部分。

4. 本書只附美國通用英文人名、書名及專有名詞，因國人識
其他文字者甚少。如無正式英文名稱，則附以法文或德
文，其他文字一概不附。有鑒於國人能操簡易日語者不
少，本書第十一章日本文學篇重要人名概附正式英文發音
（人名多為漢字）。

5. 書海浩瀚，為篇幅所限，本書列舉作家及作品仍以台灣讀
者熟悉者為主。遺珠難免。

使用說明

1. 本書可用做參考書或工具書。

2. 本書適用作 4 學分一年課程教學，上學期歐洲文學 2 學分，
下學期美國、日本及其他地區文學 2 學分。或在一學期同
時開。

3. 如以 3 學分開課，則可省略第十二章其他地區文學，縮短
第十一章日本文學。

4. 如以 2 學分開課，其他地區文學及日本文學可省略，並縮
短第十章美國文學。

流觴

人生朝露，文學千秋

　　編著本書唯一目的乃因坊間無此類大學用教科書或參考書。本書的特色是涵蓋面廣，明白易懂，文字結構嚴謹無冗贅詞句，同時儘量避免筆者個人喜惡主觀呈現書中。本書初稿30餘萬字，現大幅刪縮至20萬字。即是為配合此一特性，固然也為顧及市場銷售而降低書價。筆者任職美國工程界多年，培育出工程師腳踏實地、理性及知性、客觀公正、重組織、避免鬆散之性格。故而編著一本系統性、歸納性、易讀的「文學導遊指南」書籍應是得心應手。

　　本書範圍大致包括四項：重要文學思潮發展及特色；重要作家生平；重要著作簡介；與文學史有關之當時政治、經濟、社會、宗教、哲學、軍事狀況。文學理論僅在第一章略微提及。本書為介紹外國文學入門之書，編著時參考中英文書籍一百多冊，單篇論文不計其數。為顧及讀者不致被大量註解混淆，故引句、譯句或取意註解一律不列。

　　念台北國語實小時讀到先嚴所譯史坦貝克所著《小紅馬》一書，是首次接觸西方文學作品。先嚴曾任《國語日報》社長及發行人多年，又以何凡筆名在《聯合報‧聯合副刊》寫「玻璃墊上」專欄30餘年。《小紅馬》究竟連載於此二報何家，已不記得。許多年後，史坦貝克成為筆者最喜愛的作家之一，他以加州塞林納谷為背景寫出《憤怒的葡萄》及《伊甸園東》等多部小說，社會主義色彩相當濃厚。而先嚴的專欄「玻璃墊上」30多年來一直為中下階層及軍公教執言，也

是深具社會主義色彩的作家。

先慈林海音曾任《聯合報·聯合副刊》主編10年，後因「船長事件」去職。印象中她讀一些翻譯的泰戈爾詩集，羅曼·羅蘭的《約翰·克利斯多夫》，川端康成的《雪鄉》、《千羽鶴》等。我們母子連心，但在文學上相互影響極少，因為喜好不同之故。然而她對筆者在人格上的影響至鉅。年幼時受到殘留的日本文化、文學及電影的影響，乃因家庭之故。先慈為出生在大阪的台灣人，外祖母住家中時常以台語夾雜日語與友人交談。這也是日後筆者得以教授近代日本文學原因之一。

念建中時讀到白先勇學長創辦的《現代文學》雜誌，啟發對現代西方文學的興趣。多年後才知道他是建中學長，又在成功大學工學院同系。只是白學長保送入成大只念一年即重考入外文系；筆者對工學院無興趣，卻一路念下去，又做了許多年工程師才回國教文學。兩年前，筆者與白學長被元智大學以同為「國家文藝獎」得主、同為建中校友、同為工學院出身邀請對談。邀請人是文學院院長王潤華博士。年輕時曾讀過王潤華譯卡繆的《異鄉人》，譯筆流暢優美，對筆者年輕時文學思想的塑造頗有影響。多少年後被他邀往元智大學任教一年，現又蒙他推薦本書。另一位推薦者政治大學外國語文學院院長陳超明博士是建中小學弟。小學弟已作院長，誠是歲月催人。

余光中先生早年住廈門街，與筆者第一個家重慶南路三段很近。那時筆者認為青年學者余光中是文學青年的偶像。如今他具名推薦此書，又令我有歲月催人之感。馬森教授及清華大學蔡英俊院長是近年才結識的兩位高大英俊學者。這本入門的書有兩位美男子學者推薦，盼能對銷路有助。這中間是否有必然及偶然的關係，是個邏輯的問題，也是心理學

的考慮。

　　中國社會科學院葉渭渠教授曾審閱日本文學一章；九州福岡的原田由夏小姐（Hanada Yuka）協助查出書中所有日本人名的正確英文拼音；成大校友陳維信學弟負責編輯此書；成大機械工程系同屆校友，原子科學家李文和博士審閱其中六章課文及附錄一；《聯合文學》發行人張寶琴女士與內子在北一女同班。張女士就讀台大時我們就認識，但從未料到有一天她會出版我寫的書。在此一併致謝。

　　文學重感性。編寫此書費時二年，常每日工作14小時連續數月。寫完卻無如釋重負之感，心情反而更沉重——因為想到我國的文學教育，尤其是中文系的文學教育⋯⋯。

　　我已逐漸老去，執筆至此窗外夜幕深垂，萬籟俱寂。隱隱聽到有一隻鳥淒然低鳴，那是夜鶯？是杜鵑？是台灣藍鵲？還是已逝去五年的母親在向我說什麼？

2007 年 1 月 1 日

第一章　緒論

「文學之美，在於其悲劇性、浪漫性及叛逆性。」

——夏烈〈藍鳥〉

　　德國作家歌德曾說：「了解其他民族的文學，是豐富自己民族文學最好的方法，也是自己民族學習世界文學的基礎：一方面擴大視野，同時也藉此與其他文學比較而發掘自己文學的特色。」英國諾貝爾獎得主吉卜林亦說：「僅知英國的人，如何能真正知道英國呢？一定要離開英國，由外面看英國，要比較外面，才了解英國。」本書是一本對近代外國文學作廣泛介紹的入門書，涵蓋的層面是「廣而淺」，而非「窄而深」，目的是引導讀者對近代重要外國作家及其重要作品作一基本認識，同時使讀者對產生這些作品的時代背景、文學思潮有概括性的了解，包括文學與宗教、哲學、政治、社會、經濟、科技、種族之間千絲萬縷的關係。本書以有組織、有系統的方式寫出，力求簡短扼要。2006 年全世界已有超過 192 個國家，其中有相當文化水平及文學水準的國家最少有幾十個。本書只涵蓋重要文學，以歐洲、美國及日本為主，拉丁美洲略微提及。雖然有學者認為日本的文學自創性不高，難以列為世界重要文學，然而本書以中文寫就，因此強鄰日本的文學仍特別列為重要文學。

1.1　文學的形式

　　文學的形式有詩、戲劇、小說及散文四大文體（genre）。任何時代均有一主流文體。在中國是漢賦、唐詩、宋詞、元

曲等；在西方，19世紀中葉之後，小說已取代詩成為文學之主流文體；歷經150年後，小說的主流性至今仍然存在，並且近期被另一文體取代的可能性不高。

散文及詩為「主觀文學」——作者以闡述個人主觀意識為主；小說及戲劇乃屬「客觀文學」，小說即使以第一人稱寫出，讀者仍應領會到文中那個「我」是作家虛構的人物，並非作家本人。

在四種文體中，詩（poetry）的藝術性最高，因詩是濃縮的語言，不論英詩或漢詩，即使是不押韻的新詩，也注重文字的韻律及節奏，令讀者在閱讀時感受到美感。此外許多傑出的現代詩使用較複雜的文字詞彙，及在詩句中滲入古典文學考據引用，也是現代詩藝術的美學技巧。

西方戲劇（drama）傳統始自兩千多年前的希臘時期，至今西方文學史上公認最偉大的劇作家為英國16世紀的莎士比亞（William Shakespeare）。1916年第一次世界大戰期間，德國甚至為來自交戰敵國英國的莎士比亞舉辦逝世三百週年活動，由此可看出其崇高地位。之後西方有大型歌劇出現，德國劇作家華格納（Richard Wagner）稱之為樂劇（music drama）。戲劇在中國一直不得發展，傳統上只有唱腔的戲曲（如黃梅調、京劇、滬劇、紹興戲、歌仔戲等）。因為中國的觀眾從來只習慣於唱腔的戲曲，對於對話式的戲劇（即話劇）不能接受。令人不解的是，中國觀眾不接受話劇，卻從一開始即接受科技的產物——電影。兩者均於民國初年即在中國登場。一直到曹禺（1910-1996，為《日出》、《雷雨》、《蛻變》等劇作者）出現，西方式的戲劇始在中國立足。

散文（prose）在西方文學領域內居於詩、小說及戲劇之下，較不受到重視。美國各大學的「作家創作班」（Writer's Workshop），幾乎全只有以上三大文體，散文並未被列在內；

諾貝爾文學獎自 1901 年頒發至今逾一百年，無人以散文著作得獎。然而，散文在中國一直居於重要地位，由〈岳陽樓記〉到〈出師表〉，名作盡出，不但被視為「經國之大業，不朽之盛事」，且負教化之責任。中國的科舉制度只重視經、史、子、集，小說則被視為沒落文人、失意政客遊戲之作。進入 20 世紀後，中國的文學主流也隨西方轉變為小說。所以，本書實際上以小說為主。

1.2 小說的藝術

小說的集合名詞為"fiction"，衍生自拉丁文的"fictio"，即「虛構」之意。依篇幅分別為長篇（novel）、中篇（novelette 或 novella）及短篇（short story）。長篇被視為「重工業」，字數在 10 萬字以上；中篇是「輕工業」，字數在 3 萬字至 7 萬字之間；「手工業」的短篇小說字數則在 3 萬以下；7 萬到 10 萬字之間被稱為「長的中篇」，而非「短的長篇」。此為我國粗略分法，其他各國文字分法各有不同。諾貝爾文學獎得主如以小說得獎，一定要有重要長篇。至今尚未有得獎者無重要長篇，只有重要中篇或短篇作品。

小說的藝術（art）或技巧（craft）包括以下諸因素：主題、內容、情節、意境、結構、文字、對話、意象、場景、心理描寫（內心獨白、意識流、自由聯想等）、人物及敘事觀點。其中敘事觀點即是作家對所敘事物所持的角度，為西方作家相當重視的一項因素。因本書所介紹作品常提到敘事觀點，故以下簡述四種重要敘事觀點，並以魯迅小說為例示範。

(1)**全知觀點**：由作家角度以第三人稱敘述故事，鳥瞰全局，對事及人物的外在、內心、過去歷史無所不知。所以，全知觀點英文名為"omniscient viewpoint"。而其中"omniscient"

一字即有「上帝」之意，意為「無所不知」。全知觀點可能由數個不同人物的角度來敘述，但如轉換太快，會令讀者失去連續感。魯迅唯一的中篇《阿Q正傳》為全知觀點作品。

⑵**次知觀點**：也是由第三人稱的角度敘述故事，但只知道局部。即對所寫的人物、故事知道有限，作者不對任何人與事下評語。因不全知，此種觀點較具戲劇效果。例子是魯迅的〈藥〉。

⑶**自知觀點**：由小說主角的角度來敘述故事，以第一人稱出現，但不一定是作家本人（更不一定是作家本人的故事）。此類作品讀來有親切感，能產生較高的說服力，但較無法塑造角色。魯迅的〈狂人日記〉即屬此觀點。日記亦為自知觀點寫作。

⑷**旁知觀點**：以小說中的某一配角以第一人稱敘述故事，當然這個「我」不是主角。以此旁觀者觀點寫作，易使讀者產生認同，但故事內容侷限於敘述者個人，是與自知觀點有相同之缺點。魯迅的〈孔乙己〉及〈祝福〉均屬此觀點。

1.3　文學的領域

拉丁語「文學」（litteratura）一詞本指「書寫」、「文體」或「用文字記錄下來的作品總體」。然而不具藝術性的書寫，不能表達人類感情的文字，如新聞報導則不在文學範圍之內，只是文字記錄。

文學的四大領域分別為文學創作、文學理論、文學批評及文學欣賞。其中文學理論及文學批評兩項需要專業訓練，多由學院出身者為之。文學創作則靠天份及寫作能力，中外許多著名作家均非文學科系出身，甚至未入大學。一般說來，作家出身並不重要，只重天份。

本書因屬入門之書，故而著重文學作家及作品的介紹，甚少涉及文學理論及文學批評，主要以文學欣賞為重。英國哲人培根（Francis Bacon）在〈論讀書〉（Of Studies）一文中有云：「讀書使人得到樂趣、裝點門目及能力。人在獨處或歸隱時，享受到讀書的樂趣；與人交談時，學問用來文飾；行事及作判斷時，知識帶來能力。」（"Studies serve for delight, for ornament, and for ability. Their chief use for delight is in privateness and retiring; for ornament, is in discourse; and for ability, is in the judgement and disposition of business."）

　　本書介紹的著作，僅長篇小說即超過三百部。不可能冊冊精讀，有些速讀，有些挑部分看，有些只讀讀介紹即可。對有志於小說創作的讀者而言，許多經典名著並非學習模仿對象，此因創作筆法已落伍過時，不足仿效。閱讀這些書的目的是為了欣賞的樂趣，或是增加文學知識以「裝點門目」。

1.4　外國文學的譯介

　　歐洲各國的文學相互影響；美國文學早期完全受英國文學影響；拉丁美洲的文學顯然受到西班牙的影響；日本文學則在明治維新前受中國隋唐六朝以後文學之影響，明治維新後開始受歐洲文學影響。只有中國的文學數千年來獨自發展，不受外來文學影響，長期處於「閉關」狀態。這和鎖國政策、華夏文學高度發展、民族習性有關。然而清末門戶被強開，列強一再侵略，中國淪為「次殖民地」國家。有識之士呼籲全面學習西方，各種譯介遂在晚清出現。

　　最早譯介西方作品（以小說為主）的是林琴南（1852-1924），名紓，號畏廬，福州人。他不識英語，又反對白話文，所以由諳英語者口譯，然後他用文言文寫出《雙城記》、

《傲慢與偏見》、《悲慘世界》等 170 多種著作。如此譯法正確性可想而知，然而總算開啟文學翻譯之門。另一翻譯《天演論》及《原富論》之嚴復（1854-1921）亦為同時期之福州人。嚴復的孫女為台灣著名小說作家華嚴（嚴停雲）。及至民國十七、八年，又有一百多種蘇俄文學作品之翻譯，顯然是政治上要以小說推行共產主義，曾引起國民政府當局嚴重注意。

1949 年，中華民國政府遷台，漢文取代日文。台灣以漢文譯介西方文學應自夏濟安主編的《文學雜誌》（1956-1960）開始。之後，林海音主持《聯合報·聯合副刊》10 年（1953-1963），除西方文學譯介外，亦有不少日本文學作品翻譯連載，此可能與林海音為出生於日本的台灣人有關。白先勇在 1960 年創辦《現代文學》，主事者全為台大外文系師生，故現代文學的譯介大量出現在該雜誌。近年譯介最多則屬張寶琴主持成立於 1982 年的《聯合文學》。《聯合文學》是我國近代文學史上為時最長的純文學雜誌。

1.5 中西文學之比較

中西文學之比較可由思想性（內容）及藝術性（文字及音韻）雙方面觀察。余光中早在青年學者時期即有〈中西文學之比較〉一文，就此作深入之闡述及分析。參照余文及其他思考，中西文學之比較可簡單歸列如下。

⑴中國文學欠缺神話的成分。后羿射日、嫦娥奔月、女媧補天乃屬單獨傳說事件。不若希臘神話的有系統，神明有家譜，神話且對後世西洋文學有深刻影響。

⑵在儒家思想的影響下，中國正統的古典文學只有詩及散文，不包括小說及戲劇。西方文學中散文是最不被重視的文體，戲劇則早在古希臘時期即已有重要悲劇寫就（見下

章）。

⑶宗教在中國正統文學中無任何地位。某些佛教的觀念只流行於俗文學。中國文學的最高境界乃是人與自然的默契與和諧，文學人物的衝突往往是人倫的。西方文學強調天堂、地獄、魔鬼、原罪的觀念，文學中最嚴重的衝突常是人性中魔鬼與神的鬥爭。

⑷西方文學中的愛情常趨於理想主義，超越時空，將愛情的對象神格化。中國文學中的愛情多為真實及入世，名著中只有白居易的〈長恨歌〉有超越時空的想像。然而貴妃馬嵬坡身後所居之海上仙山似在人間，而非天上或地下。

⑸余光中文有云中國文學敏於觀察，富有感情，但缺乏想像及運思，故長於短篇的敘情詩及小品文。西方則有宏偉浩蕩超過萬行的史詩或敘事詩。

⑹中國的文字有持久性。兩千年前的《史記》、《詩經》今日讀之均可了解。而西方數百年前的文字如拉丁文、古英文已成死文字，無人問津。

⑺中文文法彈性大，無西方文法在數量、時態、語態及性別上的字型變化。中文非拼音文字，有象形的隱示在內，所以文字予人印象較深刻，且具藝術性。

1.6　古典、近代、現代及當代文學

中國文學的「古典文學」（classical literature）被定位為清代之前的文學；「近代文學」（modern literature）包括清朝以來至民國初年的文學，「現代文學」（亦為 modern literature，德文以 neuzeit 表近代）涵蓋 1918 年（也有以 1919 年五四運動作開始）至 1949 年（1949 年是中華民國政府撤退至台灣之年）的文學——1918 年（民國七年）魯迅在《新青年》上發表小說〈狂人日記〉，是我國第一篇白話文小說。「當代文學」

（contemporary literature）則是指 1949 年迄今之文學。也有將「現代文學」定位在 1918 年至今，將「當代文學」定在 1949 年至 1976 年（文化大革命結束），1976 年迄今則命名為「新時期文學」。

「日本的近代文學」明確地訂為明治維新（1868）之後的文學。歐美各國的「現代文學」則無一定年代標明。有以 20 世紀以後的文學為準，也有以「現代主義」（Modernism）的出現為準。甚至有追溯到 19 世紀初期「浪漫主義」（Romanticism）的開始。本書之「近代外國文學」，歐美部分主要是涵蓋以「浪漫主義」為始至今約兩百年的文學。明確地說，近代文學史的斷代是以在各方面與今日文學世界相連、有相似特徵、使用近似文學語言為基礎。這種熟悉感與理解度的形成以浪漫主義為始，之前的新古典主義無此特徵及熟悉感。然而，五十年或一百年後，時空轉移，「近代文學」或「現代文學」的定義又將被修正，因為今日的現代不再是一百年後的現代。無論如何，本書撰寫的目的是敘述讀者比較熟悉及關心的「近代文學」。

雖然許多近代文學著作難以歸入某一文學主義思潮範圍之內，各主義思潮亦有重疊之處，甚至有論者認為文學創作乃屬主觀，科學方式的歸納並不恰當，但為便利介紹起見，本書仍使用慣用的文學思潮（即各種主義），並按年代前後排列作介紹。

課文複習問題

1.試述重要的文學形式（文體）及性質。

2.小說的藝術包括哪些因素？

3.小說的敘事觀點有哪四種？其特色為何？

4.培根所說讀書的功能為何？

5.中國的文學譯介歷史為何？

思考或群組討論問題（課文內無答案）

1.日本文學可否列為重要世界文學？

2.小說改編為戲劇或電影的利弊條件為何？

3.小說為何會成為19世紀中葉以後文學的主流文體？

4.入門的外國文學應是古典及基礎文學，還是近代或現代
　文學？

5.分別以中國的現代文學及古典文學與外國文學作比較。

第二章　西方文學的根源

"And God said, Let there be light: and there was light."
——《舊約‧創世紀》1:3

　　希臘精神與基督教向來被認為是西方文化的二大根源。而希臘的史詩、戲劇、神話、哲學及基督教的《聖經》則被視為西方文學的根源。希臘精神肯定人間生活,注重今世,以現世生活為目的,要人們充分享受生活、擁有生活。希臘是多神教,共有超過 60 多位神。基督教則是一神教(上帝),重視的是來世,現世生活只是手段而非目的,目的則是以敬畏上帝、按《聖經》行事而到達天堂。故兩者基本想法大相逕庭,卻在 15 世紀合而為一,形成了歐洲的「文藝復興」(Renaissance)。基督教的文學當然也就是希伯來人(Hebrew)的文學,所以與希臘文學共同被人稱為「兩希文學」。

2.1　希臘精神

　　希臘人創造出燦爛的文化時,歐洲絕大部分地區還處在野蠻狀態。雅典是西元前 4 世紀中葉全希臘的政治、經濟及文化中心,故歷史上又稱「雅典時代」。希臘文化注重的是人道及理性。因為人道,所以肯定及追求人間現世生活;因為理性,所以尊奉「教養」(arête)、「卓越」(excellency)以及「秩序」(order)。教養是一個人在人文及科學方面的素養,也是人在行為、儀態、語言方面所表現的氣質風度。卓越是發揮個人的天賦;人有追求卓越的權利,但不能因此而行為自

私或逾界，所以公德心及秩序都要遵守。這些都是西方人傳統上所追求及奉守的。

古希臘不僅有人文精神，也有科學的發展，比如歐氏幾何、阿基米德在物理學上的成就、三角上的畢氏定理及解剖學、化學等等。歐美人重視希臘精神，以此為文化基礎之一，甚至現代已不重要的希臘文也被應用在數學及科技上，至今仍以 α、β、γ、δ、Σ 一直到 Ω 為主要符號。而 α 及 Ω 更被用為「第一」（alpha）及「最後」（omega）兩字。四年一度的奧林匹克運動會也是始自兩千年前的古希臘。

2.2 希臘文學

古希臘因位處愛琴海與地中海，促成商業發達，從而展開與周邊地區各種文化的交流，如希臘的太陽神阿波羅（Apollo）就是從古埃及神話引進；而希臘字母則由腓尼基字母演變而來。希臘文學表現了希臘人對宇宙、自然與人生的理解與思考，宿命的色彩相當濃厚——人必須服膺命運的安排。希臘的文學在西元前 8 世紀到西元前 2 世紀已有各種形式出現，包括史詩、抒情詩、悲劇、喜劇、歷史著作、哲學、修辭、演說、寓言等，這些文學著作常和希臘泛神論宗教結合。

另外一提希臘的音樂，它的起源則籠罩著一層神祕的神話色彩，相傳是由太陽神阿波羅轄下的 9 位繆斯（Muse）女神之一所創，因此音樂被稱為"music"。

2.2.1 希臘神話

希臘神話（Greek mythology）是歐洲最早的文學形式，大約產生於西元前 8 世紀以前。神話的內容浩繁廣闊，故事極多，眾神之間有明顯的血脈相承家族色彩。全世界各民族

均有神話，但以希臘神話內容最豐富，形式最優美，且各神之間有譜系，不但有很高的美學價值，而且對歐洲文學產生了深遠的影響。

古希臘人認為宇宙中最先出現的是「混沌」（Chaos），經過三代之後，第三代天神宙斯（Zeus）與他的 11 位手足住在奧林匹斯山（Olympus）上，總稱「奧林匹斯十二主神」。希臘諸神不但具人形，且與人一樣有七情六欲、有心機，也有人的思想和性格，甚至還有亂倫，如宙斯的姐妹赫拉（Hera）同時也是他的妻子。神話故事中以普羅米修斯（Prometheus）盜火的故事最出名，他依神的形象造人，且賦予生命。之後又違抗宙斯禁令自天上盜來火種，為人類帶來文明。普羅米修斯因此受懲被綁於高山巨石上，肝臟每日受禿鷹啄食，受盡苦難卻始終不悔。他反映了人類最早征服自然、反抗惡勢力的不屈精神。

希臘神話和宗教關係密切，除神的故事外，也有英雄的傳說。英雄是人和神所生、半人半神的後裔，著名大力士赫克力斯（Hercules）即是其中一位英雄。神是超越生死極限、不死的「人」，但神並不歷練人的艱苦，所以也沒有人的悲情及沉重。這些神話對史詩、哲學、後來羅馬的文學均有深重影響，至今西方文學仍然常引用希臘神話為典故。

2.2.2 希臘史詩

西元前 12 世紀末，一場為期 10 年的戰爭在北部的特洛伊人（Trojan，地名為 Troy）與南部的阿凱哲人（Achaean）之間發生。一個相傳為盲詩人的**荷馬**（Homer, 西元前 9 或 8 世紀人），整理了這次戰爭的傳說、短歌，組成著名的史詩《伊利亞德》（*The Iliad*）及《奧德賽》（*The Odyssey*）。史詩（epic）是敘事長詩，所敘述的英雄人物通常是人神合一。這

兩部史詩是歐洲文學史上最早的重要作品，合稱為「荷馬史詩」，既有寫實的情節，又有浪漫的色彩。全程採用第三人稱全知觀點敘事，不只涵蓋戰爭，更有哲學、藝術、社會、神話及史地等一切知識，成為後來歐洲史詩的典範。基本上希臘史詩具有悲劇意識，刻劃人與大自然或命運的對抗，也展現了重視塵世及人類本身價值的人文思想，這兩個觀念對日後西方文學影響至鉅。像《聖經》一樣，許多歐洲作家都由其中汲取創作素材，例如喬伊斯的巨著《尤利西斯》（*Ulysses*）即是《奧德賽》中主角奧德修斯（Odysseus）的拉丁名字。以下介紹《伊利亞德》及《奧德賽》兩大巨著。

⑴《伊利亞德》：特洛伊王子帕利斯（Paris）出使希臘時，拐走了斯巴達王的妻子海倫——天神宙斯所生全希臘最美麗的女人。於是希臘各部族公推阿伽門農（Agamenon）領軍圍攻特洛伊城長達 10 年，天上諸神亦分別為兩方助陣。最後希臘人以木馬內藏兵將之計破城，也就是俗稱之「木馬屠城記」；絕色美女海倫則被稱為"Helen of Troy"。陣中最勇猛之希臘將領為阿基里斯，全身刀劍不入，只有腳跟處受傷能讓他喪命，故西方諺語"the heel of Achilles"乃指人之「致命弱點」。《伊利亞德》全長 15,693 行，以阿基里斯的憤怒為主線，10 年戰事卻以最後 51 天的決戰作為全詩主體，是一部充滿強烈英雄主義、表現戰爭主題的詩。

⑵《奧德賽》：描寫希臘英雄及木馬屠城計的設計者奧德修斯，在特洛伊圍城之戰後返鄉的 10 年艱辛歷程。詩中只描述了最後的 40 天，其餘 10 年以倒敘方式陳述。10 年飄泊中，奧德修斯曾刺瞎獨眼巨人、被海神波賽東（Poseidon）掀浪翻筏、險渡大漩渦、被卡呂浦索女神（Calypso）囚禁，最後經智慧女神雅典娜（Athena）的協助返回家鄉。而在這 10 年中有 100 多個求婚者包圍了他忠貞不二的妻子，也意圖奪

取他的財產。他返鄉後大肆報復，將求婚的貴族一一殺死。西方私有財產制及一夫一妻制的觀念可說由此開始。此詩長12,110行，"Odyssey"一字在今日英文已成為「飄泊」之常用代名詞。

2.2.3　希臘戲劇

希臘戲劇（drama）多取材自神話，之後演變為悲劇（tragedy，希臘文「山羊之歌」之意）及喜劇（comedy，希臘文「狂歡之歌」之意）。一般說來，喜劇的特色不只滑稽，甚至粗俗。悲劇則因酒神頌（dithyramb）的合唱隊披羊皮戴山羊面具、扮成半人半羊的角色，而名為「山羊之歌」。悲劇對後世西方文學影響至鉅，而它也延續了史詩和抒情詩的傳統，對白抒情成分很高，所以悲劇作家也稱悲劇詩人（tragic poet）。三大悲劇詩人分別為：

⑴**埃斯庫羅斯**（Aeschylus, 525-456 B.C.）：雖被雅典人尊為「悲劇之父」，實際上劇作咸認不夠精細，只因在悲劇發展早期作出相當貢獻，成為大改革後悲劇作家第一人而得名。最有名的是《奧瑞斯提亞三部曲》（*Oresteia Trilogy*）、《伊底帕斯三部曲》（*Oedipus Trilogy*）及《被縛的普羅米修斯》（*Prometheus Bound*）。他的劇作有氣派，情節及結構均比同期他人劇作要複雜得多。

⑵**索福克勒斯**（Sophocles, 496-406 B.C.）：代表作是《伊底帕斯王》（*Oedipus the King*）。伊底帕斯王子依神諭注定要弒父娶母，他雖儘量避免此一命運，甚至為民除害殺死人面獅身鳥翼的怪物斯芬克斯，但仍逃不過在陰錯陽差、不知情的情況下弒父娶母的宿命。最後王后（即他的生母）自盡，伊底帕斯也刺瞎自己的雙眼並自我放逐。此劇之名也是「戀母情結」（Oedipus Complex，伊底帕斯症）名稱之由來。

「戀父情結」（Electra Complex）則由悲劇中女主角厄勒克特拉為報殺父之仇，而弒其母及母親的情人而來。有關 Electra 的故事三大悲劇詩人均有劇作。

(3)**歐里庇得斯**（Euripides, 484-406 B.C.）：在三位悲劇詩人中名聲最大。最重要的作品是《美迪亞》（*Medea*），是希臘第一部描繪愛情與婚姻的悲劇。

2.2.4　希臘的散文、寓言與哲學

在希臘北部的新興民族馬其頓人崛起，迅速地掌控了希臘的世界。然而雄才大略的馬其頓國王亞歷山大大帝（Alexander the Great）以 33 歲英年早逝，他所創立的帝國隨之四分五裂，能征善戰的羅馬人終於在西元前 146 年併吞希臘。在斯巴達征服雅典之後，到希臘被羅馬人征服之前，希臘的學者、歷史學家及作家已對諸神的信仰及傳統價值觀念存疑，再加上戰爭的混亂，刺激他們創作了各種充滿感情或哲理的文學作品。例如眾所周知的《伊索寓言》（*Aesop's Fables*）相傳為一被釋放的奴隸伊索所作，以動物擬人化表達哲理、箴言。著名的故事有〈龜兔賽跑〉、〈狼來了〉、〈狐狸與酸葡萄〉等。

西元前 4 世紀是希臘哲學豐收時期。三大哲學家師生相傳，分別為**蘇格拉底**（Socrates, 470-399 B.C.）、**柏拉圖**（Plato, 428-348 B.C.）及**亞里斯多德**（Aristotle, 384-322 B.C.）。蘇格拉底本人並不從事哲學著述，卻促成了「哲學對話」這種散文形式的誕生。他的學生柏拉圖的 40 篇哲學對話，充滿了戲劇場面。柏拉圖創立「理念論」成為西方客觀唯心主義（Idealism）的始祖。他認為文藝應為貴族服務。柏拉圖的弟子亞里斯多德的《詩學》（*Poetics*）建立了希臘戲劇的法則基礎，兩千年後由此發展出的「三一律」（Unity，即

行動、時間、地點的統一）曾長期被認為是西方小說及戲劇創作的法則；而他的「模仿說」強調藝術應模仿現實中具有普遍性的事物，更影響了後日形成的西方寫實主義。

在希臘文學的創造力漸趨枯竭之時，亞歷山大大帝的軍隊卻大舉東侵，直至印度河，建立了一個跨越歐亞的龐大帝國，於是希臘文明能有機會與埃及、印度、巴比倫（即兩河流域）等古老文明交流。同時希臘語也在中亞地區廣泛通用，令希臘文學進一步地擴散。某些史書稱西元前 4 世紀末至西元 2 世紀為「希臘化」時期。

2.3 羅馬文學

希臘人是航海民族，羅馬人是以耕牧方式生存的內陸民族。羅馬人重實際、重物質、崇尚武力，所以能建立了跨越歐亞非三洲比希臘更大的大帝國，同時於西元前 2 世紀征服希臘。但在文化上卻全盤「希臘化」，文學上當然也是因襲希臘文學。羅馬人基本上缺乏藝術氣質，他們的文學不似希臘文學的接近自然及有創意，而是講究工整、和諧及句法。羅馬文學並非用今日的義大利文寫出，而是使用拉丁文，最重要的作家是詩人**維吉爾**（Virgil, 70-19 B.C.），重要作品是《牧歌》（*The Ecologues*）及《伊尼亞德》（*Aeneid*）。羅馬另有歷史上名政治家及散文家**西塞羅**（Cicero, 106-43 B.C.），他曾說：「自希臘流入我們城市的不是一條小溪，而是文化與學問的巨流。」——軍事上羅馬人征服了希臘，文化上希臘人征服了羅馬人。

羅馬人也全盤接受希臘神話，但將神話中的神祇及人物冠以拉丁名。羅馬文學本身不具創意，卻無疑成為希臘文學及後世歐洲文學之間的一座橋樑。

2.4 基督教的興起與發展

基督教（Christianity）實際上是一個複合名詞，它包括了天主教、基督教（新教）及東正教。因為中文的基督教與新教同名，卻又包括新教，難免有時產生混淆。

西元 1 世紀，基督教興起於巴勒斯坦的猶太人區。基本上它是繼承猶太教一神（即上帝）的思想，而由基督教的創始人耶穌基督（Jesus）改革猶太教而生成。同時摒棄猶太教狹窄的民族主義觀念，使這一猶太教的分支發展成為普世（ecumenical）教會。猶太人是希伯來人的後裔，羅馬統治者對其大肆欺凌迫害，所以猶太人祈求上帝承諾的救世主「彌賽亞」（Messiah，即希臘文的「基督」）降臨。就是在這樣的困境下，奉上帝之名、以救世主標榜的耶穌及其門徒的傳道活動在猶太人中贏得了信任。此時羅馬人已繼承了希臘的文化，希臘語成為羅馬帝國境內的世界語，而希臘哲學對宇宙世界的存疑態度逐漸令人對希臘諸神存在開始懷疑。

西元 3 世紀之後，羅馬帝國危機四伏，內心空虛的人們被基督教宣揚的平等、寬恕及博愛所吸引。羅馬政權遂改變政策，利用基督教龐大的群眾基礎，來攏絡統治下複雜的眾多民族，並於 4 世紀正式定為國教。換言之，羅馬人征服了猶太人，但猶太人的基督教最後卻征服了羅馬人。而基督教經過了與希臘哲學的結合，產生了帶有玄學色彩的「三位一體」（Trinity）信仰——即聖父、聖子及聖靈合而為一。之後東西羅馬帝國分裂，基督教也逐漸形成「東正教」（Orthodox）——以希臘語區為中心，以後又傳入俄羅斯——和以拉丁語區為中心的「天主教」（Catholic）。天主教對以後中世紀的歐洲政局及文化發展有重大影響。

16 世紀馬丁·路德領導的「宗教改革」（Reformation）促成了「新教」（Protestant）。新教在我國早期稱耶穌教，現稱

「基督教」，故統稱為基督教的三大支派乃是天主教、東正教及基督教（新教）。基督教之英文名乃「抗議」（protest）之義，頗有負面印象，然而實情亦是如此。如今天主教在拉丁民族的南歐地中海地區及中、南美洲盛行，基督教在德國、英國、美國及中歐地區流傳，東正教則在希臘及俄國盛行。基督教與天主教之間的歧見與爭執至今仍見，例如信奉天主教的愛爾蘭與英國對抗，或美國44任總統中只有甘迺迪一人為天主教教徒。

2.5 《聖經》

《聖經》（Bible）是基督教的理論基礎，也是對西方文學影響最大的一本書，它的內容是文學所能涵蓋的最大主題：就是人與上帝與宇宙之間的關係，所以人的道德、行為、未來、與未見的世界（天堂與地獄）的關係、人類最後的命運都記載於《聖經》中。

《聖經》是世界上用最多種文字發行的一本書，也是印數最多的一本書。新教《聖經》中文本自1919年開始有新中文譯本的和合本。《聖經》的英文翻譯以17世紀的詹姆士王欽定本（King James Version）最具影響力及權威性，其所使用的文字也對英美文學影響最大。然而，《聖經》並不是西方人的作品，而是亞洲西部以色列人所寫。《聖經》重視天國、心靈及道德；另一西方泉源之希臘思想（或希臘精神）則正好相反，重視人世、物質及科學。

《聖經》的《舊約》（Old Testament）以耶穌基督出現前的以色列國為骨幹，是上帝耶和華（Jehovah）與以色列人之間的約定。《新約》（New Testament）是上帝藉由其獨生子耶穌基督與世人所訂的約定。一般說來，《舊約》和今日歐美文學關係較深，新教的基督徒則特別尊重《新約》。而信仰耶和

華古來教義的猶太教徒，不承認耶穌是上帝的兒子或救世主，當然也不承認以耶穌的教義為骨幹的《新約》，只奉《舊約》為《聖經》。《舊約》中的記載跨越數千年，《新約》所記載卻不到百年。《舊約》與《新約》最基本的關係就是應許和應驗──《舊約》中上帝所應許的，《新約》中均應驗。

《聖經》是在不同時代、由不同的作者（多為無名氏）寫成的作品彙編而成，主題也不同，但基督徒相信其主要的主題就是「救恩」、「基督」和「信仰」。它是一本講求實用過於神學理論的書，寫作目的不是科學性，不是文學性，也不是哲學性，所以不能單從科學角度來看《聖經》。耶和華是唯一之神，基督徒不可信仰及膜拜其他神或偶像。

《聖經》是「聖史」，所以不必像歷史學家一樣必須提出客觀的事實或證據。《聖經》不同於「歷史」。它其實是「見證」，是信仰。《聖經》未曾提及希臘偉大的哲學家，如亞里斯多德、蘇格拉底、柏拉圖，或聞名世界的英雄，如亞歷山大、凱撒等，因為《聖經》注重的不是塵世間的人與事，而是上帝的救恩。《聖經》中有無數神話的部分，如人活到八、九百歲，耶穌用 5 片麵包及 2 條魚餵飽五千人等，這些是象徵性的說法，不必強以科學來辯駁或求證。

《聖經》中的神話與世界各國神話不同處有二：(1)人是唯一依上帝的形象創造的，也是萬物之靈，被上帝指定來管理世上的一切生物。上帝創造世界、太陽、星星及一切的生物，其他世界各國神話中都有許多神，為什麼要創造人並沒有特別交代。(2)人類該在這世界上建立天國。

基督教的盛行與亞洲的佛教有一極端相異之處。即佛教是無神論，不承認有一個宇宙創造神的存在，人人均可成佛。佛是已覺悟的眾生；眾生則是尚未覺悟的佛。基督教則強調創造論（Creationism），以前教會一直強調只有上帝才是

創造者（造物主），人類只能模仿、聽從神意，因此不能用「創造」一詞來形容人類的創作行為。後來有人把莎翁譽為偉大的創造者，之後文學才與創天地並論，所以有"creative writing"這種說法出現。

《聖經》原以詩的結構寫成，以後神學家為了解讀方便而分章節，也因此失去了不少文學的韻味。《聖經》中有〈詩篇〉（Psalms）、可稱之為戲劇的〈約伯記〉（Job）、田園詩的〈雅歌〉（Song of Solomon）、敘事詩的〈士師記〉（Judges），而〈以賽亞聖書〉（Isaiah）的故事則被視為戲曲。所以《聖經》中有一切文學形式，此外還有勸世文、預言、教條的法律等，可謂包羅萬象。

2.5.1 《舊約》

《舊約》共 39 篇，分為律法、歷史、詩歌、先知書四類，以希伯來文書寫。排列次序不是依寫作日期先後，而是依不同體裁歸類作排列。一般引用《聖經》原文常在文後加註，如「出 2-15」即代表〈出埃及記〉2 章 15 節。

《舊約》開頭 5 篇合稱「摩西五經」，它是宗教、道德規範，也是當時國家的法律，清楚地表達以色列民族的世界觀、人生觀、他們與上帝的特殊關係等。以色列人和歷史上其他民族不同的是：他們的目標，既不是報復埃及人，也不是建立強大的帝國，而是對上帝的信仰。

〈創世紀〉（Genesis）咸認是《舊約》中最重要的一篇，其次是〈出埃及記〉（Exodus）。

⑴〈創世紀〉（「創」）：上帝依自己的形象造人，也只有人像上帝，其他生物不像，所以神給人「權柄」以統管所有被造之物。亞當被造可能在主前六千年（距今八千年）的新石器時代。以色列是應許的後裔，迦南地（Canaan）則是應

許之地。〈創世紀〉是《舊約》中對西方文學影響最大最深的一章。

(2)〈出埃及記〉(「出」):以色列人在受埃及法老王迫害下,由摩西(Moses)率眾渡紅海。後來摩西又在西奈山(Mt. Sinai)接受上帝所頒之十誡(Ten Commandments)。

「摩西五經」之後 12 篇是歷史,從繼承摩西的約書亞(Joshua)時代,經大衛(David)、所羅門王(King of Solomon)的全盛時期寫到以色列的分裂與滅亡為止。再下去是 5 篇詩歌、5 篇「先知書」及 12 篇「小先知書」。

2.5.2　《新約》

《新約》共 27 篇,以希臘方言寫出,在很短的時間內問世,繼續耶穌和他初期弟子之間的言行記錄。以色列人用希臘方言寫《聖經》,乃因希臘文已成為當時各國文明社會通用之語言。《新約》分為「福音書」(Gospel)4 篇、傳教及教會創設史 1 篇、保羅、彼得及約翰等人之書信 20 篇、作者不詳書信 1 篇,以及約翰的〈啟示錄〉1 篇。四大福音是唯一記載耶穌的誕生、言行及死亡之書,但只記載介紹耶穌在 31 歲立志獻身宗教以後的言行;之前 30 年則為「沉默的三十年」。所有同時代的歷史學家則都沒提到過耶穌。其中的〈約翰福音〉最具哲學性,在主題、神學要點及遣詞用字方面與前三篇福音極不相同。

四大福音分別是〈馬太福音〉(Matthew,「太」)、〈路加福音〉(Luke,「路」)、〈馬可福音〉(Mark,「可」)、〈約翰福音〉(John,「約」)。其他應提及的篇章另有:

(1)〈猶大書〉(Jude,「猶」):身分不明之人寫給一般基督徒的短信,傳統說法是耶穌弟弟猶大(與出賣耶穌者同名)所寫。

(2)〈啟示錄〉（Revelation，「啟」）：為《新約》最後一篇，唯一的啟示文學，相傳為使徒約翰所著。〈啟示錄〉大量採用異象、象徵和寓言。在羅馬當局迫害基督徒的時代，冀望於末日審判（The Last Judgment）或天國的來臨，認為上帝終於戰勝敵人。

2.6　耶穌

以色列人以武力取得上帝賜給他們的迦南地後，建立了以色列王國。之後北及南以色列分別亡於再度興起的亞述帝國及其後的新巴比倫帝國。亡國後的以色列人被稱為猶太人。經過兩千多年的亡國生涯後，猶太人居然能夠在二次世界大戰後重新在巴勒斯坦建立以色列國，可說是人類史上的奇蹟。

耶穌是猶太人，為聖母瑪利亞在未嫁木匠約瑟前從聖靈懷孕所生，是為上帝之獨生子。西元前 4 年 12 月 25 日生於伯利恆（Bethlehem）之馬廄，但是實際上耶穌生日並無可考證，此日為後來才紀念的。他少年時期在拿撒勒（Nazareth）長大，受洗於施洗者約翰（John the Baptist），也曾在曠野禁食 40 天受試探，爾後做講道、教導及醫病之工作。他有十二使徒（Apostles，使徒不同於門徒，所有追隨耶穌者均為門徒），他們稱他為基督（Christ），原義為「受油膏者」，通常指「君王」。耶穌也被稱為「救世主」（Savior）。他在 34 歲被使徒猶大出賣，釘在十字架上死亡，3 天之後復活，西方有復活節（Easter）以茲紀念。耶穌在死前已知道自己的命運，但下定決心前往耶路撒冷（Jerusalem），死前曾與十二使徒進最後的晚餐。對傳播耶穌福音貢獻最大的是保羅（Paul），但其實保羅並非耶穌所挑選之十二使徒之一，且前為反耶穌及捕捉基督教徒之法利賽人。但他在耶穌死後受耶穌之光感

召，相信耶穌即《舊約》先知預言的彌賽亞「救世主」，經 3 年自省靈修，後以使徒自居。

課文複習問題

1.簡述西方文學及文化的根源。

2.簡述希臘文學。

3.荷馬的史詩重要性何在？

4.試述基督教的發展。

5.《聖經》是一本怎樣的書？它為何與西方的文學有關？

思考或群組討論問題（課文內無答案）

1.你比較喜歡《新約》或《舊約》？為何？

2.你對希臘文化知道多少？請討論之。

3.比較中國的儒家思想及西方的基督教思想。

4.比較佛教及基督教的思想。

5.比較無神論及有神論的宗教；比較無神論及無神論的佛
  教。

第三章 19世紀之前的歐洲文學

"All the world's a stage, and all the men and women merely players."

——莎士比亞（William Shakespeare）

　　本章為本書涵蓋時間最長的一章，大約從西元5世紀的西元476年西羅馬帝國被日耳曼人滅亡開始，到18世紀末19世紀初的浪漫主義出現，這中間有超過一千四百年的過程。以今日眼光看來，這段時期文學的「原創性」難以與輝煌的希臘文學相比，而且中間還包括了一段為期超過一千年的「黑暗時期」。此時期教會的嚴格控制令科技及人文發展均受阻礙。在歷史學上，由476年西羅馬帝國的滅亡到17世紀中葉英國資產階級革命發生，這一段時期被稱為歐洲的中世紀（Medieval Age），大致相當於封建制度（feudalism）的誕生、發達、乃至萎縮到崩潰的整個過程。在這段時期，西歐各民族逐漸形成本身的文化及語言，也產生了國家。所謂「近代歐洲文學」是以19世紀初的浪漫主義作起始，本章所涵蓋是正式進入近代歐洲文學的前述，目的是供給讀者背景資料。

3.1　中世紀（中古）文學

　　中世紀文學又稱為中古文學，包括從西元5世紀至15世紀文藝復興前的一千年，不包括歷史學上中世紀的末期（西元15至17世紀）。因在此末期，歐洲近代文學的特色已開始在文藝復興運動中出現。

　　5世紀西羅馬帝國崩潰，入侵的日耳曼人此時尚無文字，

中世紀早期的知識階級僅為基督教僧侶。以此為起點的中世紀文化，必然帶有鮮明的基督教色彩，而歐洲中世紀文學也是基督教文化與世俗文化的融合。中世紀文學依性質分類為教會文學、史詩歌謠、騎士文學與城市市民文學四大項。後三項合稱世俗文學，教會文學則居於主要地位。這些作品只具承續價值，並無重要藝術性。

3.1.1 教會文學

教會文學主要是指教士和修士寫出的文學作品，使用的文字為拉丁文（天主教區）、希臘文和斯拉夫文（東正教區），題材大多取自《聖經》。它亦稱「僧侶文學」，包括福音故事、聖徒傳記、讚美詩、宗教劇及戲劇等形式。在西元5到10世紀，是歐洲唯一的書面文學。創作的目的是宣傳教義、禁慾和道德思想，文學及思想價值均不大。然而教會壟斷教育，教學及研究均以上帝和《聖經》為對象；對一般人民，教會行愚民政策，編造一套神化的迷信學說，筆法上大量採用象徵、夢幻等神祕主義概念，猶如我國的八股文學。1054年基督教東西兩派正式分裂後，西派的天主教更進一步箝制各國的思想。宗教已飆升為政治信條，任何科學、人文及社會學術研究均為宗教服務。

3.1.2 史詩、歌謠、騎士文學及城市市民文學

英雄史詩由民間文學發展而來，以愛國主義及英雄主義為中心主題，有鮮明的基督教色彩和騎士精神。著名的如法國的《羅蘭之歌》、德國的《尼伯龍根之歌》、西班牙的《希德之歌》，均有3,000至9,000多行。歐洲中古早期的史詩如盎格魯撒克遜族的《貝奧武甫》（*Beowulf*）和荷馬的史詩有相似之處。

歌謠是故事性的詩歌，由民間俗文學發展而來，內容與現實生活中的故事相關。這種傳唱文學作品在中國也一樣流行。

騎士文學顧名思義是貴族階級文學。騎士本為中小地主或富農，因隨大封建主征戰立功被封為騎士，他們的信條是「忠君、俠義、護教、尚武、榮譽」，行為舉止要溫文知禮，要保護婦女及弱者。如今西方這種「騎士精神」（cavalier）被認為是一個男子高尚的品德。由於約兩百年（1095-1291）的11次十字軍東征是以騎士為主體，騎士的地位在12世紀以後隨之提升。國人熟悉的《圓桌武士》（*Knights of the Round Table*）即屬此類騎士文學。下章浪漫主義時期英國作家司各特所著《撒克遜劫後英雄傳》亦被歸類於此。這些愛情故事是以由拉丁語發展出的羅曼斯語（Romance languages）寫成，所以名之為「羅曼史」。

12世紀城市興起，於是反映城市生活、表現市民思想的城市文學應運而生。主要文體還是韻文故事詩，屬通俗文學。重要作品有法國之《列那狐傳奇》（*Reynard the Fox*），長達25,000行，透過列那狐與各種動物之間的衝突，影射社會中的矛盾、複雜及鬥爭。此詩被視為法國文學遺產中之珍品。

3.2 文藝復興的先驅人物

文藝復興運動源於義大利，雖盛行於16、17世紀，但在13、14世紀義大利即出現了三名先驅人物──但丁、彼特拉克及薄伽丘，他們被稱為文藝復興運動的「前三傑」。以下先介紹彼特拉克及薄伽丘。

彼特拉克（Petrarch, 1304-74）被認為是第一個人文主義（Humanism）學者或「人文主義之父」。37歲時獲得「桂冠詩

人」（poet laureate）的稱號。

薄伽丘（Giovanni Boccaccio, 1313-75）與摯友彼特拉克同被視為「文藝復興」運動的代表性作家。他的小說《十日談》（*Decameron*）開創了新的藝術手法，對後世短篇小說的創作有相當影響。《十日談》敘述一場嚴重的瘟疫令佛羅倫斯十室九空，3 名男青年和 7 名少女結伴到鄉村一幢別墅避難。除了作樂、賞景、歡宴外，每人每天講一個故事，一共講了 10 天，共 100 個故事，故名《十日談》。《十日談》中有不少的男女情愛場面，薄伽丘藉此批判基督教的禁慾觀念違反人性，他強調神愛並不能替代人間的情愛。此時期人文主義作家的一大特色便是批評教會的落伍、腐敗與不人道。

3.2.1　但丁與《神曲》

但丁（Dante Alighieri, 1265-1321）是中世紀最重要的文學家，他的創作影響了當時西方文化將發展的方向，而他的傑作《神曲》（*The Divine Comedy*）是文藝復興時期第一部有決定性影響的文學作品。在這之前，只有荷馬的史詩齊名；之後，有歌德的《浮士德》與莎士比亞的戲劇堪比。

但丁生於文藝復興的發祥地佛羅倫斯一個沒落的貴族家庭。他在 9 歲時邂逅貝雅崔絲（Beatrice），深深迷戀她的美麗。貝雅崔絲之後嫁給一個銀行家，卻在 25 歲時香消玉殞，生前從不知但丁對她的迷戀。這段早熟的愛慕使她成為但丁創作的泉源，且被昇華為真善美的象徵。詩作《新生》（*The New Life*）一書表達了但丁這段刻骨銘心的戀慕。

《神曲》的創作歷時逾 10 年，全長 14,233 行，分為「地獄」、「煉獄」（又譯「淨土」）及「天堂」三部，各有 33 歌，加上序曲共 100 歌，韻律形式為第三行為一音節，隔行押韻，連續循環。《神曲》敘述但丁在 35 歲那年迷失在一個

黑暗的森林裡，野獸擋住他攀往山頂之路。值此進退維谷之際，古羅馬詩人維吉爾受貝雅崔絲之託前來搭救，並引導但丁遊歷地獄及煉獄。之後，令詩人日夜思念的貝雅崔絲又引導他遊歷天堂，直至上帝的寶座之前。但上帝的形象只如電光之一閃，幻象與「神曲」驟然結束。

《神曲》本名《喜劇》（Comedy），因為它由苦悶而提升至圓滿之境界，故但丁本人稱之為《喜劇》。後來薄伽丘寫但丁傳，為對但丁之崇敬而冠以「神聖」（divine），合稱《神聖的喜劇》（Divine Comedy），中譯本概稱《神曲》。《神曲》雖對教皇、主教、僧侶教士的惡行大肆攻擊，甚至置之於九層地獄中之第四層及第八層，然而《神曲》的創作仍然受到基督教及《聖經》之影響。全詩分「天堂」、「煉獄」及「地獄」三部分，乃隱喻基督教的「三位一體」（Trinity）。每一境界各有 33 歌更象徵耶穌的陽壽為 33 年。

《神曲》是一個夢遊三界的故事。書中對人物、景色及愛情的刻劃全達高藝術境界。此書更表達以人為本位的人文主義精神，突破教會嚴格的束縛，使它成為當時有史以來最有思想性，也最具藝術性的一本書。《神曲》以義大利文寫就，而非以當時被視為正統及高雅的拉丁文創作。這對爾後提升義大利民族文學及促進語言統一貢獻至鉅，猶如因莎士比亞用英文創作而使之成為今日英文的基礎之一。

3.3 「文藝復興時期」的文學

「文藝復興」一詞英文名"Renaissance"，在我國習慣上譯為「文藝復興」。"Re"是「再」的意思，"naissance"是「誕生」，整個詞便是「再生」（Rebirth）的意思；此處「再生」就是指希臘文化及希臘精神的再生及重生。希臘人認為現世的生活是目的，不是為達到天國所採的手段，所以要充分地

了解、擁有及享受現世生活；基督教則把現世生活當作手段，一切作為都是為了身後入天國。這兩種完全相反的觀念卻在15世紀融合為一，締造了義大利的文藝復興運動。換言之，追求希臘入世文化的重生，並未罔顧出世的教會文化，上帝、天國、地獄依然存在。

文藝復興可說是由中世紀的封建社會過渡到近代資本主義社會反封建、反教會、反神權的思想解放與重建，核心思想就是人文主義。人文主義自此至今一直是西方思想史發展的主線。文藝復興運動始自義大利，其實在14世紀即已開始，一直延續到17世紀初期，高峰期是15及16世紀。這個運動由義大利傳入法國南部，再傳到中北歐，最後在一百年後才傳到英國。

希臘文化之前早已傳入義大利，而「重生希臘精神」的文藝復興卻在千年之後才姍姍來遲，這是因為之前沒有那種環境利於它的發生。到了15世紀，地理上有大發現（1492年哥倫布發現美洲大陸），世界市場及資本主義也快速發展，勢必與阻礙進步的封建制度及教會正面衝突，文藝復興及下節所述的宗教改革就是這場衝突的產物。而一般人民有了較多財富，便會提升到欣賞文學與藝術，於是以人為中心的人文主義被用來對抗以神為中心的教會思想。人文主義的特色就是反封建、反教會、反矇蔽。反封建即是擁護中央集權，如此可為資產階級取得一個更大的國內市場；反封建也是打破階級制度的等級。反教會是反對教會的禁慾主義，追求個人的幸福（如愛情、財富）。

文藝復興運動在義大利發軔，因為義大利是古希臘羅馬文化的繼承地。同時大學教育也最早在12世紀初期（我國宋朝時期）即出現了義大利的波倫亞大學及薩萊諾大學，法國則有巴黎大學初具雛形。以後英國的牛津大學（1168）、劍橋

大學（1209）、法國的蒙彼利埃大學（1181）等紛紛出現，至 1500 年時（我國明朝中期），歐洲已有 80 所大學。

波蘭人**哥白尼**（Copernicus, 1473-1543）的出現帶領科學進入一個新境界。根據西元 2 世紀的希臘天文學家托勒密（Ptolmy）所說，地球是固定的宇宙中心，其他一切天體，包括太陽及其他恆星在內，都圍繞著地球運轉。而當時教會也以地球為宇宙中心，天堂、地獄及上帝均在其中。哥白尼終生為天主教教士，他卻以數學及物理證明地球的自轉以及圍繞宇宙中心太陽運轉，每年一周。如此直接向教會挑戰當然引起反應，甚至馬丁·路德都嚴詞駁斥。以後，義大利天文學家**伽利略**（Galileo, 1564-1642）更進一步用望遠鏡證實他的理論，因此甚至被判終身監禁。哥白尼的《天體運行論》（*On the Revolutions of Celestial Bodies*）對牛頓萬有引力定律的建立都有影響。哥白尼與牛頓、達爾文共同被譽為歷史上對科學貢獻最大的三個科學家。

文藝復興在繪畫和雕刻方面的成就要比文學輝煌，如**達文西**（Leonardo da Vinci, 1452-1519）為「蒙娜麗莎」及「最後的晚餐」的畫家；**米開朗基羅**（Michelangelo, 1475-1564）是繪畫「創世紀」及雕刻「彼泰」（"Pieta"，即聖母抱耶穌之遺體雕像）的作者；**拉斐爾**（Raphael, 1483-1520）則為另一位義大利畫家，此三人被稱為文藝復興的後三傑。他們的作品表達出最重要的「文藝復興」意識：那就是對人尊重、以人為本位的觀念；自然風景、周遭環境只是人物的背景，不是主體。也因此時期強調人的重要性，不免降低了對自然的興趣與研究，而令自然科學發展延緩，到了 17 世紀科學革命才有長足的進步，此一延緩長達兩百年之久。

3.3.1　馬丁・路德與「宗教改革」

尼采曾云：「路德事件乃德國之最新事件」。馬丁・路德（Martin Luther, 1483-1546）與尼采（Nietzsche, 1844-1900）兩個德國人相隔三百五十年，中間曾有歌德、貝多芬、巴哈、腓特烈大帝、黑格爾、俾斯麥等前導性人物出現，而尼采仍認為馬丁・路德的「宗教改革」（Reformation）運動超越了這一切。實際上，這場與文藝復興運動同時轟轟烈烈進行的宗教改革比文藝復興更深刻、意義也更深遠。它將歐洲文明由長達千年的「黑暗時期」帶上了一條近代化之路。而近代資本主義的初期發展也得益於宗教改革中所形成的新教倫理。

馬丁・路德是新教（Protestant，即俗稱基督教，以有別於天主教及東正教）以及路德宗派的奠基人。他曾獲神學博士學位，並任維登堡大學神學教授。1517 年他為反對教皇藉由頒發贖罪券（教會宣稱購券即可死後入天堂）剝削及欺騙百姓，在維登堡大教堂門前張貼「關於贖罪券效能的辯論」，因此展開了第一次德國資產階級革命——宗教改革的抗爭。路德直言教皇和宗教會議的權力絕非神授，乃屬人為。同時在擁護者的歡呼聲中，把教皇勒令他限期悔過自新的詔書付之一炬。於是路德被宣佈為不受法律保護之人，在這種狀況下，他只有逃亡隱居以避風險。隱藏期間他將《聖經》翻譯為德文，此事有極重大的意義。在此之前，拉丁文的《聖經》不為一般信徒所能閱讀，僧侶及教會可隨意歪曲、利用，甚至藉此欺騙、脅迫教徒。如今，人人可閱讀《聖經》，直接與上帝溝通。

宗教改革打破了天主教會的壟斷地位。英國、荷蘭、瑞士、北歐諸國及部分德國紛紛成立不受羅馬教皇控制的新教組織，到了 16 世紀中葉以後，新教逐漸成為西、北歐及英美的主要宗教信仰，而綿延上千年的政教合一體制也逐漸瓦

解。這場宗教改革對歐洲的政治、經濟、社會、文學、藝術甚至音樂均有深遠影響，也使歐洲走出了宗教的「黑暗時代」。

平心而論，馬丁・路德實質上是個爭議性的中世紀人物。他反對文藝復興演變出的個人主義、反理性、反科學、反對以人而非神衡量一切的人文主義。然而他的出現，造成了宗教改革，造成了天主教與新教兩對立的教派，造成了由教會控制「黑暗時代」的逐漸結束，他絕對是個歷史性的人物，也絕對符合尼采對他的評價。

3.3.2　莎士比亞

莎士比亞（William Shakespeare, 1564-1616）是英國文藝復興的代表性人物，也被譽為歷史上最偉大的文學作家。但丁、荷馬、托爾斯泰、狄更斯這些不朽的作家都不能超越地區的侷限，只有莎士比亞在 16、17 世紀為一個小劇場所寫的劇本，至今仍被人一讀再讀，並在世界各地不停地演出。他出生在英國中部艾汶河畔的史特拉福鎮（Stratford-upon-Avon）一個富有的家庭，曾就讀於當地有名的文法學校，後因家庭破產而去倫敦謀生。他先在劇團做打雜工作，後來成為主要演員，並參與編劇工作。到了 34 歲才開始自己的創作，他一生完成敘事長詩兩部，十四行詩一卷 154 首，戲劇 37 部，包括喜劇 10 部、歷史劇 10 部、悲劇 10 部、悲喜劇 3 部及傳奇劇 4 部。1610 年他 46 歲回到家鄉史特拉福鎮，1613 年停止創作。1616 年 4 月 23 日去世，終年 53 歲。

他在劇團工作接觸到社會中下階層。他也結識了一些大學生及貴族，由這些高層人士進一步了解古希臘羅馬文化及義大利文藝復興的人文思想。由於戲劇活動的成功，收入頗豐，得以在家鄉置產，為他父親取得較低的貴族稱號。他先

後參加「大臣劇團」及「國王劇團」，不斷以演員身分入宮獻演，如此有機會觀察王公大臣生活面貌。這些不同階層的生活經驗，讓他創作出不同題材的戲劇。

莎士比亞被譽為有史以來最偉大的作家，他的劇作影響了後世著名劇作家的創作。英語世界各地每年均有莎士比亞戲劇節（Shakespeare Festival），美國幾乎每州最少有一座莎士比亞劇場（Shakespeare Theatre）。他的劇本被改編為電影、電視劇、歌劇（如威爾第的《奧塞羅》）、樂曲、管弦樂（如孟德爾頌的《仲夏夜之夢》、柴可夫斯基的《羅密歐與朱麗葉圓舞曲》）。他的劇本也被採用為不同名的電影（如黑澤明以《馬克白》轉換為日本背景拍成《蜘蛛巢城》，將《李爾王》轉換為日本背景拍攝為《亂》一片）。許多歐美電影明星都以演出他的戲劇出名，而英國明星多在進入電影圈前以演出他的戲劇先出名。因為他的偉大盛名，本書特將他全部劇作列下作為參考之用。莎士比亞終生未出過英國，他卻以英國以外為背景寫出劇本，由此可見英國以後變成「日不落國」不無原因。

歷史劇（全部以英國為背景）

(1)、(2)、(3)《亨利六世》上、中、下（*Henry VI* 1, 2, 3）

(4)《理查三世》（*Richard III*）；與《亨利六世》共成四部曲

(5)《理查二世》（*Richard II*）

(6)、(7)《亨利四世》上、下（*Henry IV* 1, 2）

(8)《亨利五世》（*Henry V*）；與《理查二世》及《亨利四世》共成四部曲

(9)《約翰王》（*King John*）

(10)《亨利八世》（*Henry VIII*）

喜劇

⑾《錯誤的喜劇》(*The Comedy of Errors*)

⑿《馴悍記》(*The Taming of the Shrew*)

⒀《愛的徒勞》(*Love's Labour's Lost*)

⒁《維洛那二紳士》(*The Two Gentlemen of Verona*)

⒂《仲夏夜之夢》(*A Midsummer Night's Dream*)
（以希臘為背景）

⒃《威尼斯商人》(*The Merchant of Venice*)
（以義大利為背景）

⒄《無事生非》(*Much Ado About Nothing*)

⒅《皆大歡喜》(*As You Like It*)

⒆《第十二夜》(*Twelfth Night*)

⒇《溫莎的風流娘兒們》(*The Merry Wives of Windsor*)

悲喜劇

㉑《特洛伊羅斯與克麗西達》(*Troilus and Cressida*)
（以希臘特洛伊戰爭為背景）

㉒《終成眷屬》(*All's Well That Ends Well*)

㉓《一報還一報》(*Measure for Measure*)

傳奇劇

㉔《泰爾親王配力克里斯》(*Pericles*)

㉕《辛白林》(*Cymbeline*)

㉖《冬天的故事》(*Winter's Tale*)（以波希米亞為背景）

㉗《暴風雨》(*Tempest*)（以地中海無名孤島為背景）

悲劇

㉘《羅密歐與朱麗葉》(*Romeo and Juliet*)
（以義大利為背景）

(29)《奧塞羅》(*Othello*)(以義大利為背景)

(30)《安東尼與克莉奧佩特拉》(*Anthony and Cleopatra*)
（以埃及為背景，又名《埃及艷后》）

(31)《泰特斯‧安德洛尼克斯》(*Titus Andronicus*)
（以義大利為背景）

(32)《哈姆雷特》(*Hamlet*)(以丹麥為背景)

(33)《科里歐蘭納斯》(*Coriolanus*)(以義大利為背景)

(34)《凱撒大帝》(*Julius Caesar*)(以義大利為背景)

(35)《李爾王》(*King Lear*)

(36)《馬克白》(*Macbeth*)

(37)《雅典的泰門》(*Timon of Athens*)(以希臘為背景)

　　其中《哈姆雷特》、《奧塞羅》、《馬克白》、《李爾王》被稱為莎士比亞的四大悲劇，也被認為是他最傑出的作品。雖然《羅密歐與朱麗葉》應是莎士比亞最出名的悲劇，但悲劇《哈姆雷特》咸認是莎士比亞戲劇最高的成就。此劇被拍攝為電影易名為《王子復仇記》。《哈姆雷特》敘述丹麥新國王為權勢所惑，殺兄奪取王位，霸佔嫂嫂，又欲置王子哈姆雷特於死地。哈姆雷特是個處於現實與理想矛盾中的人物，看到的是人善良的一面，現在要面對殘酷現實。一個晚上，老王顯靈，告訴哈姆雷特被殺真相，要求他復仇。然而他是個優柔寡斷、個性憂鬱的王子，患得患失，思考多於行動。莎士比亞成功地刻劃了這一個內心矛盾的深度複雜人物。最後王子終於走出猶疑的陰影，與他誤殺的大臣之子決鬥，兩人都中了毒劍，王后也誤喝毒酒而死，哈姆雷特死前上前刺殺叔父新王。劇中所有主角的下場最後都是死亡。

　　這個悲劇與希臘悲劇不同，因為《哈姆雷特》表現人與人之間的衝突，希臘悲劇則是表現人與命運的衝突。此劇莎

士比亞使用內心獨白（monologue）有6次之多，將隱藏在人物內心的思想、情感、慾望等多層次展現在舞台上，啟發了後世小說及戲劇的創作注重到人物的內心世界，對融合寫實主義及浪漫主義的筆法均有重要影響。

《羅密歐與朱麗葉》一劇敘述世仇的兩家子女間的殉情悲劇。因為他們雙雙殉情時是如此的年輕（朱麗葉尚不足14歲），特別容易得到年輕男女的共鳴。劇本曾被文學、音樂、舞蹈、戲劇及電影廣泛地採用為題材。男主角羅密歐之名已成「愛人」或「情聖」的代名詞。

莎士比亞也是語言大師，戲劇主要用無韻詩體（blank verse）寫成，而他的十四行詩則是押韻的。他活用英文寫作，詞性的轉換（比如名詞轉為動詞）運用自如。英國人通常只用四千個單字左右，他的筆下詞彙量高達兩萬個，這對後世的英文不無影響。

莎士比亞終生以戲劇為業，諷刺的是他從未想到成為一個偉大的文學作家，學校教育也止於17歲以前。他是為了生活、也為了劇團的演出而寫劇本，不是為了文學成就而寫。他能成功，可謂「無心插柳柳成蔭」。讀者及文學評論注重他劇作的文字技巧、藝術價值等，但是觀眾看重的是演員在舞台上的演出、佈景、燈光、配樂等等。這中間有很大的距離，企盼的標準截然不同。

莎士比亞的取材背景從古到今，不拘泥於傳統悲喜劇法則，不黑白分明，所以他的人物更具真實感。而他筆下的人物基本上具備高貴的英雄色彩，卻走入不同的悲壯毀滅結局。換言之，不管正面或反面人物，不論男女主角，他們都以自己的思想力量支配自己的行動，這就是宗教文學中所缺乏的思考和行動力量。莎士比亞的人物顯示著與神相對立的巨人氣概。

3.3.3　塞萬提斯與《唐吉訶德》

塞萬提斯（Miguel de Cervantes, 1547-1616）是西班牙籍的小說作家。他的《唐吉訶德》（*Don Quixote*）一書被認為是歷史上第一部現代小說。他不但是西班牙文學黃金時代的代表性作家，也被狄更斯、托爾斯泰及福樓拜等作家譽為「現代小說之父」。《唐吉訶德》被翻譯為 60 多種文字，譯本種類僅次於基督教的《聖經》。《唐吉訶德》塑造了大約 700 個各式各樣的人物，由貴族到妓女、囚犯，反映了那個時代及社會的廣闊面。塞萬提斯首創的這種寫法，以後被許多現代小說作家效法。主角唐吉訶德是個沉迷中古騎士小說（猶如我國之武俠小說）、神經質的鄉村窮紳，成天幻想成大業或行大義。他穿破盔甲、騎瘦馬仿中古騎士雲遊四海，把風車、旅店、銅盆、羊群、皮酒囊都當作假想敵砍殺，卻自以為是仗義鋤奸。這個「想作點兒事」的活寶大鬧之後終於臥病不起。臨終前他總算說：「我以前是瘋子，現在清醒了。」小說結合了喜劇與悲劇，唐吉訶德可與魯迅筆下的人物阿 Q 相比較。

在塞萬提斯之前，小說概以全知觀點創作，《唐吉訶德》中作者杜撰了一個阿拉伯歷史學家用次知觀點敘述故事，又巧妙地加入地方傳說及羊皮手稿記載的唐吉訶德事跡。如此虛構與現實的界限打破，形成傳說、文獻、作者、敘述者、譯者（譯阿拉伯文為西班牙文）合構為一個多層次的敘事觀點，此與莎士比亞《哈姆雷特》中的戲中戲有異曲同工之妙。這些技巧對爾後現代小說有啟示。

3.3.4　其他文藝復興時期作家

其他此時期重要作家分列如下：

⑴蒙田（Montaigne, 1533-92）是法國的人文主義作家。

他以散文《隨筆錄》（*Essais*）出名，被視為是歐洲近代散文的創始人。

(2)**斯賓塞**（Edmund Spenser, 1552-99）是英國詩人，被譽為「詩人中之詩人」，曾獨創「斯賓塞詩體」（Spenserian stanza）。

(3)**喬叟**（Geoffrey Chaucer, 1340-1400）是文藝復興運動傳到英國之前最傑出的英國作家及詩人，出身富裕家庭，曾出使義大利。最有名的《坎特伯里故事集》（*The Canterbury Tales*）顯然受到薄伽丘《十日談》的影響。其實他的年代在文藝復興之前，但因作風及思想均接近文藝復興，故也常被後人歸類於此。在他的時代英語尚不成熟，但他所創的雙韻體（couplet）之後成為英詩中最通行的一種詩體，喬叟因而被稱為「英國詩歌之父」。

(4)**莫爾**（Thomas More, 1478-1535）是英國政治家及人文主義學者，他以拉丁文寫成的幻想小說《烏托邦》（*Utopia*）描繪一個名叫烏托邦的理想社會，在這裡私有財產制被廢除，人人平等、人人勞動、沒有剝削、沒有壓榨，是歐洲最初的空想社會主義著作。而「烏托邦」一詞也被後世廣泛使用。

3.4　巴洛克文學與清教徒文學

文藝復興運動漸告衰退後，歐洲文壇先後興起巴洛克文學及新古典主義思潮，另外在英國有清教徒文學。巴洛克（Baroque）一詞來自葡萄牙語"barocco"，意思是「形狀不規則的珍珠」，隨後此名詞幾經變化，被用來形容16世紀精緻雕刻的建築物。因巴洛克文學富麗細緻的風格與此相仿，故以名之。巴洛克文學的產生其實也反映了天主教對馬丁·路德全面反撲中的一環，常用的主題是宗教狂熱、靈肉衝突及

臣服上帝。因巴洛克文學追求怪異、頹喪、繁瑣及誇張等新式的美學趣味，對 19 世紀的浪漫主義文學產生了直接影響，此外對 19 世紀以來的拉丁美洲文學也有深刻影響。在與巴洛克文學的競爭中，新古典主義終於在王室的支持下誕生於法國。

清教徒（Puritans）為英國新教之一派，16 世紀後半因反對英國國教而起。清教徒節儉刻苦，反對娛樂活動。他們被王室迫害，於是移居荷蘭。有些教徒並乘「五月花號」移往美國，此後遂有美利堅合眾國之建立。在英國這種背景下，以《聖經》為思想主軸產生「清教徒文學」，以米爾頓及班揚為代表。

⑴**米爾頓**（John Milton, 1608-74）出身於清教徒家庭。就讀於劍橋大學，是公認在英國地位僅次於莎士比亞的詩人。他 42 歲雙目失明，以口授完成三大詩作《失樂園》（*Paradise Lost*）、《得樂園》（*Paradise Regained*）及《力士參孫》（*Samson Agonistes*）。其中《失樂園》近 10,000 行，取材自《舊約‧創世紀》亞當及夏娃被逐出伊甸園的故事。《得樂園》取材自《新約》的〈路加福音〉，描述耶穌拒絕魔鬼撒旦誘惑的故事。《力士參孫》則取材自《舊約》的〈士師記〉，描寫失明大力士參孫的故事。這三部長詩繼承了荷馬史詩的傳統，對後來英國史詩發展產生很大的影響。

⑵**班揚**（John Bunyan, 1628-88）的長篇小說《天路歷程》（*Pilgrim's Progress*）在西方國家有一段時期曾是除《聖經》外最普遍被人閱讀的書，在英國更是人手一冊，被稱為「第二聖經」。此書藉一個清教徒及家人尋找天國的驚險旅程，以夢境寓意的形式，反映英國當時社會的腐敗、不義，出版後大受歡迎。班揚是英國清教的牧師和傳道士，出身補鍋匠家庭，自幼貧寒，在串巷走街的職業生涯中，熟悉了民間生活

及傳說，對他的寫作大有助益，他因宣揚清教徒思想而被囚禁 12 年。

3.5 新古典主義

　　17 世紀歐洲最重要的文學思潮就是新古典主義（Neoclassicism）。這個思潮 17 世紀初產生於法國，一直持續到 19 世紀初，達兩百年之久，但是對 20 世紀之後的文學影響很小，所以本書未將其列入「近代」歐洲文學。新古典主義在新大陸美洲根本未植根；對亞洲文學（主要是中日文學）也無影響。這個主義在理論及實踐上都主張以古希臘、羅馬文學為最高典範，故有「新」古典主義之稱。"neo"是希臘字源，英文就是"new"。

　　新古典主義的哲學基礎是**笛卡兒**（Descartes, 1596-1650，法國哲學家、數學家及物理學家）的唯理性主義哲學。他主張人要控制自己，以理性克制情慾。他認為人的存在標誌是思維，所以有「我思故我在」（"I think therefore I am."）這句名言。在方法上，他強調的是邏輯性和明確性。新古典主義者「要求」（不只是提倡）嚴守創作原則，重視理性，克制情慾，這和笛卡兒的哲學觀念完全吻合。新古典主義在許多藝術領域均有表現，文學創作方面則集中在詩及喜劇。

　　新古典主義是資產階級與王室貴族結合的一種產物，受到深愛文學藝術的法蘭西國王路易十四的全力支持。這個文學思潮在法國興起，有其歷史的必然性。16 世紀下半葉法國波旁王朝（Bourbon Dynasty, 1589-1830）建立了歐洲最強大的君主專制政府，全面控制思想及文化，於是新古典主義應運而生。1635 年路易十三時期成立的法蘭西學院（相當於我國的中央研究院），其實就是推行官方文化政策的機構。1661

年路易十四將法國專制政體推向最高峰，說出「朕即國家」的君權神授之語。此時作家特別重視特殊的藝術「教養」和道德教養。路易十四供給他們優裕的生活，他們進入貴夫人主持的沙龍（Saloon，法語「客廳」之意），服飾及儀態均嚴肅保守，談吐拘謹有禮，聚合接受被視為正統的古希臘羅馬藝術及文學的薰陶，而這種風氣也逐漸變成當時社會的時尚。

專制王朝不只要求人民守法，在文學上也要求規格統一。最著名的戲劇「三一律」（Three Unities）就在此時堂堂登場。「三一律」強調劇本裡的時間、地點、行動三者完整統一，也就是一齣戲只演一件事（單線索情節）、發生在一個地方、在一晝夜完成。固然如此可表現出戲劇所需要的張力、高潮及集中性。然而也限制了作家的創造性，對文學發展有絕對的負面影響。實際上亞里斯多德只建議劇本中動作及情節一致，並未對時間及地點作規定。所以「三一律」的規定，是當時執政者假古典之名而行管制之實。此時的戲劇還要有純粹性，也就是悲劇和喜劇各行其是不得相混，不能「笑中帶淚」。

歸納地說，新古典主義的特色為崇尚理性、回歸古希臘及為皇室服務。此三特色只帶給文學模仿、和諧與優雅，卻缺乏感情及憧憬未來。即使如此，新古典主義還是支配了法國文壇達兩百年之久。而那時期很明顯法國文學仍然領先歐洲其他各國。

此時英國已有議會政治，所以皇室不能制定寫作規範。而且由於清教徒主義（Puritanism）佔優勢，基督教精神成為主流勢力，乃與崇尚希臘精神的新古典主義對立。即使如此，英國仍然出了兩位桂冠詩人**班‧強生**（Ben Johnson, 1573-1637）及**德萊頓**（John Dryden, 1631-1700）被歸位為新

古典主義者。

　　法國的重要新古典主義作家有三人，**高乃依**（Pierre Corneille, 1606-84）與**拉辛**（Jean Racine, 1639-99）是悲劇作家，**莫里哀**（Jean-Baptiste Poqnelin Molière, 1622-73）是喜劇作家。莫里哀一生共創作33部喜劇，被視為17世紀法國最偉大的劇作家。他最出名的兩齣劇《偽君子》（*Tartuffe*）及《守財奴》（*The Miser*），都曾在台灣以中文演出。在莫里哀之前的喜劇多為俚俗之作，他提升了喜劇的層次，使新古典主義喜劇的成就遠超過了悲劇。他的創作對歐洲戲劇也產生相當程度的影響。

3.6　啟蒙運動

　　進入18世紀，歐洲的歷史趨勢是資本主義持續發展，反傳統、反君主專制、反迷信，終於導致了1789年的法國大革命。此革命之意義，可引申為全歐人民均渴望非帝制的民主政治。在革命降臨前，歐洲先發生了一場在文化思想上影響深遠的啟蒙運動（The Enlightenment）。

　　啟蒙（enlighten）一字原意為「照亮」，擴引為「開啟智慧」。啟蒙運動強調用理性及科學智識去啟迪人心。主要的抗爭對象是貴族專制體制及宗教迷信。啟蒙運動以理性為思想核心，乃因英國自然科學及社會科學重大發展的影響。**牛頓**（Isaac Newton, 1642-1727）在力學三大定律、微積分及天文學上的成就，以及**洛克**（John Locke, 1632-1704）在經驗科學及社會學上的著作，均對英、法、德三重要歐洲國家產生了深刻的啟發，甚至影響到文學創作。而啟蒙運動的參加者本身大多是文學家，如法國作家孟德斯鳩、伏爾泰、狄德羅及盧梭。

　　此運動由英國開始，中心卻是法國。啟蒙運動崇尚理

性，卻異於新古典主義仿古及宮廷傾向的理性，而是把文學當作反封建和進行啟蒙宣傳的工具，因而有鮮明的戰鬥性。然而，它忽略了文學的美學特性，不但大多數作品藝術性不高，甚至作品人物被塑造為作家思想的代言人，產生了思想性超過藝術性的缺點。啟蒙文學在初期曾借用新古典主義的創作形式，但是在思維上有不少突破。而新古典主義所鄙視的小說及散文，在啟蒙文學中開始佔有重要地位，與史詩及戲劇地位等高，這也是自古以來首次打破詩體文學獨尊的局面。嚴格說來，啟蒙運動在文學上並未構成一個定義明確如浪漫主義或寫實主義的流派，只能算是「啟蒙思想」在文學上的延伸及體現。所以以下數節介紹此時期相關的各國文學，但並不冠以該國的「啟蒙文學」。

3.6.1　啟蒙時期的英國小說

啟蒙時期的英國文學是在工業革命之後興盛，作品的重點是批判新制度建立後所暴露的種種不合理現象。此時期英國文學以寫實小說成就最高。以下簡介此時期兩位重要英國及愛爾蘭作家。

英國小說家**狄福**（Daniel Defoe, 1660-1731）的《魯濱遜飄流記》（*Robinson Crusoe*）是每個小學生都知道的故事，但它並不是兒童讀物，而是以第一人稱自知觀點寫出的長篇小說。魯濱遜為追求財富而遠走他鄉，遇到海難獨身飄流到荒島。他在荒島上勤勞堅毅開發，用火槍趕走土著，又用基督教來感化歸化的僕人「星期五」——新式武器和基督教分別是彼時殖民主義國家，用來征服落後地區的物質及精神武器。魯濱遜以一介平民，在資本主義的社會中力爭上游，塑造了他成為資產階級的代表性人物。而英國此時已開始向海外全力擴展殖民地，這本小說可說頗為符合歐洲人的殖民及資本

主義心態，固可列為一本重要小說。

愛爾蘭小說家**斯威夫特**（Jonathan Swift, 1667-1745）以《格列佛遊記》（*Gulliver's Travel*）一書聞名。此書與《魯濱遜漂流記》、馬克·吐溫的《湯姆歷險記》及我國林海音的《城南舊事》常被視為供少年閱讀的故事，但實際上卻都不是為少年而寫。書中格列佛為一外科醫生，性喜冒險，四次出海，飄泊到小人國、大人國、飛島國及慧駰國等四個幻想國家。斯威夫特利用這部諷刺小說，攻擊英國的資本主義社會，並提出共和體制的主張。

此外英國在18世紀中葉因貧富懸殊而產生「感傷主義」（Sentimentalism）文學。感傷主義對下一章所討論的浪漫主義文學有直接影響。

3.6.2 啟蒙時期的法國文學

啟蒙運動的中心是法國。此時期法國的文學全面反映了與政治及理論體系的結合。主要成果在「哲理小說」和「啟蒙戲劇」兩項。重要法國作家分述如下：

⑴**孟德斯鳩**（Charles Montesquieu, 1689-1755）在1721年發表的《波斯人信札》（*The Persian Letters*）是首部重要的啟蒙文學作品。此書以兩名旅居法國的波斯青年與家人之間的通信，批評法國的政治、宗教及社會等問題。孟德斯鳩曾任法院院長，並被選為法蘭西學院院士。1748年發表重要理論名著《法的精神》（*The Spirit of the Laws*），提出行政、立法和司法「三權分立」及「天賦人權」的觀點。此二觀點後日成為法國大革命的理論基礎，美國的「獨立宣言」及憲法也深受此論點的影響。此書由我國維新運動時期的思想家嚴復譯為《法意》。

⑵**伏爾泰**（François Voltaire, 1694-1778）是法國啟蒙運動

的創造者及領導人物，著作豐富，涵蓋戲劇、小說、詩歌、史詩、史學及哲學等不同類別。在他84年的生命中，因具自由及反抗思想曾兩度被囚禁於巴士底監獄。伏爾泰臨終前拒絕向神父承認基督的神聖，教會因而不准葬他於首都巴黎。直至法國大革命期間骨灰才被運回巴黎葬於偉人公墓。

伏爾泰26部小說每部都有寓言及深刻哲理，他不重視人物性格及小說背景的刻劃，而是意圖將所有小說人物納入他的哲學體系。基本上他是唯物主義者，受英國人牛頓的科學及洛克的經驗哲學影響，卻又認為物質世界應有一個最高的造物主（即上帝）。他企圖結合牛頓的科學和上帝的神話，提出「如果沒有上帝，就要創造一個」。伏爾泰在觀察英國的政經、科學及哲學後，寫成《哲學書簡》（*Philosophical Letters*），此書雖被禁，卻成為法國思想史上的一個里程碑。

(3)**盧梭**（Jean-Jacques Rousseau, 1712-78）生在日內瓦一個法國鐘錶匠的家庭，以後為謀生作過各種行業，觀察到社會上各種不公平的現象。他曾與放蕩女子及旅館女僕同居，生活在下層社會，生了5個孩子，先後送進孤兒院。這種流浪經驗，令他了解下層生活。

盧梭的作品涵蓋面相當廣，最著名的是《民約論》（*The Social Contract*），強調天賦人權及民主共和，而非英國式的君主立憲。他認為人民有權進行武裝革命以取得自由。此一學說為法國大革命的「人權宣言」及美國革命的「獨立宣言」提供了理論基礎。他在哲理小說《愛彌兒》（*Emile*）裡提出自由教育的主張，反對教會及王室的制式教育，此舉震驚了王室及僧侶，下令在廣場上公開焚燒此書，甚至威脅焚燒作者，最後教會開除他出教門。盧梭被迫逃亡國外，以悲憤的心情寫成自傳體的作品《懺悔錄》（*The Confessions of Jean-Jacques Rousseau*）。此書中他不但敘述一生對真理的追求，同

時也大膽公開自己的敗德醜行，確是一部驚世駭俗之作。盧梭當時可說是個「新人」，開創了一個新時代。

　　盧梭作品的特色是回歸自然、個性解放，及筆觸感性，完全超越了同時期作家「理性」的範疇，使他成為下一章要討論的 19 世紀浪漫主義的鼻祖。 18 世紀他的新思想輸入德國，導致德國青年文學發動「狂飆運動」。而他回歸自然的主張，日後更影響了托爾斯泰後半生的思想及創作。

3.6.3　啟蒙運動在美國

　　啟蒙運動進行時正值美國開始獨立運動。美國的獨立運動領袖們並非軍人或草莽人物，他們都是有思想的知識分子，如傑佛遜、華盛頓、富蘭克林、潘恩等。這些人有不同宗派的基督教背景，但是在聯合抗英的旗幟下，他們深知沒有一個教派能主導一切，所以最有利的途徑就是「同意有不同的觀點」（"agree to disagree"），也因此把宗教與政治分開。換言之，歐洲國家的傳統是政教合一，但是美國政府自始即尊重宗教，卻不納入宗教。

　　許多領袖人物受到英國的影響，但也受到部分法國啟蒙運動的影響。傑佛遜及富蘭克林均在法國居住過，而法國又是英國的世敵，自然美國會被法國影響。因此，美國在獨立運動中所強調的自然法則、自由平等、主權在民等均為法國啟蒙運動所提倡。這些如今已深入美國人之內心。因為美國與英國隔著大西洋，所以美國的獨立戰爭（1776）遠不及法國大革命（1789）那樣對歐洲有影響，也不及法國大革命激烈。

3.7　狂飆運動

　　1770 年代，德國發生了一次聲勢浩大的全德性文學運

動，稱為「狂飆運動」（Sturm und Drang，英文譯為 Storm and Stress），此運動的名稱來自參加者之一克林格（Klinger, 1752-1831）的同名劇本。參加者全是青年作家，有叛逆精神，也有強烈的個人主義傾向。他們強調文學的民族性，反封建，標榜創作自由、天份及情感。狂飆運動是德國文學史上第一次的全國性文學運動，促進了德國民族意識和個性覺醒。但是由於18世紀德國社會落後，運動本身又沒有明確的相關政治主張，因此只停留在文學領域，沒有進一步發展為具政治性的社會運動。狂飆運動以席勒及歌德青年時期的創作最具代表性。到1780年代中期此運動即已衰落，代而起之的是德國的「威瑪新古典文學時期」。代表性人物仍然是歌德與席勒。此時德國的文學與德國的古典哲學、古典音樂結合在一起，形成了德國古典文化的一個輝煌的時代，躍居到世界文化發展的前列地位。

3.7.1 席勒

席勒（Johann Christoph Friedrich Schiller, 1759-1805）是德國詩人、劇作家與文學理論家，與歌德終生友好，卻比歌德早逝近30年，只享年46歲。他出身於軍醫家庭，自己也曾任助理軍醫。在暴君統治下的小國生活困苦，遂寫《強盜》（*The Robbers*）一劇向專制政體抗議。此劇成為德國戲劇史上的里程碑，不見容於暴君，席勒因此被判囚禁，並被禁止再寫劇本。1787年席勒28歲時前去威瑪（Weimar），兩年後，經尚未謀面的歌德推薦，任耶拿大學（University of Jena）歷史學教授。他最出名的戲劇是《威廉‧泰爾》（*William Tell*）。此劇背景在瑞士，敘述善射箭的威廉‧泰爾因觸怒暴虐的縣官，被罰在百步外以弓箭射自己兒子頭上的蘋果。威廉‧泰爾射中蘋果後獲釋，臨去對縣官說：「萬一失敗，我第二箭

是射進你的胸膛。」他的詩作〈歡樂頌〉（Ode to Joy）被貝多芬採用為第九《合唱》交響樂最後樂章合唱部分的歌詞。

1794 年，席勒與歌德在一次會議不期而遇，交談後竟然發現彼此在文學創作及美學理念上有驚人的相同性，遂深交終生，而席勒也擺脫了康德的唯心主義思想。兩大詩人通信超過千封，歌德曾說這是「贈給德國，甚至贈給全人類的一份厚禮」。此後席勒更寫下了他最偉大的劇作《華倫斯坦》（*Wallenstein*）。

席勒一生坎坷，體弱而生活艱辛，1805 年在貧病交迫中以 46 歲之年病逝威瑪。

3.7.2　歌德

歌德（Johann Wolfgang von Goethe, 1749-1832）的創作是那個時代最優秀的作品，也將德國文學帶向空前的高峰。他出生在法蘭克福一個富裕的家庭，16 歲入大學讀法律，獲得法律學位後到帝國高等法院實習，同時從事文學創作，作品充滿了狂飆運動的反叛精神。他寫下《少年維特的煩惱》、《愛格蒙特》（*Egmont*，貝多芬曾為此寫出《愛格蒙特序曲》），並開始《浮士德》詩劇的創作。

1775 年歌德應剛繼位的威瑪公爵之邀，前往該地任官。他在威瑪這個德意志的一個封建小公國擔任過許多官職，包括樞密顧問及內閣大臣，更被提升為貴族。然而 10 年後他戲劇性的出走，到義大利旅行近兩年。在此兩年中，他潛心研究希臘及羅馬的古典藝術，促使他爾後的創作進入新古典主義的範疇。

1794 年起，歌德與席勒交往，開始了兩人密切合作的「威瑪新古典主義」時期，造就了德國文學史上一個不平凡的時代。1805 年席勒去世，歌德感覺失去生命的一半。此後 10

年內，歌德的最重要著作是詩劇《浮士德》的第一部。歌德在晚年開始研究阿拉伯、波斯、中國及印度的文學及哲學。由於廣泛地與外國文學接觸，「世界文學」遂成為歌德珍視的觀念，這是歐洲中心主義所缺乏的遠見。1832年3月22日，歌德病逝於威瑪。他和27年前去世的摯友席勒葬在一起。

歌德在高等法院實習時愛上友人的未婚妻夏綠蒂，這段必須壓抑而注定無結果的戀情成為《少年維特的煩惱》（*The Sorrows of Young Werther*）的創作契機。小說以維特的書信及日記，使用片段的方式寫就。書中的維特是個有思想、有熱情典型的進步青年，無法適應現實環境，因而鬱悶寡歡。他愛上了美麗的夏綠蒂，夏綠蒂卻與別人結婚，導至個性軟弱的他飲彈自盡。小說問世後，被各國競相翻譯，全歐掀起「維特熱」。維特成為歐洲時髦青年效尤的對象，服飾按書中描述穿著，甚至有些失戀青年以維特的方式自殺。

詩劇《浮士德》（*Faust*，另譯《浮士德與魔鬼》）是歌德最重要的著作，他由23歲開始寫，寫了60年才在去世前兩個月完成第二部。這是他一生在藝術、思想、真理及歷史上追索與歸納的結晶。此劇不但結構龐大，而且情節複雜，共12,111行，分成5幕。全劇無首尾相連的情節，而是浮士德5個不同生命階段的體驗，以他的思想變化貫穿全劇。主角浮士德是16世紀德國民間的傳說人物，他年過半百，有高深的學問，卻不能了解人世，也不真正了解自己，所以痛苦到想自殺以了殘生。此時魔鬼梅菲斯特乘虛而入，與浮士德訂約，應允滿足浮士德的任何要求，代價是死後靈魂歸魔鬼所有。浮士德訂約後即恢復青春，並和美貌少女葛蕾卿相愛。但是在魔鬼捉弄下，葛蕾卿毒死自己的母親，哥哥又被浮士德誤殺，她在錯亂下溺死與浮士德所生的私生子，被判處死

刑。第二部魔鬼把浮士德引進宮廷。他在皇帝要求下，借助魔法召來古希臘美人海倫的靈魂。浮士德驚艷於海倫的美麗，視她為永恆之美的化身，和她成婚、生子。之後這個兒子飛往高處時不幸墜地身死，痛苦的海倫隨之消失——海倫的消逝隱喻古代的美不能復活於現今的世界，浮士德對美的追求遂化為虛幻。然而他又有了新的追求——征服大自然。他命令苦力移山填海，要建立他的烏托邦，此時他已是雙目失明的百歲老人。魔鬼梅菲斯特派人協助他，實際上那些人是在為浮士德挖築墳地。浮士德倒地不起後，魔鬼依約要取走他的靈魂。但此時天門開啟，浮士德的靈魂被天使迎入天國。

因為本劇本身的複雜性及虛幻與寫實世界的轉換問題，《浮士德》一劇很少在英語國家演出。浮士德是個典型的西方人，人格具矛盾的雙重性。而這種雙重性也是西方人所認可的人類的本性。他曾解剖自己的內心說：

有兩個靈魂在我胸中，
它們總想分道揚鑣；
一個沉溺在迷離的愛慾中，
執拗地緊攀附著塵世；
另一個卻力圖掙脫塵俗，
飛向崇高原始的靈界。

Two souls alas! are dwelling in my breast;
And each is fain to leave its brother.
The one, fast clinging, to the world adheres
With clutching organs, in love's sturdy lust;
The other strongly lifts itself from dust
To yonder high, ancestral spheres.

這段話常被引用，表現了人的渺小與偉大、神聖與凡俗的雙重人性。浮士德無休無止對生命及理想的追求，充分反映了西方人進取的精神。由古至今、從人間到天上，浮士德的歷程超越了時空。劇中他經歷了讀書、愛情、宮廷、美的追尋（海倫）及征服自然五個階段的生命歷程，每個階段均以悲劇收場。全劇的藝術性及思想性，結合了寫實主義和浪漫主義，乃與荷馬的史詩、但丁的《神曲》及莎士比亞的《哈姆雷特》常被文學界列為西洋文學史上的四大名著。

課文複習問題

1.中古文學、文化與基督教（天主教）關係為何？
2.文藝復興前三傑及後三傑的成就各在何方面，簡述之。
3.有史以來西方四大文學著作為何？
4.但丁《神曲》的重要性何在？
5.試述文藝復興與人文主義的基本意義。
6.《唐吉訶德》在西方文學史上的重要性何在？
7.莎士比亞的戲劇特色為何？
8.新古典主義在西方文學發展的評價為何？
9.概述啟蒙運動對文學及政治、社會的影響。
10.歌德的《浮士德》為何是一部重要著作？

思考或群組討論問題（課文內無答案）

1.試比較基督教對西方文學的影響與佛教及道教對中國及日本文學的影響。
2.你認為「近代」西方文學應從何開始？本書以浪漫主義作西方近代文學的起始，你同意嗎？

3.你看過荷馬的史詩、但丁的《神曲》、莎士比亞的《哈姆雷特》或歌德的《浮士德》嗎？這四大西方名著是否在時序上受到前一本或數本著作的影響？

4.你對新古典主義的看法如何？它是否與中國古典文學提倡的寫法有相近之處？

第四章 浪漫主義文學

"If Winter comes, can Spring be far behind?"
　　　　——雪萊（P.B. Shelley）"Ode to the West Wind"

　　19世紀在史學上被公認為西方近代社會的形成期。法國大革命雖發生於18世紀的1789年，但民主政治實奠基於19世紀，重要大事如下：⑴維也納會議（Congress of Vienna, 1814-15）簽約20年，英、俄、奧、普四國結成「神聖同盟」，對拿破崙（Napoleon Bonaparte, 1769-1821）作戰目標一致。1814年4月拿破崙在楓丹白露（Fontainebleau）退位，被放逐厄爾巴島（Elba）。1815年拿破崙百日復興後，又戰敗於滑鐵盧（Waterloo），流放聖赫勒那島（Saint Helena）。⑵工業革命在本時期內成熟。⑶以政經文化為手段的「新帝國主義」（New Imperialism）興起，不再是完全以軍事武力征服殖民地。⑷由達爾文引起的科學革命在此期完成。⑸各種思想或理論如社會主義、共產主義、極權主義得到實驗。大哲學家、社會學家、經濟學家、思想家輩出。

4.1 浪漫主義的產生與特色

　　浪漫主義（Romanticism）是18世紀末、19世紀初歐洲流行的文學及思潮，此時期歐洲由封建社會急劇過渡到資本主義社會。音樂上的浪漫主義大約始自1820年，延續至1910年，幾乎重要作曲家80％以上屬浪漫主義（見附錄一）。西方繪畫的浪漫主義則為期不長，大約是18世紀末至19世紀中葉（見附錄二）。

浪漫主義文學是對法國大革命及啟蒙運動的迴響，也是對橫行文壇達兩百年之久的新古典主義的匡正。產生的原因可歸納如下：(1)工業革命在短期內造就了大資本家。在資本主義成熟前，貧富懸殊現象日益嚴重，工人、童工、女工被壓榨，身心俱疲。人們渴求解脫，全然逃避雖不可能，一時麻痺總可以獲得，於是浪漫主義應運而生。(2)法國大革命帶給歐洲人民希望，以為全歐民主終將到來，沒想到拿破崙攝政卻在 1804 年稱帝，於是歐洲人普遍的失望，逃避心理更為加深。(3)盧梭「回歸自然」、發揮自我的號召影響歐洲人的思維——浪漫主義很重要的一個因素即是「自然」。(4)德國的「狂飆運動」對浪漫主義文學活動的植根及影響。

　　浪漫主義理論的建立始自德國。彼時德國尚未統一，是個有 300 多個小邦的封建國家，經濟及政治落後，資產階級軟弱，**費希特**（Johann Fichte, 1762-1814）、**康德**（Immanuel Kant, 1724-1804）、**謝林**（Friedrich Schelling, 1775-1854）等唯心哲學家，以及**黑格爾**（Georg Hegel, 1770-1831）等均強調天才、靈感、自我卓越、主觀性等。這些無疑影響了浪漫主義所強調的主觀及個人主義傾向。浪漫主義是真正的「近代文學」。雖然它的理論基礎始自德國的唯心主義哲學，文學則發軔於英國。由於報紙、期刊，和連載小說的出現，19 世紀歐洲文學創作激增，也是西方文學三千年來史無前例的新現象。

　　詩是濃縮的語言，是四大文體中藝術性最高的一種，也最能抒發浪漫的情感，所以浪漫主義主要的成就在詩歌。浪漫主義主要的特色歸納如下：

　　(1)歌頌大自然，用詞華麗。常用比喻、誇張及對比造句。

　　(2)想像力豐富，常描寫特殊人物及情節，甚至不合理的情節人物。

⑶強調愛情，小說則同情弱者。

⑷反傳統，反格局化，反理性，憧憬未來。

4.2　英國的浪漫主義作家

浪漫主義在英國主要是英詩。英國浪漫主義文學可分兩個階段，18世紀末到19世紀前10年以「湖畔派詩人」（Lake Poets）的華茲華斯（William Wordsworth, 1770-1850）、柯立芝（Samuel Taylor Coleridge, 1772-1834）及騷塞（Robert Southey, 1774-1843）為代表。他們長期寓居湖畔（Lake District），忘情於山水之間，因而得名。其中**騷塞**因擁護王室，還被任為宮廷詩人。

華茲華斯是劍橋大學畢業生，與柯立芝合著的《抒情歌謠集》（*Lyrical Ballads*）揭開浪漫主義的序幕。雪萊和濟慈則奠定了浪漫主義以詩為主流文體的傳統。這本詩集以後又有華茲華斯補寫的序，闡明他對詩的見解。他認為詩必須是真情流露，像新古典主義的詩人遵循法則格律、壓抑本性，便不能稱之為詩。這篇序相當於英國浪漫主義的宣言。華茲華斯73歲時被維多利亞女皇聘為桂冠詩人（poet laureate）。此榮銜1616年由班・強生開始，全國只有一人，且為終身職。

柯立芝的象徵詩《古舟子詠》（*The Rime of the Ancient Mariner*）至今仍為人傳頌；《忽必烈汗》（*Kubla Khan*）也是他的著名詩作。

司各特（Sir Walter Scott, 1771-1832）以敘事詩《湖上夫人》（*The Lady of the Lake*）聞名，他也是小說家，著有《撒克遜劫後英雄傳》（*Ivanhoe*），開創了英國「歷史小說」的先河。

浪漫主義大約在1830年代之後逐漸被興起的寫實主義所取代。維多利亞時期（Queen Victoria，在位1837-1901達64

年）英國仍有著名的浪漫主義詩人，如丁尼生（Alfred Tennyson, 1809-92）即是維多利亞時代的發言人，亦是桂冠詩人。丁尼生是劍橋大學出身，75歲那年被封為爵士。重要詩作有〈尤利西斯〉（Ulysses）、《亞瑟殞逝》（*The Passing of Arthur*）及《悼念集》（*In Memoriam*）。《悼念集》是追悼摯友哈蘭（Hallam）的3,000多行巨作，與米爾頓悼念詩〈利西華斯〉（Lycidas）、雪萊悼濟慈的〈阿都奈斯〉（Adonais）及安諾德（Matthew Arnold, 1822-88）的悼念詩〈賽爾西斯〉（Thyrsis）共稱英國文學史上的四大輓詩。

白朗寧（Robert Browning, 1812-89）以獨到手法揉合詩與劇發展出「戲劇獨白」（dramatic monologue）的寫法，無人能與之比擬，即使寫短篇抒情詩，白朗寧也常表現戲劇獨白的特色。

布雷克（William Blake, 1757-1827）在世時幾乎沒有人知道他是詩人。他的《天真之歌》（*Songs of Innocence*）及《經驗之歌》（*Song of Experience*）二大詩集的象徵主義色彩要比浪漫主義濃厚。

4.2.1 雪萊

雪萊（Percy Bysshe Shelley, 1792-1822）出身貴族家庭，因出版論證上帝不存在的論文被牛津大學開除學籍。他26歲離開英國，定居義大利，同時支持義大利的民族解放戰爭，29歲那年在航海中溺斃。雪萊的詩風略帶感傷，由於岳父是革命之父，岳母渥絲朵克拉福特（Mary Wollstonecraft, 1759-97）又是婦女解放運動的前驅，所以他也常有革命思想。雪萊的妻子即為瑪莉（Mary Shelley, 1797-1851），著名小說《科學怪人》（*Frankenstein*）的作者。他與拜倫、濟慈深交，彼此切磋影響。他溺死時，拜倫在海邊堆起木柴親手火葬好友，

並將他葬在濟慈墓附近。他倆的友誼猶如歌德與席勒的友誼，一直在英國浪漫主義文學史上為人津津樂道。雪萊詩的藝術應在拜倫和濟慈之上，他最好的長詩是《阿拉斯托》（*Alastor; or, The Spirit of Solitude*）；最好的短詩是〈雲〉（The Cloud）、〈雲雀之歌〉（Ode to a Skylark）、哀悼濟慈的輓詩〈阿都奈斯〉（Adonais），以及最著名的〈西風頌〉（Ode to the West Wind）：

> 像未熄爐中冒出的火花，
> 將我的話語傳給普天下的人們！
> 像預言的號角通過我的嘴唇，
> 向昏沉的大地吹奏！哦，西風
> 如果冬天來了，春天還會太遠嗎？

> Ashes and sparks, my words among mankind!
> Be through my lips to unawaken'd earth
> The trumpet of a prophecy! O Wind,
> If Winter comes, can Spring be far behind?

在這裡，雪萊超越了浪漫主義，以象徵主義的筆法融入作為象徵的西風。他視西風為未熄的火星、點燃生命的光輝，而非燒毀生命。此為雪萊詩作意境的高點，結合了生命熱情與自然景物的描繪。最後兩句曾是共產黨進行革命活動時，對人民使用的文宣語句。

雪萊的代表作是詩劇《解放的普羅米修斯》（*Prometheus Unbound*）。此詩劇他用複雜的寓言（allegories）與象徵（symbols）創造出未來理想世界的藍圖。雪萊早夭，馬克斯認為如果他壽命長，會是個「社會主義的急先鋒」。

4.2.2 濟慈

濟慈（John Keats, 1795-1821）也是個短命詩人，26歲即在羅馬抑鬱而終。濟慈先讀醫學，但對文學產生濃厚興趣，尤其熱愛古代希臘文化，遂棄醫就文，在他短短的生命中寫出長詩《伊莎貝拉》（*Isabella*），另有〈夜鶯頌〉（Ode to a Nightingale；「南丁格爾」亦是英國姓氏，著名護士，但與此詩無關）及〈秋頌〉（Ode to Autumn）最出名。他一生寫長短150首詩，但是所有讓他出名的詩都在他23歲，即1819年1月到9月這9個月間寫成。這樣短時間內取得如此大的成就，在文學史上可說空前。〈夜鶯頌〉一詩中濟慈透過夜鶯比對人世，抒發對民間困苦的同情，將夜鶯比擬為一隻不死的鳥。

> 你生來即不會死亡，永生的鳥！
> 世世代代的飢餓也無法踩躪你；
> 今夜我聽到的歌聲，也是
> 古代的帝王與村夫聽到的。

> Thou wast not born for death, immortal Bird!
> No hungry generations tread thee down;
> The voice I hear this passing night was heard
> In ancient days by emperor and clown.

〈夜鶯頌〉起始就表達了悲觀的情緒，詩結束時夜鶯飛走，又留下象徵死亡的疑問：

> 是幻覺？還是清醒的夢？
> 那歌聲飄去：——我是睡了，還是清醒？

Was it a vision, or a waking dream

Fled is that music: — Do I wake or sleep

濟慈曾云：「美就是真，真就是美。」然而，他的詩是否真正表達了這種精神？濟慈成為英國第二代浪漫主義三大詩人中年齡最幼，去世最早的一位。

4.2.3　拜倫

拜倫（George Gordon Byron, 1788-1824）活了 36 歲，是浪漫主義英詩三大名家中最長壽的一位。他出生於沒落的貴族世家，天稟聰穎，但生來微跛。10 歲由伯祖繼承了勛爵位及大宗財產，故又稱 Lord Byron。入劍橋大學，獲碩士學位。他在大學時即寫成長詩，展示他作為一個諷刺詩人的才華。他不僅猛烈攻擊資產階級，還對英國文學界大肆批評，特別譴責湖畔詩人華茲華斯等人。大學畢業後，他在貴族院取得世襲議員的席位，旋即遊歷南歐地中海各國。

拜倫回國後立刻入議會為被鎮壓的勞工辯護，並寫下英國文學史上第一篇反映資本主義剝削勞工的諷刺詩。隨後他又在議會攻擊英國政府對愛爾蘭人的壓迫。1816 年他自我放逐離開英國，流亡期間在瑞士結識雪萊，雪萊對拜倫爾後的創作及思想均產生影響。因為法國波旁王朝復辟對歐洲造成激盪，拜倫遂創作長詩《錫隆的囚犯》（*The Prisoner of Chillon*）及詩劇《曼弗雷德》（*Manfred*），反映他內心的痛苦與焦慮。

1816 年 10 月拜倫前往義大利，幾年後並參加義大利民族愛國運動的祕密組織。此期他的詩歌劇作受革命戰鬥影響，乃脫離浪漫主義，走向寫實主義，進入他一生最輝煌的時

期。

　　拜倫繼續創作取材自《舊約·創世紀》的詩劇《該隱》（*Cain*）。該隱殺胞兄亞伯（Abel）而被上帝處罰住於伊甸園的東邊（East of Eden，亦稱 Land of Nod）。在《聖經》中，該隱是第一個殺人犯。而《伊甸園東》（*East of Eden*）也成為美國 20 世紀小說家史坦貝克的長篇傑作（見第十章）。拜倫在《該隱》中，批判基督教的原罪觀念及神權思想，否定上帝的存在。長篇敘事詩《唐璜》（*Don Juan*）是拜倫最優秀也是最後的一部詩作，但並未完成即撒手西去。他在詩篇中塑造了至今仍常被西方社會提及的「拜倫式英雄」（Byronic hero），也就是彼時歐洲青年模仿崇拜的一些孤傲、叛逆、反社會的典範。

　　1823 年拜倫再度投身於希臘的民族解放戰爭。並將英國的莊園出售資助希臘，深得希臘人民愛戴。1824 年在暴風雨中巡視防務，受風寒後與世長辭，希臘人以國葬示敬，整個歐洲大陸也為之哀慟。他死後 150 年，終被葬入西敏寺的「詩人角」（Poets' Corner）。

　　拜倫不僅是詩人，也是行動家及革命家。然而他終究脫不了詩人憂鬱的本性，他曾說：「知識即憂鬱，知道越多的人，必然悲嘆最深。因為知識之樹，並非生命之樹。」（"Sorrow is knowledge, those that know the most must mourn the deepest. The tree of knowledge is not the tree of life."）

4.3　法國的浪漫主義作家

　　法國的浪漫主義是封建勢力與資產階級、復辟與反復辟間劇烈鬥爭的產物，所以帶有更鮮明的政治色彩。雖然法國人盧梭的自由思想對德國的浪漫主義文學及狂飆運動影響至鉅，法國卻因大革命多年社會混亂，反是隨後由其他國家輸

入浪漫主義。首先出現的是貴族出身，曾任駐英公使、外交部長的**夏多布里昂**（François-René de Chateaubriand, 1768-1848），被稱為法國浪漫主義的鼻祖。法國彼時帝制勢壯，新古典主義遂持久不衰。浪漫主義在英德諸國到 19 世紀 30 年代已告衰退，在法國卻才形成，且與新興起的寫實主義並駕齊驅。1830 至 40 年代，雨果、喬治·桑、繆塞、大仲馬等作家都進入創作的高峰期。這些作家中以雨果的成就最大，代表性也最高。

4.3.1 雨果

雨果（Victor Hugo, 1802-85）壽長 83 歲，創作時間長達 60 餘年。他在中年以後寫成《時代的神話》（*The Legend of the Centuries*），描寫人類自原始以來的歷史，被譽為法國最偉大的敘事詩。但令他名字永垂不朽的是兩部偉大的小說《悲慘世界》（*Les Misérables*）及《巴黎聖母院》（*The Hunchback of Notre Dame*，或譯《鐘樓怪人》）。前者是純浪漫主義的作品，後者則有某些成分的寫實主義，但仍以浪漫主義為主。

雨果的父親曾在拿破崙麾下由普通士兵升至將軍，而母親則信奉保皇黨，所以他從小就在兩種衝突中成長。雨果 15 歲時參加法蘭西學院的詩歌比賽獲第一鼓勵獎，且被名重一時的夏多布里昂譽為「神童」。政治上，他是自由主義，描寫波旁王朝的劇本甚至被禁演。另一劇本《歐那尼》（*Hernani*）上演時浪漫派與古典文學派竟展開激烈鬥爭，令雨果在文壇上聲名大噪。

雨果開始寫《巴黎聖母院》時正值七月革命，他目睹群眾的威力而奠定了小說反封建的主題。小說的主要人物是醜陋的鐘樓怪人戈西莫多，他代表善良的下層人物，另一主角愛絲美哈達也被塑造為愛和美的化身。反面人物是代表教會

勢力的副主教，七月革命的群眾力量則反映在最後群眾攻打聖母院。小說情節緊張，戲劇性高，也呈現了浪漫主義誇張與偶合的特色。

《悲慘世界》出版時雨果已是法蘭西學院院士、貴族院議員，他因反對拿破崙三世稱帝而流亡海外 19 年，直至第三共和成立後第二天才返國。《悲慘世界》描繪了社會底層受苦受難的窮人，主角尚萬近（Jean Valjean）原是罪犯，潛逃後被一位神父感化為誠實的人，改了姓名，後來甚至被選為市長。但他為救一個被壓在馬車下的小孩暴露身分，再被通緝，無情的法律一直在他身後窮追不捨。另外一個女工芳汀的境遇更是悲慘，她因產下私生女而被剝奪工作權利，賴出賣身體、頭髮、牙齒來養活女兒，還被壞人蹂躪，下場是悲慘死去。透過這兩個主角可悲的命運，雨果強調人性本善及上帝教化人心的力量，但也令讀者感到人道主義的虛弱及不切實際──將人道主義開為社會治病的藥方是浪漫主義小說的特色。書中人物的塑造更表現了浪漫主義小說誇張的特色，例如尚萬近不盡情理的自我犧牲及驚人的體力、惡人的駭人惡狀等等。雨果並將他對社會的觀點及批評融入小說，令此書也帶有政論性的風格。在書中他常使用激情的語言、雙關語與複義詞，以及類似格言的隱喻詞句，這些都是以詩為主流的浪漫主義文學的特色。另一特色是他將滑鐵盧之役、法國七月革命的大暴動均編寫入本書，構成震撼人心的史詩之作。基本說來，這部小說被廣泛地認為是浪漫主義時代最偉大的小說。因有勸善向上的意義，也在我國頗為流行。

雨果一生為民主、人道、正義而戰鬥及逃亡。他在 1860 年譴責英法聯軍燒毀圓明園的暴行，呼籲法國歸還掠奪來的珍寶。雨果死於 1885 年，送葬者有百萬之眾。

4.3.2　繆塞、喬治·桑與大仲馬

⑴繆塞（Alfred de Musset, 1810-57）是天才洋溢的浪漫派詩人、雨果的私淑弟子。詩風頹廢柔弱，有「青春詩人」之譽。他曾與女作家**喬治·桑**（George Sand, 1804-76）有過一段文壇上著名的戀情。喬治·桑是男性化的筆名，她本名杜多凡男爵夫人（Baroness Dudevant），無節制地寫過 109 本書，多是以鄉村大自然為背景的小說，也多是冗贅之作。喬治·桑猶如我國 1930 年代女作家丁玲及蕭紅，因緋聞不斷，艷名超過文名。她的情人名單曾不斷地增加，包括音樂家蕭邦。

⑵**大仲馬**（Alexandre Dumas, Sr., 1802-70）是《基督山恩仇記》（*The Count of Monte Christo*）及《三劍客》（*Three Musketeers*，又名《俠隱記》）兩書的作者，也是 19 世紀法國最出名的作家，但是他的著作被歸類為通俗小說。他的私生子**小仲馬**（Alexardre Dumas, Jr., 1824-95）則是寫實主義作家，以《茶花女》（*The Lady of the Camellias*）出名，此小說曾數度搬上銀幕。威爾第（Verdi）並將之改編為同名歌劇（*La Traviata*）。此小說真有其人，為一交際花，令無數巴黎男士傾倒，包括作曲家李斯特，可惜 23 歲即香消玉殞。

4.4　德國的浪漫主義作家

德國是浪漫主義文學思潮的發源地，有濃厚的唯心主義色彩及宗教情懷，在這之前的狂飆運動也相當羅曼蒂克。德國的浪漫主義是先建立理論，再進行探索，主要以「耶拿派」為主導，後來又有「海德堡浪漫派」。這些人有哲學家、詩人、劇作家，也有小說家。另外同時期出現了以寫童話故事出名的**格林兄弟**（Jacob Grimm, 1785-1863 及 Wilhelm Grimm, 1786-1859），其《白雪公主》、《睡美人》、《灰姑娘》等均為

膾炙人口之作，與同時期丹麥之**安徒生**（Hans Christian Andersen, 1805-75）在童話創作上齊名。此外**霍夫曼**（Ernst Hoffman, 1776-1822）、**諾瓦里斯**（Novalis, 1772-1801）、**克萊斯特**（Heinrich von Kleist, 1777-1811）等詩人及小說家均為當時浪漫主義時期著名的德國作家。在這些德國作家中，以詩人海涅最為出名。

4.4.1　**海涅**

　　海涅（Heinrich Heine, 1797-1856）出生在萊茵河畔一個沒落的猶太商人家庭，先在大學讀法律及哲學，聽過唯心主義哲學家黑格爾的課。海涅曾到德國各地及英國、義大利等國旅行。沿途所見啟發了他反封建專制的決心。在創作上則轉向具革命傾向的社會探討，終於受到統治階級的迫害，遂於 34 歲那年移居巴黎，並終生於此。海涅在巴黎結識了法國著名作家雨果、大仲馬、喬治‧桑、巴爾札克及流亡到巴黎的波蘭音樂家蕭邦，並在此時寫下了大量的政治與文學論文。1843 年 12 月，海涅在巴黎認識了另一個德裔猶太人馬克斯，與他結下了深厚的友誼。在這一時期，他寫下了他一生最成熟的作品《德國──一個冬天的童話》（*Germany, A Winter's Tale*）。這部長詩是一部遊記，描繪他在德國旅行時的見聞，卻在幻想與現實的世界來回飛翔，交織成獨特的韻味。

　　海涅還有散文風格的 4 部旅行札記，述及除文學外，並包括他的哲學、社會及政治觀點，也顯現出他由浪漫主義到寫實主義的過渡。海涅曾為紡織工人的起義反抗事件寫了一首詩〈西里西亞紡織工人〉，恩格斯賦予極高評價，並親自翻譯為英文。而海涅的詩也因恩格斯的推崇，在共產國家受到重視。二次大戰期間納粹執政，因海涅是猶太人，竟將他的

美麗的詩篇以「無名氏」的名義發表。海涅最後在巴黎貧病交迫度過餘年。

4.5　俄國的浪漫主義作家

俄羅斯曾經是歐洲文化最落後的國家之一，這應與它位處北方、氣候寒冷有關。真正的俄羅斯文學始於19世紀近中葉的30年代，之前沒有任何一部俄羅斯作品被世人認為是傑作或名作。俄國早期沒有文化，文字出現也晚。然而進入19世紀後，俄羅斯卻以驚人的速度在文化上大放光彩，不僅小說，音樂及芭蕾舞蹈方面亦人才輩出。俄羅斯共產黨主導的布爾什維克（Bolshevik，即俄語「共產黨」）革命發生於1917年，在那之前是沙皇（Czar）的專制統治。俄國彼時有農奴制度（Serfdom），與美國南北戰爭之前的黑奴制度一樣殘忍，也與西藏在漢人入主前的農奴制度不相上下。可見19世紀初期的俄國還是一個半野蠻國家。

把文明引入俄羅斯的重要人物是彼得大帝（1672-1725）。他不但派遣人員去進步的西歐學習，自己也去親身觀摩。其後陸續有5個女皇登基，均熱心引入西歐文明──如伏爾泰、莫里哀、盧梭等人之思想及作品。所以當時俄國並沒有自己的文學，而是頗受法國影響。此情況猶如美國文學早期全受英國影響、1960年代以前台灣文學全受中國大陸影響。

4.5.1　普希金

俄國在1812年拿破崙入侵莫斯科失利，及1825年12月黨人的起義之後，出現浪漫主義的文學，以詩歌為主。其中最重要的詩人即是普希金（Aleksandr Pushkin, 1799-1837）。他不但是俄國浪漫主義文學的代表性人物，也是現代俄羅斯文學的創始者，被譽為「俄羅斯文學之父」。自他開始，俄國

才真正算擁有自己的民族文學。但普希金在後期轉向寫實主義。

普希金出生於一個古老而又顯赫的貴族家庭，祖先與沙皇多有來往。他在學生時代即開始寫詩，一生共寫了800餘首抒情詩。由於他在詩中歌頌自由，並公開指責沙皇暴行，遂被下令流放西伯利亞。但他在朋友協助下，逃過流放而只被軟禁，父母亦被殃及列為看管。

普希金最重要的著作是詩體長篇小說《尤金·奧涅金》（*Eugene Onegin*），共5,000餘行，花了他7年半的時間才寫成。此詩在藝術上表現了詩與散文的有機結合。而普希金也是第一個在俄羅斯文學中，把詩的抒情與散文的敘事結合的作家。《尤金·奧涅金》被柴可夫斯基改編為同名歌劇。普希金也有歷史劇及小說。他在創造典範語言及開拓主題方面，對俄羅斯文學作出極大貢獻。他的性格與英國詩人拜倫相似，有強烈的叛逆及獨立精神。他是俄羅斯文學的開山鼻祖，卻只活了38歲。原因是貴族近衛軍官追求他妻子，他為保衛名譽不得不與對方決鬥，決鬥條件對文人的普希金極為不利，雙方僅距10公尺，普希金受重傷而亡。人們卻普遍認為是沙皇政府謀殺了他。

他在死前一年所寫的詩〈紀念碑〉（Exegi Monumentum）像是總結了他對俄國文學的貢獻：

> 我為自己建立了一座非人工的紀念碑……
> 我的名聲將傳遍偉大的俄羅斯，
> 它現存的一切語言，都會唸著我的名字。
>
> 我之所以永遠為人民敬愛，
> 因為我曾用我的詩歌，

喚起人民善良的感情，
……

普希金死後，**萊蒙托夫**（Mikhail Lermontov, 1814-41）繼承他為俄國浪漫主義主要作家。他的一部小說被認為是影射一個年輕軍官，竟要求與萊蒙托夫決鬥，結果萊蒙托夫身死，年僅 27 歲，下場與普希金相同。

課文複習問題

1. 試述歐洲浪漫主義的基本特徵。
2. 介紹三大英國浪漫主義詩人的作品特徵。
3. 浪漫主義產生的時代背景為何？
4. 雨果的生命道路為何是曲折向上的？試評論《悲慘世界》。
5. 試述海涅的《德國——一個冬天的童話》的思想內容及藝術特徵。
6. 為什麼普希金是「俄羅斯文學之父」？

思考或群組討論問題（課文內無答案）

1. 中國的唐詩及宋詞是否有強烈的浪漫或象徵主義色彩？
2. 為何浪漫主義以英詩表現最出色？
3. 討論小說與浪漫主義之間的關連。

第五章　19世紀的寫實主義文學

「凡理性的俱為現實的，凡現實的俱為理性的。」

——黑格爾

5.1　面對現實的文學

　　從19世紀30年代開始，浪漫主義衰退，及至1850至80年代，寫實主義（Realism）迅速成為歐洲的主流文學。這種趨勢延續至150年後的今天，仍然居於領導地位。這中間有象徵主義、現代主義、存在主義及後現代主義等出現，但始終未取代寫實主義的地位。寫實主義反映人生的現實，顧名思義，是以小說為主流文體，最主要的表現是長篇小說。

　　寫實主義（又名現實主義）主張文學及藝術均應確切地反映生活的現實。實際上，人類自古即以形象（繪畫、雕刻及文字）描摹情感，只是古時的寫實主義既無理論、也無方法，僅是表達一種實際的感覺。

　　由19世紀30年代開始，資本主義在英、法二大強國已取得決定性的主導。此時社會的階級對立不再是資產階級對封建王朝，而是大資本家與中、小資產階級之間的矛盾。歐洲在工業革命後進入技術時代，較大城市逐漸形成，勞工階級與資本家一起登上舞台。鄉村人口由70％變成30％不到，而城市人口則由30％增加為全歐人口的70％。歐洲的人口在19世紀這100年間激增，多數國家人口增加3倍以上。大批低教育水準農民湧入城市，社會混亂、貧富懸殊、童工及女工被剝削等現象，迅速浮現於資本主義形成初期。這種情形下，文學已無法永遠滯留於夢幻及非現實的浪漫主義階段，

僅對社會作抽象抗議，大幅轉向乃勢所難免。在教育的普及化下，中產階級逐漸成為文化的繼承者，文學不再是上層階級的享受品。然而教育文化的普及，也造成人們的集體化，於是有集體人（mass man）這種名詞出現，文學因而喪失了不少特色及個性。即使如此，文學在 19 世紀仍然是最具代表性和影響力的藝術，超過繪畫、雕刻和建築。

浪漫主義的作家多出身貴族或上層階級，畢業自名校；寫實主義的作家許多出身中小資產階級，對藝術與生活常採唯物主義的態度。19 世紀上半葉自然科學的發展和工業革命後的機械文明有關。迄 18 世紀為止，宗教至少在表面上仍然是歐洲文明的主力。及至 19 世紀，宗教影響力已銳減，而科學對宗教的影響則顯而易見。消弭人間不幸及不平，一直是作家共同的意願。然而文學的目的為何？是獨立於社會之外，一種個人的精神表達，是為藝術而文學？還是文以載道，將文學視為教化及反映人生的工具？這些爭議一直纏繞在近代歐洲。

寫實主義的出現，仍以英、法兩國為主，不久，俄羅斯異軍突起，也與英法作家分庭抗禮，鼎足為三。

5.2 寫實主義的特色

基本上新古典主義重視了解自然本性（nature），浪漫主義主張「回到自然」，寫實主義卻著重實際的生活。以下列出寫實主義的一些特性。

(1)**重視客觀**：一反浪漫主義所過份強調的個人色彩，寫實主義有所謂「無個性」（impersonal）之說，主張客觀描繪現實。例如對自然景物的藝術描繪，類似照相機攝出的相片。但這並非作品完全缺乏人生觀及藝術觀。基本上寫實的藝術客觀而不帶熱情，這與盎格魯撒克遜民族冷靜的民族個

性相當吻合。

(2)**重視科學**：19世紀自然科學在生理學、解剖學、動物細胞學、進化論及能量轉化學說有了重大發現。作家受到影響，也以科學方法來觀察社會及剖析人心。此外哲學的理性概念帶給文學更多的影響，如黑格爾的辯證法、費爾巴哈的「人本學說」和孔德的實證哲學都成為寫實主義的理論基礎。

(3)**批判及暴露社會的黑暗面**：寫實主義的重要文體是小說，其次是戲劇。大量長篇小說的出現，無疑會深刻地暴露社會的黑暗面、寫出下層人民的苦難、呼籲改革。俄國作家高爾基曾將此一文學思潮命名為「批判寫實主義」，由此可見它鮮明的社會批評特色。此時期的文學不再著重敘述偉大或非凡人物，而是致力於描寫一般人民的命運。然而當意識到社會黑暗無從改善時，許多小說難免流於悲觀宿命。小說中的主角出現頻率較高的是貧寒的家庭教師、工人、學徒、城市貧民、學徒出身的無產階級、小商人等。

(4)**由繁入簡的寫作**：浪漫主義的作品常描述事物由簡入繁，並導入特殊情況。寫實主義的作家則有由繁入簡的趨向。在詞性運用上，浪漫主義喜用形容詞，寫實主義則常用動詞和名詞。此外，浪漫主義求美而重想像，寫實主義求真而重視實證。所以浪漫主義是「為藝術而藝術」，寫實主義是「為人生而藝術」。

因為文學（尤其是小說）的想像性及虛構性，寫實主義的小說有時亦脫離不了浪漫主義的色彩。如此，某些小說實難嚴格歸類入某一特定文學思潮（即「主義」）。上章所列雨果的《悲慘世界》即是兼具寫實主義及浪漫主義的長篇小說。以下本章及另章所列不少長篇小說，都具有一種以上的文學特質。

寫實主義的發展在19世紀可分前後兩個時期：30年代到

60 年代為前期，中心在英法兩國；70 年代至 20 世紀初為後期，中心在俄國、北歐及美國。

5.3 法國的寫實主義文學

　　法國的寫實主義作家多曾經歷過浪漫主義的創作時期，所以法國寫實主義並非全面否定浪漫主義，僅是對其反撥。法國是寫實主義的發源地，奠基人是斯湯達爾，其他重要 19 世紀寫實主義作家有梅里美、巴爾札克及福樓拜。此外**都德**（Alphonse Daudet, 1840-97）的短篇小說如〈最後一課〉及〈柏林之圍〉均為膾炙人口之作。

5.3.1 斯湯達爾與梅里美

　　⑴**斯湯達爾**（Stendhal, 1783-1842）出身律師世家，曾隨拿破崙的軍隊轉戰各地。1812 年在莫斯科親眼看到大火及法國軍隊的慘敗。之後他又經歷波旁王朝的復辟、七月革命及義大利的民族解放運動。他原名亨利·貝爾（Marie Henri Beyle），開始用斯達湯爾的筆名寫作，還是個浪漫主義的作家。1823-25 年發表《拉辛與莎士比亞》（*Racine and Shakespeare*，拉辛為法國 17 世紀之新古典主義悲劇作家），反對古典主義的美學，提倡浪漫主義，是法國的第一篇浪漫主義宣言，但其中有很多寫實主義的創作因素在內。他最著名的小說是《紅與黑》（*The Red and the Black*），也寫過《回憶拿破崙》一書。

　　1842 年斯湯達爾中風逝世，生前文名寂寞，為他送殯的只有他的妹妹、堂兄和作家梅里美。遺體葬於巴黎的蒙馬特爾公墓，墓碑上用拉丁文刻著他生前擬定的幾行字：「亨利·貝爾，米蘭人，寫作過，戀愛過，生活過。」

　　《紅與黑》展現出法國七月革命前夕動盪的社會情景，被

視為寫實主義的奠基之作。基本上，故事主角朱利安是個出身低卻聰敏、有野心的青年。他成為統治階級的犧牲品，目的是要懲戒那些敢於混跡上層社會的平民青年。此小說似是描寫愛情，卻以複雜的階級觀念作基礎，在政治不穩定的氣氛下進行。最成功的是塑造了朱利安此人物的形象。小說的取名紅色象徵軍服，黑色代表僧侶之黑袍，就是不擇手段的朱利安所追求嚮往的。他內心獨白道：「早生 20 年，就會像他們一樣穿上紅軍服，那種時代不是被殺，就是 30 歲做上將軍；現在的事實是穿上這件黑袍，到 40 歲就能得到 10 萬法郎的年俸和庭綬的勛章。」

朱利安無疑是歐洲文學史上最早的一個反抗社會者。然而他反抗的基礎純屬個人主義，所以注定失敗，成為悲劇性人物，23 歲的生命送在斷頭台上。《紅與黑》是寫實主義的先河之作，以下本書介紹的許多小說人物，均走上與朱利安同樣的命運。

⑵**梅里美**（Prosper Mérimée, 1803-70）是個深受浪漫主義影響的作家，自結識比他大 20 歲的斯湯達爾後，受其影響轉向寫實主義，但作品中仍有浪漫主義色彩。梅里美以中短篇小說出名，一共寫了不到 20 篇，卻取得如此高的成就，被譽為在莫泊桑之前最重要的中短篇小說作家。梅里美最出名的中篇小說是《卡門》（Carmen）。此小說被後人改編為歌劇及影劇多次，法國作曲家比才（Bizet）的歌劇《卡門》更是全世界歌劇上演最多的一部。眾所周知歌劇以義大利及德國為主，而世界最流行的一部卻是以法語寫成的《卡門》。小說的女主角卡門是個聰明、美麗、放蕩不羈的吉普賽女郎，在捲菸廠作女工。她在爭吵中砍殺另一名女工被捕，擔任押送的警衛唐荷西（Don José）被卡門美色所惑將她放走。他之後並與卡門同居。不久因走私入獄的卡門的丈夫逃獄，與唐荷西

決鬥被打死。但不久唐荷西發現卡門又有新歡，在盛怒之下將卡門殺死。

卡門個性叛逆、野性、極度愛自由及忠於自己，甚至生命受到威脅，均不能令她就範。這種個人自主權至上的作風，令她成為西方文學史上一個特立獨行的女性標誌人物。

5.3.2　巴爾札克

巴爾札克（Honoré de Balzac, 1799-1850）生長在一個中產階級家庭，父親熱中於金錢和攀附權貴，這對他以後的創作產生影響。他喜愛文學，但依父願大學念法律，並到律師事務所見習。此時正值法國王政復辟，他透過律師事務所的窗口受理各式案件，目睹了巴黎黑暗、腐敗、千奇百怪的大千世界，化為日後創作的素材。他通過律師考試，卻向父母堅決表明要作個作家。他初作詩劇《克倫威爾》（*Cromwell*）不成功，但仍深信最有效的成功之路就是寫作。他又從商，買了出版及印刷社，因經營不善，倒閉之後大筆欠債，一生都在為還債寫作。他共寫了 90 部長篇和中篇小說，超過 20,000 頁。政治上他屬勤王派，宗教屬天主教。但他的小說並未呈現這些色彩，因為他是寫實主義小說的創始人之一，所以純以客觀、科學及公正的態度寫作。

巴爾札克早先用其他筆名發表通俗小說。之後寫作層次提升，寫出多部夠水準的小說。在此之前他的小說人物常為愛情登場、職業生活鮮有深入描述。巴爾札克的小說描繪了從農夫、窮人到投機商人、各行各業的生活。主題常是金錢糾葛、貴族與平民的衝突。此時他搖身一變登躋上流社會、成為蜚聲歐洲文壇的大作家。另一方面他的揮霍及不善理財，令他常處於債台高築的財務困境。這種混亂的境遇，卻為巴爾札克虛構的小說帶來激動人心的素材。

巴爾札克終於將描繪巴黎社會風俗的 90 部小說定一總名稱為「人間喜劇」（The Human Comedy），此名稱仿效但丁的《神曲》（*The Divine Comedy*）。小說的籌劃深受生物學啟發：即任何一種生物，在不同生存環境可能演化為多種不同物種。所以他也將「人間喜劇」的 90 部小說按科學分類為「分析研究」、「哲理研究」及「風俗研究」3 大類。「人間喜劇」共有 2,000 多個出場人物，其中有數十個是刻劃鮮明的主配角。這些刻劃完全符合寫實主義的原則，即是：描寫不同環境中的典型人物。

　　在這 90 部（一說 95 部）「人間喜劇」的小說中，最出名的 3 部是《尤金妮‧葛蘭德》（*Eugénie Grandet*）、《貝蒂表妹》（*Cousin Bette*）及《高老頭》（*Le père Goriot*）。在《高老頭》中，巴爾札克深入勾劃出資本主義拜金的社會。在這個社會裡，婚姻或愛情常是交易買賣。高老頭是個退休的麵條師傅，存了不少錢，早年喪妻，在兩個女兒身上投下大把親情和鈔票，卻並不指望女兒回報。他為這兩個女兒找到了富貴的丈夫。後來這兩個女兒竟都有了情夫，情夫欠的債居然由高老頭典當償還。高老頭死於貧病，臨終時兩個女兒都不在身邊。即使廉價的葬禮，兩個女兒也沒參加。這種祈盼年邁父母死亡的棄老悲劇，是人類的自私本性，到處都在發生，又何僅是資本主義的社會？巴爾札克的 90 部作品，廣泛地表現了文學反映生活現實的意義。

　　他的桌旁有一尊拿破崙執劍的雕像，劍鞘上有巴爾札克的豪語：「這把劍所未完成的，我用筆來完成。」拿破崙亦曾說過：「有時筆的力量比刀劍還大。」

5.3.3　福樓拜

　　福樓拜（Gustave Flaubert, 1821-80）出生於外科醫生的家

庭，19歲去巴黎讀法律，再轉念醫科，因病輟學，轉而專心寫作。他25歲時父親去世，豐厚的遺產令他可埋首於文學創作，但一生創作數量不多。他在35歲那年發表了第一部長篇小說《包法利夫人》（*Madame Bovary*），同時代的一位法國文學評論家曾說：「在法蘭西小說史裡，《包法利夫人》是一個日期，點出某些事物的結束和某些事物的開始。」此語道出福樓拜作品標示著一個時代的來臨。實際上，《包法利夫人》也被公認為近代歐洲最重要的小說之一。然而小說發行後，政府旋即以敗德及誹謗宗教定罪。福樓拜雖由名律師辯護逃過此劫，卻也因此放棄現代小說，專以古代題材寫作。《薩朗波》（*Salammbo*）就是以西元前3世紀反抗迦太基（Carthage）人為背景的歷史小說，小說發表後頗受歡迎，甚至法國皇后都感興趣。福樓拜也曾著力培養青年時期的作家莫泊桑，奠定其日後成為世界短篇泰斗之基礎。

　　福樓拜被稱為「寫實主義的大祭司」。他認為文學創作要有獨到之處，唯賴仔細觀察，才得洞悉前人未見之處。福樓拜曾說他要尋找的不是港口，而是大海。他自比採珠者，深潛海底尋珠，力求作品精密，字句反覆推敲，有時甚至整頁刪去。這種作風和魯迅相似，魯迅在寫完一篇小說後，也是一再刪節修改。《包法利夫人》是福樓拜的代表性小說，近代文學理論家均視其為指標性作品。此小說敘述鄉村出身的姑娘愛瑪（Emma）一步步走向死亡的悲劇。為了寫《包法利夫人》，福樓拜曾專程去背景實地勘察5年之久。

　　天生麗質、心地純潔的愛瑪是農莊主人的獨生女，被送到修道院接受教育。她的缺點是好幻想、愛慕虛榮，及生性浪漫──幻想與現實的差距造成愛瑪終極的悲劇。她長大後嫁給平淡乏味、缺乏想像力的小鎮包法利醫生，成為包法利夫人。沉悶的鄉鎮生活令她陷入極度的煩悶，醫生竟未覺察到

妻子的心態變化。她在伯爵奢華的舞會裡看到子爵的風度翩翩，成為她的幻想及偶像。這種強烈的對比也讓她對小鎮越感厭煩。包法利醫生為解除妻子的痛苦，遷到一個較大的城鎮。在這裡她結識氣質浪漫的年輕書記里昂，陷入一段短暫的愛情。里昂到巴黎去應考，愛瑪再嚐空虛滋味。她已年近30，生了女兒，浪漫情懷卻還如少女。接著逢場作戲老手小地主羅道爾弗出現，立即成為愛瑪的新歡。他後來玩膩了，她卻愈陷愈深，不能自拔。里昂學成後回來開業，再度勾引上愛瑪。愛瑪為了與情郎相見及享受奢華生活，大肆購買衣物、奢侈品、豪華地毯、裝飾等。終而債台高築，被催逼到家當廉價拍賣，而里昂亦對愛瑪失去興趣。拍賣單貼上門那天，愛瑪四處奔走求助，但一切均屬枉然，她終於回家吞砒霜自盡。愛瑪的悲劇是永遠憧憬地平線的另一端，沉迷在抽象的情慾及歡樂中，完全忽略生活的現實。幾次毀滅性的婚外情，終導致致命的毀滅。

《包法利夫人》詞藻優美，書中名句不勝枚舉。福樓拜終生未婚，曾與一女詩人有過失敗的戀愛，晚年生活寂寞，更勤加寫作。他透過《包法利夫人》抒發心中壓抑的感情，亦深深愛自己所創造出的包法利夫人——浪漫且富有詩意的愛瑪。他曾說過：「我就是包法利夫人。」

5.4 德國及北歐的寫實主義文學

德意志一直未能建立民族統一國家。經過長期的封建分裂及延緩，最後終於由最大邦普魯士完成德意志的民族國家統一大業，主持大業的是出身普魯士貴族的俾斯麥首相（Otto von Bismarck）。1862 年他受普王威廉一世之命擔任首相時對國會演說道：「德意志仰賴於普魯士的，不是自由主義，而是其實力。決定時代大問題的，不是演講和會議桌上的多數

表決⋯⋯而是靠鐵和血。」「鐵和血」表示戰爭，而德意志帝國就在一連串戰爭中締造成功，其中具有決定性的是普法戰爭。1871 年普魯士戰勝，在凡爾賽宮的明鏡廳（the Hall of Mirrors of Versailles）簽約，普王威廉一世被宣稱為「德帝」，正式建立了德意志帝國。

俾斯麥出任首相後即大量輸入英國的工業及自然科學，德意志乃由農業國家逐漸轉變為工業國家。而德國在文學上的寫實主義也開始建立，但除史篤姆外多不被國人所知，作品亦鮮譯成中文，成就不及英、法、俄作家。

史篤姆（Theodor Storm, 1817-88）是德國寫實主義的詩人及小說家。他晚年的代表作是《白馬騎士》（*The Rider on the White Horse*）。寫一個騎在白馬上的築堤官員，為了救一家人躍入海嘯。小說表達的固是愛心與犧牲，也呈現人類與大自然的抗衡及神祕的靈魂世界。

令史篤姆聞名於世的是他的中篇小說《茵夢湖》（*Immensee*）。這部小說寫出童年快樂的消失。書中瑞海德與伊麗莎白是童年伴侶，當瑞海德離家去念大學時，兩人之間的友誼終止了，但是彼此卻開始思念對方。伊麗莎白先是拒絕了瑞海德好友的追求，最後終於嫁給他。多少年後，至今未婚的瑞海德前來茵夢湖，然而逝去的愛情已無法追回。湖中一朵潔白的睡蓮給了他突然的啟示。他奮然躍入湖水，游向睡蓮——他再也採不到那睡蓮了。因為睡蓮象徵不可再得的愛情。幾個主角在故事結束時沒有一個是快樂的。《茵夢湖》是如此的感傷及淒美，許多人以它為德國文學的入門書。《茵夢湖》全世界出名，知道作者名字的反而不多。

北歐的寫實主義文學和德國一樣無法與英、法、俄諸國抗衡，但是也出現了一些傑出作家。挪威是 19 世紀初獨立的新國家，獨立之後不久即有易卜生出現；挪威尚有小說家班

生、哈姆生及翁塞特等，均曾得過諾貝爾文學獎，但其作品國人並不熟悉。丹麥則有寫童話故事的安徒生（Hans Andersen, 1805-75）。

瑞典的文學產生得遲，以小說家**史特林堡**（August Strindberg, 1849-1912）成就最高。史特林堡實際上是一個自然主義的作家，但畢生苦惱徬徨，作品灰暗陰鬱。重要作品有戲劇《死的舞蹈》（*The Dance of Death*）及有名的自傳《孤獨》（*Alone*）。

5.4.1　易卜生

條頓民族中最偉大的寫實主義作家首推易卜生（Henrik Ibsen, 1828-1906）。他出生在挪威，但有丹麥和德國血統。易卜生的父親是木材商，幼年生活安逸。8歲那年父親破產，於是人情淡薄的世態浮現。他被送去一家藥房作小夥計，工作辛苦，一空下來即自修拉丁文、希臘文及學習作詩，早年的詩充滿浪漫幻想及感傷情緒。

他被公認為莎士比亞之後最偉大的戲劇家，被譽為「現代戲劇之父」，一生50年的創作生涯共寫下了50部戲劇。他在23歲那年出任勃根（Bergen）劇院編劇和舞台主任，此劇院要求他每年要寫一部劇本。這為他提供了舞台，也給了他壓力。他因不滿挪威政府在1864年憤而出國，在國外住了27年，周遊各國擴大了他的視野。1891年他回到挪威祖國定居，之後兩次中風令他不能再創作。1906年易卜生去世，挪威為他舉行了隆重的國葬。

按思想及藝術的發展，易卜生的劇作大致可分為三個時期：

⑴早期創作（1850-68）：多以挪威古代傳奇、民歌及神話作素材，且多為詩體劇。但也描述古代愛情與婚姻的矛

盾，他認為愛情是詩，婚姻是散文，兩者截然對立。此時期他是浪漫主義作家，最傑出的作品是《布朗特》（*Brand*）及《培爾·金特》（*Peer Gynt*）。《布朗特》是寫堅強固執的布朗特牧師，到北方海灣邊的小村傳教，不顧一切追求理想，最後被雪崩壓死在山上。易卜生顯然是以布朗特的形象反映他自己為理想奮鬥的過程。《培爾·金特》也如《布朗特》，都是描寫人的意志，不同的是培爾是個輕鬆、可愛，隨意的農人。在外國闖蕩多次，年老之後回到挪威，再和深愛他、等了他一輩子的女人結合。《培爾·金特》是部複雜的戲劇，充滿了幻想和寓意，曾被挪威最有名的作曲家格里葛（Edvard Grieg）譜成有名的《培爾·金特組曲》。

(2)中期創作（1869-1890）：易卜生的創作進入寫實主義，在藝術形式上由詩體劇轉向散文體的戲劇，一共寫了9部以社會及家庭為內容的「問題劇」（Problem Play）。這些劇本奠定了他繼莎士比亞之後，成為世界上最偉大的戲劇家的地位。社會劇是以日常生活及社會矛盾為題材。其中最有名的是《人民公敵》（*An Enemy of the People*）一劇。此劇主角是個小城浴場的醫生，他建議關閉被工廠污染有危險的浴場，引起利益人士的反對。他不顧一切，自籌真相說明會。而市長及利益人士操縱說明會，進行「民主表決」，宣佈他是「人民公敵」，驅逐出市鎮。醫生受到打擊，並不氣餒，反而悟出一個真理：「最有力量的人是最孤立的人」，他在《人民公敵》中又道：「少數可能是對的——多數卻經常錯誤」。這種理想主義及個人主義的色彩可能受到尼采「超人」思想的啟示。

易卜生寫了一組三部討論婦女解放的戲劇，其中以《玩偶之家》（*A Doll's House*）最為出名，它是世界上第一部把家庭問題作為社會問題搬上舞台的劇本。此劇中女主人娜拉看

穿丈夫的自私自利,最後棄他而去。此劇易卜生表達了對婦女出路的思考及對大男人主義的攻擊。全劇高潮及衝突不絕,第三幕後半段猶如婦女解放運動宣言。

(3)晚年時期(1891-1906):易卜生在63歲回到了離開27年後的挪威祖國。他的晚年創作是4部心理劇,被視為後來歐洲「心理戲劇」的濫觴。這些劇寫得比較細膩,有濃厚的悲觀及象徵主義色彩,不似以往劇作的激烈及大氣魄。

5.5 英國的寫實主義文學

19世紀30至70年代,英國資本主義發展迅速,而文學(尤其是寫實小說)也取得了巨大的成就,史稱「維多利亞文學時期」(Victorian Literature)。維多利亞女皇從1837年到1901年在位達64年之久,英國在殖民政治上步入「日不落國」的盛世。文學上也由暴露資本主義的無情及黑暗,轉型為表現人情及憂患意識的寫實文學。

18世紀末法國的大革命帶給英國的資產階級相當大的震撼,他們顧慮到英國人民也會效尤,於是一方面實施較自由的政策以緩和階級對立的矛盾,一方面藉理論為資本主義作後盾。如馬爾薩斯的人口論,指責社會貧困乃因人口的過剩;曼徹斯特派的自由競爭學說認為資本家謀取無限的利潤乃一合理現象;哲學上的功利主義肯定了資本家的利己思想。這一切都影響到英國的寫實主義文學。由於英國的強盛,人們普遍相信通過合法的過程,可以緩和及解決矛盾。此外英國民族長期尊崇「紳士」(gentleman)風度,所以文學作品少有強調暴力的題材,而是多方表現優雅、容忍及自律的氣質。當然,島國心態的重物質、褊狹及繁瑣也常在作品中出現。值得注意的是此時期英國出現了許多傑出的女作家,她們的作品更是有以上的特點。

5.5.1　狄更斯

　　狄更斯（Charles Dickens, 1812-70）是 19 世紀寫實主義最重要的作家。 19 世紀或以前的作家很少像他一樣，生前即獲得高度的讚譽。狄更斯出身貧民區，是家中最大的男孩，僅有 3 年小學教育，父親在他 11 歲時因債務入獄。 12 歲生日那天，他到一家皮鞋油廠作童工。狄更斯 15 歲即因家庭貧困進入職場，先後作過律師樓的抄寫員、速記和新聞記者。 24 歲那年他開始專職寫作，第一部長篇小說《皮克威克外傳》（*The Pickwick Papers*）即讓他變成當時最受歡迎的作家，從此展開了長達 30 多年的輝煌創作生涯。因為幼時的貧苦、作童工、舉家被關進「債務人監獄」，所以他以悲天憫人的胸懷描寫下層社會，特別是貧苦兒童知名。他筆下的窮人純真而相互扶持，權貴多金之士則常是醜惡。

　　因為出了大名，所以當時他對英國的影響很大。比如《孤雛淚》裡孤兒院內多種陋規與不人道、他父親坐過的債務人監獄中種種黑暗，都因出現在他小說中而獲得改善。有人說：「英國之所以沒像法國一樣發生流血革命，狄更斯厥功至偉。」他對世界文學影響深遠，甚至大文豪托爾斯泰也承認受了他的影響。直到今日一百多年後，他的小說還是流行於世界各地，並非只有學者作文學研究之用。

　　狄更斯的一生充滿了傳奇色彩。他晚年已不創作，卻成為成功的演講者。去世前 10 年在國內外巡迴登台，曾兩度訪問美國，直到累倒半身不遂。他的婚姻也同樣戲劇性，在貧困時期與上司的女兒結婚，生了 10 個兒女，共度 22 年後分居，卻終生愛著自己的小姨子。他 44 歲時和 18 歲的女演員因排戲戀愛而同居。 58 歲那年中風去世，入葬西敏寺教堂裡的「詩人之角」。

　　綜觀狄更斯這一生從事了 37 年的創作，寫下 14 部長篇小

說、20餘部中篇、數百篇短篇小說。人道主義是狄更斯小說的基礎。他真誠地寫出他感受的生活及生活中的感受。他不直接作心理描述，而是以外在語言、行動、面貌表情來暗示人物的內心世界。在小說美學的考慮，沒有必要寫得很白，隱喻暗示更具藝術性，更增加神祕的色彩，讓讀者發揮想像。狄更斯小說的另一魅力是幽默。此外他筆下塑造的人物多屬單層次的典型人物，性格及價值觀鮮明，有高同情心。因為多屬理性人物，讀者也比較容易了解及掌握。

狄更斯的小說充分地顯示了文學的社會功能，而且思想性與藝術性並重。他的14部長篇小說以《孤雛淚》、《塊肉餘生記》及《雙城記》最為出名。

《孤雛淚》（*Oliver Twist*）敘述孤兒奧立佛・兌斯特在工廠作童工。資本家對童工殘酷剝削。於是奧立佛逃亡到倫敦，加入扒手集團，和下層社會混在一起過犯罪生活。狄更斯以此書展開對資本主義、社會制度的攻擊，同時也以此書闡明在資本主義社會「貧窮就是罪惡」，以及「貧窮令人犯罪」的說法。

《塊肉餘生記》（*David Copperfield*）是自傳體的小說，現在許多譯本直譯書名為《大衛・高柏菲爾》。主角姓名英文縮寫 D. C.即是 Charles Dickens 英文縮寫 C. D.的反置。大衛出生時父親已過世6個月，所以是個遺腹子。此書對大衛童年生動的描繪，大致就是狄更斯本人的童年。所以狄更斯說：「這是我最愛的一本書，就像我自己的孩子。」書中大衛最後成為著名作家，更是影射狄更斯本人。此書狄更斯以自知觀點書寫，所以真實感的錯覺是迷人的特色之一。書中大衛的妻子朵拉（Dora）非常像狄更斯在真實世界裡愛過、但因貧窮而娶不到的一個銀行家的女兒。狄更斯小說裡創造的人物常是黑白分明、善惡顯著。但是大衛的優缺點在書中一一呈

現，而且隨著年齡的增長，性格改變也被描繪出來。此外本書對話簡潔，語調切合人物的性格及身分。書中描述環境及景色均極精彩，有一段敘述雅木斯暴風雨的景色更是出色，許多文評認為是英語文學中最動人的描述。《塊肉餘生記》在結構及文字方面有些瑕疵，但筆調真誠感人至深，也遮蓋了這些缺點。

　　《雙城記》（*A Tale of Two Cities*）是本史詩性的巨著，以巴黎與倫敦雙城為舞台，背景是 1789 年的法國大革命。小說揉合了政治與愛情，也寫人為他人犧牲自己的高貴情義。本書是狄更斯根據蘇格蘭著名歷史學家卡萊爾（Thomas Carlyle, 1795-1888）的《法國大革命》（*The French Revolution*）一書作藍本，但是《雙城記》的文學戲劇性要遠超過歷史真實性。故事的主角法國梅尼特醫生因正義感被侯爵兄弟誣陷關進著名的巴士底監獄（Bastille State Prison）達 18 年之久。梅尼特醫生在獄中立誓要向整個侯爵家族報復。他出獄後，身體逐漸恢復，精神也告昇華——寬恕逐漸取代仇恨。他明知追求他女兒露西的是侯爵的姪兒達梅，仍以女兒的幸福為重，同意這椿婚事。

　　法國大革命爆發，壓迫人民的貴族紛紛被送上斷頭台。達梅為了證明侯爵家一個老管家的無辜，冒險回巴黎營救而被革命者捕獲，終於被判處死刑。露西另一追求者英國律師卡登雖未蒙垂青，卻為了她的幸福，竟與友人混入監獄，冒名頂替達梅走上斷頭台。達梅則被卡登的友人用蒙藥迷昏，揹出監獄。卡登本來是個放蕩、悲觀、無理想的人。這次為成全露西的家庭而死，猶如耶穌替世人受難而獲得永生。狄更斯更引用《新約》的詞句來謳歌卡登的人格高貴。

　　小說中描寫法國貧民喪失理性，被瘋狂嗜血的獸性支配，不只摧毀了惡名的巴士底監獄，也建立了新的監獄，以

暴力嚴懲曾壓迫他們的貴族。而梅尼特醫生則表現了仁愛、寬恕的基督教精神。他一面營救獄中的女婿，一面為獄中所有的囚犯和獄卒看病。狄更斯創作《雙城記》的最高意圖，即是塑造醫生和卡登的正面形象，用愛消滅恨。《雙城記》中攻打巴士底監獄、法庭審判時群眾歡呼的場面、故事情節幾條主線的交錯、對比、倒敘、插敘的筆法，均運用自如。狄更斯既肯定法國大革命，也譴責群眾的暴力行為，這之間並無牴觸，因為這就是歷史的演進、這就是人性。本書後章介紹的俄國 20 世紀小說《齊瓦哥醫生》，也有異曲同工之比照。

《雙城記》一開始就是常被人引用的名句：「這是最好的時代，也是最壞的時代」（"It was the best of times, it was the worst of times"），而結尾時卡登律師穿了他的情敵達梅的囚衣慷慨赴刑之前的一段話，亦成為傳誦一時的名句：「這將是我作過最美好的一件事；這將是我走向最美好的一次長眠（意指死亡）。」（"It is a far, far better thing that I do, than I have ever done; it is a far, far better rest that I go to than I have ever known."）

5.5.2　夏綠蒂·勃朗特

一個由愛爾蘭移來英格蘭，幾近失明的鄉村牧師勃朗特生了三個才華洋溢，不太在社會上露面的女兒。三個女兒夏綠蒂、艾蜜莉及安妮相隔各兩歲，且都短命，但她們在英國文學史上卻佔有相當的地位。三人的代表作各為《簡愛》、《咆哮山莊》，及《艾格尼斯·葛雷》，三本書均在 1847 年出版，只相隔兩個月。出版之後短短的 19 個月，艾蜜莉、安妮及她們的弟弟三人相繼去世。夏綠蒂則歷盡艱辛，39 歲時也先於父親辭世。**安妮·勃朗特**（Anne Brontë, 1820-49）是三

個姐妹中年齡最小，性格最溫柔的。生前她曾作過5年的家庭教師，所以她的兩本長篇小說之一《艾格尼斯‧葛雷》（*Agnes Grey*）即是以家庭女教師作主角。因為此書與姐姐艾蜜莉的《咆哮山莊》一起發表，加上《簡愛》在兩個月前出書造成大轟動，所以她的第二本長篇小說立即也被出版商接受付梓。只是，她只多活了1年就以29歲去世。一般認為她的才華比不上兩個姐姐。

夏綠蒂‧勃朗特（Charlotte Brontë, 1816-55）是三姐妹中年齡最長者，但是她上面還有兩個姐姐，下面還有一個弟弟。夏綠蒂的母親在她5歲時去世，6個小孩也不可能得到多少照顧。他們住在偏僻荒涼的牧師宿舍裡，大半的時間花在閱讀及練習作文上，這也培養了三姐妹日後寫作的基礎訓練。姐妹們後來被送往慈善寄宿學校，大姐和二姐卻都死於學校爆發的傳染病，於是大姐化身為夏綠蒂小說中的人物，因為她常想到溫柔耐心的姐姐垂死時的憂鬱，以及學校老師對姐姐的苛刻。夏綠蒂為人嚴肅、沉默、自信而堅信上帝。《簡愛》（*Jane Eyre*）是夏綠蒂最出名的長篇小說，敘述孤女簡愛一生與命運奮鬥的故事，也是夏綠蒂以自身經歷為基礎的小說。此書一問世，立即引起英國文學界的注意。

《簡愛》是以第一人稱的自知觀點寫出，所以讀來身歷其境，不知不覺化身為書中女主角。大意是簡愛自幼父母雙亡，在舅舅家及孤兒院過了10年被輕視、受虐待的生活。她長大後到一個莊園作家庭教師，愛上了神祕而有個性的莊園主人羅徹斯特。羅徹斯特忽然闖進了簡愛的人生，向她求婚。就在他們進行婚禮時，一個倫敦來的律師宣佈羅徹斯特已有妻子，就是被關在莊園三樓密室裡的瘋女人。婚禮因而取消。羅徹斯特再提出與簡愛出國的建議。但是簡愛是有原則的人，不願和一個有婦之夫逃婚。她離開後，陷入貧病惡

境，有個年輕的牧師收留了她，並向她求婚。但簡愛要的是愛情，心裡仍然思念著羅徹斯待。最後她又回到一片廢墟的莊園，因為瘋女人放火燒了莊園，燒死自己，也燒瞎了搶救她的羅徹斯特。至此，簡愛才以合法及平等的身分與羅徹斯特結為夫妻。

在這部小說中，簡愛獨立而叛逆的個性，令她成為文學史中一個不朽的女性形象。她代表了19世紀正在萌芽的歐美婦女運動的楷模。她愛上身分懸殊的貴族羅徹斯特，又以他有妻子而毅然離開他，絕不像傳統貧苦女子自甘淪為上層階級男子的情婦。她也不為感恩而屈就於年輕牧師的求婚；最後羅徹斯特失明，簡愛卻主動向他表白愛情。這些都在在展示了女性的尊嚴及獨立自主。《簡愛》可說是英國（可能是全世界）第一部描寫婦女爭取獨立解放的小說。作者選用自知觀點創作，簡愛內心的掙扎、痛苦、叛逆均真切地表達出來，比起選用全知觀點或次知觀點更能引起讀者共鳴。此書的「女性自主」主題影響後世女性主義作家至深。

在她短短39年的壽命裡，夏綠蒂‧勃朗特曾戀愛兩次。第一次是在比利時學德法文時暗戀學校的校長，對方可能從不知情。她在36歲那年嫁給父親的助理牧師，但只過了3年的幸福婚姻生活就病逝了。

5.5.3 艾蜜莉‧勃朗特

夏綠蒂的《簡愛》是一部重要的小說，但是艾蜜莉‧勃朗特（Emily Brontë, 1818-48）卻被認為是三姐妹中最偉大的一個小說家。她一生只寫了1部小說，就是狂野而壯觀的《咆哮山莊》（*Wuthering Heights*），此書出版後1年，她便死於肺結核，享年30歲。人們完全料想不到一個天性羞怯、沉默的鄉村牧師女兒會寫出這樣一部「劇力萬鈞」的作品。當

夏綠蒂讀到妹妹的原稿時：「深深為如此無情和不寬容的本性，如此失落和沉淪的靈魂對人的折磨力量而顫抖。」全書充滿黑暗、仇恨、夢魘的浪漫氣氛。一代又一代的文學評論家不斷地試圖探索艾蜜莉‧勃朗特錯綜複雜的內心幽境及創作意圖。

《咆哮山莊》的兩個背景據點是荒野中的咆哮山莊及畫眉山莊，故事以兩個旁觀者的次知觀點寫出。小說一開始就是荒野中一座暴風呼嘯的山莊。山莊的主人老厄恩蕭由利物浦城街上帶回一個流浪小男孩。為了紀念他童年夭折的兒子，他們給他取名赫斯克里夫（Heathcliff），這是他的名字，也是他的姓。他留下來，就此進入日後他要主宰和摧毀的家庭。赫斯克里夫在咆哮山莊成長，受到養母與養兄海德利無情的虐待，養成他孤僻、堅忍的性格。他體魄健壯，一開始就吸引了與他朝夕相處的凱瑟琳——海德利的妹妹。老厄恩蕭死後，海德利成為一家之主，對赫斯克里夫加倍虐待，並認為妹妹鍾情於有吉普賽血統的赫斯克里夫有辱門楣。在艾蜜莉筆下這個淒冷的世界，赫斯克里夫與凱瑟琳兩人彼此深刻的理解與同情，愛情就在此萌生。然而，咆哮山莊不是一個遺世的存在，凱瑟琳也難以抗拒門第和階級的觀念，她終於嫁給附近畫眉山莊（Thrushcross Grange）門當戶對的繼承人艾德加‧林頓。倔強的赫斯克里夫憤而離開咆哮山莊，發誓要發了大財回來報復。凱瑟琳真正愛的是誰？她曾對女管家說：「如果一切消失了，只要他存在，我也存在。如果一切仍然存在，而他消失了，那整個宇宙就變成巨大的陌生，我再也不是那其中一分子。我對艾德加‧林頓的愛是林中的葉子：我完全知曉，在冬天樹木變化的時候，時光也會變化葉子。我對赫斯克里夫的愛則是樹下恆久不變的岩石……我就是赫斯克里夫！」

數年以後，高大英挺的赫斯克里夫果然發了大財回來。他告訴凱瑟琳他只愛她一個，兩人都已婚，卻更瘋狂地相愛。而他開始對兩家的兩代展開無盡的報復，溫情、人性盡失。這些被他夾殺的男女都是他的親戚。懷有身孕的凱瑟琳身體日衰，死前赫斯克里夫擁她入懷說道：「凱瑟琳，為什麼妳要背叛自己的感情呢？」凱瑟琳此刻才意識到生命中最可貴的，就是她和赫斯克里夫之間的感情。她掙扎到死，當天晚上 12 點生下一個小女孩，隨著她也取名凱瑟琳。

　　凱瑟琳死後變成鬼魂，一直在曠野和咆哮山莊遊蕩，作了 20 年的遊魂，等待著赫斯克里夫。而赫斯克里夫在雪夜掘開凱瑟琳的墳墓，只為再看一次情人的面容。他為了和死去的凱瑟琳相會，故意折磨自己，不吃不喝，激動地等待死神的召喚。終於，他和凱瑟琳的愛情超越時空、超越死亡，獲得永恆的歸宿。這些情節不只驚心動魄，還有強烈的藝術性。小說結束時，路過墳場的男子感慨地說：「我在和藹的天空下留連於這三塊墓碑。望著飛蛾在石南叢和藍鈴花中鼓翼飛翔，聆聽輕柔的風吹過青草地，心想誰會想像長眠於此沉默泥土中的人竟會睡得不穩。」

　　艾蜜莉一生沒有明確戀愛經歷，住在父親約克郡教區偏僻的牧師宿舍，竟然寫出如此富有想像力、如此震撼的作品。

5.5.4　珍・奧斯婷

　　珍・奧斯婷（Jane Austen, 1775-1817）很難被歸類為哪一個時期的作家。她出生在 18 世紀，到 1811 年才開始正式有小說出版，所以她的文學生涯實際上是 1810 到 1817 這 7 年。在她的年代浪漫主義開始流行，但她並未受到多少影響。英國有「維多利亞文學」（Victorian Literature），那是維多利亞女

皇在位的 1838 到 1901 年，然而奧斯婷在女皇出生前 1 年即已過世。但以寫作風格而言，還是把她歸類為寫實主義的作家最適宜，即使她比所有寫實主義作家都早了幾十年。

奧斯婷也是個鄉村牧師的女兒，只有 5 年的學校教育。她成長的環境是溫暖的家庭及許多的朋友，而且從未離開故鄉的小村子。奧斯婷只活了 42 歲，可能是死於罕見的腎上腺退化症，是一種免疫系統的疾病。她一共寫了 6 部小說，其中《傲慢與偏見》（*Pride and Prejudice*）、《理性與感性》（*Sense and Sensibility*）及《愛瑪》（*Emma*）三部最為國人熟悉。小說發表時，書面上全印的是筆名，沒有一部用「珍·奧斯婷」這個原名。

《理性與感性》是她第一部出版的小說，敘述一對姐妹，一個代表理性，一個代表感性。此小說曾被畢業於板橋國立台灣藝術大學的導演李安拍攝為電影。《傲慢與偏見》是奧斯婷最出名的小說，敘述一男一女初見以為對方傲慢及充滿偏見，但這個誤會終告冰釋，彼此互相啟發。《愛瑪》被形容為一部「沒有謀殺的神祕小說」，是奧斯婷唯一一部從頭到尾都有喜劇氣氛的小說。

奧斯婷用對話來呈現筆下平常人物的個性、生活態度及情緒，小說中並沒有激情、英勇、大風浪。然而，她由道德中寫出的戲劇性，卻不遜於許多其他作家由災難、孽情、戰爭、謀殺中發展出的激烈情節。有論者認為她出名的原因，只是作品反映了當時的社會現象。實際上意義應遠不止於此，深入探討可看到她作品細膩、雋永而生動的層面。她的小說及前節介紹的《簡愛》深得我國高中女生偏愛，也常被列為課外讀物。

5.5.5　哈代

　　哈代（Thomas Hardy, 1840-1928）是 19 世紀末期英國最重要的寫實主義小說作家。他的初願是成為一名詩人，不是小說家，所以一生共寫詩 918 首，但是人們知道的是小說家哈代，而不是詩人哈代。他活了 88 歲，先寫詩再進入小說創作，晚年又回到詩的創作。哈代是個石匠的兒子，後來到倫敦學建築，同時去大學旁聽文學、哲學等課程。他回到故鄉當了幾年建築師，同時開始文學創作的生涯。50 歲那年因文學創作的卓越成就，被授予功績勳章。1928 年哈代以 88 歲高齡病逝，葬於倫敦西敏寺的「詩人之角」，心臟則葬於故鄉的教堂墓地。

　　哈代一生共寫長篇小說 14 部。多部以威塞克斯（Wessex）為背景，這是他用古代西撒克遜人的國名所虛構的地名，所以這些小說又被稱為「威塞克斯小說」。最出名的是《黛絲姑娘》（*Tess of the d'Urbervilles*）。《黛絲姑娘》用全知觀點寫出，敘述農村女孩黛絲悲慘的一生。她是個純潔、善良、美麗、堅強的女孩，但是好心無好報，佛教的因果論或基督教的恩寵論都抵不過命運對她一再的撻伐。黛絲的父親是個窮苦的鄉村小販，卻自以為是貴族德伯威樂家族的後裔（所以小說名為 *Tess of the d'Urbervilles*）。黛絲為這家族工作，卻被花花公子的少東亞歷玷污懷孕，產出私生子早夭。堅強的黛絲到一個農場去作擠牛奶等粗工，在那裡認識了牧師的兒子安吉・克萊，他是個善良、保守、情感高尚的人。新婚之夜黛絲向克萊坦白自己的過去。不料克萊既有開明的思想，又有維多利亞時期保守的貞操觀念，所以也痛苦地離黛絲而去。這兩個男人對黛絲的打擊，在本質上區別不大。黛絲的父親在貧病中去世、弟妹失學、母親患病，一家淪落街頭。黛絲只得持犧牲的精神，又與她不屑的亞歷同居。而克萊此

時在巴西事業失敗後又回來故鄉，向黛絲懺悔自己過去所作的一切。黛絲悔恨交加幾近瘋狂，在絕望中刺死了害她一生的亞歷。她和克萊在荒野中度過了幾天幸福的逃亡生活，之後被捕，判處死刑。哈代筆下黛絲的一生充滿著偶然和宿命。小說的副標題是「忠實呈現一個純潔的女人」（A Pure Woman Faithfully Presented），表示哈代肯定這個有私生子、又與人同居的「殺人犯」女子。這對當時的道德觀念是一項大挑戰，所以此書被指為「不道德」。但是哈代反抗社會舊禮法的精神，令他在英國文學史上取得重要地位。黛絲姑娘也成為英國小說中一個炫耀的女性人物。

哈代深受**叔本華**（Arthur Schopenhauer, 1788-1860）悲觀哲學的影響，認為冥冥中一種超自然的力量能壓服人的意志，主宰一切。這種宿命和悲觀的思想支配了他小說創作的主題。他在進入 20 世紀後，寫出史詩劇《列王》（*Dynasty*），全劇 19 幕、133 場，場面廣闊，包括天上和人間兩個舞台，出場有天神、天使、政治家、軍人、百姓民眾等。《列王》媲美托爾斯泰的《戰爭與和平》，描寫的是 1805 年以英國為首的歐洲聯軍對抗拿破崙的戰爭。作品交織著史詩、抒情詩、戲劇及哲理，凝聚為哈代多年創作的藝術總結，也使他成為 20 世紀英國第一位重要的詩人。

5.5.6 薩克雷、喬治‧艾略特、梅瑞迪斯

將這三位作家併在一節，並非他們不重要，而是因為他們不像前述幾位那般被我國人或英國以外的世界所熟悉。

⑴**薩克雷**（William Makepeace Thackeray, 1811-63）是一位以尖刻諷刺見長的小說作家，他認為在資本主義的社會裡不可能有正面人物——正面人物只有一個，就是金錢。薩克雷最著名的小說《浮華世界》（*Vanity Fair*）即是顯示出上流社

會人物的貌似善良風雅，實際上趨炎附勢、爾虞我詐。《浮華世界》出版後帶給他大名大利。之後他和當時同享盛名的小說作家狄更斯爭吵打筆戰。52 歲過世，西敏寺內為他立了一座半身雕像作紀念。

(2)**喬治‧艾略特**（George Eliot, 1819-80）原名 Mary Ann Evans，她用了一個男性的筆名（喬治‧桑也是用男人名作筆名）。這段時期英國出了勃朗特三姐妹、珍‧奧斯婷、蓋斯凱爾夫人及喬治‧艾略特 6 位女性作家，她們均在世界文學史上佔有重要地位，這是人類文學史上首次有如此多優秀女性作家出現，也表示女性由此時開始走出。喬治‧艾略特是個學識飽滿、有虔誠宗教信仰的女作家，本來為基督教工作，40 歲才開始出版第一部小說。她最出名的小說《織工馬南傳》（*Silas Marner*）是一部充滿哲學思維的佳作。實際上，在維多利亞時期，英國文壇有強烈的理性趨向，作品常不重視藝術性，而是以探討人生、探討社會黑暗面及崇尚道德為主。喬治‧艾略特的幾部小說亦是如此。

(3)**梅瑞迪斯**（George Meredith, 1828-1909）是維多利亞時期的著名小說家及詩人，16 歲那年就終止了正式教育。他最傑出的小說《自私者》（*The Egoist*）寫一個有錢人為結婚對象而困惑的故事，此人拿不定主意是要娶一個有錢美貌的，還是自己喜歡的。此書一出，他名利雙收。他的小說文字有些晦澀，但是在心理剖析方面卻細密、銳利而出色。

5.6　俄國的寫實主義文學

19 世紀中葉開始，英國進入「日不落國」的極盛時期。然而俄國還處在沙皇專制統治下的農奴社會，資本主義的發展遠遠落後於西歐各國。在這種社會背景下產生的寫實主義文學，矛頭當然會指向農奴及專制政治。直到 19 世紀後期，

俄國文學才對資本主義的批判加強。因此，俄國寫實主義文學具有較強的革命性、戰鬥性和民主傾向。

俄國的寫實主義文學形成於 19 世紀的 30 年代，70 至 80 年代達到鼎盛期，20 世紀初逐漸沒落。它的奠基人是普希金。俄國是歐洲的文化落後國家之一，有人曾說真正的俄羅斯歷史應始自 19 世紀，如果此說過份誇張，起碼文學上俄國要到 19 世紀下半葉才開始有光芒出現——而且是大放光芒。沒有一個國家像俄國那樣，在不到百年的時間便能在文學領域出現過如此閃若星群的偉大作家，尤其是杜思妥也夫斯基及托爾斯泰兩位小說作家，更是名重一時。托爾斯泰的《戰爭與和平》被認為是 19 世紀最偉大的小說；20 世紀最重要的「英語」小說則是喬伊斯的《尤利西斯》（見第八章）。

美國南北戰爭（1861-65）後，黑奴得到解放，但俄國此時仍有殘忍的農奴制度（Serfdom），所以俄國到 19 世紀還具野蠻國家的形態，然而俄國文學卻在此時大放光芒——在絕對專制的體制下產生偉大的文學，在世界文學史上可說是個異數。這個異數產生的原因有二：一是因為相繼出現曠世天才的偉大作家；另一是因為這幾位天才把俄國人堅韌不拔、忍受苦難的精神寫成偉大的文學作品。以下介紹重要的俄國寫實主義作家，普希金雖為寫實主義奠基人，但他多數作品仍屬浪漫主義，所以歸類在上章。

5.6.1　果戈里、伯林斯基及岡察洛夫

⑴果戈里（Nikolai Gogol, 1809-52）是承繼普希金之後的寫實主義小說作家。他繼承並發展了普希金及萊蒙托夫所開創的寫實主義，創造了俄國文學史上的「自然派」——即是俄國的寫實主義。雖說普希金是俄國寫實主義的「奠基人」，但是普希金是在後期才由浪漫主義轉向寫實主義，並沒有重要

的寫實主義作品。而果戈里的長篇小說《死靈魂》（*Dead Souls*）及短篇小說〈外套〉（The Overcoat）被認定是俄國寫實主義的「奠基之作」。他不但是小說家，也是戲劇作家。魯迅稱譽他為「寫實派的宗祖師」。

　　果戈里出生於烏克蘭，父親是地主。他高中畢業後立志獻身社會，前往聖彼得堡工作，在政府機關裡作小抄寫員。這段卑微的小公務員生活令他體會到小人物的心境，成為日後寫作的重要素材。果戈里在 21 歲那年與仰慕已久的普希金相識，並結為知友。他花 7 年心血寫成的《死靈魂》是揭露農奴制度的諷刺之作，發表之後在思想界及文藝界掀起劇烈的論爭，焦點是擁護或反對農奴制。果戈里企圖走中間路線，卻陷入新的精神痛苦。1847 年果戈里居然公然為沙皇專制政權和農奴制度辯解，引起各方對他的攻擊。果戈里執迷不悟，四處流浪，最後定居莫斯科。在那個城市他在一個狂熱的僧侶影響下行一種精神上的巫術，最後竟把《死靈魂》第二部的草稿付之一炬，10 天後在接近瘋狂的狀態下死亡。幾乎果戈里的每部作品都引起論爭。許多作家以果戈里為楷模，甚至結成「果戈里學派」，激發俄國文學史上第一波創作高潮，也為俄國文學帶來空前盛況。

　　⑵**伯林斯基**（Vissarion Belinsky, 1811-48）只活了 37 歲，但是他是當時俄國最傑出的思想家及文學評論家。伯林斯基在莫斯科大學就讀時，寫了一齣攻擊農奴制度的劇本而被大學開除。之後他以作記者為生。伯林斯基受到黑格爾及浪漫主義的影響，但逐漸發展出他自己的文學批評理論。這些文論影響頗深，更為俄國的文學批評及未來文學的走向奠下基礎。基本上伯林斯基的理論是「文以載道」，認為文字及藝術只是溝通表達的工具，內容才是最重要的文學意義及效能。這種看法贏得了下一個世紀共產黨的全力支持，因為共產黨

的文藝理論便是「文學只是工具」——用於革命及改造社會。

(3)**岡察洛夫**（Ivan Goncharov, 1812-91）是個富有的糧商之子。他由莫斯科大學畢業後進入政府工作了 30 年。在他平凡的一生中最不平凡的事就是在 1852-55 年，做一個俄國海軍上將的祕書，隨上將去過英國、非洲及日本。他把這次日本見聞寫入他的《派拉達戰艦》（*The Frigate Pallada*）一書中。岡察洛夫年輕時有神經不穩定的病症，後來他曾指控屠格涅夫及法國作家福樓拜剽竊他的小說，但是之後他又和屠格涅夫合影，照片中還有托爾斯泰及一些其他作家。

岡察洛夫最有名的小說是《奧勃洛莫夫》（*Oblomov*）。小說主角奧勃洛莫夫是個受過良好教育、聰明的貴族青年。因為優柔寡斷，被批評者稱為「俄國的哈姆雷特」。他懶惰成性、整天睡覺，甚至夢裡也在睡覺，最後在睡夢中死去。這個人物代表了典型俄國貴族階級「社會多餘人物」的形象；客觀的意義就是反映貴族社會的終結。所謂的「多餘人」（superfluous man），在此時期通常是有良好教育、聰明、理想化及人品好的貴族，但是無力處理一般生活細節。「多餘人」在此一時期的俄國小說中常出現，譬如普希金的小說《尤金‧奧涅金》為文學史上第一個「多餘人」，接下來果戈里的《死靈魂》、萊蒙托夫的《當代英雄》，以及後來屠格涅夫的《羅亭》均有「多餘人」。

5.6.2　屠格涅夫

雖然屠格涅夫（Ivan Turgenev, 1818-83）的成就比不上同時代的托爾斯泰及杜思妥也夫斯基，他還是 19 世紀俄國最重要的作家之一。他出生於烏克蘭地區一個富裕的貴族地主家庭，長大後入聖彼得堡大學，畢業後入柏林大學留學。他認為在德國的柏林大學學到的最多。

屠格涅夫在德國留學期間已堅信俄國必須要學習西歐國家。他本人對宗教無興趣，這點和他同時期另外兩位大作家托爾斯泰及杜思妥也夫斯基不同。屠格涅夫倡導社會改革，但並不是以流血革命、神祕的國家主義或精神號召來拯救國家。他曾受當時首屈一指的文學評論家伯林斯基的影響。結識伯林斯基後，屠格涅夫放棄浪漫主義，走向寫實主義，此後兩人交往密切直至伯林斯基去世。

　　在與伯林斯基結識的同年（1843 年，屠格涅夫 25 歲），他又認識了法國著名的女歌唱家維亞爾多。她已婚，並有孩子，但是屠格涅夫與她及她的丈夫保持了近 40 年的友誼。這段無法結合的愛情，是爾後屠格涅夫長居國外的原因。他一共寫了 6 部長篇小說，前 4 部都反映了他對維亞爾多終生無法實現的愛情。屠格涅夫在他 34 歲時出版《獵人日記》（*A Sportsman's Sketches*），以人性的立場描述俄國農村的貧窮、地主的苛刻，以及農民的智慧。此書給他帶來極高的聲譽，據說後來的沙皇亞歷山大二世因閱讀此書而決心解放農奴。然而此書剛一出版卻觸怒了沙皇尼古拉一世當局，他被拘留 1 個月，以後又居家管制 18 個月。

　　屠格涅夫的小說有些描寫他所熟悉的貴族知識分子，比如《多餘人的日記》（*The Diary of a Superfluous Man*）、《羅亭》（*Rudin*）及《貴族之家》（*Home of the Gentry*）。在俄羅斯文學中，所謂「多餘人」這名詞就是在《多餘人的日記》一書出版後才開始流行的。然而到了 1860 年代創作達到高峰期時，他把創作人物由貴族轉移到平民，這是為了順應時代發展趨勢。此時他創出了《前夜》（*On the Eve*）及《父與子》（*Fathers and Sons*）兩部引起社會激烈爭議的小說，激烈的程度前所未有。

　　《父與子》是他最為世人所知的小說。小說的英文名

Fathers and Sons，使用複數名詞，代表兩「代」人，也代表兩個階級之間的矛盾。小說的中心人物巴札洛夫是出身農家的醫科大學生，代表「子」一輩的人，也代表平民知識分子；而保守的伯威爾則代表「父」一輩及貴族知識分子。巴札洛夫之後被稱為俄國文學史上第一位「布爾什維克」（即俄語「共產黨員」）。小說開始於巴札洛夫暑假到同學家的莊園作客，同學的叔父伯威爾知道巴札洛夫是個虛無主義者後，極為反感。兩星期後「父」輩與「子」輩之間為社會制度、科學、人民藝術各方面展開了激烈的論戰，故事由此展開。之後因言語衝突，伯威爾挑釁巴札洛夫決鬥被擊傷。巴札洛夫以醫科生專業，對他的敵人施以精心治療。第二天他離開莊園回到年邁的父母身邊，投身於農村爆發的傷寒斑疹醫療。在為病死者作屍體解剖時感染病毒而死亡。

屠格涅夫本身是貴族，卻創造《父與子》中的平民知識分子巴札洛夫為正面人物，這在當時相當不容易，也是他思想的一個轉折。巴札洛夫以科學及理性的態度否定人情、權威以及一切的傳統價值，被稱為「虛無主義」（Nihilism），可能稱之為「否定主義」（Negation）更名副其實。「虛無主義者」（nihilist）這個屠格涅夫創出的名詞，當時大為流行，但也招來保守人士的攻擊。政府認為他思想危險，屠格涅夫乃不得不離開俄國，亡命海外。他在法國住了很長一段時期，變成福樓拜的密友，而莫泊桑等法國年輕作家也崇拜他；然而國內對他的討伐聲不斷，甚至杜思妥也夫斯基及托爾斯泰也猛烈貶謫他的作品，傷他極深。

屠格涅夫在巴黎住在他暗戀的維亞爾多家達 12 年之久。他在國外聲譽相當高，被選入英國皇家學會作通訊會員，也曾被牛津大學授予法學博士的學位。他死在巴黎附近，骨灰運回俄國，葬在聖彼得堡的墓地。

5.6.3 杜思妥也夫斯基

杜思妥也夫斯基（Fyodor Dostoevsky, 1821-81）生在莫斯科一個軍醫的家庭，後來他父親取得了貴族的身分，不過父親酗酒、凶暴，竟被自己的農奴殘忍地殺死。這件事發生時杜氏 17 歲，對他影響頗大，所以之後他的小說也有謀殺、暴力、犯罪等情節，而他的一生也充滿了悲劇性的動盪及混亂。他在 16 歲時入聖彼得堡（後曾改名為列寧格勒，現又改回原名）軍事工程學院就讀，5 年後畢業獲准尉軍階，在政府只作了一年工程員就棄職專事寫作。他的第一部作品中篇小說《窮人》（*Poor Folk*）即得到文學界肯定。此書表達出他對受苦人們的同情，這也是他以後寫作的方向。此時他參加一個偏激的組織，被捕後多人被判死刑。實際上當局已決定緩刑，但押他們上刑場觀看執刑，輪到上場時才宣讀緩刑判決書。杜氏被判西伯利亞 4 年苦役。這 4 年他唯一被允許閱讀的就是《聖經》，對他改變頗大。他放棄原有西歐式的自由及無神論觀點，全心轉向宗教。

苦役之後他又被迫在西伯利亞服了 5 年強迫兵役，然後回到聖彼得堡（1918 年共產革命成功前一直是俄國首都），並帶了在西伯利亞娶的一個寡婦和她的兒子同來。前後近 10 年的流放摧殘了他的身體，使他原患有的癲癇症更為加劇。基本上，他不認為文學應侷限於為社會改革服務，更應著重海闊天空的幻想與想像，也就是後來他所說的「幻想的寫實主義」。但是他也批判當時文學界「為藝術而藝術」的象牙塔論調，同時攻擊西歐暴力革命以求民主的主張。他認為人民要尊奉基督教所提倡的忍耐與順從。這種思想後來一直駕馭著他的創作。然而他又攻擊農奴制度，揭露貴族及資本家的罪惡。所以有些論者認為他是生活在矛盾中。

他在重返聖彼得堡後即重返文壇，此時他 38 歲，後半生

的 22 年寫出大量作品。比較重要的長篇小說有《地下室手記》（*Notes from Underground*）、《罪與罰》、《白痴》（*The Idiot*）、《群魔》（*The Possessed*）、《死屋手記》（*The House of the Dead*）及《卡拉馬助夫兄弟們》。其中《地下室手記》是個中篇，以第一人稱自知觀點描寫一個退休的小文官，因自卑、處處不順而喪失信心。他自閉在地下室，自言自語磨耗時間。

　　《罪與罰》（*Crime and Punishment*）是一部情節曲折而緊張的犯罪小說，同時也牽涉到宗教和道德。小說主角拉斯科尼可夫（又稱洛德亞）是個因交不起學費而失學的大學生，生性高傲、思想複雜。他見到周圍人的貧窮，起了劫富濟貧之心，下手將一個為富不仁、放高利貸的老婦殺害劫財，意圖將這些錢用在有意義的事情上。他認為世人分兩種：芸芸眾生是猶如蟲蟻般的凡人；另一種「超人」則如拿破崙，能主宰自己命運，可弱肉強食、為所欲為。他以為自己屬後者的超人。但殺人劫財後，他卻陷入噩夢與苦惱，還須逃避追捕。最後妓女蘇妮雅用「基督精神」感化他自首，後被判流放西伯利亞服 8 年苦役。在這部小說中蘇妮雅化身為基督救世主，為家人犧牲自己，集各種美德於一身。反面人物是謀財害命的洛德亞，而謀財害命又和革命暴力混為一談。此小說能被視為傑作乃在於其強烈的情節敘述，以及犯罪前後心態轉變深刻的描繪。但在整個小說的描述中，美化妓女蘇妮雅卻令讀者感覺虛假不實，缺乏說服力。後半段更是誠摯感情與八股說教混淆。《罪與罰》裡「罪」的定義不明，多種變貌的「罰」卻成為重點。《罪與罰》提出了一個問題：「上帝是否存在？」由此又衍生可否殺人的問題。小說明顯地是傳達作者的道德觀及宗教觀。

　　杜氏常以客觀筆法，描述各種人物對同一問題發表不同

見解，這種方式很為後世小說作家所模仿。而為了表現洛德亞混亂、矛盾的心理，小說中使用內心獨白、夢境的幻覺、自由聯想，也就是「意識流」的技巧。因此，後世小說作家推崇他為現代派的先驅。杜氏 1881 年去世，跨過 20 世紀後，存在主義開始盛行時，他也被視為一個影響存在主義作家的人，甚至和卡夫卡一樣，被追封為一個存在主義作家。當然，寫實主義也視他為寫實主義最重要的作家之一。這印證了「每個文評家筆下有自己的杜思妥也夫斯基」的說法。

杜氏不幸福的婚姻延續到她的妻子去世為止。兩年後他娶了為他作抄寫的祕書，這是一段美滿的婚姻。他持續創作，寫下最後的一部長篇巨著《卡拉馬助夫兄弟們》（*The Brothers Karamazov*）。但小說未竟完成，他即因肺出血及癲癇症同時發作而死亡，享年 60 歲。《罪與罰》在我國是一部出名的小說，《卡拉馬助夫兄弟們》卻被世界文學界認定是他最傑出的作品。此書在我國沒有大出名的原因，可能是書名太長（和作者的姓一樣長），又是以國人不熟悉的俄國姓氏為名之故。《罪與罰》提出「有沒有上帝？」的問題，杜氏又試圖在《卡拉馬助夫兄弟們》一書中作解答。

此小說反映了生活的現實，又深入探討犯罪心理，融二者為一，這也是杜氏長篇小說的特點。小說的基本情節是卡拉馬助夫這個家庭父子及兄弟因金錢和女人而弒父、手足相殘的家庭悲劇。這種情節，頗似古希臘的人倫悲劇。小說中充滿了政治、哲學、社會、宗教、倫理，以及民族的觀念，又充滿了暴力的動作。一個類似滑稽小丑出身的費爾道‧卡拉馬助夫年輕時作食客，後來竟聚集了不小的家財。為富不仁的老卡拉馬助夫貪婪、淫慾、虐待狂及暴戾，幾個兒子都恨他，希望他死，分他的錢。長子特米脫里曾作軍官，是個個性複雜的人。次子伊凡上過大學，是個有思想的無神論

者。老么阿萊沙是個聖徒型的角色，住在修道院。杜氏的一些宗教觀念都是透過阿萊沙與曹西瑪長老傳達給讀者。曹西瑪長老認為宇宙和諧的祕密不是經由思考獲得，而是由心靈溝通得到。私生子司米爾加可夫成為一名廚師，是個卑劣的人，沒有原則、沒有信仰，完全照自己的慾望行事，為了要得到一些錢花用，不惜殺害自己的父親；他的下場是案破而懸樑自盡。當然，自殺的原因絕不是為了贖罪。

此書情節是家族暴力，但中心思想是宗教信仰對無神論的抗衡，唯物與唯心人生觀的對比。書中有大篇幅與主要情節無關的插曲，這種寫作方法與一般小說相異，但也強化了小說的思想性。有一位 20 世紀俄國哲學家曾說：「俄國出過杜思妥也夫斯基這個人，就是說明世界上為何非有俄羅斯民族不可。」

杜氏在聖彼得堡去世，該城至今仍保有許多杜氏的遺跡，包括由後人考證他小說人物的故居在內。杜思妥也夫斯基一生受盡沙皇政府的迫害，以及貧窮、疾病的折磨，但就如他藉《罪與罰》小說中主角所表達的：「快樂不是從理性的生活獲得的，更是要經過痛苦才能取得快樂。」

5.6.4 托爾斯泰

托爾斯泰（Leo Tolstoy, 1828-1910）不但是大文學家，也是大思想家，與果戈里、屠格涅夫及杜思妥也夫斯基並列為俄國文學的四大巨人。但是托爾斯泰的名聲顯然更大，因為他的《戰爭與和平》被公認為 19 世紀最偉大的小說。托爾斯泰出生於莫斯科以南的一個貴族伯爵家庭，童年雙親即過世。這樣的童年令托爾斯泰成為一個早熟的孩子，幼年即對人與上帝的關係有了疑問。他在家中接受貴族初等教育，16歲入喀山大學，深受盧梭及孟德斯鳩的自由、民主及法治思

想影響。但因不適應大學生活而輟學，回家鄉繼承為莊園的主人。他一面自學各種知識，一面有心著手改善農民與地主之間的關係。但因為利益不同，地主和農民之間的鴻溝是無法跨越的。農民根本不信任地主，改革終告失敗。托爾斯泰在 1851 年參加了俄國駐高加索的砲兵部隊，曾參與克里米亞戰爭，任砲兵連長。克里米亞戰爭（Crimean War）是俄國為要擴充領土而與土耳其、英、法的利益衝突引起的 3 年之戰。軍務之餘，托爾斯泰大量閱讀文學及歷史書籍，並開始文學創作，投稿被刊登在《現代人雜誌》。《現代人雜誌》是 1836 年普希金所創辦，屠格涅夫、果戈里等大作家均與此雜誌有關。 1856 年他解甲歸田，回家鄉辦學校，並與名醫之女索菲亞結婚，婚後生活幸福。

他以 6 年的時間寫成《戰爭與和平》，並在 1869 年發表。這是他的三大代表作之首，其他兩部是《安娜・卡列尼娜》及《復活》，分別出版於 1877 及 1899 年。托爾斯泰完成了《戰爭與和平》後，俄國社會開始產生急劇變化，這影響到他對人生的態度。 1869 年 9 月，他途經阿爾札瑪斯，住在一個骯髒的小旅館，首次體驗到死亡與危機的恐怖，以往平靜的心情遂被擾亂。因此，下一部巨著《安娜・卡列尼娜》充滿了悲劇的氣氛。再下去，俄國社會更劇烈的變動令他內心的矛盾更加深刻。他開始站在農民立場，與貴族對抗。但他的對抗方式是基於宗教及道德，而非採取暴力革命手段。這也就是他的「托爾斯泰主義」——一種宗教性的無政府主義。之後他譏諷俄國由政府辦教會，觸怒了宗教當局，被開除教籍，並通令全國譴責「叛教分子托爾斯泰伯爵」。

他在晚年一方面四處宣揚宗教道德論說，呼籲貴族放棄特權，一方面自己卻生活在揮霍、浮華的貴族生活中。於是他越來越痛苦矛盾，和家族多次發生衝突而出走，過著像苦

修士一樣流浪的生活，另一方面，他擁有龐大的財產，又是個譽滿全歐成功的藝術家。這種矛盾不停地折磨他、困惑他。1910年，托爾斯泰又為了要擺脫貴族的權力而走出莊園。這次他在途中得了肺炎，死在一個遠方的小火車站。此時他82歲，是本書所介紹的作家到目前為止活得最長者之一。

總括地說，托爾斯泰最重要的3部小說，《戰爭與和平》完成於41歲；49歲完成《安娜‧卡列尼娜》；71歲高齡時完成《復活》。他的作品悲天憫人，有宗教的色彩，也有理想化的傾向。如果與另一位偉大的俄羅斯作家杜思妥也夫斯基相比，托爾斯泰著重物質與感官的事物，他的小說是「史詩性的」（epic）；而杜氏的小說著重精神的層面，小說是「戲劇性的」（dramatic）。兩人相同之處是均漠視唯物的科學及理性，且都注入重感性的精神深處層面。因此宗教在兩人的作品中佔有極重要的地位。托爾斯泰常被稱為「托翁」，猶如莎士比亞被稱為「莎翁」。他的長篇小說不但氣勢磅礴，而且面面兼顧；但也有一個缺點，就是情節鬆散。以下對托翁的三大小說作一簡介，由最後完成的作品倒數開始。

《復活》（*Resurrection*）是托爾斯泰在晚年思想轉變後最重要的作品。貴族青年尼哈魯道夫本來是個善良、有良心的人。他真摯的愛著姑母家的婢女瑪絲洛娃，是個農奴的私生女。然而尼哈魯道夫也是一個縱情享樂的人，他誘姦了天真純樸的瑪絲洛娃，丟下100盧布後遺棄她。在階級制度及舊式道德宗教觀下，出了這種事，被害人反而成了犧牲品。她身懷六甲，等於被趕出門，到處飄泊、受盡蹂躪，最後淪為妓女。10年後在操皮肉生涯中，她因有謀害嫖客的嫌疑而被下獄受審，尼哈魯道夫正是陪審員之一。當他發現她的墮落全是因他而起時，又良心發現，四處為瑪絲洛娃奔走，最後

在上帝那裡找到了歸宿，走向「復活」之路。尼哈魯道夫終於信奉「不以暴力對抗」的不抵抗主義，變成「托爾斯泰主義」的化身，然而這種方式的刻劃反而失去人物形象的真實性。而瑪絲洛娃在作妓女的痛苦逆境中掙扎，更加相信命運的必然性。她悟出的新處世哲學是：不僅不以妓女職業為恥，反而心靈麻木地安然認同。當尼哈魯道夫二度探獄向她求婚以示悔改之意時，瑪絲洛娃怒吼：「你在塵世間拿我尋歡作樂不夠，還想在死後的世界裡用我來拯救你自己！」其實這種憤怒的發洩隱示了她的轉變，已麻木的心靈開始復甦，並且逐漸覺察到尼哈魯道夫善良的一面，竟然真正地愛上了他。由於兩人身分懸殊，結婚必然會摧毀他的名譽地位，所以她拒絕了求婚。她的拒絕與尼哈魯道夫為了拯救她而向她求婚一樣，都是為對方犧牲自己；這也就是瑪絲洛娃的「復活」。瑪絲洛娃之後被判流放西伯利亞，尼哈魯道夫陪伴她而去，並參加她和另一囚犯的婚禮。

小說顯然闡述了基督教所倡導的博愛與寬恕。然而，這種以來宗教道德所開的藥方不免消極虛幻。他筆下的典型人物均屬探索型，在與環境衝突時，都能以高姿態表現高超獨立的精神人格。這和前所介紹的巴爾札克、狄更斯、福樓拜及果戈里筆下的人物有顯著的不同——那些作家固然創造出性格自主的人物，卻無奈地附依於環境。《復活》是一本根據真人真事寫成的小說，前半部就是影射托爾斯泰本人。

《安娜·卡列尼娜》（*Anna Karenina*）是托爾斯泰繼《戰爭與和平》後又以 4 年時間寫就、被認為是世界文學頂端作品之一，一般咸認藝術性超過《戰爭與和平》。此時他在文壇的地位也已登峰造極。此書主要情節是描述已婚的安娜與情夫貴族青年軍官渥倫斯基，以及另一對青年男女地主列文及貴族小姐吉提的愛情。安娜·卡列尼娜美麗、單純而富有感

情，少女時由姑母作主嫁給大她 20 歲的高官卡列寧。卡列寧冷漠、自私、索然無味，兩人之間毫無感情可言。安娜追求愛情，愛上渥倫斯基，卻不察他的花花公子個性。安娜要求離婚，卡列寧為保持顏面拒絕，也不願與渥倫斯基決鬥。他允許她背地裡偷情，但不准她帶走心愛的兒子，讓她長期處於不合法的地位。安娜不能再見容於高層社會，兩人先去義大利，再去渥倫斯基在俄國的莊園。安娜幾次要看心愛的兒子都不成功，她對渥倫斯基說：「我現在什麼都沒有了，只剩下你對我的愛。」但是渥倫斯基另有其他女人，而且他看到上流社會不容安娜，便擔心自己的前途也會受到影響，終於決定拋棄安娜。安娜在這些致命的打擊下，到車站躍入駛來的火車前自殺。與此平行的另一個故事是列文與安娜表妹吉提的愛情。因為這段愛情平凡，托爾斯泰反倒是藉列文不斷釋出他本人的思想。以當時保守的社會來說，安娜被刻劃的是個有進步思想、勇於追求愛情的貴族婦女。托爾斯泰同情安娜不幸的遭遇，但又譴責她缺乏宗教精神的忍讓，沒盡到作妻子和作母親的責任。他在小說中用列文及吉提理想化的幸福家庭和安娜的「不幸福」家庭作比較。然而這種對比無形中削弱了安娜的悲劇色彩。

安娜不顧當時俄國的宗教和貴族社會的習俗，公然宣佈自己一個已婚者有權追求愛情。這種前衛行為促使她的孤立，是造成她最後悲劇的種因之一；而安娜誤認自己的命運和渥倫斯基的命運連為一體，未認清基本上他屬於俄國的上流社會，不可能只屬於安娜一人，這也注定成為悲劇的另一原因。此書心理描寫相當出色，兩條平行發展的情節也構成小說完整的結構。

《戰爭與和平》(*War and Peace*) 被公認為 19 世紀「最偉大的小說」，但並不是藝術性最高的小說。小說的成功與否，

如第一章所言，有藝術性的因素，也有思想性的因素作衡量。所謂思想性，包括內容、題材、表達的觀念、筆法的創新、涵蓋面的多寡。本書被視為「史詩性」的小說，在思想性方面堪稱巨作。然而書中有不少章節為闡述作者個人哲學及道德觀而過於冗長，削弱了小說結構的和諧性，因此這部巨著是本值得一讀的小說，卻不見得是部值得作寫作模仿的小說。

　　《戰爭與和平》以1812年俄國抵抗拿破崙大軍入侵為中心，（俄國最重要的作曲家柴可夫斯基作有《1812年序曲》，即是以此戰爭為背景。）反映了1805至1814年的重大軍事事件，包括幾場會戰、法軍入侵俄國、莫斯科大火、法軍在嚴冬俄國的潰退等。小說全長約一百萬字，出場人物多達539位，不論主角的貴族、軍人或鄉間的農民及平民，均有明顯的性格刻劃。而在戰爭與和平的交替中，鄉間的景色、戰場的慘烈、貴族舞宴的豪華也有鉅細靡遺的描述。此書一出，很快在俄國內外引起強烈反響，也為托爾斯泰贏得了世界文豪的聲譽。小說的主線是4個俄國的貴族家庭：分為宮廷貴族及莊園貴族兩種。書中大篇幅報導宮廷貴族的豪華生活（托爾斯泰則出身莊園貴族），在法軍大舉入侵危難時，宮廷貴族的舞會照樣進行、一樣演出法國戲。托爾斯泰本人曾參加克里米亞的戰爭，所以能描繪戰況細節，尤其是砲戰的場面。書中前半段俄國未遭進攻時，戰爭與和平是分開的。前線有軍人，後方有平民。然而戰爭爆發了，俄軍節節潰退，全國進入緊急狀態。俄軍的總司令克托佐夫卻滿懷信心地等待著最後的結局。克托佐夫似是個昏庸的老將領，他的觀念是這場大戰的結局天意已定，人算不如天算。果然，法軍攻入一個堅壁清野的莫斯科，嚴酷的冬日及飢餓隨著來臨，法軍不得不在6星期後倉促後退，並在冰雪中傷亡慘重。克托

佐夫於是感激上蒼賜給俄國最後的勝利。然而，這是老將軍的智慧與耐心，還是托爾斯泰要表達的宿命論？

《戰爭與和平》在故事情節上並無真正的起始和結束，流轉與變遷貫穿全書。書中許多的情節暗喻了人生的混淆與雜亂。在這許多的混亂中，仍可看出有 3 個主角人物。英俊的安德烈王子有強烈的榮譽感，不停地探索生命的意義。他雖身為貴族，仍勇敢地走上戰場。當他身受重傷，瀕臨死亡邊緣時，他進入幻境，憶起自己遙遠的童年、舞會中與娜塔莎相遇、愛情與歡樂——他半醒過來，領悟到死亡的意義；由那一刻開始，他更領悟到愛和同情是上蒼賦予人最美好的事物。彼埃爾雖然是個花花公子，但他卻迷失而痛苦。後來在教會裡得到感召，又在法軍的俘虜營中受到一名農民兵士智慧的開導，才體會出上帝無時不長相左右。另一女主角娜塔莎是個敏感、快樂、吸引人的美麗女郎。她一度困惑，拋棄安德烈王子，而想要與花花公子私奔，但很快就克服了誘惑，之後變成富有愛國心的姑娘，在莫斯科大撤退中表現出高尚的協助傷兵的行為。

戰爭帶給這些人多少艱辛及痛苦，但戰爭過後在斷垣殘壁中，他們並不放棄追尋生命的意義。《戰爭與和平》沒有緊張的情節，卻充滿了深沉的生命及難忘的人物——少女的深情、瀕臨死亡的軍人、馬的嘶鳴、浩瀚的俄國草原、孩童的跳躍、優雅的舞姿……這一切都縈繞在讀者腦海中，歷久不散。

托爾斯泰曾說：「思想家和藝術家命中注定要感受痛苦。」托爾斯泰的一生就是在焦慮動盪、不斷探索真理中度過的。他應是一位有獻身精神的殉道者。

5.6.5　契訶夫

契訶夫（Anton Chekhov, 1860-1904）是 19 世紀俄國最後的一個重要小說家及劇作家，以短篇小說聞名世界，其他兩位世界知名短篇小說家是法國的莫泊桑及美國的歐·亨利。

契訶夫出生在一個小商人家庭，16 歲時他父親的小食品雜貨店倒閉，家中頓時生活困苦。1880 年他考入莫斯科大學醫科，同時開始寫小說賺取學費和養家。如此創作當然是求速成。在 1883 到 1885 年間（他 23 至 25 歲），每年寫小說 100 篇以上。他一生創作 470 多篇小說，其中約 400 篇是這個時期的產品，幾乎全是短篇。1884 年契訶夫大學醫科畢業後，一面行醫，一面持續創作，20 多歲即出版 3 本短篇小說集。他早期作品以嘲諷社會制度、反映勞動人民生活的困苦為主。此時沙皇為防範革命加劇而採高壓政策，優良進步雜誌停刊，能出版的多是庸俗搞笑的刊物。他為賺稿費不得不迎合刊物口味，作品流於粗俗。之後出版文集時，他便捨棄這些通俗作品。

1890 年他 30 歲，前往庫頁島考察流刑犯生活。在那裡待了 3 個月，訪問近 10,000 名犯人及當地移民。《第六病室》（*Ward Number Six*）即是庫頁島之行的產物，描寫精神病房的黑暗、非人待遇，一些病人被關是因反抗專制而被誣為精神病人。契訶夫寫過不少劇本，最有名的劇本是 1903 年完成的《櫻桃園》（*The Cherry Orchard*）。寫一個善良的櫻桃園的女主人，是個貴族婦女，卻缺乏生活能力。結果坐吃山空，將櫻桃園賣給富有的鄰居、是當年農奴的孫子。這個新興的企業家精明好財，所以一買下櫻桃園，立刻砍掉美麗的櫻桃樹蓋新房子。在他的心裡，沒有什麼貴族所重視的「美感」可言。他是個只顧吞噬金錢的食肉猛獸。契訶夫寫來平常，卻也反映那個世紀交替的年代，新興的資產階級已逐漸在取代

貴族，成為社會的新主人。

　　1900年契訶夫當選科學院名譽院士。但是1902年沙皇政府取消高爾基的名譽院士資格時，他立刻發表聲明放棄院士頭銜以示抗議。就在創作進入顛峰時，他的身體逐日惡化，44歲生日那天《櫻桃園》在莫斯科藝術劇院作首次演出，這也是他最後的一個生日。

課文複習問題

1.敘述寫實主義的特色。

2.《紅與黑》的重要性為何？

3.哈代的宿命論由何可看出？

4.巴爾札克的重要性何在？

5.簡述《玩偶之家》的思想。

6.19世紀英國文壇上有哪些重要女作家？

7.分析《簡愛》中女主角的形象。

8.試分析福樓拜所著《包法利夫人》的形象。

9.分析《咆哮山莊》的特色。

10.狄更斯小說的特色為何？與他的背景有何關連？

11.托爾斯泰的一生給你何種印象？

12.比較托爾斯泰及杜思妥也夫斯基小說的特色。

思考或群組討論問題（課文內無答案）

1.比較19世紀歐洲文學及20世紀以前中國的古典文學。

2.歐洲的小說為何在19世紀中葉之後成為文學的主流文類？

3.你認為小說成為文學的主流文類是否亦為以後的趨向？

4.寫實主義在19世紀以英、法、俄為主，你比較喜歡哪
　一國的小說，試討論之。

5.為何俄國的小說給人以深沉的感覺？是地理因素？歷史
　因素？或民族因素？

第六章 19世紀後期非主流文學
——唯美主義、象徵主義及自然主義

「自然是一座神殿，那裡立著活的柱子有時發出一些矇矓的聲音：行人穿過該處象徵的森林，森林以親切的眼光對人回視。」

——波特萊爾〈冥合〉（Correspondences）

　　19世紀末期到20世紀初期，歐洲的資本主義已發展到壟斷性質的帝國主義。壟斷經濟不僅在國內造成深刻的階級對立，在國際市場上亦引發爭奪宗主國與殖民地之間的尖銳衝突。1871年法國巴黎的公社革命，是無產階級第一次嘗試以武裝鬥爭方式建立政權。雖然公社政權只維持了72天，卻給全世界的無產階級帶來了無限的希望及典範；同時馬克斯的共產主義進一步向世界各地傳播，歐美各國工人紛紛建立自己的政黨。馬克斯的追隨者於1889年7月在巴黎召開大會，正式成立第二國際。

　　歷史的變化、社會對立的尖銳化及自然科學加速的進展，刺激了社會科學及哲學思潮的蓬勃，相關的歐洲文學也進入轉折期。此時主流的文學思潮寫實主義受到衝擊，多元格局首次在近代歐洲文學史上逐漸形成。於是自然主義、唯美主義及象徵主義相繼進入文學的長河，它們與寫實主義相互競爭、滲透、排斥，形成分庭抗禮之狀況。

6.1 唯美主義

　　唯美主義（Aestheticism）源於法國，而理論基礎則是德

國哲學家康德（Immanuel Kant, 1724-1804）的哲學。他強調無功利性、主觀性及純粹性。在這種論調下，唯美主義超脫政治、道德、物質，只著重文學的形式，以及文學與音樂、繪畫之間的關係。唯美主義作家更強調心靈的藝術高於個人，甚至高於神祇，超出塵世，僅存在於象牙塔內。它全然不顧社會的現實，只浮思古代及未來那般虛幻美的夢境。唯美主義將美與真、善的關連切割，強調藝術的使命並非反映現實，而是以追求美及歡悅來超脫現實的悲鬱及醜陋面。

　　唯美主義的作品多精緻講究、華而不實，且深度不足。此派的代表性人物為英國的**王爾德**（Oscar Wilde, 1854-1900）。他是出名的同性戀者，在1880及90年代出品大量論述及創作，被公認為唯美主義的集大成者。王爾德早期創作詩歌與童話，《快樂王子》（*The Happy Prince and Other Stories*）是世界著名的童話集。90年代他轉向創作戲劇，寫有《少奶奶的扇子》（*Lady Windermere's Fan*）及《莎樂美》（*Salomé*）等劇。《莎樂美》以法文寫成，借用《聖經》題材，寫女主角莎樂美為求瞬間美的享受，不顧一切違脫道德。《莎樂美》劇情病態凄絕，有妖異之美，卻無實際的感覺，故難以感動人心。王爾德的重要小說為《道林‧格雷的畫像》（*The Picture of Dorian Gray*），描寫主角格雷在享樂的誘惑下墮落、縱情，終而走向犯罪之路。好友為他畫的像也變化為憔悴衰老。而那幅畫像竟在他死時又由衰老變成容光煥發的俊男。

　　王爾德認為生活中的美全指望藝術家來提供。生活模仿藝術要遠超過藝術對生活的模仿。而且藝術要美而不實，他曾說：「詩歌應像一只水晶球，令生活更加美麗而不真實。」王爾德43歲去世，唯美主義也隨著走入歷史。

6.2 象徵主義

象徵主義（Symbolism）與唯美主義同發源於法國，是與寫實主義及自然主義相對立、具有強烈叛逆色彩的文學思潮。象徵主義與唯美主義產生的時代背景相同，所以具有相近的特徵——苦悶、徬徨、否定既存的藝術及社會傳統，參與的作家都是年輕有才氣的叛逆型人物，所以也被人稱為世紀末的「頹廢主義」（Decadent）。

象徵主義與浪漫主義、唯美主義均有血緣關係，然其成就、聲勢及影響卻遠超過唯美主義。浪漫主義是直接流露情感，追求虛無縹緲的天國；而象徵主義則是建立在現實基礎上的一個理想世界，藉映象、語言、音樂等的抒發，間接傳達感情或思維；象徵主義作家用客觀的事物抒寫主觀的內心，否定科學，偏重技巧。當時文學界有一套象徵系統供作家使用，如玫瑰象徵愛情、鴿子象徵聖靈、蛇象徵魔鬼等等。因為象徵派詩人認為詩和音樂、繪畫有重疊的特質，所以常以音樂或繪畫喻詩。象徵主義以詩為主，但是也有小說。

19世紀後期法國印象派繪畫和德國華格納歌劇的出現，在法國掀起一場革新運動。印象派從色彩及光線中找到詩意；華格納在歌劇中把音樂和詩結合為整體藝術的和諧。這些都啟發了當時法國年輕詩人的想像力及對詩語言表達的重思。象徵主義的詩富有朦朧美和神祕色彩，常以暗示、象徵、隱喻等技巧呈現人內心世界的奧祕。實際上，象徵手法人類自古即有，原始人的粗糙飾物、山洞內抽象的壁畫，以及圖騰、紋身等，均有顯著的象徵意味。黑格爾曾說過：「象徵是一種符號。」象徵主義大約在1880年左右，由一群年輕人結合一份刊物開始，晦澀是一大特色，所以與寫實主義或自然主義背道而馳。象徵主義實際上成為20世紀現代主

義的奠基石之一，它所標榜的實驗技巧對現代詩人葉慈及艾略特、現代小說家喬伊斯及吳爾芙夫人均有影響。

6.2.1　波特萊爾

　　波特萊爾（Charles Baudelaire, 1821-67）的一生在象徵主義正式出現之前結束，但是他被視為開啟象徵主義先河的人物，現代散文詩的奠基者。他生前並不被認可，身後卻聲譽日增。

　　波特萊爾出生在巴黎，6歲時父親去世，母親改嫁一名在帝國擔任過要職的軍官。他認為繼父是正統社會中階級觀念的代表性人物，這和一個有詩人氣質的叛逆青年當然是大相逕庭。中學畢業後，他立志做作家，終日混跡於酒吧、咖啡館、畫廊，與一群文學青年為伍。繼父苦心改變他放浪不羈的生活方式，安排他出遊印度。但行程至半，他即不能忍受寂寞而由模里西斯島折回。

　　返回巴黎後，他不自制地揮霍生父遺留給他遺產，不久即將耗盡。於是波特萊爾開始以賣文為生——他便如此登上了文壇。這時浪漫主義已失去主導性，寫實主義開始盛行，以浪漫主義為本的法國詩歌面臨新的挑戰，波特萊爾乃處於新舊的分際。之後他翻譯美國神祕主義小說家及詩人愛倫·坡的作品，因為他們有類似的身世、氣質及藝術觀——他發現了一個與他相近的天才。賣文為生當然拮据艱苦，即使如此，他仍然在1857年發表了《惡之華》（*Flower of Evil*，或譯《惡之花》），這是他思索了15年之久的一部詩集作品。詩集一出，旋即受到政府當局查禁及罰款，原因是「有傷風化及妨礙道德」。對波特萊爾提起公訴的，竟也是當時對福樓拜的《包法利夫人》起訴的同一檢察官。之後他發表了一些詩作，包括公認最好的一首詩〈天鵝〉（Le Cygne），卻在生前多未

結集。他的散文作品《人造天堂》(*The Artificial Paradise*)隨後出版，然而文學上的聲譽並不能改進他的物質生活，除了處處欠債外，早年的放蕩生活已令他如今身體衰虧。為了藝術、創作，他開始吸食鴉片、虛茫地嘗試進入一個人造天堂。貧病交迫之下，他先是患梅毒、半身癱瘓、失語，然後被送入療養院過著無望的日子。1867 年他終於死於腦中風，享年 46 歲，被安葬在巴黎市中心的蒙巴那斯公墓——波特萊爾終得長眠於這座充滿了回憶、快樂、感傷、藝術與頹廢的城市。

《惡之華》出版時波特萊爾 36 歲，浪漫派大師雨果及寫實主義的名作家福樓拜分別致函波特萊爾表達欽佩之意。福樓拜寫道：「反覆讀了幾遍。你用你的色彩將我征服。」《惡之華》法文意思為「病態的花朵」，共收一百餘首詩，充滿了象徵、暗示和隱喻。《惡之華》的主題是惡，包括仇恨、愚昧、污髒、荒謬、罪孽、甚至沉淪、死亡都在詩中一一呈現。波特萊爾認為醜陋與病態並非絕對的負面。因為惡中蘊藏著美與善，所以惡也是通往善的途徑。《惡之華》是與惡共存、由醜惡及病態中去發現美，去提煉惡之花。由於對醜陋的偏愛，他被後人稱呼為「惡魔主義」(Diabolism)。

《惡之華》描寫詩人在虛幻與現實、靈與肉之間追求美的心歷路程。上帝降詩人於塵世間，詩人卻受到包括親人在內對他的敵視及虐待。但是當詩人看到天上壯麗的寶座，深知上蒼賦予他的使命。在通往朝聖的途中，他比喻自己像從天空掉到船上的信天翁，備受折磨，但上帝卻無動於衷。他曾藉以汗水、陽光與辛勞釀成的酒，從中尋覓能「飛向上帝」的詩，冀望上帝為他構築人造天堂。而這些均告無效，於是他把「死亡」看作唯一的解脫及新的開始。他在之後的詩中寫道：「穿過飛雪、濃霜及暴雨」、「死亡像一個新的太陽飛

來。」於是詩人開始死亡之旅，登船駛向冥國。他「深入深淵、地獄、天堂又奈何？到未知世界的底層去發掘新的驚奇……」

因為波特萊爾重視文字的節奏及韻律，《惡之華》的詩有音樂性，詩中有一半是格律嚴謹的十四行詩。在詩歌發展史上，波特萊爾被公認是由浪漫主義過渡到象徵主義的啟迪者。他說：「詩在詩的本身之外，毫無意義，也不應另有目的。不是為作詩的愉悅而寫的詩，不可能是真正的詩。」這種藝術至高無上的論斷，深重影響了日後的詩壇，他因而被公認為象徵派的奠基者。實際上，波特萊爾不屬於任何一個流派，他是個純粹為了藝術而藝術的詩人。

6.2.2　馬拉梅、藍波、里爾克及梅特林克

⑴**馬拉梅**（Stéphane Mallarmé, 1842-98）是象徵主義的代表性作家，也是此文學運動的創始人及領袖人物。他曾與不少藝術家建立友誼，如高更、馬奈及羅丹。他畢生從事教育工作，曾為中學英文老師，生活平穩。這位法國詩人受到他的前輩詩人波特萊爾影響，也強調詩的音樂性。他詩作不多，卻都有嚴謹、晦澀難懂、思想深奧及撲朔迷離的特色。最重要的詩作是《牧神的午後》（*The Afternoon of a Faun*，Faun 為羅馬神話中半人半神之農牧神）。他在巴黎的羅馬街 5 號公寓持續 10 年舉行「週二聚會」，許多年輕詩人在此種探討談論的聚會中頗受影響，經常參加的座上客有紀德、古爾蒙（Remy de Gourmont, 1858-1915）等日後文壇的重要作家，另外不時還有外國作家光臨，如英國的王爾德等。此聚會延續到馬拉梅去世而終止，聚會的解體也標示著象徵主義在法國的逐漸衰亡。之後，象徵主義開始由法國向歐美各國擴散，在 20 世紀初又形成了後期的象徵主義運動。

⑵**藍波**（Arthur Rimbaud, 1854-91）是早熟的法國詩人，17歲即有詩集，27歲停筆，37歲的一生充滿了冒險、頹廢與傳奇。他在15年不到的創作生涯中只留下140多首詩及兩部散文詩集，但他在象徵詩史上的地位卻被高度肯定，與馬拉梅、**魏爾連**（Paul Verlaine, 1844-96）並稱象徵主義運動的三傑。他認為真正的詩人有異於常人的領悟力，是一個神祕的通靈者，能夠穿越奇妙的自然和人生，探尋到一個永恆存在隱密的真實世界。而詩人的天職即是宣遞此一藝術祕密。這一點和波特萊爾所謂的「通感」不謀而合。

藍波在16歲時就已寫成他最有名的詩〈醉舟〉（The Drunken Boat），此時他從未見過海。詩中的醉舟是一條玩具船，代表人的精神追尋，其實寫的是人的異化。〈醉舟〉充分地表現出他語言運用的靈活及大膽的選取意象（image）及隱喻（metaphor，此處與比喻〔simile〕不同，隱喻指暗示，比喻指明示）。1873年，他19歲時出版《地獄的季節》（*A Season in Hell*）。之後到32歲時才由他的同性戀好友魏爾連為他出版散文詩集（prose poem）《彩繪集》（*Illuminations*），出版時未讓藍波知道，而且是用「已故之藍波」名義出版，其實此時他尚存人間，5年之後才去世。《彩繪集》中的散文詩據說是他17歲到19歲時的作品。這些散文詩超越幻覺與現實的藩籬，文字深奧並非表面所呈現的意義，絕非一般不到20歲的青年詩人所能創作的。

藍波在17歲時將詩作寄給大他10歲的魏爾連，魏爾連讀後大為驚讚，立刻寄錢給藍波，邀他來巴黎與魏爾連夫婦共住3個月。翌年，28歲的魏爾連拋棄了懷孕待產的妻子，與18歲的藍波情奔到倫敦。在那裡，這對同性戀詩人過著貧困、酗酒、吸毒的頹廢生活。他們1年後又回到巴黎，因為藍波要結束這段畸戀，魏爾連舉槍將他射傷，因而被捕入

獄。藍波之後到世界各地去遊玩及打工，他作過短期教師、碼頭搬運工人、軍人、逃兵、出口軍火。藍波浪跡天涯，1891 年因病回到馬賽，右腿因患癌症被切除，不久就結束了他 37 年光輝燦爛、多彩多姿的生命。

(3)在如今捷克首都布拉格出生的**里爾克**（Rainer Maria Rilke, 1875-1926）是另一位佔有崇高地位的象徵詩人。他的詩有神祕的象徵色彩，並且受到斯拉夫農民及宗教的神祕主義的影響。除詩作外，他有小說《馬爾泰手記》（*The Notebooks of Malte Laurids Brigge*），為一個年輕詩人馬爾泰的遺稿，是以日記的方式寫成的長篇小說，描寫詩人的多層面貌及內心深處的靈魂世界。他年輕時曾在歐洲各地遊歷，兩度到俄國見托爾斯泰，也對杜思妥也夫斯基極為推崇。

(4)比利時的戲劇作家及詩人**梅特林克**（Maurice Maeterlinck, 1862-1949）是 1911 年諾貝爾文學獎得主，他最著名的象徵主義劇作為《青鳥》（*The Blue Bird*），是一齣為孩子寫的劇本。劇中兩個小孩是窮苦的伐樹人子女，他們為了尋找一隻代表幸福及快樂的青鳥，歷盡千辛萬苦卻一無所獲。最後，兩個小孩筋疲力盡地回家，卻發現有一隻青鳥佇立在窗前。小孩獲得了這隻鳥，又轉送給一位生病的小孩，讓他和自己獲得同樣的快樂。這隻青鳥象徵人類自古追求靈魂上的幸福。此劇涉及兒童，又富意義，常被世界各國改編為青少年讀物。

6.3 自然主義

很多說法常誤以為「自然主義」（Naturalism）就是「寫實主義」，實際上它們可說是不同生日的雙生兄弟。自然主義誕生得晚，是 1860-90 年代法國文壇上一個重要的文學潮流，也是 19 世紀後期歐洲最重要的文學思潮，卻因它的侷限性而

未能像寫實主義一樣暢行至21世紀。自然主義、寫實主義與標榜「為藝術而藝術」的象徵主義及唯美主義四大文學主要流派，匯合成19世紀後期歐洲文學的多元性；這也是人類文學史上第一次的多元存在狀態。20世紀以後多元文學思潮並存的現象持續存在，只是有主流與從流之分。

　　自然主義基本上是寫實主義的傳承，兩者均主張忠實及客觀，區別在自然主義者認為寫實主義作家過度著重呈現上流社會，忽視對下層社會的描述，因此並非反映全面的現實。此外自然主義者認為既然科學家忠實的記載自然及實驗的發現，相同地，文學家也應記錄真實的見聞。自然主義領袖左拉在其20卷巨著《盧貢‧馬爾卡家族》中，就曾以極大的篇幅對此家族及他們所居住的城鎮作了仔細的考證和描述。

　　自然主義的哲學基礎是**孔德**（Auguste Comte, 1798-1857）的實證主義（Positivism）。實證主義視一切事物為已定型的自然規律，所以只注重具體的現象，不深入探討本質及成因。孔德是社會學之父、第一個以科學方法來研究社會現象的人，也是最早創出「社會學」（sociology）一詞的法國社會思想改革家。孔德絕非盲從自然科學，然而一般的看法是孔德仍低估了社會科學與自然科學之間的差別。因為社會科學研究的對象是人，不是自然，也不是沒有靈性的動物，所以人的內心世界並非唯物的自然科學所能含括。此外，達爾文進化論的出現，及當時自然遺傳學及實驗病理醫學的論著，均對自然主義的形成產生深鉅的影響；也因對病態和遺傳的過份重視，導致許多自然主義的作家以酗酒、淫蕩、精神不正常等現象去刻劃人物及社會。此外，如以文學觀點審視，自然主義者將人視為一種生物，將有靈性的人類社會降低為自然界，以遺傳學、生物學及生理學的理論來透視社會及人的

行為。他們忽視人的社會屬性，過份強調科學的導向及事物的表象。如此，作品不免欠缺深厚的藝術氣息。而重要的是，在此需強調的是，文學本身卻是一個感性的藝術成品。

　　整個自然主義的發展，福樓拜是個承先啟後的重要作家。他上承巴爾札克，下續自然主義，同時也提出許多創作理論，對自然主義的文學產生影響。

6.3.1　龔固爾獎

　　第一個寫出自然主義小說的是**龔固爾兄弟**（Edmond de Goncourt, 1822-96 及 Jules de Goncourt, 1830-70），在 1864 年出版了中篇小說《翟曼妮‧拉瑟德》（*Germinie Lacerteux*），此小說以他們看似純潔無瑕疵的女僕露絲的雙重生活為題材，描述一個女僕的沉淪過程。小說中有許多赤裸裸的感官描寫，是首次把臨床醫學運用到人物悲劇性格分析的一部小說，也是法國以勞工階級作人物背景的第一部小說。這部小說對左拉的自然主義理念有決定性的影響。

　　龔固爾兄弟兩人因為繼承了一筆遺產，所以不需要工作賺錢。他們都是業餘畫家，到處旅行作畫，同時記下詳盡的旅行日記，如此對寫作也發生了興趣。龔固爾兄弟有一個龔固爾學社（Goncourt Academy），只有少數的社員；這個學社決定每年「龔固爾文學獎」（The Goncourt Prize）的得主。　，「龔固爾文學獎」成立於 1903 年，是法國最重要的文學獎。每年 11 月公佈得獎文學家以及發放獎金，獎金額不大，但是極高的榮譽獎。它主要的對象是小說作家，曾得過此獎的名作家包括普魯斯特、西蒙‧波娃（沙特的終生女友）、**莒哈絲**（Marguerite Duras, 1914-96）等人。莒哈絲亦為電影導演及劇作家，名作包括《廣島吾愛》（*Hiroshima mon amour*）及《情人》（*The Lover*）。

6.3.2 左拉

　　法國文評家及小說家左拉（Emile Zola, 1840-1902）是自然主義文學運動的領袖及理論創建者。他出生於巴黎，童年在法國南方的普羅旺斯省度過。他曾在出版社工作，這對進入文學創作的領域提供了很大的便利。他受自然科學新發展的影響，意圖將科學方法引入文學創作的領域，主張寫小說應像在作科學實驗一樣忠實記錄。同時他反對作品有思想、感情，更不該作結論。

　　1860年代末，左拉開始了《盧貢‧馬爾卡家族》（*Rougon Macquart Cycle*）的創作，這部多卷集的龐大作品包括20部小說、600萬字、1,200個人物，自構思至完成歷時25年（1869年至1893年）。這部社會史詩的小說集反映的生活層面相當廣闊，涉及政治、軍事、宗教、商業金融、投資、科學、藝術、農工生活及交際界，幾乎包括了法蘭西第二帝國的全部生活面貌，及興亡史。這部巨著主要研究盧貢‧馬爾卡家族的血緣與遺傳問題：神經系統疾病及酗酒的病態。然而家庭遺傳是小說的一個內容，並不是全部的情節。實際上，這些小說可能歸類為寫實主義的延續更為恰當。

　　這20部小說中較為國人熟悉的是第7部的《酒店》（*Drunkard*）及第9部的《娜娜》（*Nana*）。《酒店》反映了工人生活的悲哀和貧窮，還有工人酗酒及縱慾的問題。然而左拉將此歸罪於工人慣有惡習，並未深究貧困背後的主因。《娜娜》則是描寫妓女生活及賣淫制度，女主角娜娜是也《酒店》一書中洗衣婦與鐵匠的女兒。父親是酗酒的工人，母親是放蕩的女人。娜娜繼承了母親的個性，15歲離家出走，靠賣淫維生，18歲當上演低級喜劇的歌舞女郎，人盡可夫，只追求感官上的快樂。她誘惑了巴黎上層社會不少的達官貴人，過著窮極奢侈的生活。最後竟染上天花，變得醜陋不

堪，寂寞地死去。左拉強調這種淫蕩母女遺傳的關係，並放在台上作解剖。《酒店》也有宿命的意味。女主角的第二任丈夫工作受重傷後自暴自棄，在酒店買醉時與妻子的前夫相遇，竟帶他回家。但妻子與前夫重修舊好更刺激了他，酒喝得更多，終於酒精中毒而死。左拉為了寫《酒店》，每天跑貧民區，觀察低層社會人們的言行舉止，詳細記錄下來，放在小說裡。

　　1894 年左拉捲入「德雷弗斯事件」（The Dreyfus affair），猶太血統的法國軍官德雷弗斯被誣告為德國間諜而判罪，左拉研究案情後，懷著極大的熱情仗義執言，如此反被當局迫害。於是他只好逃亡英國，6 年後大赦令頒布才回國。因為他的創作及對當局的態度，讓他成為社會正義抗爭的民主戰士，受到一般人民的尊敬。1902 年 9 月 29 日，左拉因煤氣中毒逝世，被懷疑是謀殺，但至今未獲得證實。1908 年法國政府為左拉舉行國葬，將其骨灰移入萬神殿（Panthéon）。

　　左拉一生創作了 31 部長篇小說，19 度被提名為法蘭西學院院士，均未通過。因為自然主義以理性的科學來詮釋感性的文學，所以一直受到文學界諸多指責。然而，左拉顯然是 19 世紀下半葉對歐洲文學發展影響最大的作家。

6.3.3　莫泊桑

　　莫泊桑（Guy de Maupassant, 1850-93）被公認為世界最偉大的短篇小說家。他生在法國一個沒落的貴族家庭，6 歲時父母分居，從小受有文學素養的母親的薰陶。他 20 歲時去巴黎學習法律，普法戰爭爆發後志願入伍，分配到盧昂的第二師，目睹法軍的潰敗，這些之後都成為他寫作的靈感及素材。1873 年莫泊桑 23 歲，拜寫實主義的大師福樓拜為師。福樓拜對莫泊桑進行嚴格的基本寫作技巧訓練，告訴他才能就

是持久的耐性，要他長時期仔細觀察，尋找別人還沒有寫過的特點。福樓拜說：「一個作家最可貴的就是他的獨創性。」從此，莫泊桑的短篇寫得緊湊、簡潔、無贅字贅詞。1880年他發表處女作短篇〈脂肪球〉（Ball of Fat），竟此一舉成名。於是他辭去小公務員工作專心寫作。此後短短10年間，他以驚人的速度共寫了300多篇中短篇故事、6部長篇小說、3部遊記及戲劇、詩歌和評論作品。莫泊桑說自己「像流星一樣進入文壇」，並且光芒耀眼。

〈脂肪球〉可說是莫泊桑寫過最好的短篇小說。故事是普法戰爭法軍節節潰敗，10名居民包括3對夫婦及外號為「脂肪球」的妓女，共乘一輛公共馬車離開被佔領的盧昂城。途中其他人對妓女脂肪球極為輕蔑敵視，但是為了馬車能通過德軍崗哨，要求脂肪球獻身德國軍官，滿足他的淫慾。馬車通過後，他們又恢復對她的卑視及敵意。兩相對照，各人靈魂的美與醜昭然若揭。莫泊桑選了一個社會底層、受人歧視的妓女作正面人物，在當時確是與眾不同。除了〈脂肪球〉外，他著名的短篇有〈項鍊〉（The Necklace）、〈菲菲小姐〉、〈兩個朋友〉、〈珠寶〉等，長篇小說中則以《女之一生》（Une Vie）最為出色。故事描述多夢的少女嫁給沒有出息的丈夫，於是把希望寄託在兒子身上，兒子卻也放蕩揮霍、傾家蕩產。最後她只能靠著以前女僕的協助，過著淒慘的日子。

莫泊桑深受德國哲學家叔本華（Arthur Schopenhauer, 1788-1860）的悲觀主義影響，所以作品透露著悲觀色彩。他不屬於任何政黨，同時認為社會醜惡，應加以抨擊。因有這些觀點，他拒絕法蘭西學院院士的提名，也拒絕接受榮譽軍團的勳章。他曾標榜自己不屬於任何一文學流派，實際上也一直與自然主義保持著若即若離的距離。無論如何，他是個

不快樂的人，患有家族遺傳的精神分裂症，看不慣庸俗的現實，終日悶悶不樂，從 26 歲開始即患有心絞痛及偏頭痛。他在 41 歲那年精神失常，自殺未遂，此後一直未能恢復清醒，18 個月後，在精神病院裡結束他 43 歲短暫的生命。

莫泊桑的數百篇小說有一半是用第一人稱的自知觀點或旁知觀點寫成。他的文字平易近人，幾乎每個人都看得懂，他的短篇成為學習法國語文的範文。

6.3.4　霍普特曼、史特林堡及法朗士

80 年代法國自然主義開始衰退，但影響已及全歐，同時美國及日本也受到了自然主義的影響，這和左拉的作品被翻譯成英文及日文有很大的關係。自然主義在英國並沒有形成一個潮流。在德國則大行其道，可能和德國的科學發達、哲學思想發展、高度工業化等理性活動有關。而此時進化論及遺傳學的進展，更令自然主義成為當時德國文學的主流。實際上，德國人的刻板個性及科學精神也適合進入自然主義。

⑴霍普特曼（Gerhart Hauptmann, 1862-1946）是德國自然主義最重要的劇作及小說家，1912 年得到諾貝爾文學獎。1888 年《日出之前》（*Before Dawn*）一劇令他聲名大噪，並意味著德國傳統式戲劇表現方式的結束。他以自然主義的筆法寫出一連串的戲劇，主題多是對窮人的同情、遺傳、個人與社會律法的衝突等等。《寂寞的人們》（*Lonely Lives*）寫一個已婚哲學家愛上了聰明、活潑、有進步思想的女學生。女學生決定捨棄這段精神上的愛情，哲學家承受不了，絕望之餘沉湖而亡。這劇本據說是霍普特曼親身的經歷改寫。

⑵瑞典的小說戲劇作家史特林堡（August Strindberg, 1849-1912）被稱為極端的自然主義者。他的自然主義代表作是《朱麗小姐》（*Miss Julie*）。劇中女主角是個伯爵的女兒，

和她父親的男僕有了一場熱戀，最後導致自殺。此劇只有一幕，中間本應有的間隔以農民舞及啞劇取代，可說別出心裁。劇本深刻地刻劃家庭的衝突、社會的矛盾，以及男女間的情感。史特林堡的自傳體小說《一個女僕的兒子》（*Son of a Servant*）是瑞典文學史上的一部傑作。在現實的生活裡，史特林堡的父親是個已破產的貴族，母親是餐廳女侍者，他的童年充滿了貧窮、情緒不穩、被父母忽視及宗教狂熱，這些他都寫在這本自傳的小說裡。他的另一部著名劇本《通向大馬士革之路》（*To Damascus*）寫一個尋求內心平靜的「陌生人」（其實就是作者本人）與一位「女士」共同找到了平靜。全劇由主角的內心獨白及幻覺構成，劇中的「陌生人」化身為乞丐、作家、瘋狂的人。於是，劇本打破了時間、空間、夢幻與現實的界限，充分顯示了作者個人的思想和情感，也表達出他晚年的作品有揉合象徵主義、神祕主義及悲觀主義的傾向。他的《死亡之舞》（*The Dance of Death*）又回到了自然主義系列，全劇鬼氣森森，卻是近代戲劇的劃時代之作。所有這些作品都呈現陰鬱暗淡的人生，然而也匯集了許多深刻的思想在戲劇及小說中，這使他成為一個偉大的作家。

(3)同時期還有一位著名的法國作家**法朗士**（Anatole France, 1844-1924）曾大力攻擊左拉的自然主義、倡導印象主義。法朗士是個博學多聞的知性小說作家，1921年獲得諾貝爾文學獎。代表性作品有《泰綺思》（*Thaïs*），寫一個苦修僧與妓女泰綺思之間的過往。他拯救了泰綺思的靈魂，自己卻陷於她的美色不能自拔。此劇經法國作曲家馬斯奈（Jules Massenet）改編為同名之3幕歌劇，劇中有出名的小提琴〈沉思曲〉（Meditation）。

課文複習問題

1.敘述唯美主義的理論基礎及特質。

2.王爾德的藝術觀為何？

3.象徵主義的特色為何？

4.《惡之華》有何特色？

5.自然主義與寫實主義有何不同？它的哲學基礎是什麼？

6.左拉的重要性為何？

7.簡述莫泊桑的生平及重要著作。

思考或群組討論問題（課文內無答案）

1.討論自然主義的小說是否意味人文與科技的結合。

2.為何此一時期有四種文學流派並存，以往則無此現象？

3.以人生的寫實而言，自然主義是否為小說創作應行之方向？

4.討論新詩與唯美主義的關係（與象徵主義作比較）。

第七章　20世紀的寫實主義文學

「一個不愉快的童年就是創作的泉源。」
　　　　——高爾基，俄國寫實主義大師

　　20世紀初，歐美的資本主義國家已先後進入帝國主義階段，由擴張侵略而引起的利益衝突導致1914年及1939年的兩次世界大戰。1917年，俄國工人在列寧（Vladimir Lenin, 1870-1924）領導下的十月革命推翻沙皇專制統治，建立了世界上第一個社會主義的國家，由布爾什維克執政。二次大戰之後（1945），一批新的社會主義（或共產主義）國家先後成立，然而40年過後，佔了世界人口三分之一的共產世界又告瓦解。東西方冷戰的局面持續到1989年蘇聯解體為止，冷戰結束後，愛滋病及主要來自中東回教國家的恐怖暴力活動成為世界關注的焦點。

　　兩次大戰是人類歷史上的空前浩劫，而20世紀又是人類歷史上科技空前的高速發展、各種哲學及社會思潮活躍的時期。傳統價值體系及信仰崩解，非理性主義的思潮迅速擴散，人自身生存的異化感、焦慮及荒誕無可避免地加深，心理學的影響更進一步強化了這種傾向。20世紀的世界政治、軍事及社會變化，在文學中打下深重的烙印。文學必然反映時代，雖然下一章言及的現代主義在20世紀初迅速發展，然而寫實主義直至今日仍然繼續居於領先地位；只是它不再如19世紀下半葉是唯一的領導文學思潮，至少現代主義及存在主義在20世紀的某些時期有超過寫實主義的聲勢。

　　20世紀的寫實主義文學，基本上承續19世紀寫實主義文

學的基礎，重視作品結構的完整、故事情節的邏輯及細節的精確。主要不同之處是 20 世紀的寫實主義吸收了現代主義的表現技巧，重視人物的內心世界及潛意識活動；同時作品加入夢幻、象徵、隱喻、神話故事、寓言等元素。這些作家在新的歷史環境中大膽創新及探索，將寫實主義推向一個新的高潮。而在一部作品中，同時採用寫實及現代兩種不同的表現技巧，乃屬平常。此外，俄國等共產主義國家有社會寫實文學（Socialist Realism）出現，由 1934 年蘇聯全國作家第一次代表大會提出，持續至 1980 年代末期蘇俄解體為止。社會寫實主義乃無產階級之文學，強調健康寫實的光明面，與資產階級的寫實主義文學有本質上的差異。

7.1 法國的寫實主義作家

法國寫實主義作家在表現技巧上對傳統突破較少的是羅曼・羅蘭、莫里亞克、馬丁・杜・加爾（Martin du Gard, 1881-1958， 1937 年諾貝爾文學獎得主），而紀德則是帶有現代主義色彩的寫實主義作家。雖然法國以往沒有出過像但丁、歌德及莎士比亞的曠世奇才，但是 20 世紀的法國卻在寫實主義、現代主義、存在主義及象徵主義方面出現許多的優秀作家。

7.1.1 羅曼・羅蘭

羅曼・羅蘭（Romain Rolland, 1866-1944）是 20 世紀法國最偉大的寫實主義作家，少年時即喜愛閱讀，並深受伏爾泰及托爾斯泰的影響。他大學時曾致函托爾斯泰訴說內心的矛盾及迷惘，托爾斯泰竟回了他一封長達 38 頁的信，誠懇地回答他提出的問題，陳述他個人的藝術觀及理想。這封名人的回信對一個年輕人衝擊極大。羅曼・羅蘭爾後寫下了四大傳

記，即《貝多芬傳》、《米開朗基羅傳》、《托爾斯泰傳》及《甘地傳》。在這些傳記中他寫出偉大心靈之所以偉大，並非只描述這些人偉大的事跡或思想。他於 1895 年攻得藝術博士學位，並任教於巴黎大學。

羅曼・羅蘭被視為 20 世紀最偉大的理想主義及人道主義作家，因為《約翰・克利斯多夫》（*Jean-Christophe*）一書而獲得 1915 年的諾貝爾文學獎。他把這筆今日合 130 多萬美金的獎金捐給了國際紅十字會，因為他也是個世界著名的反戰者。

《約翰・克利斯多夫》描寫一個德國音樂家一生奮鬥及友情的故事，也有對當時藝術的評論。羅曼・羅蘭以貝多芬為典範，也以自己作模特兒，勾劃出這個有正義感、敢作敢當、性格矛盾複雜、在音樂上有重大成就的作曲家。書中描寫音樂、愛情、暴亂、殺人、妻子失貞、貧窮、恥辱等。主角約翰・克利斯多夫有一顆偉大的心，在多重打擊下，仍不懈地與命運抗爭。他看重個人精神及價值，但罔視群體力量及價值。約翰・克利斯多夫的父親及祖父均為宮廷樂師，母親是廚娘；祖父對他進行個人英雄主義的教育，養成他自信、反抗權貴、心懷大志的性格。小說結尾時，已成大名的約翰・克利斯多夫身心均已衰老，住在巴黎，信奉了上帝。他的一生是反抗—失敗—妥協的三部曲，也像是一首交響樂，不論在人物、情節及結構方面，都見樂聲四處迴音蕩漾。這本小說也被他自稱為一部「音樂小說」。

7.1.2 紀德

紀德（André Gide, 1869-1951）以《地糧》、《窄門》、《新糧》、《田園交響曲》及《偽幣製造者》出名，並於 1947 年得到諾貝爾文學獎。紀德的父親是巴黎大學的法學教授，

父親死後，他由嚴格及篤信天主教的母親撫養成人。他早期受象徵主義影響，也曾一度傾向共產主義，後來又感到共產世界在語言及思想上無自由而脫離。他自幼缺乏宗教信仰，思想頗受尼采、歌德及杜思妥也夫斯基之影響，作品深刻，充滿了天才作家的特質，一生寫作時間長達 60 年之久。1893-94 曾到北非旅行，在那裡他經驗到阿拉伯文化與維多利亞道德觀的截然不同。這對他影響頗大，令他擺脫傳統價值觀，成為一名叛逆的知識分子。他是一名雙性戀者，曾與表姐結婚，後又與一名男子熱戀造成婚姻危機。他也曾寫書為同性戀辯護，並引起不小的撻伐。他曾呼籲婦女平等及罪犯的人道待遇，是個典型的前衛人士。二次世界大戰爆發後，他又轉向傳統價值觀，宣稱絕對的自由會把個人及社會都毀掉。

《窄門》（*Strait is the Gate*）取名自《新約‧路加福音》第 13 章 24 節耶穌之言：「你們要努力進窄門」，這扇窄門乃是通往上帝的國度。此書敘述哲羅姆自 12 歲即愛慕表姐愛麗莎，但愛麗莎的母親與一年輕軍官私奔，對她打擊甚大。哲羅姆在巴黎求學，向愛麗莎求婚被拒；他之後知道愛麗莎希望妹妹茱麗葉與他結婚。茱麗葉也深愛哲羅姆，卻為了姐姐而嫁給她不愛的人。哲羅姆長年未與愛麗莎見面，再見面時求婚又未成功；愛麗莎以胸前水晶十字架相贈，從此不再出現。在紀德筆下，愛麗莎尋求的是道德與愛情兩者之間的調合不相矛盾，終生為兩者之間的對立而痛苦，最後只有犧牲愛情，在痛苦中尋求天國以為歸宿。

《偽幣製造者》（*The Counterfeiters*）是紀德最後一部、也是最複雜的一部作品；是一部小說中套著另一部小說。一群不同背景、不同年齡的男孩在一所寄宿學校裡上學，有些孩子被大人利用使用偽造的銅幣；有個作家在寫一本「偽幣製

造者」的書，他觀察到偽幣可以被認定是有價值的金錢，也可能被識破為無價值的偽幣，所以價值是一種感覺，和實際的情況無關，而又會牽涉到偽幣製造者及使用者本身性格及人格的問題。在這部小說裡紀德對小說結構進行大膽的創新，全書無連貫情節及邏輯連繫，只能依主人公的日記及感想，才能將人、地、時及事連繫起來。這部作品在觀念、深度及視野上均超過他其他的作品。

7.1.3 莫里亞克、馬爾勞、杜‧加爾及莎崗

⑴莫里亞克（François Mauriac, 1885-1970）是一位擅長心理分析的天主教作家，寫小說、詩、戲劇及文學評論、理論，均有成就。他出生於天主教家庭，父親在他 1 歲時去世，母親以嚴格的宗教教育教導他的 3 個哥哥成為名律師、神父及醫學教授；他自己則被選入法蘭西學院為院士、全國作家協會主席，更於 1952 年獲得諾貝爾文學獎。獲獎後他攻擊法國政府的殖民政策、共產主義，因而樹立了不少敵人。但戴高樂總理卻不顧閣員的強烈反對，頒給他「大十字勛章」。

莫里亞克最傑出的小說是《毒蛇之結》（*Viper's Tangle*）、《痲瘋病患之吻》（*The Kiss to the Leper*）及《愛之荒漠》（*The Desert of Love*）。在這些小說裡，他筆下的世界充滿了罪惡、嫉妒、仇恨、貪婪，及複雜的情節。他所創造的人物常不是順從的信徒，而是反抗上帝而被引導入樂園。所以上帝與魔鬼、人性與獸性均在他設計的競技場上交戰。然而他的小說裡有罪惡，也有懺悔及救贖。到底他是個保守的天主教作家。

⑵馬爾勞（André Malraux, 1901-76）是個冒險家，他的小說也反映他的個性——革命、強烈而混亂的行動、狂暴、殘

酷、個人的痛苦。馬爾勞大學畢業後到柬埔寨從事考古挖掘工作，卻因被指控擅取古廟雕像判罪下獄。出獄後他又在1925年到中國，和國民黨中的左派及共產黨合作，宣傳共產主義，但他從未加入共產黨。1926年，他成為策劃廣東暴動的12個領袖之一。西班牙內戰時他也參加共和軍的空軍，負責訓練駕駛員，直至受傷退出。1939年歐戰爆發，他加入法軍坦克部隊參戰。後又參加地下抗德活動，受傷被俘，但被游擊隊所救。戰後馬爾勞入戴高樂將軍的內閣，並任文化部長達10年之久。

馬爾勞的第一本小說《征服者》（*The Conquerors*）寫的是1925年發生在廣州的大罷工。煽動罷工的是真正的俄國共產黨代表鮑羅廷（Mikhail Borodin）及一些小說虛構人物。鮑羅廷狂熱盲目，相信明天的秩序就是出現在這種狂熱過後。另一個協助蔣中正建軍的法國理想主義犬儒賈林是小說的主角，在小說中他注定失敗，但得到滿足與希望；希望是他活著的原因，也是他死的原因。《人之命運》（*Man's Fate*）是他最重要的小說，以1927年上海共產黨暴動、企圖推翻蔣中正的國民黨統治為背景。它不是思想小說，也不是政治宣傳小說，小說的主題就是革命；而另外一個主題是孤獨的命運，孤獨與死亡常相關連。書中有歐洲人也有中國人，他們都在探索死亡的神祕及意義，有不少哲理性的對話。小說出版後獲得相當大的成功。

　⑶杜‧加爾（Martin du Gard, 1881-1958）因寫了《蒂博一家人》（*The Thibaults*）而獲得1937年的諾貝爾文學獎。這部小說是當時法國流行的「長河小說」（roman-fleuve），這種小說篇幅可多達數十卷，內容包括一個家族的各個成員或一個社會團體的成員。在20世紀上半葉的法國，這種小說相當流行，最出名的是普魯斯特的《追憶似水年華》（見第八

章）。

⑷莎崗（Françoise Sagan, 1935-2004）在 19 歲時以自知觀點寫出第一部小說《日安，憂鬱》（*Bonjour Tristesse*）即已成名。她是文學史上出名時最年輕的小說作家（詩人有更年輕即出名者如藍波），然而她的書介於通俗文學與純文學之間。之後她又出版了《微笑》（*A Certain Smile*）及《奇妙的雲》（*Wonderful Clouds*）。莎崗筆下的人物都是漫無目標的、陷在不道德糾纏不清的男女關係中。

7.2　英國的寫實主義作家

英國的寫實主義在 20 世紀有了傑出的成就，名家輩出，並不亞於 19 世紀的寫實主義作家。然而英國的國勢卻在兩次世界大戰後江河日下，英國曾擁有世界最多的殖民地，故稱「日不落國」。二戰後殖民地紛紛獨立，最後只留下一些小島國。國內經濟發展遲緩，社會瀰漫著失落、懷疑、焦慮不安的情緒。於是「憤怒的一代」（The Angry Generation）文學應運而生，成為 50 年代歐美文壇上一個醒目的現象。「憤怒的一代」在二戰後動盪的社會背景下，對現況不滿、失落，所以有「反英雄」的傾向。反映在文學作品上就是憤世嫉俗、激進及憤怒；代表性的作家是艾米斯（Kingsley Amis, 1922-1995），他的代表性小說是《幸運的吉姆》（*Lucky Jim*）。

從 1901 年維多利亞女皇去世，愛德華七世即位，即標誌著英國歷史上一個重要時代的結束。與維多利亞時期穩定繁榮的社會相比，20 世紀的英國是一個動盪不安及衰退的社會。英國的作家以不同的方式對這樣一個時代作出了不同的反應。

7.2.1　蕭伯納

　　蕭伯納（George Bernard Shaw, 1856-1950）活了94歲。
他是愛爾蘭人，出生在愛爾蘭首府都伯林（Dublin）。此城也
出過葉慈、喬伊斯、王爾德及貝克特另外四位重要知名作
家，可能是世界上產生文學巨匠最多的城市。蕭伯納是英國
繼莎士比亞之後傑出的劇作家，他一生創作51部劇本，並於
1925年獲得諾貝爾文學獎。他因受易卜生影響，主張藝術應
反映社會及政治問題，反對「為藝術而藝術」。他的戲劇一如
他的政治傾向，著重在社會及經濟的問題上，而非以愛情為
主。英國戲劇自17世紀莎士比亞之後即長期陷於低潮，19世
紀末充斥於倫敦大舞台更多是陳腐、娛樂性質的笑劇。蕭伯
納在19世紀末開始創作戲劇，他的出現對英國的戲劇起了振
衰起敝之效。

　　他的代表作是《人與超人》（*Man and Superman*）、《巴
巴拉少校》（*Major Barbara*）及《傷心之屋》（*Heartbreak
House*）。在這些劇作裡他表現了反戰、諷刺英國人的辛辣對
白，令觀眾在嘻笑中領略他的睿智。蕭伯納的戲劇以對白及
獨白的語言技巧見長。幽默對話中見機智、典故、笑而不
謔、屬不失雅，這也是他的智慧。他也在寫實主義的基礎上
引入了夢幻、象徵及神話等非寫實的手法；但戲劇並不失普
遍的人生及人性探討。他在晚年發表《聖女貞德》（*Saint Joan*）
一劇，翌年即得諾貝爾獎。

　　蕭伯納曾在年輕時加入「費邊社」（Fabian Society），成
為主要推動者之一。費邊社是個中產階級、傾向社會主義的
社團，主張漸進的良性改革。蕭伯納對金錢有一種奇怪的恐
懼感，他接受諾貝爾獎，卻不領那筆巨額獎金，最後的解決
方案是用那筆錢作基金，成立「英國瑞典文學基金會」。

7.2.2　吉卜林、高爾斯華綏及高定

　　將這三位寫實主義的小說作家歸在此處一起介紹，只因為他們三位和蕭伯納一樣，均為諾貝爾文學獎得主。

　　⑴吉卜林（Rudyard Kipling, 1865-1936）於1907年42歲時成為英國第一個得到諾貝爾文學獎的作家，也是有史以來最年輕的諾貝爾文學獎得主。他出生於英屬殖民地印度的孟買，年輕時寫詩、歌頌大英帝國，希望英國能成為像羅馬帝國一樣的偉大帝國。他認為世上有兩種人，即征服者及被征服者；國勢中天的「日不落國」英國當然是屬於前者。吉卜林曾在印度，英國、美國及南非居住過，這培養了他的世界觀，也培養了他的帝國主義思想。而且這種觀念越老越強烈，使他在文學的世界裡變成一個孤獨的人。他不但寫小說，也是個傑出的童話故事作家。著名的作品有《山中故事》（*Plain Tales from the Hills*）、《野獸世界》（*The Jungle Book*）及許多短篇小說、詩集等。

　　⑵高爾斯華綏（John Galsworthy, 1867-1933）畢業於牛津大學，是小說家及劇作家，1932年得到諾貝爾文學獎。他本念法律，後發現真正興趣在寫作，於是之後寫出大量的小說及戲劇。其中以描寫佛塞特家族幾代人生活的長河小說出名，包括《佛塞特家族史》（*The Forsyte Saga*）及《現代喜劇》（*A Modern Comedy*）。這兩套小說卷帙浩繁，長達數千頁，每套包括數個長篇及短篇，可視為英國中上階級的社會史，在西洋文學史上佔有重要地位。高爾斯華綏在1921年創立「國際筆會」（International PEN）的前身「筆會」。"PEN"是由"poets"（詩人）、"playwrights"（劇作家）、"editors"（編輯）、"essayists"（論文家）及"novelists"（小說家）幾個英文字的第一個字母合成。

　　⑶高定（Sir William Golding, 1911-93）畢業於牛津大

學，1983 年獲得諾貝爾文學獎，1988 年被女皇封為爵士，所以名字前加上"Sir"的尊稱。他大學畢業後出任教職，二戰時參加皇家海軍，解甲後又回到教職，直至 49 歲離職專心寫作。他認為人有惡的本性：「人製造罪惡就像蜜蜂造蜜一樣」，他最出名的小說《蒼蠅王》（*Lord of the Flies*）就表現出這種惡的人性。《蒼蠅王》是他的第一本小說，描繪一群男孩因核子戰爭而被撤離本土，飛機在無人荒島失事，所有大人都遇難；於是孩子們開始建造一個有組織的社會，最後卻變成一群野蠻人，互相殘殺，拋棄一切人類道德規範。人性中潛在的醜惡在這群十幾歲的男孩身上表露無遺。這本小說出版於 1954 年，反映了西方人歷經兩次世界大戰後，對人性本惡的恐懼。

7.2.3　威爾斯、赫胥黎及歐威爾

　　這三位 20 世紀的英國小說家的主要作品都和未來有關，但他們不是未來主義者，寫的也不能全算科幻小說，可能應列入預言小說。基本上他們是寫實主義的作家。

　　⑴威爾斯（H. G. Wells, 1866-1946）靠獎學金念的自然科學，這給他寫的小說帶來許多靈感，把科學預言大量編進作品。他寫了一些科幻作品，如《隱形人》（*The Invisible Man*）、《時間機器》（*The Time Machine*）等，另外亦有《世界史綱》（*The Outline of History*），是重要的史學著作。二戰期間他曾預言人類可能滅亡，令全世界震撼；不久原子彈發展成功，與威爾斯的預言相符。

　　⑵赫胥黎（Aldous Huxley, 1894-1963）是以進化論著名的生物學家湯瑪斯·赫胥黎（Thomas Huxley）的孫子。他成長於充滿科學氣氛的環境，畢業於牛津大學。最出名的小說是《美麗新世界》（*Brave New World*）及《針鋒相對》（*Point*

Counter Point）。在《美麗新世界》裡，科學塑造了一個有效率、絕對理性、無私人感情的社會——即是沒有個人，每個人都不屬於自己。在這個新世界裡，文學、哲學、藝術這些形而上的均被壓抑，各種感官的滿足也全部標準化，人生的目的就是生殖、生產與消費。然而書中的主角約翰卻是個有思想、有感情的人，他閱讀莎士比亞、參加過宗教儀式，也知道什麼是寂寞。當他母親死於用藥過量（美麗新世界製造的藥）後，他開始反叛，最後在絕望後自盡。

(3)歐威爾（George Orwell, 1903-50）自稱是個社會主義者，曾和海明威一樣參加西班牙內戰，這場內戰令歐威爾由一個對資本主義不滿的人，變為對共產主義懷疑的人。此後，他的政治諷刺小說《動物農莊》（*Animal Farm*）及《1984》（*Nineteen Eighty-four*）集中體現了此種觀點。《動物農莊》以各種動物組成的社會來諷喻俄國布爾什維克革命後，共產黨建造了比以前沙皇時代更獨裁的政府。《1984》在1949年出版，正值美蘇進入冷戰的初期。整個小說勾劃35年後的1984年的假想社會，為完全控制公民行為和思想的警察國度，個人尊嚴及精神生活根本談不上。在這個國家裡，「老大哥」（Big Brother）永遠在監視著所有人的一舉一動，甚至用當時尚未有的閉路電視監控。《1984》出版後曾引起眾多議論，許多人預料1984到來時，蘇聯共產黨將已控制全世界。不料戈巴契夫（Mikhail Gorbachev, 1931- ）於1985開始執政，蘇聯政治竟告全面改革。

7.2.4 毛姆、福斯特、康拉德及曼殊菲兒

這四位知名的寫實主義小說家均出生於19世紀，享名於20世紀。

(1)毛姆（W. Somerset Maugham, 1874-1965）是英國人，

但生於法國，死於法國，活了91歲，在我國算是知名的20世紀英國作家。毛姆在皇家學校及德國的海德堡大學受教育，之後又回英國完成醫科教育，並取得外科醫生執照，但是他的興趣在寫作。他的小說文字簡潔、內容明確而和諧，但相當地感人。他最出名的小說有《人性枷鎖》（*Of Human Bondage*）、《月亮與六便士》（*The Moon and the Sixpence*）以及《剃刀邊緣》（*The Razor's Edge*）。他自承受到莫泊桑的影響。有些小說以醫生為背景。

《人性枷鎖》的男主角醫科大學生菲立普是毛姆自己的化身。菲立普在飲茶館認識女侍美琪，熱烈追求不遂，隨後的故事是美琪產下德國商人的私生子、被菲立普接納後去法國度蜜月又與人私奔、淪為妓女、患了嚴重性病、住在破舊的陋巷小旅館中。他替她診治，病好後她又重操舊業。綜觀菲立普對美琪的盲目追求、一次又一次的救贖，不啻為自己套上一副枷鎖，然而他不但不以為苦，反而認為是一種快樂，甘心被繼續束縛下去，這種人性上的弱點被毛姆痛快淋漓地寫出。

⑵福斯特（E. M. Forster, 1879-1970）在31歲時即已發表4部長篇小說，包括《窗外有藍天》（*A Room with a View*）及《此情可問天》（*Howards End*）等。他最重要的傑作是《印度之旅》（*A Passage to India*），在這部小說裡，他寫出了英國人與殖民地人民之間難以跨越的鴻溝。而一個印度醫生與一個來印度訪問的年輕英國女子，產生似有若無的曖昧狀況，更導致英印兩民族之間的衝突及誤會。《印度之旅》經大衛・連（David Lean）拍攝為同名電影。老舍的小說《二馬》也是以英國人對中國人的歧視為題材。但夏志清分析老舍在處理此題材時就是充滿了悲憤，無法像福斯特那樣諷刺中透著超脫。因為福斯特是處於優越的宗主國地位，無須悲憤。

福斯特另有一本論著《小說面面觀》(*Aspects of the Novel*)對小說創作的各項要素作了深刻的分析，被視為當代小說創作及鑑賞的重要論著。然而此書還是以理論性為主，實用性不見得高。

⑶**康拉德**（Joseph Conrad, 1857-1924）本是波蘭人，生在俄屬烏克蘭。他21歲入英國海軍，開始航行世界各地16年，並入英國籍。他的小說常以海上生活為背景，描寫人的孤獨、悲觀和神祕。他強調的不是小說的情節故事，而是人物的內心反應。他的寫作帶有一些現代主義的色彩，但仍然該歸類為寫實主義。康拉德大部分的作品在20世紀誕生，上個世紀末美國的藍燈書屋（Random House）選出20世紀100大英文小說，其中康拉德佔4本，為入選最多的作家。此4部小說各為《特務》(*The Secret Agent*)、《諾斯特洛莫》(*Nostromo*)、《黑暗之心》(*Heart of Darkness*)及《吉姆爺》(*Lord Jim*)。

⑷**曼殊菲兒**（Katherine Mansfield, 1888-1923）是出名的短篇小說女性作家。她的風格是細緻、溫婉而富於詩意，長於表現人的內心世界，與另一女性作家吳爾芙有相近之處。中國1930年代留英女性作家凌叔華也被認為與曼殊菲兒風格相近。曼殊菲兒生在英屬的紐西蘭，19歲後定居在英國，重要的作品集有《在德國公寓裡》(*In a German Pension*)、《園會集》(*The Garden Party*)，及身後才發表的《鴿巢》(*The Dove's Nest*)。她深受契訶夫影響，作品不算多，但寫出自己的風格，對西方短篇小說的發展有不小的影響，在英國文學史上佔有重要的地位。

7.2.5　D. H.勞倫斯

D.H.勞倫斯（D. H. Lawrence, 1885-1930）是20世紀英國

最具爭議的作家。他出生在一個酗酒後打罵妻兒的礦工家庭。母親受過良好的教育、作過小學教師，個性堅強，婚後不久因為婚姻的不幸及大兒子的死去，令她把愛心及重心全部放在勞倫斯身上，造成了他過份倚賴母親及排斥父親的心理。這種戀母情結在他自傳性的作品《兒子與情人》（*Sons and Lovers*）裡出現。

勞倫斯在大學念書時開始文學創作，並且遇見了佛麗達（Frieda）。此時佛麗達和她的丈夫均為大學語言學教師，已有3個孩子。之後她竟和勞倫斯私奔，並在最後和丈夫離婚嫁給勞倫斯。勞倫斯的長篇小說《虹》（*The Rainbow*）及《查泰萊夫人的情人》（*Lady Chatterley's Lover*）均以淫穢猥褻、有傷風化之名被查禁，到了1960年才解禁。勞倫斯在美國、墨西哥居住一段時期後，於1925年住到義大利，此時他自年輕即患的肺病開始折磨他。他在死前1年搬到法國南部，死後葬在威尼斯。

《查泰萊夫人的情人》是他最重要、最具代表性、最具爭議性的小說。在這一部小說之前，勞倫斯的作品探討人與文明、自然之間的關係；這部小說則有更深刻的思想，它思索及尋找現代西方人的生存與前途。小說本身的情節並沒有太多的複雜性，查泰萊夫人23歲，丈夫是男爵，在一次大戰中受傷而坐上輪椅，失去性能力。他是有權威感的礦業主，竟日閱讀開礦及工程專業書籍，崇尚理性，嚴格管控工人。他的下半身癱瘓，象徵了生命的枯竭。強壯的上半身及發達的腦力，則象徵機械文明的精神意志。查泰萊夫人是生命力旺盛的少婦，卻過著空虛枯萎的生活。然而她在房後林中遇到了健壯的看林工人梅勒斯，梅勒斯激烈否定機械文明，是「自然之子」的化身，也象徵著生命力。查泰萊夫人則是處於文明與自然之間的人。她與看林人梅勒斯不僅有了肉體關

係，更陷入熱戀。男爵與看林人就查泰萊夫人而展開的鬥爭，體現了自然與文明、生命與死亡之間的對抗。查泰萊夫人投入看林人的懷抱，則意味文明人通過性愛轉化為自然人的過程。勞倫斯將性愛賦予如此深刻的象徵意義，這是此書超越一般情色小說的基本原因。然而拘於禮教，這本書還是被禁達30年之久。

　　勞倫斯是個理想主義者，在他的小說中，人物和故事常帶有象徵意義。他最傑出的長篇小說《虹》是寫實主義與象徵主義結合的藝術。小說描述了布蘭文一家三代精神發展的歷史；與傳統的「長河小說」相比，《虹》不注重家族的榮辱浮沉，而是在表現這三代人對理想的追求──那就是象徵希望及大地新生的彩虹。每一代人都試圖突破狹隘的現況，追求天邊的彩虹。雖然這三代中也有女性拋棄彩虹，與現實環境妥協，然而勞倫斯曾在論文中指出：「女人的重要性不在於生養後代，而在於她自己的生命。這正是女人崇高而充滿危險的命運。」《虹》的結局是開放性的，它表明了布蘭文家族的精神旅程還將繼續下去，而彩虹是人們不停追尋、卻也永遠追尋不到的幻景。

　　勞倫斯一生文運坎坷，晚年更貧病交加，他艱辛地追求理想，猶如追逐天邊的彩虹──卻也始終未能如願。

7.3　德文的寫實主義作家

　　使用德文的國家有德國、奧地利及大部分的瑞士，德文小說在19世紀還處於發展階段，到了20世紀才有重大發展。

　　德國行封建制度多年，本有34個邦國和4個自由市，邦聯各國在政治及外交上均有獨立性。因此，它不是個統一的國家。隨著工業革命及資本主義經濟的發展，德國的資產階級迫切感到一個強大國家作為國際市場競爭後盾的必要。當

時各邦國以北部普魯士（Prussia）的重工業生產及軍隊最強大，普王威廉一世任命「鐵血宰相」俾斯麥為首相後，於1871年完成統一的帝國大業，為「第二帝國」。第一帝國為10至19世紀初之神聖羅馬帝國。進入20世紀，德國與英、法為利益衝突導致1914-18年的第一次世界大戰。戰敗後建立德國歷史上第一個共和國——威瑪共和國（Weimar Republic, 1919-33）。然而戰後大筆賠款、萎縮的經濟造成了納粹黨希特勒取得政權，任內閣總理，展開他為期12年的獨裁統治，是為「第三帝國」。1939年德軍閃擊波蘭，引發了第二次世界大戰。1945年戰爭結束，德國分裂為二，柏林圍牆建立，直至1990年10月東德及西德才合併為一。

希特勒執政後，反法西斯的情緒高漲，文人及藝術家本來就是有創造力、不願受約束的人，再加上第三帝國的納粹集團展開了史無前例的排猶運動，所以德國出現了大批的流亡作家，這些作家絕大部分屬於寫實主義作家。就在這12年的歲月裡，流亡作家共出版了約2,000種圖書。他們向全世界人民真實反映德國的社會真象，令流亡文學成為此時保持德意志民族傳統精神的主流文學。

7.3.1　湯瑪斯‧曼（及亨利希‧曼）

湯瑪斯‧曼（Thomas Mann, 1875-1955）是德意志民族繼歌德之後的另一文學巨匠，1929年獲諾貝爾文學獎。他並沒有完成學校教育，但是在慕尼黑高等工業學校旁聽歷史、文學史及經濟學方面他有興趣的課程。他19歲及23歲各發表1部中篇小說，可說起步相當地早。26歲時，他完成了《布登勃魯克家史》（*Buddenbrooks*）。此書以寫實主義的技巧完成，雖然此時湯瑪斯‧曼更醉心於自然主義。湯瑪斯‧曼30歲時與一猶太富翁的獨生女結婚，共有6個孩子。他在早年出

名，成為近代德國重要的發言人，但先前為威瑪共和國的極權政府辯護，之後卻轉變為對納粹德國猛烈攻擊。1935年希特勒執政，他展開近30年的自我放逐。先住瑞士，再往美國，並歸化為美國公民。二次大戰後他曾回德國短住，於1949及1955兩度獲得「歌德獎」。

《布登勃魯克家史》、《魂斷威尼斯》（*Death in Venice*）、《魔山》（*The Magic Mountain*）及《浮士德博士》（*Doctor Faustus*）是湯瑪斯·曼最重要及為人熟悉的4部小說。《布登勃魯克家史》寫的是這個家族四代的潮起潮落；這四代人均有藝術氣質，也擁有老式經營的商業，無法調適已演變為壟斷經濟的現代社會。但他們相依共存，至死不離。此小說顯現出他一貫強調的論點：即藝術是崇高、道德的，藝術和藝術家與資本主義有矛盾。在諾貝爾獎的頒獎詞中，這部書被評價道：「此書流露了德國文化的共同特色，那就是哲學與音樂的優越性。這位青年作家完美地發揮了寫實主義的文學技巧，同時還特意把作品引向尼采的文明批判和叔本華的悲觀主義。」

《魂斷威尼斯》是他所有作品中結構最完整、故事最悲慘的小說。主角阿森巴赫是個50多歲的貴族，也是最受尊重的作家。他在威尼斯度假時遇到波蘭貴族家庭的14歲美少年，深深被少年的美所吸引，每天偷偷尾隨，卻不敢上去和他談話。一種霍亂傳染病侵入威尼斯地區，阿森巴赫不顧警告，繼續留在威尼斯，只是為了多看他一眼。美少年與家人離去那天，他和美少年交換了重要的一瞥；最後阿森巴赫死在威尼斯。這本小說除了充滿美與頹廢的象徵外，也使用了佛洛伊德的潛意識。他在刻劃人物時完全客觀，不表現傷感或哀憐。

《魔山》共寫了12年，因為作品中鮮明的反法西斯思

想，在納粹德國被列為禁書。這部書通過一個年輕工程師到海拔 5,000 公尺的山上肺病療養院住了 7 年為題材，寫出了一戰前後歐洲知識分子的各種思想見解。這個青年工程師因在山上久住而失掉時間的概念，現在、過去與未來混為一體。他通過與來自歐洲各地患者的交談，領悟到生存與死亡的極限，也深入思考戰爭、疾病、歷史、哲學、宗教等各種論題。由此書可看出生命與精神的調合：不只是個人的生命，也是全歐洲的生命。單純的讀者會認為《魔山》是部哲學小說，實際上，它還有寓言和神祕的意義；「魔山」本身就有許多象徵、暗示的含義，等待讀者去揭示。湯瑪斯·曼在《魔山》之後又寫了《雅各的故事》（*Joseph and His Brothers*）4 部曲，以《舊約》中約瑟和他的父親雅各為主角，寫下復活古代神話的故事。

二戰結束後，他出版後期最重要的長篇小說《浮士德博士》時已 72 歲。小說的主角為作曲家，因企圖創新突破，便與魔鬼簽約，以 25 年後將自己的靈魂交給魔鬼為條件，換取這 25 年魔鬼提供他創作的靈感。後來他果然成功，但愛心及靈魂已被魔鬼取走。這部小說湯瑪斯·曼聲言是以尼采的生平、氣質和經歷為藍本。16 世紀民間傳說的浮士德是中世紀黑暗時代，反抗愚昧及禁慾的典型人物；歌德塑造的浮士德是具探索進取精神的楷模；而湯瑪斯·曼筆下的浮士德是個脫離現實生活的藝術家。湯瑪斯·曼的一生都在苦思此一藝術與生活不能調合的問題，因不得其解而筆調悲觀，這也是他的作品散發特殊魅力的原因之一。

湯瑪斯·曼在 79 歲時竟有一長篇小說《菲力希·克魯》（*Felix Krull*）發表。他一生深受尼采、華格納及叔本華影響。他是以藝術家開始，以哲學家結束的小說創作巨人。他的小說涵蘊了文化、藝術、思想、智慧及一般生活。在上個

世紀中，沒有人能像他那樣將理性、知性及感性全融入小說中。

他的哥哥**亨利希·曼**（Heinrich Mann, 1871-1950）也是出名小說作家，一生歷經德國的君主政體、威瑪共和國及第三帝國3個重要歷史階段，共創作19部長篇小說。他與湯瑪斯·曼相同，對德國的專制政治批判不遺餘力，同樣被放逐海外，最後死於美國南加州。

7.3.2 赫曼·赫塞及褚威格

這兩位著名的德文小說家均非德國籍。赫曼·赫塞與湯瑪斯·曼兄弟相同，因反納粹而亡命國外，入了瑞士籍；褚威格則是奧地利人。

⑴**赫曼·赫塞**（Hermann Hesse, 1877-1962）是詩人也是小說家，1946年接連被授予「歌德獎」及諾貝爾文學獎。他出生在一個新教牧師的家庭，並未如父親所願繼承父業，而是立志作個文學家。他的小說《彼得·卡門青德》（*Peter Camenzind*，另譯《鄉愁》）寫少年彼得青春時代的經歷及內心的苦悶，出版後大受歐洲青年歡迎。他後因反戰文章而背上了「叛國者」罪名，之後流亡瑞士並入瑞士籍。他對東方思想鑽研甚深，曾在1910年有印度之行，寫過以佛祖早年生活為背景的抒情小說《悉達求道記》（*Siddhartha*）；最後的著作是以12年時間寫成的《玻璃珠遊戲》（*The Glass Bead Game*）。這個故事發生在許多年後的未來世界，有個組織專門選擇天才型的男孩，以玻璃珠遊戲培養氣質能力。玻璃球遊戲是一種由音樂（代表藝術）及數學（代表科學）演變而成的知識運動，涵蓋音樂、科技、藝術、邏輯及感情。參與者要具備超人智力及和諧內心兩大要件。孤兒克奈希特被選中後，與世隔絕的鑽研此遊戲，登峰為玻璃球戲大師。然而

他終於對玻璃球戲引申的意義萌生懷疑，最後竟意外溺斃。在這部富教育意義的小說中，赫曼‧赫塞強調人該進入社會服務，而非在純藝術或科學的象牙塔裡尋找人生方向。他在小說中多處引述《易經》、《呂氏春秋》及老莊哲學，充分表達出他對東方文化的熱衷。

(2)**褚威格**（Stefan Zweig, 1881-1942）是生在奧匈帝國的奧地利德文作家。他曾在奧國、法國及德國念書，後在奧地利的薩爾斯堡（莫札特的家鄉）定居。納粹執政兼併奧地利後，他被迫流亡，先到英國，再去巴西，在巴西那種寂寞及陌生的環境，他與第二任妻子患了憂鬱症，雙雙自殺。

褚威格的小說善於心理描寫，深受佛洛伊德影響。他在我國不算出名，但在歐美各國享有很高的聲譽。他在我國最出名的是中篇小說《一位陌生女子的來信》（*Letter From an Unknown Woman*），此文透過書信的方式，以自知觀點寫出一位多情女子對一名薄情的知名男作家不能自拔的愛情。她少女時代即崇拜作家，短暫的接觸竟在作家不知的情況下為他懷孕生子、獨立撫養孩子，甚至為生活淪為妓女，但後來孩子病死了。再相見作家竟完全認不出她。女子在孩子病死後第 2 天寫長信給他，並未作出任何要求。只是告訴他，她自己也瀕臨死亡，但多少年來日夜對他思念，對他的愛至死不渝。這種無悔無求的犧牲，確實令人震驚。

7.3.3　雷馬克

雷馬克（Erich Maria Remarque, 1898-1970）在我國是被人熟悉的作家，他的《凱旋門》（*Arch of Triumph*）、《西線無戰事》（*All Quiet on the Western Front*）及《春閨夢裡人》（*A Time to Live and a Time to Die*）在台灣均有譯本。雷馬克 18 歲被徵召入德軍參加一次大戰，調往第一線作戰，前後受傷 5

次。退伍後雷馬克作過許多工作，後來因反戰思想被納粹德國取消國籍，指他是猶太人。然而雷馬克長得金髮碧眼，完全不像猶太人，這更令納粹黨人憎恨他。他為德國作戰受傷數次，今竟遭此誣蔑，所以移民美國，最後又移往瑞士，終老於此。

《西線無戰事》描寫的是一次大戰時，一群被老師慫恿入伍的高中同學們，被派往西線戰場上殺戮或被殺。戰場面臨生死的恐懼令他們緊密結合在一起，但他們也都知道這種友情不會持久，生存的機會越來越小。最後，主角保羅終於失去他所有的同學，自己也受重傷，療養數月後再回戰場。至此，他完全清楚敵人的槍砲已不足為懼：朋友及希望都失去了，也就沒有什麼值得活下去的指望了。雷馬克最後寫到保羅死在戰場上：「他於1918年10月某日倒下。那天整個前線一片沉寂，司令部的戰報只有簡略的一句話：西線全無戰事（All quiet on the western front）。」雷馬克並不直接評論戰爭，只是透過8個年輕生命的死亡，讓讀者自己去領悟。這部小說深刻地描繪了年輕士兵的友情、恐懼及死亡，可用在任何一個時代的戰爭、任何一條泥濘的戰壕，它是一部沒有時間限制的戰爭小說巨著。

7.3.4　布萊希特、伯爾及格拉斯

這三位德國寫實主義作家均為世界級的文學巨匠，但是在我國名氣並不大。其中兩位得到諾貝爾文學獎。

⑴**布萊希特**（Bertolt Brecht, 1898-1956）是近代西方戲劇史上的重要人物。他曾參加一戰，在戰場上看到戰爭殘酷及無人性的一面，這對他日後的創作影響很大。他是個馬克斯主義者，1933年納粹開始整肅知識分子前，他逃往北歐及美國避難。後來他居住於東德，演出他最有名的戲劇《勇氣之

母及她的孩子們》(*Mutter Courage und ihre Kinder*),最後去世於柏林。他的戲劇理論是演員和劇中角色不能相融,要保持距離。觀眾是在觀戲,而不是處於一種不實的狀態,與演員、劇中角色虛幻的相混。但是許多戲劇家或影劇導演卻認為演員應融入角色,才能感動觀眾。京劇大師梅蘭芳更以為處於觀眾及演員之間那堵牆根本不存在。

(2)伯爾(Heinrich Böll, 1917-85)及格拉斯(Günter Grass, 1927-)是 1960 年代開始德國最受歡迎的兩個小說家。伯爾在 1972 年獲得諾貝爾文學獎時,還驚訝只給了他,而不是與小他 10 歲的格拉斯分享。27 年後,72 歲的格拉斯終於獲得了遲來的諾貝爾文學獎。伯爾在二戰時服役於德國陸軍步兵,在俄國戰場負傷 4 次。戰後開始寫作生涯,第三帝國與 6 年軍隊生活、戰場經驗對他的寫作頗有影響。他把俄國作戰經驗寫入《火車準時開出》(*The Train was on Time*)及《亞當,你在哪裡?》(*Where art Thou Adam*),以及其他與戰爭有關的小說數部。之後他的小說進入戰後的德國時代背景,寫出了許多社會問題及心理捕捉。他的小說如《小丑》(*The Clown*)等描述小人物的心情及他們所處的德國社會,這些都是伯爾憑感覺才能進入的世界。他的作品反映了那個時代,成為二戰後德國的代表性作家。

(3)**格拉斯**出生在但澤(Gdańsk),這個城市近百年來在波蘭、俄羅斯及德國三國之間一再易手,可說是世界上歸屬最複雜的一個城市。格拉斯曾是希特勒的青年團員,二戰末期受傷,被美軍俘虜。釋放後他作過農夫、礦工,也在藝術學院研究過雕刻和繪畫。32 歲那年出版處女作長篇小說《錫鼓》(*Tin Drum*),立刻名利雙收。之後他又出版了《貓與鼠》(*Cat and Mouse*)及《非人的歲月》(*Dog Years*),合稱為「但澤三部曲」(The Danzig Trilogy)。

《錫鼓》以侏儒奧斯卡用自知觀點作敘述。在一個句子裡，有時他用「奧斯卡」，有時用「我」。奧斯卡在體型上只有 3 歲小孩的高度，有副能震碎窗玻璃的尖嗓子。但他智力正常，觀察敏銳、有幻想，是個複雜的多層次人物。奧斯卡從小帶一隻小童錫鼓，不用語言，而是以鼓聲來表達他的感情、回憶及對現狀的不滿。格拉斯發揮出豐富的想像力，通過奧斯卡的視角描繪出但澤市的變遷、二次大戰時的「納粹化」、以及戰後德國的經濟奇蹟。這些複雜的題材被成功地融入奧斯卡的侏儒世界。

格拉斯之後有一本充滿創意的小說《比目魚》(*The Flounder*)，由一條能說話的比目魚與漁夫之間的對話，通過時間及神話，來審視西方自史前迄今的發展，更強調兩性之間的鬥爭。格拉斯在這小說裡成為一名男性的女性主義代言人，而他也被認為是二次大戰後德國文學界的代言人。

7.4 俄國的寫實主義作家

俄羅斯文學在 19 世紀輝煌而多彩多姿，出了托爾斯泰及杜思妥也夫斯基這兩位世界級的偉大作家。1917 年布爾什維克革命成功後，俄國的文學很快進入社會寫實主義，代表作品是**奧斯特洛夫斯基**（Nikolay Ostrovsky, 1904-36）的《鋼鐵是怎樣煉成的》(*How the Steel Was Tempered*)。從此，一切藝術均成為反映階級立場及進行階級鬥爭的工具。為達成共產主義世界性的革命目標，文學必須從屬於政治。在這種限制甚至迫害的體制下，許多優秀作家亡命國外，過著寂寞及憂鬱的晚年，而俄國文學也不可能與 19 世紀的光芒燦爛相比了。即使如此，俄國人是個有天份的民族，在近 70 年的壓制下，俄國仍然產生了一些傑出的作家及作品。

7.4.1　高爾基

　　高爾基（Maxim Gorky, 1868-1936）與其他作家不同，他受到共產政權相當的禮遇，成為普羅文學（無產階級文學）的盟主。他出生在一個木工的家庭，幼年喪父，僅上過2年小學，8歲開始獨立生活作童工，經常吃不飽、衣衫襤褸、被雇主打罵，這一段經驗使他日後取了筆名「高爾基」，在俄文就是「痛苦」的意思。

　　高爾基結束了童年生活後變成一個流浪漢，在俄國南部四處打零工維生。然後他開始創作，在報上發表文章、寫短篇小說。接著他創作了劇本及長篇小說，作品揉合浪漫主義及寫實主義的交融。在世紀轉換前後，高爾基有不少創作出現。他在近40歲時寫出了《母親》（*Mother*），一部以俄國布爾什維克革命為背景的長篇著作。此小說受到列寧的讚賞，高爾基並與列寧結為親密朋友及革命夥伴，成為20世紀俄國新文學的領導者及奠基者。1934年，高爾基主持第1屆蘇聯作家代表大會，並擔任剛成立的「俄國作家協會」的主席，任內積極推動「社會寫實主義」，爾後成為共產國家寫作的最高指導原則。同理，1942年毛澤東「在延安文藝座談會上的講話」也是延續社會寫實的風格，為中國共產黨的文藝最高指導原則。

　　高爾基一生寫了兩個三部曲（trilogy）形式的小說，其中以自傳體的《童年》（*My Childhood*）、《在人間》（*In the World*）及《我的大學》（*My University*）3本最傑出。這三部曲寫出俄羅斯人民在艱苦的逆境下，仍然保持善良的天性及高貴的人格、更不放棄追求知識及沉思的習性。這部偉大而充滿魅力的三部曲不僅文字優美、筆調誠懇，也深蘊作者精湛的思想。

7.4.2　布寧、蕭洛霍夫及索忍尼辛

⑴**布寧**（Ivan Bunin, 1870-1953）在 1933 年成為俄國第一位獲得諾貝爾文學獎的作家。他的中篇小說《鄉村》（*The Village*）最出色。此小說在故事情節及人物性格刻劃上並無特殊之處，但是描繪了世紀末俄國的農村的變遷及萎縮，顯現了世態的蒼涼。布寧之後遷往法國，寫出了自傳體的長篇小說《阿爾謝尼耶夫的一生》（*The Life of Arsenev*）。在這部虛構的自傳裡，布寧回憶自己青少年時代在俄羅斯的生活，以優美的筆調，道出深刻的鄉愁及對流逝而去時間的沉思。他由 1923 年開始，每年都和高爾基同時被提名諾貝爾文學獎，但是高爾基有濃厚的政治色彩，所以布寧被選擇得獎。布寧得獎後立刻攻擊當時的蘇聯文學，聲言「它聽命一個卑劣的政權」，蘇聯駐瑞典公使遂未參加頒獎典禮。而頒獎那天，蘇聯的國旗未被懸掛，主辦單位藉口諾貝爾百年冥誕，而在會場清一色懸掛瑞典國旗。

⑵**蕭洛霍夫**（Michail Sholokhov, 1905-84）生於頓河流域的一個小村莊，17 歲時開始寫作，以親身經歷及見聞為素材，寫出 20 多部中短篇小說，匯集成《頓河故事》（*Tales of the Don*）。之後他又以 12 年時間寫就他的巨著《靜靜的頓河》（*And Quiet Flows the Don*），這本小說寫出了革命漩渦中哥薩克人悲劇的命運，以及數個哥薩克家庭的悲歡離合，更生動地描繪出頓河流域的自然景色及風土人情。這部史詩性的巨著令蕭洛霍夫獲得了 1965 年的諾貝爾文學獎，同時這本書也成為當時俄國最重要的小說。

⑶**索忍尼辛**（Aleksandr Solzhenitsyn, 1918-　）是生在頓河的哥薩克人，大學念的是數學和物理。1941 年二戰爆發被徵召入伍，因作戰英勇獲得英勇勳章；1945 年時升為砲兵上尉，卻因在前線寫的一封信中批評史達林軍事決定錯誤，而

被關入集中營 8 年及 3 年強制流放，釋放後以教授數學為業。索忍尼辛業餘寫就《伊凡‧丹尼索維琪的一天》（*One Day in the Life of Ivan Denisovich*，或譯《集中營中的一日》）、《癌症病房》（*Cancer Ward*）及《第一層地獄》（*The first Circle*），揭露集中營的真相。此時他已有了名氣，這些被禁的書也流出俄國，在西方世界發行。1969 年「蘇聯作家協會」開除他的會籍，但翌年的諾貝爾文學獎卻頒發給他，這不啻是自由世界對蘇聯當局的嚴重抗議。在蘇聯文藝界猛烈對他攻擊之下，他決定不去瑞典領獎，否則他可能永遠不能回到祖國。3 年後，索忍尼辛的巨著《古拉格群島》（*The Gulag Archipelago*）在法國出版，兩個月後他以叛國之名被蘇聯當局驅逐出境。《古拉格群島》意指蘇聯境內由東到西無數的集中營，像群島一樣星羅棋布。索忍尼辛以他親身 8 年的集中營經歷及歷史紀錄寫成此半文字、半紀錄的小說。他被驅逐出境後定居美國，並入美籍，到世界各地旅行及演說，也曾來過台灣一次。蘇聯解體後，他又回祖國定居，並恢復俄國公民權。諾貝爾文學獎對索忍尼辛的評語是：「由於他作品中的道德力量——藉著它，他承續了俄國文學不可或缺的傳統。」

7.4.3　巴斯特納克

　　巴斯特納克（Boris Pasternak, 1890-1960）出生於莫斯科一個猶太知識分子家庭，父親是著名畫家，母親是鋼琴家。然而他們的環境在父母結婚後並不好，因為猶太人在莫斯科受到相當的歧視，不准住到較好的地區。直到他父親受托爾斯泰之託為《戰爭與和平》的豪華版畫插圖，他們貧困的生活才得以改善。巴斯特納克 4 歲時就在家中見到托爾斯泰。後來他入莫斯科大學念法律，又去德國馬爾堡大學研讀哲

學，專攻黑格爾和康德的學說。之後巴斯特納克開始寫詩，特別強調詩的意象。他在史達林執政時被迫放棄寫詩，轉而翻譯莎士比亞、歌德及雪萊的作品。他也曾邂逅奧國詩人里爾克於莫斯科車站，里爾克是來拜訪托爾斯泰，但是變成了日後巴斯特納克詩歌創作的啟蒙者之一。巴斯特納克與**馬雅可夫斯基**（Vladimir Mayakovski, 1893-1930）及**葉賽寧**（Sergei Yesenin, 1895-1925）成為俄國現代派的三大詩人。馬雅可夫斯基被選為共產黨的桂冠詩人，後來自殺而死；葉賽寧一度曾和美國名舞蹈家鄧肯女士結婚，最後也自殺。

二戰後，1948年他開始了小說創作，7年後完成《齊瓦哥醫生》（*Doctor Zhivago*）。這本小說被禁，1957年卻在義大利第一次出版譯本，之後被轉譯為15種文字。《齊瓦哥醫生》是一部史詩式的小說，但是有些難以置信的偶然事件，也有許多次要人物及不必要出現的通俗劇情。書中齊瓦哥醫生出身良好家庭，也是個詩人，但是革命改變了所有人的命運。他帶著妻兒乘火車經過俄國的大平原、雪地、森林及烏拉山，在小鎮安頓下來，而曾與他共事於一次世界大戰戰地醫院的娜拉（Lara）也在此小鎮，於是一個偉大的愛情故事就此開始。他與娜拉的婚外情曲折而美麗，但終以悲劇收場。齊瓦哥被共產黨紅軍游擊隊所俘，被迫作了隨隊軍醫。他輕視這些粗魯敗德的紅軍，反而同情穿著白色制服屬沙皇那邊的白軍——是一群十幾歲的孩子，英勇而單純。他覺得他們「可能在精神上、在教育上、在道德標準上都和他相近。」之後齊瓦哥終於逃出紅軍游擊隊，他回去和娜拉作了最後一次相聚。這是一首大難即將來臨、為雪封閉、迴腸蕩氣如夢的牧歌。然後為了情勢的險惡各奔東西。齊瓦哥醫生回到莫斯科後，在電車上心臟病突發而死。

齊瓦哥醫生和他的作者巴斯特納克一樣是詩人，書後附

了他24首詩。齊瓦哥醫生是個軟弱、無能為力的知識分子，不能保護家人，也不正面對抗凶惡。小說描繪革命後的共產黨統治比沙皇時代更壞，革命分子根本是一群負面人物。在這個浪漫的愛情故事中有機會、選擇、快樂和死亡，巴斯特納克寫出屠殺及苦難，但是也寫出了生命的深刻和美麗。

巴斯特納克成為20世紀最富盛名的俄國作家，1958年因《齊瓦哥醫生》得到諾貝爾文學獎，蘇聯文學界立刻展開對他全面攻擊。蘇俄《真理報》說他是「賣國者」、「猶大」、「如果有一絲蘇俄的尊嚴，就應該拒領此獎」。他並被蘇俄作家協會開除會籍。對他來說，如果領獎就要流亡海外不能返國，「離開祖國對我來說與死刑相等。我的出生、工作和生命都與俄羅斯息息相關。」於是他在官方巨大壓力下致電瑞典皇家學院，以「極為感謝、激動、榮譽、震驚、慚愧」（"Immensely thankful, touched, proud, astonished, abashed"）表達獲獎心情及婉拒領獎。1965年大衛‧連將此小說拍攝為同名電影，再度造成轟動。

課文複習問題

1. 比較20世紀及19世紀寫實主義的異同。
2. 羅曼‧羅蘭與紀德的小說在內容上有何不同？
3. 蕭伯納的重要性何在，作品特性為何？
4. 勞倫斯的《查泰萊夫人的情人》表達了何種思想？
5. 簡單敘述湯瑪斯‧曼的5部重要小說。
6. 《西線無戰事》給你何種啟示？
7. 簡單敘述20世紀的俄國「社會現實主義」文學。
8. 《齊瓦哥醫生》吸引人的地方在哪裡？

思考或群組討論問題（課文內無答案）

1.你最喜歡哪幾本20世紀的寫實主義小說？原因何在？

2.討論以20世紀戰爭為主題的小說。

3.德國、俄國、中國及台灣均曾經歷極權時期。試比較各國在極權時期的文學創作。

4.小說作家是否在被壓迫的情況下，更能創出好作品？試討論。

5.觀賞大衛‧連導演的《齊瓦哥醫生》，並與原小說作比較。

第八章　現代主義與後現代主義文學

「人看生命如此深，亦看痛苦如此深。」

——尼采

　　現代主義（Modernism）不是由一個文學流派形成的，而是包括了 20 世紀西方國家在思想上、藝術上有共同趨向或性質的許多文學流派。以文學現象而言，19 世紀末期的前期象徵主義（見第六章）已具現代主義的一些特徵。但如以一個新的文學思潮而言，一戰前後爭相出現的各種主義流派均屬現代主義。它們包括由法國而遍及歐美的後期象徵主義、以德國為中心的表現主義、以義大利為中心的未來主義、以法國為中心的超現實主義及以英國為中心的意識流文學等。這些思潮大約發生在 1890 到 1930 年間。1914-18 是一次世界大戰，1910-25 是現代主義的高潮。1930 年代之後現代主義受到革命文學的抵制而處於停滯狀態。二戰之後的 50 年代，現代主義文學的發展又再現。後期現代主義包括出現於法國的荒謬劇及新小說；出現於美國的「垮掉的一代」；60 年代在美國又有「黑色幽默」的出現。這些文學流派思潮，大多屬於非主流。換而言之，重要性不及浪漫主義、寫實主義等重要文學思潮。本章介紹也是以較重要的意識流小說為主。

8.1　現代主義的源起及特質

　　現代主義一詞一直相當含混，不如 18 世紀盛行的新古典主義及 19 世紀盛行的浪漫主義、寫實主義及象徵主義有明確的定義及界限。一般說來，法國是現代主義運動之源，慢慢

渡過英法海峽到英國，再渡海到愛爾蘭，最後渡過大西洋到美國。此時歐洲大陸已工業化、城市化及資本化。歐洲的白種人享有種族、經濟及文化的優勢，也控制著全世界的國家。只有美國及日本享有獨立自主的政治及經濟權。這是帝國主義的殖民時代，中國更因被各國利益瓜分而成為「次殖民地」。1900 年時，英國佔有全世界四分之一的土地，「日不落國」的首都倫敦是全世界的皇家首都。基本上，近代西歐歷史的流程是工業革命→資本主義→現代化→帝國主義。帝國主義（Imperialism）不但是政治及經濟的強勢制度，也是一種理念、一種信仰。不只軍人、政客、傳教士、商人相信它，即使歐洲的知識分子、作家、大學教授也認為他們高人一等，遠勝殖民地的人民。歐洲各國的現代化在邁入 20 世紀時展開，科技方面也有一連串的發明，例如：倫琴發明 X 光、居禮夫婦發現放射性之鈾及鐳二元素、同位素之發現、布朗克發表量子力學的論文及佛洛伊德發表《夢的解析》。而愛因斯坦的發表相對論（Theory of Relativity），更令物理學進入四度空間（即時間），是自牛頓以來物理學最重大的突破。因此，愛因斯坦也在上個世紀末被選為對 20 世紀影響最大的人。

現代主義是「現代化」（Modernization）的總名稱。它發生在科技、藝術、家庭、都市、工廠、政治、經濟、戰場及世界秩序上。這些發展的共同點就是不再保守不進。有一群先知者已及早看出下去的變化將比以往要大、要快、要多。人文方面，現代主義由繪畫開始，巴黎是繪畫之都。現代繪畫一反過去寫實及浪漫之風，進入抽象畫的領域。文學上的現代主義雖有眾多流派，但均有反傳統及反理性的傾向。西方反理性主義哲學可追溯到康德，「實證主義」及「唯意志論」即是在康德影響下產生的。實證主義的代表人物為法國

哲學家孔德。實證主義否定客觀，強調主觀經驗，認定「自我」為世界存在的基礎。「唯意志論」的代表人物有叔本華、尼采及柏格森。叔本華強調「生存意志」（Will to Live），尼采則發展為「權力意志」（Will to Power）。法國哲學家**柏格森**（Henri Bergson, 1859-1941, 1927 諾貝爾文學獎得主）更強調意識的直覺。

由以上的哲學基礎可歸納文學上的現代主義各流派共同特質如下：

⑴在思想上反理性：前數章已述及文藝復興、新古典主義及啟蒙主義文學是重理性；浪漫主義以想像及情感推翻了理性的傳統；寫實主義及自然主義又回歸理性；現代主義則以隔代遺傳的姿態又回到反理性。

⑵重視表現形式：寫實主義以內容為主，現代主義重視寫作形式的創新——創作有時不依時序進行。

⑶特別重視探討人的內心世界，不再強調上帝的宗旨，宇宙的意識。

8.2 現代主義的流派

現代主義的重要流派可分列如下：

⑴未來主義（Futurism）是義大利詩人**馬利奈蒂**（Tommaso Marinetti, 1876-1944）所創。主張徹底摧毀詩的節奏、韻律和句法。此流派享有最高聲譽的作家有義大利詩人**鄧南遮**（Gabriele D'Annunzio, 1863-1938）及俄國詩人馬雅可夫斯基。《齊瓦哥醫生》一書的作者巴斯特納克也是未來主義的詩人。

⑵超現實主義（Surrealism）是 1920 年代由法國開始的文學運動。它的前身是達達主義（Dadaism）運動。達達是一群詩人隨便翻字典，看到 Dada 一字（法文意思是「兒童的玩具

木馬」），就以此為運動之名。超現實主義在繪畫上的影響要超過文學。比如達利（Salvador Dali 1904-89）即是著名的超現實主義畫家。在文學上，這一流派強調夢境與幻覺，信仰超現實。但是他們並沒有寫出劃時代的重要作品。

⑶表現主義（Expressionism）產生於一戰前的德國。本來是美術流派，後來發展到音樂、文學、戲劇和電影。表現主義的作品充滿了狂熱激情和極度的誇張，內容多在喧囂、混亂、罪惡的城市。他們主張表現事物的本質，也就是內在精神，而不是客觀的現實。在小說及戲劇方面成就較大，最傑出的作家是美國劇作家歐尼爾（見第十章）。此外卡夫卡（見第九章）也被稱為此派作家。

⑷後期象徵主義（Symbolism）是現代主義各流派中出現最早、持續時間最長及影響最大的文學流派。20世紀有愛爾蘭詩人葉慈（William Yeats, 1865-1939）及由美籍歸化為英國籍的 T. S.艾略特最出名。前者得到 1923 年的諾貝爾文學獎，主要作品有〈航向拜占庭〉（Sailing to Byzantium）及〈塔〉（The Tower）。後者得到 1949 年的諾貝爾文學獎，本章將特別介紹。

⑸意識流文學（Stream of Consciousness）顯然是受到佛洛伊德等心理學家論說的影響。此類小說打破了傳統小說遵循外在物理時間，以線性邏輯作敘述的方式，而是依心理時間作跳躍式的連接，將過去、現在及未來相互穿插及交叉，使作品有了新的面貌。意識流文學代表性的作家有喬伊斯、吳爾芙、普魯斯特及美國作家福克納。前三者在本章作介紹、福克納則在美國文學篇作介紹。

⑹新小說（nouveau roman）是 1950 年代在法國興起的文學流派。沒有共同宣言，沒有組織，也被稱為新潮派（New Wave，與電影新潮派同名）或「反小說」（Antinovel）。他們

反對傳統小說全知觀點的寫作，主張讀者的參與及語言革新，採用有標誌性明確的詞彙，而不是感性的形容詞及隱喻。他們也倡導小說採用繪畫的規格準則，如此將小說由「時間的藝術」轉化為「空間的藝術」。

(7)「垮掉的一代」（The Beat Generation）於 50 年代在美國興起。他們和英國「憤怒的一代」均屬反傳統的年輕人。他們要求個人絕對的自由，和爵士樂、性、迷幻藥都有關連。他們也表現出對老莊哲學和佛教禪宗的興趣。這些年輕人被稱為「披頭族」（beatnik），以**金斯堡**（Allen Ginsberg, 1926- ）為代表性人物。他的代表詩作是《嚎叫》（*Howl*）。

(8)黑色幽默（black humor）是 60 年代在美國興起的文學流派。特徵是用荒誕的手法表現恐怖而痛苦的幽默，基調是悲憤、沉鬱、嘲諷及絕望。但是嘲諷要比傳統的嘲諷強烈得多，是以喜劇角度演出的悲劇。這類作家以**海勒**（Joseph Heller, 1923-99）最出名。他的《第 22 條例》（*Catch 22*）用戰爭作背景，但不是一本戰爭小說，描述的是二戰時美國空軍的官僚和專制作風。他書中的敵人，不只是交戰的對方，同時也是軍事經濟制度的不人道。黑色幽默另一部傑出小說是**馮內果**（Kurt Vonnegut, 1922- ）的《第五號屠宰場》（*Slaughterhouse-Five*）。描寫盟軍戰俘在二戰時被德軍關在一個建築得極為堅固的第五號屠宰場中，美軍用燃燒彈對這個城市進行毀滅性的轟炸。戰俘營中有一個戰俘能在時間中旅行，穿梭過去及未來的每一個時刻，也可同時住在地球及另一個遙遠的外星。由外星他可預見未來一切，甚至包括全宇宙不可避免的最終毀滅。這是一部融合了科幻及寫實的小說，而黑色幽默小說也反映了美國人對大規模屠殺及人類自我毀滅的恐懼。

(9)荒謬劇（Theater of the Absurd）在 50 年代起步於法

國。它延續了存在主義作家卡繆（見下章）在《薛西佛斯的神話》中所表現的人的處境，基本上是荒謬而缺乏目的。他們掙扎於困惑、無助、焦急及無效的追尋。荒謬劇深受存在主義的影響，最重要的法國劇作家是**貝克特**（Samuel Beckett, 1906-89）。他以反戲劇作品《等待果陀》（*Waiting for Godot*）聞名，得到 1969 年的諾貝爾文學獎。貝克特是出生在都柏林的愛爾蘭人，但是後來入法國籍並以法文及英文寫作。《等待果陀》沒有劇情、沒有時間、兩個迷失的人物花了多天時間等待一個名叫果陀的人。果陀到底是誰及會不會來？都不清楚。為什麼要等待他？也不清楚。整個劇的主題並非果陀，而是等待。當人處於主動狀態時，他可能掌握時間；但是當人處於「等待」的被動狀態時，他無法阻止時光的流逝，亦可能面對難度的困境。由此，荒謬劇不只反映荒謬，也探索了人存在的哲理。高行健的戲劇《車站》顯然是受《等待果陀》的深重影響。

8.3 影響 20 世紀文學的人物

現代主義大約由 20 世紀開始。有四個 19 世紀的人對 20 世紀的文學有直接或潛移默化的影響。他們不但衝激了新文學的概念及形成，對 20 世紀的政治、經濟、社會及文化思想均有深厚的影響。這四個人有三個是德語系統，一個是英語系統。種族上兩個猶太裔的德國人（馬克斯及佛洛伊德），一個德國人（尼采），及一個英國人（達爾文）。由國家民族角度審視，德國人和英國人均屬條頓族。

8.3.1 佛洛伊德

佛洛伊德（Sigmund Freud, 1856-1939）是奧地利一個小製衣廠主績絃所生的長子。少年時即智力過人，14 歲開始閱

讀康德、黑格爾、叔本華艱深的哲學著作。他自幼受母親寵愛。曾說：「男孩如能獲得母親寵愛，就會終生以征服者自許。此成功信念，常引導他在人生中取得真正的成功。」他本想讀哲學，後因家境中落，考入維也納大學醫科以利後日謀生。畢業後一面任駐院醫師，一面繼續研究神經學及大腦解剖學。後又考取進修獎學金，往巴黎受精神病學家名師之教誨。佛洛伊德著述甚豐，他最愛的作品是 1900 年出版的《夢的解析》（*The Interpretation of Dreams*）。書中他指出夢不是偶然形成的聯想，而是意識慾望的滿足──即日有所思、夜有所夢。但是夢的內容不是本來面目，必須加以分析及解釋。釋夢就是從夢的顯相中尋求隱義。

佛洛伊德對無意識（Unconsciousness）的闡釋是他享不朽盛名的主要原因之一。他認定人的心理活動大部分隱蔽在無意識之下。人的言行舉止、思想、動機等，不僅對別人要掩飾，甚至也對自己常常掩飾。這種「冰山理論」（人心比冰山，有意識是水面的 1/9，無意識是水下的 8/9） 在文學上海明威（第十章）也有類似的「冰山原則」。由於無意識的心理活動，文學上出現了意識流（Stream of Consciousness）的小說技巧。這種技巧使用「內心獨白」（Interior Monologue）及「自由聯想」（Free Association）兩種表現手法。「自由聯想」也是佛洛伊德心理治療常用的方法。佛洛伊德把人的心理活動區分為「本能衝動」（Id）、「自我」（Ego）及「超自我」（Super-Ego）三個層次，而以有盲目衝動、不辨善惡的「本能衝動」最具人的原始天性。他又創建與「本能衝動」密切相關的另一個觀念，即是以「性」為基本性格的「生命力」（Libido），他認為人類所有的文化成就，如藝術、宗教、法律等，都是「生命力」發展的結果，性的本能也是一切創造力的根源。

佛洛伊德的研究令他成為心理學的偉大先驅者，而心理學也繼物理、化學、生物學、數學之後成為一支最年輕的科學。在最近的一百年，他的學說及觀念不斷被修正。譬如他的學生及朋友瑞士心理學大師**榮格**（Carl Jung, 1875-1961）就曾對他的學說提出重要的修正及批評。至今榮格的心理分析方法已被視為全世界首屈一指。不過，那些繼起的心理學家頂多只能說是寫了心理學中的《新約》，只有佛洛伊德寫的才是《舊約》——他的著作至今仍是最基礎性的。心理學上的理論，難以藉科學實驗來證實或推翻；因多是假設或推論，也難提出合乎科學的證據。但這門年輕的學問不但對 20 世紀的社會、政治、教育、經濟及藝術均有啟發，對文學更產生深遠而強烈的影響。然而，心理學的理論是先影響到文學批評，再由文學批評去修正文學創作的方向。換言之，除卡夫卡、艾略特及普魯斯特外，並沒有著名重要作家提及其創作曾直接受到佛洛伊德的影響。

8.3.2　達爾文

　　歷史人物中，無人像達爾文（Charles Darwin, 1809-82）那樣對人類思想與行為法則有如此重大的影響。他不僅是生物學上進化論的推動者，而「社會達爾文主義」（Social Darwinism）一詞所代表的觀念，也像「馬爾薩斯主義」（Malthusianism）、「馬克斯主義」（Marxism）及「馬基維利主義」（Machiavellism）一樣成為常見的社會學名詞。

　　達爾文出身英國學術家庭，16 歲入愛丁堡大學醫科，再轉入劍橋大學研究神學，希望以後作一英國國教牧師。後來經地質學教授推介，得以登上英國皇家海軍「獵犬號」（Beagle），在南半球作 5 年的調查訪問。這 5 年時間達爾文蒐集了化石學、地質學、生物學上充足的資料，寫下了《物種

原始》（*On the Origin of Species by Means of Natural Selection*）一書。此書也就是進化論（Evolutionism）的基礎。進化論有別於《舊約》的「創造論」（Creationism）。創造論的理論是生物受上帝創始，即是如今吾人所見的形象，並非由低等細胞逐漸演變進化至今。

　　達爾文進化論的基礎是「生存競爭」、「自然淘汰」及「物競天擇」等學說。他受馬爾薩斯「人口論」的影響至鉅。**馬爾薩斯**（Thomas Malthus, 1766-1834）認為人口成幾何級數增加，糧食只成算術級數增加。在這種「入不敷出」的狀況下，人口增長率只能靠戰爭、疾病、天災來作殘忍而適當的調節。達爾文由此推論，動植物也同樣會因「消極節制」而影響其繁衍。同時為了生存，生物本身會因適應環境而產生變化，形成新的品種。進化論的觀念遠在兩千多年前的希臘時期就已存在，並非達爾文所「發明」。然而他在舉證方面收集的資料比前人的總和還多，還更有份量。其次，他以「物競天擇」作為進化論的合理解釋，令進化論有了更堅強的理論基礎。而他所使用的研究方法及過程，對其他各行的科學家有重大啟示。此處要說明的是進化論雖有化石等的證據，但主要還是靠推論。而進化論牽涉到上千萬年的歷史，實在無法以科學實驗或已存證據求證，故進化論的求證方法及推論的邏輯也是其他科學所重視學習的。

　　達爾文主義引起教會及科學之間不斷的正面衝突。宗教猶如政黨，必不能見容異議。甚至有人說：「真如達爾文所言，人是由猿猴演變而來，那麼這幾百上千年來，我們怎麼沒有看到一隻猴子變成人？」實際上達爾文是說人與猿猴有共同的祖先，並未說過人是猴子變來的。達爾文在精研學術多年後，說道「我深信上帝存在的另一個理由，是出於理智而非出於情感的，我深深體會到其重要性。」他認為如無上

帝，則不可能有最原始、最基本的締造。他相信上帝但不一定要相信《聖經》，因為《聖經》是人寫的，對他來說，猶如神話。

社會達爾文主義是政治上及種族上用來壓迫或消滅弱小民族的藉口；商界及企業界以此兼併小企業；國與國之間的戰爭，也據此作為弱肉強食的正當手段。

《物種原始》一書與佛洛伊德的《夢之解析》均以優美筆調寫出，定位為文學作品也不為過。達爾文對《聖經》及傳統的否定，啟發了文學走向反傳統及反宗教之路，甚至影響存在主義的出現。文學本來就具有叛逆的性質，達爾文的出現更無形地深化了叛逆的基礎，助長質疑的態度，於是上帝及宗教不再是萬能及可信賴的。

8.3.3　馬克斯

馬克斯（Karl Marx, 1818-83）是德國出生的猶太後裔，但父母均皈依基督教，他一生反而是反對猶太人。他出身富有律師家庭，本在大學念法律及哲學，祈能躋身大學教席。但他常發表偏激言論，遂自絕於大學之門。他移居巴黎，結識了與他締交終身的德國人**恩格斯**（Friedrich Engels, 1820-95）。恩格斯沉迷於社會主義，並不斷地接濟馬克斯。兩人在1848年合寫《共產黨宣言》（*Communist Manifesto*）。在此宣言中，他們指出：「共產黨員們認為，至今再隱藏他們的意願，乃是一種不必要的浪費。茲公開宣佈，惟有使用暴力手段推翻整個現有的社會秩序，始能達成共產黨員們的所有目標。」

馬克斯所到之處，無不斷撰文鼓動勞工動亂，遂被列為不受歡迎人物。1849年他31歲移居英國，此後半生歲月，均在英國度過。馬克斯與相伴同受貧困飢寒的妻子共度40年，

生了6個子女，只有3個長大成人，其中兩名自殺身亡。雖一生在貧病中掙扎，對共產主義的狂熱始終不改。他埋首於大英博物館中搜集資料，有時一天花16小時寫《資本論》（*Das Kapital*）。此書長達18年始告完成第一卷。接濟他的恩格斯對此書能否完成已全無信心。兩人一提到那本「該死的書」，恩格斯說：「等這書印出來，我一定大醉一場。」馬克斯則說此書「完全是一場噩夢。」馬克斯寫此書時英國正在資本主義的未成熟階段，他看到的是勞工受到資本家的剝削，婦女沿河拉縴，為煤礦拉運煤車；童工日夜輪班，一天工作12到15小時，不同小孩輪流在同一張床上睡覺，所以童工的床永遠是「溫暖」的。肺病及職業病造成抵抗力弱的童工及女工死亡率極高。這些現象在19世紀的寫實主義小說中屢見不鮮。

《資本論》以德文寫成，書中充分運用黑格爾創建的「唯物辯證法」（dialectical materialism），強調他所創造的「唯物史觀」，認為歷史即是一切壓迫者及被壓迫者均處於敵對立場，進行永無休止的戰爭。馬克斯也認為宗教引導人消極，屈服於現實，忍受痛苦，盲信命運之說，因而「都是人民的鴉片煙」。所以共產主義一定要否定上帝，成為無神論者（atheist）。馬克斯描繪不公平、否定上帝、打倒一切現有權威，頗符合文學的悲劇性及叛逆性特質。學生是無產階級（proletarian，或稱普羅階級），作家及藝術家也常是普羅階級，所以作家左傾或受共產主義思想影響者頗有其人——宗教是人民的鴉片煙，共產主義則是知識分子的鴉片煙。固然，學生成人後，有了資產，成為小資產階級，或中產階級（bourgeois 或 bourgeoisie，布爾喬亞），想法也常會改變。馬克斯的論調可引申為經濟不但影響人的行為，也影響人的思維。這些見解頗有啟發性，也頗有創意。不論受到後人多少

攻擊，曾有近半個地球籠罩在共產主義的旗幟下，也是不爭之事實。除了蘇聯產生的社會寫實文學外，許多作家對資本主義制度、傳統價值及宗教信仰的攻擊，不啻與共產主義的社會觀點相符合。

8.3.4　尼采

尼采（Friedrich Wilhelm Nietzsche, 1844-1900）出生在一個路德會牧師的家庭，父母雙方世代均任聖職。他誕生那天適值腓特烈・威廉大帝的生日。尼采的父親曾擔任皇室的家庭教師，故特以大帝的名字為兒子命名為腓特烈・威廉。尼采出生自富有世家，他以此為榮，將自己的優點完全歸功於祖先的遺傳。尼采在24歲尚未取得博士學位時，即榮任瑞士巴塞爾（Basel）大學之古典語言學教授，之後並以免口試獲萊比錫大學博士學位。但尼采任教10年左右即因病辭去大學教職，開始創作他最重要的一本書《查拉圖斯特拉如此說》（*Thus Spake Zarathustra*，或譯《蘇魯之語錄》）。此書以散文詩體寫出，被西方學界認為是影響20世紀最重要的書籍之一。尼采是個有創意的思想家，並沒有嚴謹的哲學體系，是否該被稱為哲學家，曾有爭議。無論如何，將其與叔本華（Arthur Schopenhauer, 1788-1860）並列為「非理性哲學家」，應屬正確。尼采曾與比他大31歲的歌劇大師華格納交往。他認為華格納是真正藝術的唯一創造者，是日耳曼人的光榮。然而曾幾何時，他又開始攻擊華格納，因為他目睹華格納的迎合觀眾及《巴西法拉》（*Parsifal*）一劇充滿了基督教的色彩。

尼采的重要思想簡述如下：

⑴反基督教──「上帝已經死了！」（God is dead）這句名言即出自尼采。他反對上帝的存在並非出自理性或科學的

觀點，而是基於價值觀的不同。他認為基督教提倡博愛憐憫、信從上帝、自覺人的渺小又有原罪，如此終將自貶為弱者。所以唯有清算上帝，宣判上帝的死亡，才能彰顯人的自我肯定。

(2)強者的道德——尼采在《善惡的彼岸》（*Beyond Good and Evil*）一書中區分道德為強者（或主人）的道德及奴隸的道德兩種。前者屬統治階級、高貴的種族，以扶助強大、積極自我肯定為標準。奴隸的道德是憐弱護小、服從階級、卑怯的道德，毫無價值可言，而且徒使人類日趨腐化。在尼采眼中，基督教的道德就是奴隸道德的變形。

(3)貴族主義 （Junkerism）——尼采認為民主對平庸有利、不利優越的品種，當然更不利於偉人的塑造，民主只製造有奴隸特質的群眾。但總有一些人是具有貴族氣質的領導者，群眾則是追隨者。這些追隨者在英明的領導者指揮下工作，應該心滿意足。貴族制度是階級制度。具有貴族氣質的人勇敢、高傲、果決，講究「權力意志」（will to power），同時注意保持自己優越的貴族血統，不和平民相混。

(4)超人——尼采的進化論是由人類進化為超人。超人不經過自然淘汰，因為生物進化的過程對特殊的品種不利；大自然只愛護平庸的群眾，對完美產物的壓制更是嚴厲。超人是經過優生學的選拔，最優秀的男女的結合而誕生。愛情不會有優生的結果，所以愛情只留給平庸的男女。超人誕生後，還要細心撫育和教養，培養他們成為真正的貴族，具有能力、智慧、高傲的特質。同時超人對冒險奮鬥均有愛好，不求自身安全。他的偉大令他不受世俗道德及律法的約束，他自訂道德標準。也因此，尼采反對社會主義的否定個人獨創性、使天才退化為凡人。尼采主張為了達成超人，人應苛求自己及他人，除了背叛朋友的事不做外，做其他事都應不擇

手段。因為貴族是世襲的，所以出身名門、優生學的配種、出生後嚴格的知識教育及人格教育的培養，是造就超人的法則，缺一不可。尼采在《查拉圖斯特拉如此說》一書中有云：「人的偉大，在於他是一座橋樑，由禽獸進化到超人的一座橋樑，而不是最終的目的。人的可愛在於他是一種變遷和一種毀滅。」超人是不是生物學上的新品種？還是可以由平凡群眾中萌芽，尼采並沒有明確地界定過。無論如何，尼采認為異族通婚及某些優異血液的混合，乃是形成綜合型的超人的良好條件。

⑸《悲劇的誕生》（*The Birth of Tragedy*）：尼采反對康德及黑格爾的理性與道德的概念，也不同意宗教信仰。他認為只有在美感的現象中，生命和世界才有意義。尼采 28 歲時出版的第一本書《悲劇的誕生》即是他的美學觀。他悟出早期希臘悲觀厭世的人生觀，與此相關的是希臘悲劇。希臘文化最高的智慧即是由太陽神阿波羅（Apollo）及酒神戴奧尼索士（Dionysus）兩體結合的希臘悲劇。阿波羅代表的是韻律、自制、和諧的理性、靜態之美，也就是史詩、雕刻、繪畫等的造型藝術。戴歐尼索士代表的是非理性、激情的、沉醉在歌舞的動態及意志的世界，也就是音樂、舞蹈等非靜態之美。這本書對 20 世紀西方作家有相當影響。

尼采的論調洋溢著天份，也充滿了偏激及前瞻。在那個保守及基督教主導的年代，他當然曲高和寡，而且被視為危險論調。他的著作是近代西方思想界的基礎之一，他的散文詩體也是日耳曼文學上的顛峰之作。他曾預言未來將把過去劃分為「尼采之前」與「尼采之後」二大時期。他的思想帶給現代西方作家相當大的啟示及思索，因為作家永遠尋求與眾不同的著說及論調。

「我熱愛一個願超越自己，然後立刻死去的人。」查拉圖

斯特拉曾如此說。尼采一生寂寞，沉思多慮，惶惶乎尋求人類的未來，宇宙的奧祕。過度的思慮與大量的精力消耗令他早衰，45 歲那年即患腦中風，之後因病痛過深以至於精神錯亂。他在精神病院度過一段時期後，出院由母親及妹妹照顧。此後的年代，這個偉大的思想家在錯亂及衰竭中度過。1900 年，他死了，沒有一個人為自己的天才付出如此重大的代價！

8.4 諾貝爾文學獎

諾貝爾（Alfred Nobel, 1833-96）是瑞典的化學家及工程師，因為炸藥及其他爆炸物的專利，積聚大筆財富。炸藥大多使用在軍事及工程上，社會越進步，炸藥的需求量越大。他在生前設立物理、化學、生理醫學、文學及和平五項獎。1901 年開始每年頒發，兩次大戰期間曾短暫中斷。1968 年又有經濟獎之設立。目前（21 世紀初年）每獎獎額大約 130 餘萬美金。是全世界公認各領域最重要的獎項。但並不是一項冠軍賽。數學是科學之母，諾貝爾並未設數學獎，傳聞是他生前有一情敵是數學家。

諾貝爾文學獎（Nobel Prize in Literature）按諾貝爾原意是頒給最有理想傾向的作家。實際上唯心的「理想傾向」是個很空洞的標準。第一屆（1901 年）由法國詩人**蒲魯東**（Sully Prudhomme, 1839-1907）獲得。截至目前（2006 年）為止，法國作家共得 13 次此獎，其中包括法籍華人**高行健**。次多是美國作家的 11 次，英國作家 7 次（加上愛蘭則為 11次），德國語系（德、奧、瑞士）11 次。多數得獎人仍為小說作家，其次是詩人，再其次是戲劇作家。也有作家以哲學得獎，如英人**羅素**（Bertrand Russell, 1872-1970）及法國哲學家**柏格森**（Henri Bergson, 1859-1941）。英國前首相**邱吉爾**（Sir

Winston Churchill, 1874-1965）是以歷史及傳記著作得獎。無人以散文獲獎。小說獲獎者則一定要有重要長篇小說。所以魯迅只有短篇及唯一中篇《阿Q正傳》，沈從文只有一水準平平的長篇《長河》，均不可能獲此獎。

近年來三項科學獎及經濟獎項多由美國人囊括，遙遙領先世界其他各國。然而文學獎並非如此，美國作家第一次獲頒文學獎是此獎開始頒發30年後的1930年，由辛克萊‧路易士獲獎，比印度作家還遲。亞洲次大陸及遠東地區共有三人獲獎，即1913年的印度詩人泰戈爾，1968年及1994年的日本小說家川端康成及大江健三郎。

諾貝爾獎文學獎只頒給當年仍存活的作家。各國作家競爭劇烈，甚至英法等國由官方統籌進攻此獎。獎項由1901年起頒，至今已越100年，遺珠難免，被認為該得而未得的活過20世紀的作家有托爾斯泰、易卜生、普魯斯特、喬伊斯、D.H.勞倫斯、亨利‧詹姆斯、納博科夫、高爾基、哈代、吳爾芙、馬克‧吐溫、左拉等人。卡夫卡生前並未發表作品，所以不能列入遺珠名單。托爾斯泰卒於還是保守年代的1910年，因公開批評《聖經》及對道德表露懷疑態度未能獲獎。

法籍華人作家高行健在2000年獲此獎。高行健的主要獲獎小說《靈山》筆法細膩，結構複雜，許多小的情節串連成一個不小的故事，其中有道家的思想及楚國的文化。然而此書僅呈現個人體驗，無法像老舍的《駱駝祥子》一樣深切地刻劃在一個時代中一個特定階層的中國人的痛苦及辛酸。高度的悲憫及深刻的人性並不在高行健的小說裡體現。截至目前為止，得獎者絕大多數是歐洲及美國作家，非此二地作家僅有12人獲獎。中國、台灣、香港及新加坡四華人國家則無一作家獲頒此獎。諾貝爾文學獎雖非冠軍賽，但絕對是20世紀文學界最重要的指標獎項。

8.5 意識流小說

意識流小說以現代心理學為基礎，於 1920-30 年代流行於英、美、法等國。此派作家從未形成一個統一的流派，也從未組織一個文學團體或發表一篇共同宣言。雖然西方文學自希臘時期即有根深柢固的「模仿」理論——模仿現實生活及自然，然而人的內心世界與主觀表達總有不解之緣。據此，意識流小說作家反對描摹客觀現象，而著力於表達人的內心世界及意識流程。因此，他們的小說使用自由聯想、內心獨白及象徵暗示等藝術技巧，且在語言、標點及文體方面有創新改轍。

後入英籍的美國作家亨利・詹姆斯最早提出作家退出小說的論調，他建議作家不必以全知觀點敘述，可以小說中感受最深的某個人物以旁知觀點或次知觀點作敘述。實際上一個小說中如有多人物的敘事觀點，及不露斧鑿痕跡的敘事觀點轉換，定能增強作品的層次感。基本而言，意識流小說在布局上突破了慣用的線性先後順序，即過去—現在—未來的「物理時間」，而是應用柏格森提出的「心理時間」概念。心理時間是人內心儲存的記憶，不依時序，或以片段、重疊、交錯滲透的形式浮現。因此時間、空間常呈現跳躍、變幻的狀況。柏格森認為只有心理時間才是真實與自然的。雖然這種唯心的論調，不可能取代唯物的物理時間，但絕對有助於意識流作品中時間及空間的布局處理。

意識流以小說為主，詩、戲劇及散文也使用意識流的技巧。只是戲劇如為演出而作，一般應避免使用複雜費解的意識流筆法。電影則純為視覺演出，多避免意識流表現方式。

8.5.1 普魯斯特

法國小說家普魯斯特（Marcel Proust, 1871-1922）出身上

流社會，父親是醫科教授，然而他9歲突患神經性氣喘，終生受病痛折磨，20多歲後過著幾乎足不出戶的生活。由於對聲音的過度敏感，他的房間全部隔音。這種隔絕的生活令他漠視外面的世界，所以激烈的第一次大戰與俄國十月革命都與他無關。他的美好時光是在回憶中，在童年時代。這也就是他以10多年時間寫下《追憶逝水年華》（*Remembrance of Things Past*）的原因。此書長達16冊，人物230名，主要人物亦達20多名。小說以第一人稱自知觀點寫出「我」對青春的朦朧追憶，同時也描繪了巴黎上流社會的百態。在這本書裡普魯斯特使用物理時間與心理時間互相重疊滲透的寫作方式，造了時間的立體感。書中人物的造型則是矛盾、含混及曖昧。書中不斷以意象來交織現實、想像及回憶的片段，成功地塑造本書美學的基礎。

普魯斯特是名哲學家柏格森的親戚，在巴黎大學聽柏格森的課，對他產生極大的影響。柏格森認為物質或理念並非真正的實在，只有存在於時間之中，不斷變化、滲透、交替的心理活動構成的「流」才屬實在。而這種「流」是時間的而非空間的，所以不是物理上實體的流。據此，普魯斯特的小說即是柏格森學說的鮮明印證。《追憶逝水年華》幾乎沒有多少起伏完整的情節，沒有中心人物，即使追憶中不愉快的戀愛，也非迴腸蕩氣。小說的主題應是「時間」重於回憶。逝者如斯夫，時間的不可追溯乃是古今多少文人、英雄、志士一個永恆的悲劇。而普魯斯特在此書中所編織的記憶之網，卻意味失去的時間是可以追回的。

普魯斯特是同性戀者，他是早期即肯定同性戀者社會地位的偉大作家。他也是那個時代少數注重人性，卻不以正面說教方式分析人性的作家。普魯斯特的《追憶逝水年華》在他生前並未受到足夠的重視，大約在他死後40年，到了1960

年代，才逐漸被西方文學界肯定，且被尊為現代小說大師。這與60年代廣泛應用意識流技巧創作有關。

8.5.2　吳爾芙

吳爾芙（Virginia Woolf, 1882-1941）出生於英國保守的維多利亞時代一個知識貴族家庭。那時代有男權中心的限制，因而她未接受大學教育，但是在一個學者及爵士雙重身分的父親教導下，她完成了自我教育，為未來的天才創作打下了深厚的基礎。父母相繼去世後，她和姐姐遷往倫敦東部的布倫姆斯伯里。在她們的新居形成了著名的「布倫姆斯伯里團體」（Bloomsbury Group）。這個團體是一群頂尖人物，由有創造性的思想家、藝術家、作家和學者所組成，每週聚會一次。包括小說家 E.M.福斯特、亨利·詹姆斯、曼殊菲兒、詩人艾略特、哲學家羅素、經濟學泰斗凱因斯（John Keynes, 1883-1946）等。他們多是劍橋大學的精英分子，對20世紀的西方思想界有過重要貢獻。吳爾芙也與丈夫合創了著名的霍加斯出版社（Hogarth Press），這對她自己的創作出書有利。吳爾芙寫成9部長篇小說、350篇文藝隨筆，同時也是重要的文學理論及評論家。另外值得注意的是她的女權主義立場，她家中女孩均未接受正規大學教育，因此她對婦女問題一直有深厚持久的興趣。吳爾芙自幼敏感、喜沉思，患有憂鬱症，意圖自殺數次。她的丈夫對她悉心照顧，認為天才與瘋狂或不正常乃一線之隔。1941年吳爾芙的住宅遭德國空軍炸燬，她已脆弱的神經深受打擊，終於留下短信給丈夫，在住宅附近的小河自溺身亡。

吳爾芙寫出像詩一般的小說。她崇尚喬伊斯等所代表的「精神主義」，反對威爾斯、高爾斯華綏等人所代表的「物質主義」。她把她的理論明確地融進自己的小說創作。一般說

來，吳爾芙最成功的三本長篇小說全為充滿了詩意的意識流之作：《戴洛維夫人》（*Mrs. Dalloway*）、《航向燈塔》（*To the Lighthouse*）及《海浪》（*The Waves*）。《戴洛維夫人》的外在情節是敘述 1923 年 6 月中旬某日由清晨至午夜 15 個小時內發生的事。這種安排與下節所討論的喬伊斯的《尤利西斯》相同。《尤利西斯》的全部情節是 18 個小時。兩書出版年份是《尤利西斯》早了 3 年。《航向燈塔》則與《尤利西斯》常被認為是寫作技巧上的里程碑。《航向燈塔》並沒有曲折的情節，只是描述萊姆塞一家人不同的觀點，以及他們一些朋友的內心意識。小說的背景是萊姆塞家人及他們的 6 位賓客，到他們在蘇格蘭的一個島上的別墅去度假所發生的一些事。這本小說被認為是創作最成功的意識流小說之一。吳爾芙對現實、永恆、生死及個性等許多問題的感悟，都藉這部小說作表達。燈塔象徵女主人公溫柔的心靈，是貫穿全書的主導意象。吳爾芙承認小說中的女主人公就是以她的母親作原型。《海浪》也是她創作實驗的新路標，全書由 6 個朋友的內心獨白構成，表達了他們從小到老的內心韻律痕跡。這部小說以詩的節奏透經人物的內心波動，反映人的誕生、成長、衰老及死亡等人生階段。吳爾芙的女權思想，意識流筆法及多篇的文學理論，無疑令這位未受高深教育卻天才洋溢的女性成為 20 世紀最令人注目的女作家之一。

8.5.3　喬伊斯

　　喬伊斯（James Joyce, 1882-1941）與吳爾芙巧合地出生及逝世都在同一年，又都是意識流小說的最重要作家。喬伊斯出生在愛爾蘭的首都都伯林市，20 歲大學畢業後赴巴黎念醫學。以後除母病回愛爾蘭一年多外，因對政治及天主教滲透社會各層面不滿，乃自我放逐，長期居留歐洲大陸，從未再

踏上愛爾蘭的土地。即使如此，他的作品仍然全部以都伯林為背景。喬伊斯自幼聰慧過人，博學強記。不但對文學有深厚的興趣，也累積自然科學及社會科學方面的知識，同時更能使用義大利語、德語、挪威語、法語及拉丁語，這些語言表現在他的創作中。多種語言的運用於作品中，與下節介紹的艾略特有相近之處。

喬伊斯的第一部作品是短篇小說集《都伯林人》（*The Dubliners*）。雖說喬伊斯是現代主義意識流小說作家，《都伯林人》的15篇相互獨立、卻又關連的小說卻是寫實主義的作品。這15篇小說按照童年、青少年、成年的順序排列，反映了中下層都伯林人的生活。小說無曲折的情節，而是樸實的描述平淡瑣碎的生活，不著痕跡地顯現某些事的內涵及意境，引起讀者回味無窮的思索。在這部短篇小說集中的〈逝者〉（The Dead）及〈阿拉伯商展〉（Araby）兩篇就是意境重於情節、人物刻劃最明顯的例子。尤其〈逝者〉一篇更被譽為喬伊斯最傑出的短篇小說，也是現代主義小說的典範。

喬伊斯的《一個青年藝術家的畫像》（*A Portrait of the Artist as a Young Man*）顯然是自傳體的小說。喬伊斯寫出了這個具有詩人氣質的藝術家自小至成年的心理過程。包括他的孤獨、躁鬱、性意識、宗教觀、藝術觀及創作觀。這本書雖保留寫實主義的結構，但在許多章節中使用現代主義的意識流及象徵筆法。此書仍然與《聖經·創世紀》相關連，被許多文評家視為英文「成長小說」（bildungsroman，或稱「啟蒙小說」、「教育小說」）中最傑出的一部。同類的「成長小說」有狄更斯的《塊肉餘生記》及勃朗特的《簡愛》。喬伊斯的另一部出名小說是《芬尼根守靈夜》（*Finnegans Wake*）。這是一部實驗性質的小說，有象徵隱喻及意識流的筆法。這本書在《尤利西斯》之後寫出，範圍比《尤利西斯》更大，包

括人類全部的歷史。藉一家人的故事表達出死亡與復活的歷史循環。全書寫一夜之間的夢囈，用了許多雙關語（puns）。此書的晦澀與神祕、複雜更超過了《尤利西斯》，被許多研究小說的人視為「天書」，更遑論一般讀者了。

《尤利西斯》（*Ulysses*）在上個世紀末被美國藍燈書屋（Random House）選為20世紀百大英文長篇小說榜首（編按：僅為「英文小說」）。《一個青年藝術家的畫像》名列第三，《芬尼根守靈夜》也在百大榜上，所以喬伊斯的三部長篇小說全部進入百大。第四部《史蒂芬英雄》（*Stephen's Hero*）實際上是後來改寫為《一個青年藝術家的畫像》，所以是一書二寫。

尤利西斯即是荷馬史詩《奧德賽》主角的拉丁名。而這部小說也有意創造出與《奧德賽》平行的故事結構，描述三位主角在1904年6月16日早上8時到次日凌晨2時，18個小時在都伯林的活動及意識心態。這三個人物以及他們的故事均與《奧德賽》中的情節及人物相互呼應。比如《奧德賽》書中分為尋父、特洛伊戰後的海上飄泊及回鄉後的情況三大部分。在《尤利西斯》中則為第一部分暗示著主角之一史蒂芬·戴達拉斯（Stephen Dedalus，此人也在《一個青年藝術家的畫像》及《史蒂芬英雄》二書中作主角，實際上就是影射喬伊斯本人）尋找精神之父的心思。第二部分則是另一位主角布魯姆（Leopold Bloom，一個猶太人商品推銷員）在都伯林的四處遊蕩。第三部分寫布魯姆領著史蒂芬回家後的情形。

《尤利西斯》是意識流小說的典範作品。它不講究故事情節、人物刻劃，而是致力於描述人物的深層意識活動，大量地使用內心獨語及自由聯想的技巧。甚至有一段近英文兩千字的內心獨白，沒有分段，沒有標點符號，一共只用了四個

句點。這是大膽的創舉,以後福克納在《聲音與憤怒》中也有同樣的手法。《尤利西斯》引用了不少的典故,而主角的思緒隨意在藝術、神話、哲學、宗教、美學、歷史之間流動,還夾雜著不同的歐洲語言。它被視為重要小說中最難理解的一部,然而它也是一部最有創新及創造性的巨著。

8.6　象徵主義詩人艾略特

20世紀的詩壇祭酒應是非艾略特(T.S. Eliot, 1888-1965)莫屬。他不僅是詩人,也是重要的文學理論家及詩劇作家。因為他在這三方面都有高成就,獲得了1948年的諾貝爾文學獎。

艾略特出生在顯赫的學術家庭,祖父是美國聖路易城著名私校華盛頓大學的創辦人,堂兄有一位曾任哈佛大學校長達40年之久。艾略特三年修畢哈佛大學課程,後在牛津大學修希臘哲學一年,並在英國教書、作雜誌編輯及在銀行作小職員。他在1927年歸化為英國公民並加入英國國教。(另一位著名美國作家歸化為英國籍者為亨利‧詹姆斯)艾略特的英國情結應來自他是英裔美人及娶了英國女子為妻。

1922年《荒原》(The Waste Land)出版。這個長詩被許多評論家視為20世紀最偉大的詩篇、西方現代詩歌的里程碑。然而《荒原》是否艾略特的登峰造極之作,卻有爭議。起碼他在晚期創作中的《四個四重奏》表達了更深沉的歷史感和哲理。《荒原》與喬伊斯的《尤利西斯》這二大巨著同在1922年出版,也傳為文壇佳話。

《荒原》展示了一戰後西方文明的危機及理想的幻滅,還有生命的空虛。同時也表現了詩人的宗教救世觀,全詩434行,分為5章,一開始就有整句的德文出現。也引用了華格納歌劇《崔斯坦及伊索底》(Tristan and Isolde)中的句子,之

後尚有法文及拉丁文詩句共 6 種語言的出現。《荒原》不但嫻熟地使用了意象、暗示、象徵、通感等象徵派詩歌的技巧，同時也引用了 35 個作家 56 部作品中的典故、意象或詩句，產生了多層的含義，但也令此詩晦澀難懂。詩中跳躍的幅度很大，意象及場景之間的銜接常是突兀。它採用了自由體，詩句長短不一，無規律的韻律，但是詩的節奏卻依然鮮明。全詩充滿乾枯、衰老、空虛、孤獨、破碎及死亡的意象。一開始即以「死人的殯葬」（The Burial of the Dead）登場：

四月是最殘酷的月份，迸生著
紫丁香，從死沉的大地上，雜混著
記憶及慾望，攪動著
愚鈍的根鬚，以春天之雨絲。

April is the cruelest month, breeding
Lilacs out of the dead land, mixing
Memory and desire, stirring
Dull roots with spring rain.

春天是萬物復甦、充滿活力及生長的季節，但是對荒原中的人卻是最殘酷的季節。象徵春天的紫丁香卻有愚鈍的根鬚，長在死沉的大地上。由這開首的數行，即可推想荒原上死寂的景象以及人們的失落感。艾略特曾將此詩初稿寄給美國著名象徵主義大師龐德，龐德刪掉了一半。基本說來，龐德對艾略特影響頗大，對《荒原》這作品的誕生影響更大。《荒原》由片段的詩分置於 5 個標題下組成：
　　(1)死人的殯葬；(2)一局棋戰（A Game of Chess）；(3)火

誡（The Fire Sermon）；(4)水淹之死（Death by Water）；(5)雷聲的預言（What the Thunder Said）。《荒原》在創造過程中，引用《聖經》、神話及傳奇。無疑，這深化了它的主題與宗教的關連。然而這個 20 世紀最出名、影響最大的詩作的主題究竟是什麼？至今仍無定論。

艾略特其他重要的詩作有〈普魯佛洛克的情歌〉（The Love Song of J. Alfred Prufrock）、〈空心人〉（The Hollow Men）及《聖灰禮拜三》（*Ash Wednesday*）。繼《荒原》之後，他最重要的詩作是《四個四重奏》。

《四個四重奏》（*The Four Quartets*）是他晚期的作品，雖被許多詩評家視為最完美的傑作，但名聲及影響力顯然不如《荒原》。《四個四重奏》是由〈焚毀的諾頓〉（Burnt Norton）、〈東庫克〉（East Coker）、〈海灘岩〉（The Dry Salvages）及〈小吉丁〉（Little Gidding）四個地名作為每首四重奏的標題。這些地名分別是艾略特祖先在英國的舊莊園，祖先的村莊，美國東海岸的一些小石島及另一個英國的村莊。在創作此詩時，艾略特已深受宗教影響，同時也已是以《荒原》、幾部詩劇及文學理論著作成為著名的作家。此詩作最後完成於 1943 年，深刻地闡明了他的基督教信仰。許多人認為他是因此詩而獲得 1949 年的諾貝爾文學獎。

〈焚毀的諾頓〉是《四個四重奏》的核心，它開宗明義地就點出了時間這個主題：

> 時間的現在以及時間的過去
> 可能都存在於時間的未來
> 而時間的未來也包含在時間的過去中
> 如果所有的時間都是永恆的存在
> 所有的時間也是不能贖回的。

Time present and time past

Are both perhaps present in time future,

And time future contained in time past,

If all time is eternally present

All time is unredeemable.

　　時間一直是西方現代主義作家關注及思考的問題，在〈東庫克〉及〈海灘岩〉中，艾略特又引入「開始即結束」（In my beginning is my end, In succession）及河流即時間之流的觀念。這裡要說明的是，艾略特的詩即使有晦澀費解之處，但是它的節奏及文字的美，典故的巧妙運用，對人生深刻的探索、對於時間、過程及流動等哲理性的敘述，令艾略特的詩富有相當的複雜性、典故性及藝術性。這顯然不同於以往工整押韻的古典詩以及浪漫主義發洩自我情感的抒情詩。艾略特被視為象徵主義的大師及 20 世紀西方現代詩歌最重要、影響最深遠的詩人，實當之無愧。

8.7　後現代主義

　　後現代主義（Postmodernism）猶如 1890 年由巴黎開始的「現代主義」一樣，進入文學之外的許多領域：比如政治、經濟、社會、藝術、軍事……等等。實際上後現代主義在文學之外的各領域更為彰顯，在文學上反而尚未成氣候。後現代主義在文學上大概 1960 年代末期即已開始，80 年代後期才有起色。但至今尚未能取代盛行已久的文學潮流，如浪漫主義、寫實主義、存在主義等。因其定義不穩定，仍處於開放可變的狀態。至於後現代小說與現代主義小說是否「父子相承」或「殺父」的關係，至今莫衷一是。而一些沉迷於後現

代主義的學者，頗為焦急地將許多已成大名的過去作家歸納入後現代主義體系：如喬伊斯、卡夫卡、甚至海明威也被包括在內，更見後現代主義文學的混亂。由此，對後現代主義作一明確的時序、內容或定義界定，實在時機尚未成熟。即使如此，並不代表後現代主義無前途可言。世界在變化，尤其電腦及網際網路的廣泛及更深入的使用，令文學世界可能發生大變化，年輕一代也有可能接受及發揚上一代認為「離經叛道」的作品。寫實主義在 19 世紀誕生時，曾被認為是非正統文學；《紅樓夢》寫成時也曾被視為非主流文學之作。多年之後，這些小說如今已被文學界廣泛的高度肯定。

一般認為，後現代主義的出現是對二戰後西方社會價值及道德標準產生懷疑而導致。同時也顯然受到後期現代主義的影響。到了 70 年代又受到後結構主義的衝擊，否定主體性的存在，主張互主性，或主體中心的解構，於是語言變成了遊戲，意義定位在不斷的延遲當中。80 年代後現代主義的論戰出現、百家爭鳴，多元化文學創作的風氣欣欣向榮。然而方殷未幾後現代之風在 90 年代卻已式微。評論界對與後現代主義息息相關的後設小說及解構主義（Deconstruction）小說已接近「沒有興趣」。

有鑒於以上之討論，本章對後現代主義僅作一概略簡單之介紹。有興趣深入了解者，可參考近期陸續出現的論文，及在網路上尋找進一步的資料。

8.7.1 後設小說

後現代主義在小說、戲劇及新詩領域均有深入涉及，以小說方面最為文學界重視。後現代小說有種種代名詞混雜使用，如：超小說（surfiction）、類小說（parafiction）、反小說（antifiction）、後設小說（metafiction，或稱「元小說」）等。

這些代名詞前綴 sur-, para-, anti, meta-，均有「超越」的含義。然而超越，只是繼承基礎上的超越，並非真正以高於傳統方式創作的小說。

後設小說是後現代主義小說的主流類型。此型小說不斷地顯示小說本身的虛構性，小說作者往往身兼敘述者、主人公及作者數重身分。在某種方式上，作者也能變成讀者。這些多重身分的相關人物自由出入作品，對作品的人物、主題、情節及歷史事實等發表評論，形成「意見發表會」。由於後設小說強烈地表現了作家在創造過程中的自我意識表現，甚至以多重身分表現不同的意見，所以又被稱為「自我意識小說」（self-conscious fiction）。這種「關於小說的小說」（即在小說中評論小說創作本身）實際上在中國的章回小說裡也出現過。章回小說寫到一半時作者忽然跳出來：「列位看官……」由此開始說教。後設小說一反「小說是客觀文學」的原則，令其成為主觀的「自我意識小說」。而後設小說另一種表現的方式卻是迷宮式的小說結構。文字遊戲在這種小說裡可能成為情節的核心。以下介紹兩位代表性的後設小說作家：

⑴**福爾斯**（John Fowles, 1926-2005）是英國小說作家，先以《捕蝶人》（*The Collector*）出名。之後他在 1969 年出版《法國中尉的女人》（*The French Lieutenant's Woman*）。這本小說被視為後現代主義的代表作，雖然是費解的實驗性的小說，卻也吸引了一般讀者，被譯成多種語言，行銷 300 萬冊以上。這個小說以 100 年前的維多利亞時期為背景，描述生物考古學家與一個被法國中尉拋棄的女人之間的感情糾葛，最後導致身敗名裂。這部小說以全知觀點開始，作者卻時時以第一人稱的旁知觀點，用現代（100 年後的今日）眼光及觀點作評論。最後小說在不同的章節構設了三個不同的結局，

讓讀者有參與的機會。而書中常有「我們」、「您」、「我與您」來代表旁述者，更令讀者有親身參與感。福爾斯的實驗證明了後現代主義是有成功的可能性，只是後繼是否有人的問題。此小說經 2005 年諾貝爾文學獎得主英國劇作家品特（Harold Pinter, 1930- ）改編為同名電影劇本。

(2)**波赫士**（Jorge Borges, 1899-1986）出生在阿根廷的一個文學世家，而且家世顯赫，他自己也曾任阿根廷國立圖書館的館長。他被認為是對後設小說貢獻最早和最大的作家。雖然這個陣營還有卡爾維諾及巴思（John Barth, 1930- ）等人，波赫士卻是最早出現的後設小說家。他的《曲徑分岔的花園》（*The Garden of Forking Paths*）描述了夢境、文字遊戲和迷宮意象，是後設小說的代表作。沒有出路、迂迴循環的迷宮不只是小說結構的迷宮，也是時間的迷宮──多種時間並存，認同「無時間」或「非時間」，就是等於無限的永恆。而空間、線性時間及共存時間都不能取代「無限」或永恆的概念。波赫士融合了艾略特、牛頓的絕對時間及愛因斯坦的相對論，製造出了這座複雜的迷宮，而他也是被後現代主義作家模仿最多、影響最大的一個文學家。

8.7.2 後現代主義文學的特色

後現代主義固然有哲學基礎，但是在表現手法上卻呈現遊戲性、參與性及解構性。而其所使用的拼貼、互文、模仿等技巧更是前所未有，完全打破固有文學的傳統。文學拼貼是指文學作品（詩或小說）嵌入他人語錄、圖畫、菜單、新聞稿、典故、廣告詞、外語、歌譜……等。後現代主義文學的特色可歸納如下──然而這些特色又時時在變。

(1)打破文類的區隔：後現代小說中可能有詩、自傳、歷史文件、主觀批評（小說本身應是客觀文學）等。詩可能小

說化，小說又雜以散文或其他拼貼。換言之，詩、散文、小說及戲劇這四大文類以前是嚴格區分的，但在後現代作品中，一含三才是真正的立體觀，而非傳統的平面觀。後現代主義像是生活中的大型購物中心一樣，食衣住行育樂商品樣樣俱全。多元主義（pluralism）、兼容並蓄主義（eclectism）均含括於後現代主義中，也就是拼貼、語法斷裂、意義曖昧、文體混合這些特色。

(2)非深度性，打破通俗文學及純文學的疆界。後現代主義者視藝術為一種商品，也是日常生活中大眾化的消費品，不需要強調純文學的魅力。

(3)歌頌及強調都市文明，村上春樹（第十一章）式的都會通俗小說變成重要文學消費品。

(4)反抗傳統權威、不斷創新、不再強調文學與哲學、藝術等的區分及對立；不再強調小說與非小說的對立，認為互參性與差異性並存、去中心才表現出多元及獨立精神。

(5)強調無個性、無情感以「物」觀物的客觀性：一反文學傳統的主觀性。

(6)小說的主題、情節、人物及語言均不確定。

8.7.3　卡爾維諾與米蘭・昆德拉

(1)**卡爾維諾**（Italo Calvino, 1923-85）生於古巴，父母都是義大利的植物學家。他兩歲回到義大利，二戰時加入地下抗德軍，戰後加入共產黨並為一個左派的雜誌工作。後在1957年脫離了義大利共產黨。1947年他以新寫實小說集《蛛巢小徑》（*The Path to the Nest of Spiders*）躋身文壇。之後發表《被劈成兩半的子爵》（*The Cloven Viscount*），描寫一位子爵在戰爭中被砲彈從頭到腳劈成兩半，一半代表惡，另一半是善及愛的化身，最後兩半複合為一個不善不惡的正常人。

此小說以旁觀者第一人稱的旁知觀點寫出，但是有一部分又是以全知觀點寫成。這種敘事觀點的轉換，也是後現代小說的特色。如此，介入情節者就可能有多重身分，或多重介入者進入故事。

卡爾維諾之後發表《樹上的男爵》（*The Baron in the Trees*）及《不存在的騎士》（*The Nonexistent Knight*）兩本後設小說，都和戰爭與政治有關。他的《如果在冬夜，一個旅人》（*If On a Winter's Night a Traveller*）使用正體字及斜體字，分別代表正文主體及插入無關的另一本小說，於是男女讀者分別在閱讀小說中互動、愛慕、終結良緣的故事。這種在虛構及讀者自主性閱讀中穿梭的小說，無疑開拓了新的實驗。正體字及斜體字也在《看不見的城市》（*Invisible Cities*）中使用，分別代表情節正文及敘述者的感受。如此藉由敘述者的弦外之音來降低讀者對主體情節的期待，又是另一種新小說技巧的實驗。他的《宇宙奇趣》（*Cosmocomics*）以意識流筆法作引文，引出 12 個短篇小說，每篇引文都是宇宙演變的科學因素。於是科學與小說交織、虛構與真實對比。這些形式的探索為他贏得了國際聲譽。卡爾維諾無疑寫出後現代最突出的一些小說。

(2)**米蘭・昆德拉**（Milan Kundra, 1929- ）和卡爾維諾一樣，在我國享有頗高的聲譽及知名度。然而文學評論者對他的評價卻屬兩極化，甚至頗有一些文評者將他歸入介於通俗文學與純文學之間的作家。他生於捷克，作過工人、爵士樂手，也在布拉格電影藝術學院教過書。1968 年蘇聯軍隊侵入捷克，引發流血動亂，米蘭・昆德拉變成流亡作家，移居法國、用法文寫作。政治成為他小說創作的重要主題，政治也令他的作品在捷克被查禁。米蘭・昆德拉是小說作家，但是他也寫了不少文學理論的文章，這些論文頗有一些是隱隱或

公開地為自己的作品辯護。他最出名的小說是《生命中不能承受之輕》(*The Unbearable Lightness of Being*)。這本書被拍成電影名為《布拉格之春》。書的背景是蘇聯軍隊進佔捷克，捷克知識分子大量逃亡歐洲各地，一男二女交纏的愛情故事。這個小說結合了夢境、詩歌、反思和新舊歷史的變化遊戲。他善以反諷筆法、幽默語調描繪人類處境。他的小說表面輕鬆通俗，實質上也有沉重機智的一面。至於這種筆法究竟算通俗文學或是純文學，頗有爭議。

《生命中不能承受之輕》寫得非常哲學性，但是所有的哲學及思想都表面化，並非不著聲色地融入書中，這是為人詬病的主要原因之一。

課文複習問題

1. 現代主義的重要流派有哪些？共同特質為何？
2. 為何佛洛伊德、達爾文、馬克斯及尼采是影響20世紀文學最重要的四個人，而他們四人均非文學家？
3. 尼采的超人是如何產生的？超人與貴族主義有何相似之處？
4. 後現代主義文學有何特色？
5. 什麼是後設小說？
6. 敘述喬伊斯、吳爾芙、普魯斯特三位意識流作家的作品特色。
7. 艾略特的重要性為何？

思考或群組討論問題（課文內無答案）

1. 你對現代主義詩歌及小說的觀點為何？
2. 為何尼采在中國（或東方社會）不能產生重大影響？

3.後現代主義是否有前景可言？

4.艾略特的詩晦澀費解，卻又被廣泛視為20世紀最偉大
的詩人，試從美學（藝術性）觀點討論他的詩。也從思
想性討論他的詩。

第九章　存在主義文學

「他不是別人，他是卡繆，是太陽、痛苦、死亡的兒子。」

　　西方每一個重要文學思潮背後多少都有影響它的哲學思想。存在主義文學（Existentialism）形成於存在主義哲學的基礎之上，二戰前夕起始於法國，戰後風行於整個西方世界，直至 1970 年代始逐漸式微。雖然存在主義的作家沒有共同發表過任何宣言，但它顯然是 20 世紀對文學世界影響及衝擊最大的一個思潮，也是最具哲學思想的一個文學思潮。

　　存在主義的哲學也被稱為「存在哲學」，與此有關的哲學家經常被提到的有**齊克果**（Soren Kierkegaard, 1813-55，丹麥哲學家）、**尼采**（德國非理性哲學家，見第八章）、**雅斯培**（Karl Jasper, 1883-1969，德國哲學家）、**海德格**（Martin Heidegger, 1889-1976，德國哲學家，被視為存在哲學的創始家）、**馬賽爾**（Gabriel Marcel, 1889-1973，法國的基督教存在主義代表人）等人。存在哲學始自德國，二戰前夕，它傳至法國，卻造就了世界上最重要的存在主義文學家卡繆、沙特、西蒙・波娃等法國人。

　　文學上的存在主義思潮基本上是指 1940 年代產生，以沙特為代表的無神論存在主義。二戰前夕，即將爆發的戰爭，令人類被迫面對有史以來最大的浩劫及黑暗。戰爭過後，廢墟尚未重建，原子彈的毀滅陰影又籠罩全球。知識分子意識到無法由理性哲學中求答案。於是荒謬、空虛及無助的感受滋生。此刻，沙特在二戰結束一年後的 1946 年發表《存在主

義及人道主義》（*Existentialism and Humanism*），與他之前在
1943 年發表的《存在與虛無》（*Being and Nothingness*）均為
將存在哲學導入存在主義文學的經典論著。

9.1　存在主義的特性

　　存在主義最重要的論點是「存在先於本質」（Existence
proceeds essence，或 Existence is prior to essence）。一切被製
造的物品一定有製造者賦予它某些本質在先，然後才被製造
出來而存在。例如一只外表方形、14K 金、有日曆的電子手
錶，這些特點：方形、K 金、日曆及電子均是製錶者給予這
只錶的本質，然後它才存在。但是對存在主義來說，人的情
況並非如此：人是先存在，而後有思考、欲求等本質呈現。
人創造自己而先存在，然後投向未來，所以人不是存在於現
在，而是存在於未來。人是自由的，他選擇自己的本質。他
的選擇不僅為自己，也是為所有人，所以必須承擔選擇的責
任。他不能逃避選擇，因為不選擇也是一種選擇（猶如常
言：No decision is a decision）。因為人的存在先於本質，所以
他非上帝所創造，否則上帝在創造時必然賦予他某些本質。
如此，存在主義必然是無神論。

　　存在主義反映人在世界上的具體存在狀況，也強調以
「人」的價值作核心，並非只是作概念性的選擇。這和西方哲
學一向注重本體論及抽象的觀念相當不同。存在主義認為人
注定孤獨，他被「拋入這個世界」、沒有上帝的暗中協助，他
要孤獨無助地面對痛苦、挫折、病亡，所以悲劇性必然存
在。存在主義也強調外在世界具有不確定、荒謬、偶然、與
人疏離、敵對的特性。在如此劣境中掙扎的人，如還能自由
選擇未來，那就是一條唯一可能的出路。正因如此，近半個
世紀來，知識分子紛將存在主義視為唯一的希望及解脫之

道。二戰後人們流入悲觀的情緒，存在主義的積極作自我選擇無疑產生正面價值。然而平心而論，存在主義一直陷於唯心的侷限，並無力改變人的狀況，所以帶給人的希望也有限。

　　存在主義哲學表現在文學上有強烈反理性的傾向。雖然它的小說及戲劇也有傳統小說的情節、人物刻劃及時間順序，但是存在主義小說強調荒謬、不可理喻、偶然性及反社會的故事情節，與傳統文學的重視典型化、因果關係、環境支配、熾烈的愛情相當不同。此外傳統小說直接描寫作家對事物的認識及判斷，存在主義的小說則常寓意於哲理性及象徵性的表達。下節所述卡夫卡的《變形記》及卡繆的《瘟疫》就是最好的例子。在筆法上，存在主義小說以表達哲學概念為重，所以語言文字簡潔而冷漠，小說人物有時降低為符號和工具，作家也不注重人物性格的邏輯合理性，沙特的戲劇就有這種特質。存在主義將表現人主觀情緒的焦慮、孤獨、絕望、煩惱等提升到形而上的哲學意識的層次。至於使用到意識流小說的技巧，則多沿用鮮明連貫的語言，而非意識流貫用的夢囈式內心獨白。由以上所列各點觀之，因為蘊流的悲劇性及叛逆性，存在主義小說無疑展示出它迷人的魅力及藝術價值。

　　存在主義以小說為主，其次是戲劇，而以法國作家的成就最高。以下介紹的三位法國作家各以不同角度寫作：沙特是從哲學的角度創作，西蒙・波娃則以女性意識覺醒切入，卡繆則由文學的立場出發。此外德語作家卡夫卡雖也被列為表現主義作家，但還是以存在主義作家出名，故亦列在此章介紹。

9.2 沙特（與西蒙・波娃）

沙特（Jean-Paul Sartre, 1905-80）在存在主義哲學論著上的成就要比他的小說高；他的戲劇創作亦不遜於小說，在法國現代戲劇史上佔有重要的地位。而他在社會運動上更有許多堪為楷模的表現，比如他反對美國及聯合國在韓戰的軍事行動，美法兩國在越南、阿爾及利亞出兵，反對蘇聯入侵捷克、匈牙利及阿富汗等。在這之前，二戰期間他曾參軍抗德，被俘一年，獲釋後在巴黎與卡繆合辦地下抗德刊物。1964 年他獲諾貝爾文學獎，但他以「拒絕一切來自官方的獎項」為由，拒絕領獎。這是文學獎第一次被作家自願拒絕，之前曾有蘇俄作家巴斯特納克因政治因素被迫拒領。可以說，沙特是西方社會典型的知識分子。1952 年，沙特為「抗議美國的韓戰政策」加入法國共產黨，之後又因 1956 年蘇聯出兵匈牙利而宣佈脫離共產黨。

沙特以《存在與虛無》、《存在主義與人道主義》等文建立存在主義文學的理論基礎，反映了二戰時西方人的危機、惶惑及失落感。他又從「存在先於本質」的論點出發，創造出人要「自我選擇」的論調，為人類生存困境指出了一條明路。

他的文學處女作是中篇小說〈牆〉（The Wall）。敘述三個反納粹的戰士被捕後囚禁於四面皆牆的地下室，黎明即將執行死刑。漫漫長夜，三個人反應各異。一個恐懼、一個勉力自持、主角的心情卻是相當複雜。主角一直不肯向捕他的人招出戰友藏身之處（招出來即可免一死），最後為捉弄敵人，謊稱戰友藏身墓地。但弄假成真，戰友竟真的移身墓地而被擊斃，主角也因而荒謬地活了下來。小說中那座牆即是存在主義的臨界面，牆內是監牢，牆外是自由。第二天凌晨三人又將站在另一面牆前面對行刑隊。牆的這邊尚是生存，另一

邊即是死亡。〈牆〉無疑是篇寓意深長且表現存在主義哲理淋漓盡致的小說，常被視為沙特最傑出的作品。

沙特的代表作是長篇小說《嘔吐》（*Nausea*）。這部小說原名《憂鬱》（法文 *Melancholia*）出版商為吸引讀者好奇心易名為《嘔吐》（法文 *La Nausee*）。書中主人公羅昆丁以日記體敘述令他窒息、無法逃避的噁心嘔吐。這本書沒有連貫的情節，甚至沒有羅昆丁的外在形貌。全書結構因日記體而顯得有些紊雜，但不失穿透力。情節及人物的淡化卻深化了主題，表達出他後日的論文《存在與虛無》中某些哲學思想重點。出版後《嘔吐》獲得了許多年輕讀者的共鳴，顯然是抓住了年輕人敏感、叛逆的特性。書中羅昆丁是年輕歷史的學者，從事一項對某 18 世紀法國冒險家的研究工作，生活機械乏味而空虛。他試圖與外界接軌，卻感覺到事事令他噁心。於是他以「自由選擇」去探索個人的價值。這部小說像卡繆的《異鄉人》一樣，是以第一人稱自知觀點寫就，頗符合存在主義的個人色彩──「我」個人的存在、內心狀態、對外反應及感覺等。嘔吐現象持續，羅昆丁只得停止研究工作。他逐漸失去了朋友、工作，也失去了愛，孤獨地面對一個冷漠的世界。羅昆丁曾喜歡過一個名叫安妮的女人，她四年來下落不明。再見安妮時，她已是個臃腫肥胖的女人。所以除了羅昆丁自己以外，一切歸於幻滅。此書可謂明顯地呈現出沙特存在主義的哲學觀。

沙特的〈理智年代〉（The Age of Reason）、〈延續〉（The Reprieve）及〈困擾的睡眠〉（Trouble Sleep）三部小說合成為《通往自由之路》（*Les Chemins de la liberte*）。文如其名，是一部有關「自由」的作品，通過主人公一生心路歷程，闡釋存在主義的「自由選擇」此一重要命題。此外沙特發表過 11 個劇本，出名的有《蒼蠅》（*The Flies*）、《魔鬼與上帝》

（*Lucifer and the Lord*）及《無路可通》（*No Exit*）。這些劇本在 1940 及 50 年代獨步法國舞台，影響更遍及全歐。《無路可通》演出三個已死亡、犯過罪的鬼魂被關在一個封閉的密室中。他們雖已死去，在無路可通的密室中又形成新的糾纏：無法分離、不能相敬或相愛，因均已是鬼魂，所以也無法解脫。這齣劇以一間封閉的密室，三個已死亡的鬼魂，荒謬的糾纏，開創了荒謬劇的先河，也表達了存在主義的晦澀及魅力。

　　另外一提的就是沙特與他巴黎高等師範學院同學**西蒙‧波娃**（Simon de Beauvoir, 1908-86）終生的同居伴侶關係。他倆在畢業後均先從事教書的工作。沙特在幾所學校教哲學，後赴德國念研究所，專攻海德格的存在主義及胡塞爾（Edmund Husserl, 1859-1938）的現象學。胡塞爾對他的創作影頗深，《嘔吐》及其他數本著作都在闡述現象學的觀點。西蒙‧波娃後與沙特一樣專事寫作。他倆曾共同創辦《現代月刊》（*Les Temps modernes*），是存在主義的重要論壇。西蒙‧波娃是女性主義者，她的《第二性》（*The Second Sex*）一書論文集成為 60 年代之後女性主義的經典之作。所謂「第二性」本身就是輕視女性為「第二」性別的代名詞。也因沙特的風流韻事不斷，激發了她寫這本女權運動的書。西蒙‧波娃和沙特志趣相同，後半生成為事業夥伴。西蒙‧波娃也是優秀的小說作家，她的《名流》（*The Mandarin*）一書以她自己和沙特為模型，敘述二戰期間左翼知識分子放棄自己名流的地位，從事政治活動的故事，此書曾獲龔固爾獎。

　　西蒙‧波娃本身在沙特之外也有數次婚外情。她深深了解沙特不能受拘束的個性，所以即使沙特對她多次不忠，她仍然一再隱忍。她也深知自己並不願作一個平凡男人的唯一，而是與一個出眾的不馴男人相偕築夢。沙特死後一年，

西蒙‧波娃出版《再見，沙特》（*Adieux: A Farewell to Sartre*）寫下沙特最後失明那幾年痛苦的經歷。她是作家、女權運動家，也是情人。

沙特死後巴黎街頭數十萬人佇立為他送葬，盛況只有雨果的葬禮可堪相比。沙特葬在巴黎一座公墓，數年後西蒙‧波娃去世，葬在同一個墓穴裡，再也沒有什麼能把他們分開了。

9.3 卡繆

卡繆（Albert Camus, 1913-60）在 1957 年得到諾貝爾文學獎，同一年楊振寧及李政道為中國人贏得第一座物理獎。卡繆得獎時 43 歲，是有史以來僅次於吉卜林（42 歲得獎）最年輕的文學獎得主，科技方面的獎項則有不到 30 歲即得獎者。3 年後卡繆戲劇性的死亡，更令這個貧苦出身的作家短短的一生充滿了悲劇色彩。

卡繆是居住彼時法屬北非阿爾及利亞的法國人。北非大部分的居民是阿拉伯人，而非黑種非洲人。卡繆的父親是個酒窖工人，一戰時戰死於馬恩河戰役。從此，1 歲大的卡繆由為人幫傭、住在貧民區的母親撫養成人。他靠獎學金讀完中學及大學，作過多種工作，也有過數次肺結核病的嚴重襲擊。1935 年，卡繆加入法國共產黨，但之後不滿法共對阿拉伯人的政策而於 1937 年離開。二戰爆發，卡繆遷至巴黎居住，巴黎被德軍攻陷後，卡繆回到阿爾及利亞的奧蘭市，他的長篇小說《瘟疫》即以此城為背景。1943 年他又返回巴黎，與沙特同樣參與地下抗德運動。

沙特和卡繆常被人相提並論，然而他們有太多的相似，也有太多的相異。除了同為地下抗德工作外，他們有同樣的存在主義論調，兩人第一本小說《嘔吐》與《異鄉人》在人

物刻劃上似是血緣相近。然而沙特出身巴黎中上家庭，在學校教哲學，是個有傳統血緣的笛卡兒直系傳人。他的小說取材寬闊而多變，富有許多理性及知性的哲學特質。卡繆出身法屬北非貧民窟，在阿爾及利亞大學念的也是哲學，但顯然並不重視哲學的知性及理性。卡繆的小說範疇比沙特窄，卻表現了豐富的感性及非理性素質。堪人思味的是兩人都不承認自己是存在主義作家。

對卡繆而言，阿爾及利亞貧困的童年、含辛撫養他的寡母、地中海炎熱的海灘即是他「不能征服之夏季」——太陽、大海、沙灘及花，構成了他作品不能磨滅的印象。然而一個出身貧苦的年輕人不可能只看到陽光與海灘，下層社會的生活及生存必然常會浮現在他腦海。卡繆的思想及美學最好以他的作品來作解釋。

1942年對29歲的卡繆來說是極具重要意義的年份。這一年他相繼發表《薛西佛斯的神話》（*The Myth of Sisyphus*）論文及中篇小說《異鄉人》（*The Stranger*）。薛西佛斯是古希臘傳說中的人物，因冒犯天神宙斯而被罰將一塊巨石推上山坡。每推到山頂，巨石即滑落下山，於是周而復始一再推石上山。卡繆以薛西佛斯象徵人類不停的與命運抗爭。《薛西佛斯的神話》與《異鄉人》在主題上均描繪出人生的荒謬狀態，而二書主角雖也都有追求瞬時的傾向，都有求生存的慾望，但是他們顯然並未放棄永恆。超過半個世紀以來，人們不斷提及《薛西佛斯的神話》的象徵意義，產生多面貌不同的詮釋。此書無疑對現代文學及現代思想均影響至鉅。

《異鄉人》雖只是個中篇小說，卻被廣泛地視為20世紀文學的經典之作。法國權威批評家吉拉德（Marcel Girard）曾說：「卡繆寫出這一代最好的小說。」後來與卡繆決裂的沙特也肯定這本書道：「隨時間的逝去，好小說變成了自然現

象……我們接受它就像接受石頭和樹木一樣，因為它們在那裡，因為它們存在。」《異鄉人》的故事很簡單，其中蘊藏的哲理卻不單純。一個在阿爾及利亞法國公司的小職員名莫梭，沒有雄心大志，對一切事均抱著冷漠無所謂的態度，過一天是一天。卡繆以第一人稱自知觀點寫出莫梭的生活細節及心境。小說一開始，莫梭前往養老院為寡母奔喪，他在眾人的眼中是無悲痛之情，甚至守夜時抽菸。葬禮過後一天，莫梭去海灘游泳遇見過去同事瑪莉，兩人去看了一部喜劇電影，又回家上床作愛。之後某一天，莫梭與友人到海灘度假。在海灘上莫梭與幾個阿拉伯人起衝突，混亂中他連開數槍殺死阿拉伯人。小說再寫下去就是莫梭在監獄、偵訊及法庭中的情景，還有他在牢中的心境。本來只是單純的殺人案件，殺的又是殖民地的阿拉伯人，但是庭上竟把他對母親的死沒有表示悲痛，第二天與情婦瑪莉尋歡作樂扯在一起。斷定他無人性，沒有靈魂，判以謀殺罪死刑。獄中的神父數度探望，都被他拒絕。當神父終於見到莫梭時，他對自己的殺人行為並不後悔，他不信上帝，甚至稱神父為先生，因為莫梭不認為神「父」（father）是他的父親。小說的結局莫梭自道：「許久以來，我第一次想到母親。」他接近死亡，面對充滿預兆及星辰的夜晚，領悟到自己與宇宙是那樣地親近及融合為一。

　　《異鄉人》在小說藝術上來說，場景、細節動作、景色、對話、甚至無關緊要的街景及海灘均有細膩的描述，而主角莫梭的心境也以冷漠的筆調刻劃出。小說是以第一人稱自述，但是主人公卻又是一個「局外人」（英國譯本名 *Outsider*，即局外人之意），甚至不帶感情的對話，對自然景物客觀的冷筆描寫，都體現了人物對世界的疏離及陌生感。莫梭在混亂的情緒連開 5 槍射殺對方，只因為是天氣太熱

了，「陽光炙燒我的面頰，……大海推動著厚重灼熱的風，我意識到天空裂開，四面八方落下大雨來……。」在這裡，與其說莫梭的舉動是荒謬，不如說是非理性。因為人的行為並非永遠合於理性——偶然及突發的情緒動作常在某些狀況下出現，比如炙熱撲面的陽光及海風。莫梭被判處死刑後拒絕神父的開導，因為他不相信上帝，也不認為身後存在著一個渺茫的天國，他只相信現時的存在。他的行為，他的思維，不但沒有正常的社會反應，而且有反社會（Anti-Society）的傾向——這個世界不了解他，他也不了解這個世界。他是個與上帝疏離（alienation）、與社會疏離的異鄉人。《異鄉人》一書出版已超過 60 年，這個中篇小說的結構、文字、意象的運用，都是現代小說的典範。而卡繆本人的早逝，也為此書帶來悲劇性深沉的效應。

卡繆共寫了 4 本小說，死前數年有《墮落》（*The Fall*）及《放逐與王國》（*Exile and the Kingdom*，短篇小說集）的出版。他繼《異鄉人》後另一項驚人之作是《瘟疫》（*The Plague*）在 1947 年的出版。此時他僅 34 歲，已有 3 本震撼 20 世紀文壇的著作出現。《瘟疫》的背景是他曾住過的阿爾及利亞地中海邊的奧蘭城（Oran）。這本書可說是最出名的寓言（allegorical）小說之一。全書以李爾醫生的觀點敘事，寫出奧蘭城發生一場可怕的瘟疫。瘟疫在書中反映了人生的處境。人們在這種處境中表現了不同的選擇。為防止瘟疫（其實就是鼠疫造成的黑死病）的擴散，政府當局決定封閉城市，由衛兵把守，禁止人們進出。消息完全中斷，甚至電話線都被切斷。整個城變成一座孤島，與外界全然隔絕，瘟疫由發生、蔓延到消退，人們在城內生、死、掙扎、愛情、奮鬥，扮演各種角色：有人醉生夢死，及時行樂；有人作黑市交易發小財；有人想賄賂守城衛兵逃生，也有人像李爾醫生一樣

不顧個人安危，全身投入對鼠疫的鬥爭。與李爾醫生不同的是潘尼格神父，他認為人有罪，所以上帝安排苦難，神職人員把一切交給了上帝。李爾醫生則認為世界的秩序由死亡控制，一個人不應屈服於上帝，而是要全力同死亡作戰。鼠疫終於神祕地慢慢退去，但李爾醫生清晰地認識到，鼠疫桿菌仍潛伏在這座城中，不知何時又將再度來臨。卡繆筆下的人物，猶如推石上山的薛西佛斯或拒絕上帝的莫梭，都是反抗命運的人。他們孤獨無助，但是他們不屈服，永遠在思索及尋找自己未來的出路，這也就是存在主義對抗的精神以及它迷人的魅力。

卡繆短短 40 多歲的生命，薄薄 4 本小說集，卻帶給 20 世紀如此大的影響及震撼，可說很難有 20 世紀的作家能與他相比。

9.4 卡夫卡

卡夫卡（Franz Kafka, 1883-1924）是身後才被追認的存在主義作家，他也被列為表現主義的作家。許多作家都被列入一種以上的文學流派，重疊性是很普遍的現象。實際上，杜思妥也夫斯基也曾被追封為存在主義的作家。

卡夫卡生在捷克首都布拉格的德語區，那時尚是奧匈帝國時代。卡夫卡是猶太人，雖生長在以藝術氣質出名的波希米亞人（Bohemian）所屬的捷克，卻不與斯拉夫語系發生關連，終生使用德語。這也是捷克人到卡夫卡去世了半個世紀，才隨各國之後承認他是捷克作家之故。如今布拉格已成重要觀光城市，許多人到那個城市就是為了重走一遍卡夫卡走過的腳印。然而因為他是猶太人，所以與布拉格的德國人社會也無關係。卡夫卡自幼身體虛弱，內向、憂鬱，由他留下的相片可觀察出他內心的不安與狂熱。他出生在一個中產

階級的家庭，與父親的關係常陷於緊張，而他又是個尊服父親的年輕人，這個關係也顯示在他出名的短篇小說〈判決〉（The Judgement，非長篇《審判》）裡。基本上，卡夫卡並不與猶太文化密切接觸，因為他自認是有世界觀的現代知識分子，不可能侷限於一種文化。他在大學讀得法律學位後，只在法界短期見習，之後進入保險公司工作長達 15 年之久。他在大學時開始創作，也研究尼采的著作、齊克果的存在主義及中國的老莊哲學，這些對他的創作及人生觀都有深重的影響。他的小說強烈地表現人的疏離、焦慮、夢魘、荒謬與孤獨，這些完全符合存在主義的筆法及哲學。他擺脫傳統寫法，而是著重刻劃人內心世界的幽境。卡夫卡共寫過 3 部長篇小說：《城堡》、《審判》及《亞美利加》（*Amerika*）。3 部小說均未完成。是故意，還是巧合，只有卡夫卡自己知道。這 3 部作品生前均未付梓。卡夫卡只活了 40 歲即因肺病去世，他終生住在布拉格，最後葬在布拉格的猶太人墓園。卡夫卡思想上充滿了矛盾，自我要求高，手法不斷創新，文稿一再修改。他死前曾要求摯友布羅德（Max Brod）將他 3 部重要的長篇小說及其他未發表作品付之一炬。布羅德沒這樣作，反而把所有小說、草稿、日記、書信全部搜集整理出版，全集共達 9 卷（生前僅發表 1 卷篇幅）。發表後很快在世界文壇上引起巨大的迴響及爭議。

卡夫卡最出名的中篇小說是《蛻變》（*The Metamorphosis*，又名《變形記》）。這個小說一開始就是：「當格里戈・薩姆沙（Gregor Samsa）一天早晨從不安的夢中醒來時，他發現自己在床上變成了一隻大蟲子。」薩姆沙是個旅行推銷員，全家靠他的收入為生，而他也相當恐慌失去工作即不能養活家人。然而他的父母、妹妹卻對他變成蟲子大為震驚，把他關在房裡──作為一個蟲子，他只能在房間裡旅行

了。從此薩姆沙受盡家人歧視和折磨，最後死在家人的罔顧和他自己的自慚形穢及絕食中。全家如釋重負。人變成非人的蟲子，根本不可能在現實的生活中出現。但是在小說中不僅可能，且富寓意。卡夫卡輕筆帶過了人如何及為何要變成蟲子的過程。他所要表達的是人的困境，因為薩姆沙不能再由蟲子變回為人。由蟲的視角去看人類，看到了一群冷漠、無情、沒有愛心的人。而由我們人的角度看蟲子，蟲子就顯得了孤獨、恐怖及不可理解了。中國的《聊齋誌異》中有多種變形，然而《聊齋》中的變形多是美麗、理想的化身。卡夫卡的變形則是人類的困境、夢魘以及生存異化的寓言。

《審判》（*The Trial*）是另一個表現存在主義荒謬感及人類困境的小說。主人公 Joseph K（約瑟夫・K）是銀行裡循規蹈矩的職員，30 歲生日那天突然被捕，為何被捕？即使在審訊過程中，也從來未公佈過他的罪名。他仍然行動自由，為自己的案件四處奔走。但聘請的律師對他敷衍，教堂裡的神父告訴他要找法律保障是不可能的。而他居然自覺是真正有罪。罪是什麼？他也說不出。最後 Joseph K 在 31 歲生日前夕，被兩個身分不明的人帶到曠野處死。他竟沒有向執刑者抗議這個極刑的懲罰。這是一部令人莫測高深的小說，有評論指出這是對無罪的審判，也是對有罪的審判，更是對「審判」的審判。《新約・啟示錄》中「最後的審判」到臨的那一天並未定期，只存在於基督教認定的原罪觀念中。而《審判》一書則隱喻人類對時間的觀念，想像到那一天真正的來臨。

《城堡》（*The Castle*）是卡夫卡最重要的長篇小說。小說的主人公名只是個 K，與《審判》的主人公 Joseph K 一樣是沒有名字的人物。K 就是卡夫卡（Kafka）的第一個字母。K 是土地測量員，受聘來城堡工作。他在積雪的深夜來到城堡

下的村莊。時間在這冬季的夜晚似乎停止了，小說大部分的場景均在黑暗中進行。籠罩在濃霧和黑暗中的城堡立於山丘上，形象模糊不清。K長途跋涉來此的目的是進入城堡工作，然而他在山腳下的村子裡盤旋，卻怎麼樣努力交涉，也進不了這座神祕的城堡。為何村裡從未有人見過城堡的統治者C伯爵？K由哪裡來？為什麼堅持非要進入城堡？這些問題小說中從未交代清楚。K的形象模糊及神祕一如城堡。城堡究竟象徵什麼？它控制著山腳下的村莊，而村人也承認城堡的權威性及不可及性。對存在主義者來說，城堡象徵上帝，祂與人們之間相隔一道不可跨越的鴻溝；社會主義者認為城堡代表資方與勞方永遠的對立；也有人認為城堡代表官僚體制的龐大機器，人們永遠繞著它一圈又一圈地走，最後又走回原處。總之，追究下去是一個無底的黑洞。《城堡》是一個無解的謎，荒謬、複雜而虛幻，留給後人不停的爭議。

《城堡》沒有寫完，布羅德在第一版附註中說，卡夫卡計畫的結局是K為進入城堡奮鬥力竭而死。彌留之際，城堡當局傳諭病榻，K獲准居留村中及工作，但不得進入城堡。

卡夫卡生前沒有幾人認為他是有天份的作家，固然也因絕大多數著作未發表之故。身後西方一波又一波的卡夫卡熱，許多流派如新小說、表現主義、象徵主義、超現實主義、荒誕派、存在主義都極力與他攀結，這也說明了他的作品的重要價值及影響無遠弗屆。

課文複習問題
1.概述存在主義的特性。
2.沙特的〈牆〉與存在主義有何種關連？

3.卡繆的《異鄉人》的主題為何？用何英文字來代表？

4.卡夫卡的《蛻變》及《城堡》主題各為何？試闡述之。

思考或群組討論問題（課文內無答案）

1.比較存在主義與中國的老莊思想。

2.存在主義文學的魅力何在？

3.比較存在主義及寫實主義。

4.《異鄉人》是否是一本有魅力的小說？魅力何在？或為
　何無魅力？

第十章　美國文學

"Man can be destroyed, but not defeated."

　　　　　　　　　　——海明威《老人與海》

　　20世紀以後的軍事強國或高度開發國家全位在歐洲、北美洲及亞洲（僅中、日二國）。與歐洲各國或中日相比，美國是個年輕的移民國家。五月花號帆船（Mayflower）載著102名英國清教徒1620年在美國東岸登陸，展開了以後一波又一波的新大陸移民潮。美國在1776年宣佈脫離英屬獨立，至今不過兩百多年歷史，但已發展為世界第一強國。美國自建國後，波及本土的戰爭僅有南北戰爭（1861-65）一次，其他美國參戰均在境外，故未受戰火摧殘，甚至多年來以販賣軍火賺取了巨大利益。

　　文學的發展必然與歷史、社會、經濟、宗教及戰爭相關。美國自開國後僅有短暫的歷史及文化，卻享受長期的昇平局面，這令她的文學發展與美國人祖先的歐洲文學不盡相同。基本說來，美國沒有經歷歐洲文藝復興時期及新古典主義時期的文學。且在獨立後，有相當長的一段時間，沒有自己獨立的民族文學，只有對英國文學的模仿及依附。完全擺脫英國文學的羈絆，要到第一次世界大戰以後。但是由另一個角度來看，美國本身的「美國文藝復興運動」之時已有了某種自己特色的文學。

　　美國被稱為民族的大熔爐（melting pot）。一直到21世紀的今日，仍然接納各國移民，入籍為美國公民要比世界其他各強國容易得多。美國雖仍以歐洲後裔為主（英、德後裔最

多），同時全國使用英語，但美國並無官方國定語言。即使如此，美國文學一般是指美國作家以英語創作的作品。有三位美國籍諾貝爾文學獎得主是歸化的美國公民，但以斯拉夫母語及猶太母語創作，並未完全被接受為美國文學。同理，美籍華人於梨華、白先勇等許多作品以美籍華人為主角，因以中文寫作，並不被美國文學界視為美國文學的一部分。

最早的美國文學作家如**富蘭克林**（Benjamin Franklin, 1706-90）、**傑佛遜**（Thomas Jefferson, 1743-1826）均是政治人物、演說家及出色的散文作家。所以美國文學誕生伊始，即有強烈的政治性。美國的獨立宣言（Declaration of Independence）由傑佛遜起草，被認為是優秀的散文作品。實際上，林肯總統為南北戰爭所作的蓋茲堡公墓獻辭（Gettysburg Address），亦被認為是一篇傑出的散文。以上兩篇收在許多國家的英文課教本內。

10.1 19世紀的浪漫主義與美國文藝復興運動

歐洲的浪漫主義頗有逃避現實及唯美的傾向，而美國在歐洲影響下產生的浪漫主義卻正好相反。美國自獨立即是一個民主國家，沒有封建制度及貴族政治的影響。雖尊基督教立國，建國者是一批知識分子，他們看到多世紀來歐洲政教合一制度的弊端，所以未准許教會進入政府。此外，美國人沒有傳統的包袱。西部遼闊未開發的地區，更令這批祖先冒險渡洋而來的美國人，再度冒險去爭取不盡的資源、土地及財富。他們備極辛苦，精神上卻充滿了歡愉及光明。這種心情也反映在美國的浪漫主義文學中。所以內容上沒有歐洲浪漫主義那種強烈的反封建、充滿了痛苦及叛逆的特色，而是歌頌民主、自由，表現著豪邁及樂觀。

美國在獨立半個世紀後，進入1830年代產生了「美國文

藝復興運動」（American Renaissance），也稱「新英格蘭文藝
復興運動」（New England Renaissance）。因除愛倫‧坡外，所
有參與此一建立自己民族文學的作家，均居住在東北角的新
英格蘭地區。此運動大約由 1830 年代持續至南北戰爭結束的
1860 年代，目的就是建立美國特色的民族文學，以有別於英
國文學。此一運動多由哈佛大學教授主導，他們是文學上的
貴族，又稱「布羅明族」（Brahmins）。此字是由印度最高階
級「婆羅門」（Brahmans）演變而來。

　　美國的文藝復興運動緊跟著浪漫主義之後，所以兩者重
要作家多一脈相承，重疊性極高。 1850-55 這 5 年間是美國文
學的成熟期，第一批的重要作品均在此時期出爐，如霍桑的
《紅字》（1850），梅爾維爾的《白鯨記》（1851），梭羅的《湖
濱散記》（1854），惠特曼的《草葉集》（1855），愛默生的
《偉人論》（1850）。歐洲文學史上從未有過 5 年之內有如此眾
多重要作品出現的現象。為何如此，後世推斷莫衷一是。

　　以下就此時期之重要作家，分別依散文、小說及詩作一
簡介。

10.1.1　歐文、愛默生、梭羅

　　⑴歐文（Washington Irving, 1783-1859）雖被譽為美國散
文文學之父，或第一個美國作家（first American man of let-
ters），卻以短篇小說出名。他未受大學教育，以自習方式考
上律師執照，也曾出使西班牙。但是主要的職業還是寫作。
他的《見聞札記》（*The Sketch Book*）是在英美漫遊的隨筆及
短篇小說等結集。此書是美國第一部聞名世界的作品，也使
他成為第一個引起世界注意的美國作家。此書雖被視為英國
風格的隨筆，確也有美國的風土色彩。他的短篇小說〈李柏
大夢〉（Rip Van Winkle）及〈睡谷的傳說〉（The Legend of

Sleepy Hollow，又名〈無頭騎士〉）均收在《見聞札記》中，可說世界聞名。李柏有懼內症，一日帶狗入山，遇一群穿著奇怪的小矮人。他飲了矮人給他的酒後即入睡。一睡20年，醒後回村已面目全非，妻子已死，兒女長成，牆上掛的英皇肖像變成華盛頓的像。此故事的背景是獨立前的荷蘭移民村落，原有故事是德國的傳說。20年縮為一夜的寓言意義何在？而這世界聞名的小故事，是否也啟發了愛因斯坦相對論中的時間觀念？值得省思探討。

⑵**愛默生**（Ralph Emerson, 1803-82）是散文、論文作家及詩人。他自哈佛畢業後被任命為教會牧師，之後卻對基督教義發生懷疑。他終於協助發展出超越論（Transcenden-talism）。愛默生認為人與自然合而為一，均反映神的意志，所以人有神性。他也強調理性及人的價值，宣揚「智」的獨立及個人的自由發展。這場宗教及哲學思想的改革運動擴延至文學，成為美國浪漫主義的一部分。超越論者以愛默生為中心，集中地是他所居住的麻州康柯德市（Concord），被影響的作家有梭羅、霍桑、梅爾維爾、惠特曼等。愛默生重要的著作有《愛默生散文集》（*Essay*），此書對梭羅等作家影響不小。同時令他聞名的有《自然論》（*Nature*）及《偉人論》（*Representative Men*）。他的詩結集出版兩本，也成為一個重要的美國詩人。

⑶**梭羅**（Henry Thoreau, 1817-62）也是超越論者，他把這種思想表達在他最出名的《湖濱散記》（*Walden*）一書中。梭羅也是哈佛畢業生。他有幸與愛默生相遇，受到不少重要的指點。梭羅27歲那年在康柯德以南2哩的華騰湖（Walden Pond）畔，愛默生所持有的土地上自己動手蓋了一幢小屋。他將接近大自然的生活感受、他崇尚的個人主義、無政府主義色彩均呈現在《湖濱散記》中。此書在梭羅生前並不被注

意，20世紀以後卻流行全世界，成為一本歷久不衰的暢銷書。梭羅只活了45歲，最後的年代他致力於廢奴隸運動（Abolishment），這也是康柯德地區屬自由主義的知識分子共同的認識。

10.1.2　霍桑、梅爾維爾、愛倫‧坡

⑴**霍桑**（Nathaniel Hawthorne, 1804-64）出身清教徒家庭，但自己不是清教徒，父親是船長。他大學時與詩人朗法羅及美國的第14任總統皮爾斯（Franklin Pierce）同學。所以後來曾被皮爾斯總統指派為駐英國利物浦的領事。返國後他與好友皮爾斯總統出遊登山，途中死於睡眠中。

霍桑被視為偉大的美國小說家之一，他的小說長於使用象徵及寓言的筆法，有濃厚的神祕色彩及宗教意識。在霍桑之前曾有庫伯（James Cooper, 1789-1851）是第一個重要的美國小說作家，但是無法與霍桑相比，而且有些模仿英國作家珍‧奧斯婷及司各特的作品。霍桑最出名的小說是《紅字》（*The Scarlet Letter*）。這部小說寫出了人性本惡的基督教原罪觀念。他的另一部傑出小說《帶有七個尖角樓的房子》（*The House of the Seven Gables*），也是討論祖先的罪孽禍殃子孫的故事。

《紅字》的故事背景是新格蘭地區的一個清教徒聚集的村子，人物簡單只有4人。主角是年輕貌美的海絲德，她與丈夫由英國渡海移民來時，丈夫被印第安人俘虜，她以為已被處死。在村中她與年輕的牧師成姦懷孕，被清教徒社會視為大逆不道。她堅決不肯透露何人令她懷孕，於是被判終生佩帶象徵恥辱的紅色A字。A代表Adultery，通姦之意。她生下一個女孩，含辛忍辱撫養。此時失蹤的丈夫竟然來到村子，隱名埋姓，暗中偵察海絲德的情人是誰。當他發現了是

那個主持公審大會的牧師後，對這個充滿了罪惡感的年輕人大肆作精神折磨報復。最後牧師忍受不得，上台公開宣佈自己的罪狀後，死在海絲德的懷裡。這部小說論及倫理觀念，宗教的虛偽，女主角的勇於贖罪不招認情人，以及年輕牧師的懦弱、偽善及痛苦。同時把宗教的無形力量及男女主角的心理變化，逼真寫出。這本書引起國內外轟動，被認為是19世紀美國最出色的一本小說。

(2)**梅爾維爾**（Herman Melville, 1819-91）以海上歷險的小說聞名，最有名的一部就是《白鯨記》（*Moby Dick*，又名《莫比敵》）。他在19歲那年隨船出海作雜役工作，在船上雖未待過許多年，從此卻寫出了數部以海上為背景的小說。他曾在霍桑家附近買下一座農場，兩人關係密切。但是梅爾維爾天性熱情，而霍桑是個內向、冷漠的人，所以這種關係維持不了多久，就各走各的路了。

《白鯨記》被認為是美國最傑出的小說之一。故事以一名受雇上捕鯨船的水手以旁知觀點作敘述。船長曾在上一次的捕一條白鯨過程中失掉一條腿，他發誓報復、天涯海角地追殺這條白色名莫比·迪克的鯨魚。頑固而有毅力的船長終於遇到了那條有靈性的白鯨。船長在與白鯨交戰三晝夜後以魚叉刺中牠。白鯨被激怒，將船撞沉，所有船員，包括船長均被大海吞噬，鯨與船同歸於盡，只有說故事的那名水手被救，得以敘述《白鯨記》的故事。這小說寫的不只是捕鯨，而是表現人堅強的意志，與大自然的搏鬥。中國的思想講求與天地萬物的和諧，西方人對大自然的態度是了解、對抗、征服及利用四部曲。船長就是人類派來征服自然剛毅的鬥士，他越來越像白鯨莫比·迪克。白鯨代表大自然，捕鯨船象徵人類的社會，而船長就是征服自然神明的化身。他的角色與海明威筆下《老人與海》中的老人雷同。《白鯨記》是

偉大的作品，閃耀著光輝，梅爾維爾的一生卻窮困潦倒，是個典型的悲劇性作家。這本書在他生前並未被社會大眾接受，到了20世紀的30年代才得到世人肯定。

(3)**愛倫·坡**（Edgar Allan Poe, 1809-49）是浪漫主義中的神祕主義作家。他的父母是跑碼頭的伶人，去世早，他被寄養。以後他投身軍旅，卻因犯罪被革除軍籍，26歲時與13歲的表妹結婚。一生窮困潦倒，太太與他一起掙扎受苦，飢寒久病之後去世。於是愛倫·坡開始酗酒，泥醉後墜入陰溝淹死，死時不到40歲。他是詩人、理論家，也是出色的恐怖小說作家。最出色的作品如〈金甲蟲〉（The Gold Bug）、《黑貓》（*The Black Cat*）不但有令人戰慄的氣氛，也是開了偵探小說的先河。愛倫·坡將恐怖與醜陋化為美學。但無可否認，也有眾多讀者喜讀陰森神祕的靈魂故事。不少神祕魔幻作家、科幻作家在年輕時都受到愛倫·坡作品的影響。愛倫·坡對情節及人物性格的描寫不太講求，講求的是全篇神祕恐怖的氣氛。他的作品簡潔、完整，給人以強烈的印象。

愛倫·坡出過3本詩集。最出名的一首詩是〈烏鴉〉（The Raven）。描述一隻烏鴉在12月暴風雨的夜晚，飛來拜訪一個愛人剛過世的年輕人，烏鴉嘴中不斷重複「不再」（Nevermore）這一個字，帶給年輕人更多的悲傷。因為他死去的戀人名Lenore，與Nevermore一字音階相同。愛倫·坡在文學理論方面寫成《創作原理》（*The Philosophy of Composition*）一書。法國的象徵主義重要詩人波特萊爾及馬拉梅等都極力推崇這本書，令這個命途多舛的短命美國作家，成為法國印象主義的典範大師級人物。特別一提的是：愛倫·坡在詩歌上的成就及他對歐洲象徵主義的影響，不下於他在小說上的造詣。

10.1.3　朗法羅、惠特曼及狄金遜

⑴**朗法羅**（Henry Longfellow, 1807-82）是美國文藝復興運動重要的一員。這些屬「布羅明族」的哈佛大學教授都是詩人，包括朗法羅、荷姆斯（Oliver Holmes, 1809-94）及洛威爾（James Lowell, 1819-91）。朗法羅大學時與霍桑及皮爾斯總統同學，畢業後曾在海德堡的學術環境中度過一段時期，受到德國浪漫主義的影響。他回國後任教於哈佛大學 18 年後，辭職專事寫作。基本說來他的短詩並不見得出色，而是以敘事詩見長。詩作沒有大氣魄，但優雅綺麗、平易近人，而且表達了對苦難人們的同情，所以深受美國人的喜好。他最出名的詩是《伊凡吉林》（*Evangeline*），描寫殖民戰爭時期的一個愛情悲劇。伊凡吉林是全村最美的女孩，愛人在訂婚第二天被英軍擄走。她長年累月地四處奔波尋找愛人，直至白髮、衰老。最後她在費城醫院服務時，黑死病降臨，竟在醫院看到一個瀕臨死亡的病人，她的未婚夫終於在她懷裡嚥了氣。詩的感人處是愛情經過長時期的考驗仍然存在。他另一首出名的敘事長詩《希瓦沙》（*Hiawatha*）是以印第安人的生活、愛恨、疾病及饑荒作背景，頗受美國人的喜愛。朗法羅和惠特曼一樣蓄長髮，大鬍子，頗有藝術氣質。

⑵**惠特曼**（Walt Whitman, 1819-92）是 19 世紀美國最重要的詩人。他出生在紐約長島，一個木匠的兒子，只讀到小學五年。惠特曼是個傳奇人物，作過印刷工、木匠、老師、編輯、記者、公務員等。南北戰爭時也在醫院作過看護工。惠特曼曾花很多時間在紐約市及市郊的長島行走，目的就是要觀察人物、景色以及風俗人情。他以 37 年的時間寫下了《草葉集》（*Leaves of Grass*）中的數百首詩。這本詩集於 1855年初版只收 12 首，以後不斷添加，最後收了近 500 首詩。

《草葉集》的出版代表了美國浪漫主義的最高成就，也使

美國文學真正獲得了世界性的聲響。這本詩集以升斗小民為對象，包括乞丐、妓女、士兵、同性戀者均在內。他寫出了美國的生活本質及民主精神。他反對蓄奴制，曾去軍醫院近600次看顧北軍傷兵。惠特曼終生未婚，《草葉集》第三版收集了他表現同性戀強烈情慾的詩作。他認為詩應該寫得簡單自然，不需要傳統的韻腳，但應與大自然取得和諧。他的詩很明顯地看出浪漫主義所表達的強烈的情感。「草葉」對惠特曼來說是希望、是年輕的美國的象徵。他為了要表現激越的感情，還常用重疊句及平行句。他以短句為基礎，創造了每行字數不定的自由體詩。這種自由奔放的自由體詩，也是文學史上的創新，對新詩產生了重要的影響。也因為他的詩不押韻，所以譯為他國文字後韻味不失太多。然而文辭不夠凝練、過多的感念及議論，也是《草葉集》的缺點。

　　雖說《草葉集》的詩涵蓋了許多日常生活的人物，甚至有寫實主義的風格，但是也有象徵及抒情的詩，〈從茫茫的大海裡〉（Out of the Rolling Ocean the Crowd）就是最好的一個例子：

從茫茫的大海裡，有一滴水珠輕輕走向我，
它在我耳邊細語：我愛你，在我閉眼之前，
我千里迢迢而來，就是為了要看你一眼，為了觸摸你。
因我如見不到你，我死不瞑目，
因我怕以後可能會永遠失掉你。

Out of the rolling ocean the crowd, came a drop gently to me,
Whispering, I love you, before long I die,
I have travel'd a long way, merely to look on you, to touch you,
For I could not die till I once look'd on you,

For I fear'd I might afterward lose you.

　　這滴水珠是茫茫人海中之一滴，因有緣千里迢迢而來。
現在：

我們遇到了，我們相見了，我們心安了，
平靜的回到大海去吧，我的愛。
因我也是那大海中的一滴，我的愛——我們相隔應不會太遠；

Now we have met, we have look'd, we are safe;

Return in peace to the ocean, my love;

I too am part of that ocean, my love-we are not so much separated;

　　惠特曼寫過悼念林肯總統的名詩〈當紫丁香在門前庭園
開花時〉（When Lilac Last in the Dooryard Bloom'd）。他也出
版過散文集《民主遠眺》（*Democratic Vistas*）等，將他的政治
及文學觀點作一總結。他在54歲時半身癱瘓，最後的歲月在
新澤西州度過，也活了73歲。

　　(3)繼這兩位大詩人之後，19世紀還有一位出名的女詩人
艾蜜莉・狄金遜（Emily Dickinson, 1830-86）。她一共寫了
1,775首詩，一反浪漫主義的詩風，以不規則的韻律及自由聯
想，開創了美國通往現代詩之路。她生性奇特，28歲即足不
出戶，生前只發表了7首詩。直到本世紀現代詩興起，對她
的研究才成熱門。

10.2　19世紀的寫實主義

　　美國的浪漫主義在19世紀中葉進入高潮，寫實主義開始
萌芽。反對蓄奴制度的鬥爭逐漸展開。北方已進入資本主義

的工業時代，南方則由蓄奴的田莊地主主宰，雙方在產品保護主義、自由土地、開發西部上有極深的歧見，南北戰爭終於爆發。北方戰勝後開始快速實行工業化及資本主義。1894年美國的工業總產值已達世界首位，進階為世界第一強國。此時西部的開發完成，許多開拓者無力保持用生命及血汗開拓的土地，要在資本家面前屈服，雙方衝突日趨尖銳。資本主義的弊端及黑暗面也逐漸呈現。寫實主義就在這種情形下成長為文壇的主宰。在這之前，**史托夫人**（Harriet Stowe, 1811-96）寫出《黑奴籲天錄》（*Uncle Tom's Cabin*），描述黑奴的悲慘命運，小說寫得不算好，但因其時代意義，被林肯總統稱為「南北戰爭的導火線」。以文學作品而發揮如此大的作用，只有狄更斯能與之相提並論。此時期出了三位傑出而聞名世界的作家。

10.2.1 馬克・吐溫、歐・亨利及亨利・詹姆斯

⑴馬克・吐溫（Mark Twain, 1835-1910）與惠特曼同為「純粹的」美國文學的鼻祖。他們用美國地方語寫作，完全擺脫了英國的影響，有人說馬克・吐溫是「第一個道地的美國作家」。他原名Samuel Clemens。馬克・吐溫是他28歲才採用的筆名。Mark Twain意指「水深標示12呎」，這是安全行船的最淺水深，也是密西西比河上水手的航行用語。

馬克・吐溫在密西西比河畔長大，後來曾到加州參加淘金的行列，在那裡寫下他的成名作〈卡郡馳名的跳蛙〉（The Celebrated Jumping Frog of Calaveras County）。至今該郡每年還有一個跳蛙節紀念馬克・吐溫。他最出名的兩部小說是《湯姆歷險記》（*The Adventure of Tom Sawyer*）及《頑童流浪記》（*The Adventure of Huckleberry Finn*）。兩書均以密西西比河為背景，把流域一帶的風土人情及自然環境寫得栩栩如

生。雖是男孩的故事，卻表現了美國人勇往直前的拓荒精神，與歐洲傳統文明有強烈的對比。兩部小說裡都有湯姆出現，這種人物重複出現的技巧也用在巴爾札克的小說中。但赫克芬比湯姆成熟，他有堅強、不逃避責任、不畏難的性格。以一個男孩竟能幫助黑奴吉美躲避追捕者，逃往自由的廢奴區。馬克‧吐溫創作長達 50 年，在國外的聲譽比在美國高。他也以幽默及諷刺見長，被稱為幽默大師。

《頑童流浪記》被 20 世紀的文學大師海明威及艾略特全力推崇。海明威甚至說：「全部美國文學起源於馬克‧吐溫的《頑童流浪記》。」

⑵**歐‧亨利**（O. Henry, 1862-1910）是短篇小說泰斗。一共寫了 250 篇短篇小說，被譽為「美國的莫泊桑」。他原名威廉‧波特（William Porter），在德克薩斯州作銀行出納員時，因盜用款項入獄 5 年，在獄中以寫作賺稿費來養活年幼的女兒。這些故事很快就在雜誌上流行，贏得了許多讀者，出獄後威廉‧波特變成了歐‧亨利。

歐‧亨利在 40 歲那年來到紐約。有連續兩年多的時間，每週為雜誌寫一篇小說。他的小說情節簡單，但構思巧妙，有許多巧合、幽默及諷刺，且常有驚人的故事結局，令讀者讚嘆不已。他短篇小說中的人物也常是紐約市的一般市民。最出名、在世界各國流行的幾篇包括〈聖誕禮物〉（The Gift of the Magi，此處 Magi 指耶穌誕生時，三位智者博士贈送了世間第一次聖誕禮物）及〈最後的一片葉子〉（The Last Leaf）。這些小故事充滿了小人物的人情味及令人回味的結局。歐‧亨利的小說在美國文學界地位並不高，只活了 47 歲，晚年在疾病、酗酒及窮困中掙扎。他死後，歐‧亨利獎（The O. Henry Awards）設立，由 1919 年開始每年頒發給美加地區最傑出的短篇小說，但一定要以英文寫作。過去得獎者

包括名作家福克納、索爾・貝婁、厄普戴克，及史提芬・金（Stephen King, 1947- ），甚至電影明星伍迪・艾倫（Woody Allen, 1935- ）也在 1978 年得到此獎。

(3)**亨利・詹姆斯**（Henry James, 1843-1916）是小說作家，也是重要的文學理論家。他在 1884 年發表論文《小說的藝術》（*The Art of Fiction*），是西方將小說視為藝術的肇始鴻文，也是文學上寫實主義的宣言。這篇論文影響西方文學至深，直至今日，仍被一再引用。以後英國文學批評家魯巴克（Percy Lubbock, 1879-1965）曾師承詹姆斯寫成《小說的技巧》（*The Craft of Fiction*）一書。他以為用「技巧」一詞比「藝術」更恰當。基本說來，小說要有理論，才會被視為一種創造性的藝術，才不會被視為娛樂消遣的「說故事」。此外，詹姆斯也是心理小說的前驅者之一。

詹姆斯出生在富裕的家庭，幼年常隨家人到歐洲旅行。他入哈佛大學念法律，但興趣在文學，所以中途輟學。他與《大西洋月刊》（*Atlantic Monthly*）名主編赫維斯（William Howells, 1837-1920）成為好友，兩人共同開創了美國的寫實主義。他雖在 30 歲之前即已居住及終老歐洲，卻以擅長描寫美國上層社會的年輕女郎出名。這些小說有不少在紐約的雜誌發表，使他變成一個跨越大西洋的作家。出名的小說有《仕女圖》（*The Portrait of a Lady*）、《金碗》（*The Golden Bowl*）、《慾望之翼》（*Wings of a Dove*）。他自認最得意的小說是《奉使記》（*The Ambassadors*）。亨利・詹姆斯在我國名氣並不大，但是西方文學界一直認為他是一個頗為重要的作家及文學理論家，甚至以他未得到諾貝爾文學獎為憾。亨利・詹姆斯最後的年代住在英國，死前一年入了英國籍。歐洲人常移民及歸化為美國公民，美國人鮮有歸化為他國公民者，詹姆斯及艾略特是僅有的二位美國名作家歸化為英國公

民者。

10.3　20世紀的現代美國文學

　　一般說來，美國文學以20世紀為分水嶺，「現代」美國文學是指20世紀以後的文學。歐洲則以1890年「現代主義」興起為分水嶺，現代文學指1890年以後的歐洲文學。

　　以清教徒精神立國的美國，在進入20世紀時受到強力的衝擊及挑戰，達爾文的進化論登陸美國向傳統的基督教挑戰；工業生產使此時歷史不到130年的美國取代「日不落國」的英國，成為世界盟主；在科技方面，19世紀德國因有良好的大學教育及科學研究，居於領先地位，而此時美國急起直追，不到20世紀中葉，已在科學及工業遙遙領先世界各國。

　　美國的文學起步較晚，20世紀初期仍在歐洲文學的籠罩下發展。美國是民族大熔爐，不論在生物學上或社會學上，一般認為遠親混合要比近親繁殖產生更優秀的品種。然而文學還是有傳統及環境因素的限制，不比唯物的科技及工業能快速發展。20世紀早期的美國文學仍然延續19世紀的寫實主義，區別是由高雅精緻的寫實主義過渡到較為豪放粗獷，帶有自然主義色彩的寫實主義。此時期的美國文學表現在貧民窟、在荒野與大自然及野獸搏鬥。傑克‧倫克的小說最能表現達爾文主義的生存法則。美國小說的另一特色是表現黑白種族衝突，這是歐洲小說所沒有的。而資本集中產生的勞資對立及衝突，也出現在美國的文學中。

　　現代主義的各種流派在世紀交替後的時代逐漸形成於歐洲。美國的文學不斷地由歐洲吸取養分是事實，但此時也逐漸形成美國本土特色的文學。現代主義各流派對美國文學的衝擊並不能與歐洲相比。美國的保守與兩次大戰兵燹未波及本土有相當大的關係。而地理上大洋的隔絕，及單一語言文

字的運用，也深化了美國的保守。即使如此，美國的文化及文學卻猶如麥當勞、牛仔褲及好萊塢的商業化影片隨著國勢及經濟的強大而傳播到全世界。

10.3.1 諾貝爾文學獎及普立茲獎

並沒有一個主要的文學思潮發源於美國，美國作家首度獲得諾貝爾文學獎，也是在該獎開始頒發後的 30 年。然而如果以美國首次獲獎的 1930 年起算，共得該獎 11 次，超過法國的 9 次（由 1901 起算，則法國作家得獎 13 次）。這表示美國文學在 20 世紀已被世界肯定，且處於領先地位。這 11 位美國作家有 8 人以小說得獎，詩歌 2 人，戲劇 1 人。其他各國也是多以小說獲獎。

美國本土有一郵報人普立茲於 1917 年在哥倫比亞大學捐設的普立茲獎（Pulitzer Prize），分為「新聞」、「音樂」、「文學」三大項。「文學」有小說、戲劇、詩歌、傳記、自傳、美國歷史六小項。此獎相當本土化，所有美國諾貝爾文學獎得主，除三名由外國移民歸化者外，均曾獲此獎。

以下依年代列出美國諾貝爾文學獎得主：

1.路易士（Sinclair Lewis， 1930 年得獎），小說， 1926 普立茲獎。

2.歐尼爾（Eugene O'Neill, 1936），戲劇， 1920 、 1922 、 1928 、 1957 年四度普立茲獎。

3.賽珍珠（Pearl Buck, 1938），女，小說， 1932 普立茲獎。

4.福克納（William Faulkner, 1949），小說， 1956 及 1963 普立茲獎。

5.海明威（Ernest Hemingway, 1954），小說， 1953 普立茲獎。

6.史坦貝克（John Steinbeck, 1962），小說，1940 普立茲獎。

7.索爾・貝婁（Saul Bellow, 1976），小說，猶太人，1976年普立茲獎。

8.以撒・辛格（Isaac Singer, 1978），小說，波蘭移民，猶太人，以意第緒文（Yiddish）寫作。

9.米洛茲（Czeslaw Milosz, 1980），詩歌，波蘭移民，以波蘭文寫作。

10.布羅茨基（Joseph Brodsky, 1987），詩歌，俄國移民，以斯拉夫文寫作。

11.童妮・摩里森（Toni Morrison, 1993）小說，女性黑人，1988 年普立茲獎。

如果加上後來歸化為英國籍的 T. S.艾略特（1948），則美國有 12 人得獎。這裡值得注意的是最近的五名得獎人均不屬美國主流社會（即 WASP — White, Anglo-Saxon, Protestant），1962 年的得主史坦貝克是最後一位主流社會得獎者，距今已逾 40 年，也由此可見美國社會及文化的變化。

10.4　20 世紀美國小說

一般說來，我國大部分讀者比較熟悉 19 世紀歐洲小說，也比較熟悉 20 世紀的美國小說。本節列下重要 20 世紀美國小說作家及作品，作家的分組大約依重要性、讀者熟悉程度及段節長度平衡而分。有些在美國本土頗為知名的作家，因篇幅關係無法作詳盡介紹——如以描寫南方貧困落後，著有《菸草路》（*Tobacco Road*）及《上帝的小園地》（*God's Little Acre*）的凱德威（Erskine Caldwell, 1903-87），寫《麥田捕手》（*The Catcher in the Rye*）的沙林傑（David Salinger, 1919- ），寫《兔子快跑》（*Rabbit, Run*）的厄普戴克（John Updike, 1932- ）

與寫《裸者與死者》（*The Naked and the Dead*）的**諾曼・梅勒**（Norman Mailer, 1923- ）等。另有一些黑色幽默美國作家則已在第八章提及。在這眾多作家中，一般說來海明威、福克納及史坦貝克是最為世人重視的三位。三人的出生年代相近，相距 5 年左右，得諾貝爾獎的次序相連，但成長的經驗及地域卻相異。

10.4.1 德萊賽、傑克・倫敦、辛克萊及路易士

這四位作家均出生在 19 世紀的 70 及 80 年代。

⑴**德萊賽**（Theodore Dreiser, 1871-1945）出生在一個貧困的天主教家庭，沒唸完中學。作過店員、司機、記者、婦女時裝雜誌的主編等職。他是美國的自然主義作家，也領導過全國的文學運動，目的是脫離英國維多利亞文學的影響，走向全面寫實的小說創作。德萊賽最出名的小說是《一個美國人的悲劇》（*An American Tragedy*），根據一個真實的謀殺案改寫成的。描述一個窮困卑微年輕人，同時與一個女工同事及另一個美麗的富家女交往。女工懷孕，逼他成婚，最後導致她湖中泛舟溺斃的意外。因翻船後他未救她，被控謀殺坐上了電椅。這本書文字運用並不佳，但故事敘述動人，變成一部成功的描寫年輕人追求財富，卻無道德標準，最後導致毀滅的悲劇。此書被拍成電影易名為《郎心如鐵》（*A Place in the Sun*），曾轟動一時。當時 19 歲的伊麗莎白・泰勒因主演此片，被稱為全世界最美麗的女郎。德萊賽另一部小說《嘉麗妹妹》（*Sister Carrie*）也是描述一個貧苦貌美的小鎮姑娘，到大城謀生，以自己的姿色在男人間周旋，利用他們求進的故事。這本書在現代美國文學上成為寫實主義小說的範例，頗有重要性。德萊賽寫過不少小說，主題多與他年輕時的貧苦經驗有關。

⑵**傑克・倫敦**（Jack London, 1876-1916）是我國讀者相當熟悉的一位作家。他出生在舊金山灣區。作過牡蠣採工、水手、到阿拉斯加淘金。也曾參與失業工人示威遊行，因四處流浪被捕入獄。他用公共圖書館自修，在柏克萊加州大學讀過一個學期。他是個社會主義者，對窮人同情，但也是個尼采及達爾文的信徒。他的作品中弱肉強食的場面不斷出現，大自然無情地毀滅人類及動物。他把阿拉斯加的淘金、水手、狩獵生活、在南太平洋航行生活全融進他的小說中，寫出人類生存與死亡的問題。在他的小說中，人為生存掙扎，但依然保持尊嚴、正直及誠實。這也就是人的可貴。

他的作品素質不一，出名的有以阿拉斯加為背景的《野性的呼喚》（*The Call of the Wild*）、《白牙》（*White Fang*）等，還有《海狼》（*The Sea-Wolf*）、《狼子》（*The Son of the Wolf*）。他24歲即出第一本書《狼子》，他的寫作帶給他名利雙收，因為作品刺激，帶有異域風味，所以深受各國讀者歡迎。傑克・倫敦長相英俊，寫作成功後曾購私人遊艇環遊世界，亦在舊金山灣以北的著名產酒地那帕谷（Napa Valley）買了大筆土地，蓋一宮殿豪宅名為狼屋（The Wolf House），尚未完工即被燒光。他深具浪漫色彩，生活多彩多姿，是那個時代最具吸引力的男人之一，常上報紙。然而他也為自己的天才及任性付出巨大的代價——他酗酒、暴飲暴食、不定時起居、用腦過度，狼屋又被燒光，他終在40歲那年早夭。他曾說：「我寧願燒成灰也不作塵土！我寧願我生命的火花在大放光芒後乾枯殆盡。我寧願是劃破長空的流星，我體內每個原子都在瞬間發出耀眼的光，而不是一顆靜止、沉睡、永遠掛在天邊的行星。人應生活而非僅是生存。我不會浪費我的日子只是為了活得更久，我把時間安排得更有用，更有價值。」

⑶**辛克萊**（Upton Sinclair, 1878-1968）以作記者維生。也就是這個行業令他寫出《屠場》（*The Jungle*）這部美國普羅文學的里程碑。《屠場》揭發芝加哥肉類加工廠惡劣的工作環境，勞工被剝削的狀況。更重要的是，辛克萊暴露了生產肉類極端骯髒的操作程序。此書一出，美國消費者譁然驚愕。也因此通過了「美國食物及藥物清潔法案」。辛克萊躍身為名作家後，又陸續完成多部揭發社會黑暗的小說。此時美國社會在資本主義急速發展下，種種黑幕伴隨而來，所以舉凡政治、經濟、社會各方面的醜陋面，均成為揭發對象。這一類的小說統稱為「扒糞派小說」（muckraking novels）。辛克萊也積極參與社會活動，比如資助類似「人民公社」的合作生活團體，組織反貧窮的社會改革運動，甚至競選加州州長（得到 90 萬票），但是沒有一項成功。辛克萊一生寫了近一百本書，他是個社會主義者，但從未加入共產黨。辛克萊與下段所述路易士同年進入諾貝爾文學獎最後決審，但由崇拜他的路易士得獎。

⑷**路易士**（Sinclair Lewis, 1885-1951）在 1930 年姍姍來遲的情況下，成為美國第一個獲得諾貝爾文學獎的作家。他出生在保守的中西部明尼蘇達州，一個鄉村醫生的家庭。雖然後來在東部的耶魯大學畢業，同時又在加州、歐洲各地住過，他重要的小說還是以中西部保守的小城為背景。他擅長描寫最平凡，但也是最永久的事物，文筆常是諷刺性的。他最重要的小說是《大街》（*Main Street*）。美國每一個城都有一條主要的街取名為 Main Street，猶如我國每一個城都有一條「中山路」或「中正路」為主街一樣。這部小說描寫一個在大城芝加哥念大學畢業的職業婦女，嫁給一個醫生，隨醫生回他中西部的家鄉過純物質、沉悶而單調的生活。她有改革社會的用心，但幾乎被小鎮的流言所毀。她在與丈夫關係惡化

後，離開小鎮前往首都華盛頓，卻發現那兒也有一條 Main Street，仍然是負面的社會以及個人的空虛。她終於被丈夫勸回，才了解到構成小鎮「大街」的力量。換而言之，個人妄想改變社會——「大街」就是理想與現實衝突的實例，也是每一座城中那條「大街」的延伸。

路易士另外兩本出名的小說也是以中西部為背景。《巴比特》（*Babbitt*）描寫城中地產商人巴比特這個人物。巴比特像其他中產階級商人一樣過著物質化、妥協及反智識的生活。他是社會中堅，一直認為這種物質生活的成功就是真正的成功。直到有一天他的好友槍殺了自己的妻子被捕，他才開始改變，反抗自己原有的價值觀。但是這種改變維持不了多久，他又回復原狀，因為他並沒有內在力量來改變自己。另一本書《艾默‧甘屈》（*Elmer Gantry*，攝成電影後中文片名為《孽海痴魂》）描述一個傳教士的偽善面孔。路易士雖是美國第一個諾貝爾文學獎得主，得獎之後的創作都不如理想，包括劇本在內。他最後的年代是在歐洲度過，死於酒精中毒。

10.4.2　多斯‧帕索斯、費茲傑羅、納博科夫及密契爾

這四位作家均出生在世紀末（1900 算世紀末，1901 才算世紀初）。

⑴**多斯‧帕索斯**（John Dos Passos, 1896-1970）哈佛大學畢業後參加一戰，作救護車駕駛員。他將海明威筆下「迷失的一代」個人的頹廢轉換為社會的痛苦——社會變成他小說的主角。他的寫作始於參戰的經驗，也就是對戰爭的憎惡與幻滅。然而後來他與海明威不同，他超出個人，進而關懷群眾與社會。他的巨著是《美國》（*U.S.A.*），這是一部三部曲的小說。將美國分為主權擁有者與一般民眾「兩個國家」，全部美

國生活納入這個大機器中。他用了四種方式表現小說的內容：本文敘述、人物傳記、電影視角及新聞標題，可說是一種奇怪的組合。書中人物並非以故事情節連繫，而是以資本主義的商業社會及愛情作連繫。多斯·帕索斯和德萊賽一樣，都是自然主義的作家，但是都未達左拉的敘述深度。《美國》一書描繪了美國都市灰暗的一面，也只是浮面的描述，沒有深刻的人物刻劃。即使此書曾被稱為是美國的《戰爭與和平》，這種比喻可謂失當，多斯·帕索斯畢竟缺乏托爾斯泰的深刻。

⑵**費茲傑羅**（F. Scott Fitzgerald, 1896-1940）是他所創的「爵士年代」（Jazz Age, 1920 年代）的代表性作家。他在就讀普林斯頓大學時即已創作第一部小說《天空此面》（*This Side of Paradise*），只是一些零亂故事的拼湊。29 歲時，他出版《大亨小傳》（*The Great Gatsby*，又名《偉大的蓋茨比》）。這本書在藍燈書屋 20 世紀百大英文小說名單列第二，僅次於喬伊斯的《尤利西斯》。可見它在現代美國小說中有相當的重要性。它不但被認為是一件完美的藝術品，也反映了那個時代典型的美國夢。《大亨小傳》的故事是由一個年輕人尼克·凱拉威以第一人稱旁知觀點作敘述。尼克住在紐約市外的長島，鄰居是 30 歲出頭年輕的鉅富蓋茨比先生。華麗的豪宅每晚巨型奢侈宴會，大樂隊演奏不停。主人蓋茨比是個神祕人物，但故事最後變成悲劇人物。因為一個車禍蓋茨比被誤認為駕車肇禍逃逸者，死者的工人丈夫持槍射殺他於豪宅的游泳池。蓋茨比生活在奢華、魅人、但充滿了迷惘及不穩定的世界，也就是 20 年代一戰後貪慾的美國物質社會。蓋茨比由一個窮小子暴得鉅富，過著燈紅酒綠的生活，小說中夜晚發出的綠光象徵美國鈔票的綠色。縱然那個貧富懸殊的時代有剛頒布的禁酒令，但是新富對這些全不理會，只是一味地追

求享樂，一反舊富的優雅及重品質，更全然罔顧當年父老艱辛建國的崇高理想。而這種美國夢在費茲傑羅筆下已近尾聲。接著來臨的就是30年代初期的經濟大恐慌。這部小說表面上看是蓋茨比對黛西愛情的執著與忠誠，實際上它更深邃地反映了當時的美國社會。許多的細節及象徵令這部小說成為一部「沒有大格局的大小說」。

費茲傑羅屬於一戰後「迷失的一代」的代表性作家。之後他寫的《夜未央》（*Tender is the Night*）更是一群迷失的公子哥兒的頹廢生活。費茲傑羅本人後期的生活也是酗酒、鬧情緒、肺瘤、兩度自殺未遂，負債累累，最後44歲就死在好萊塢——他在那兒寫劇本掙錢還債。他死了，20年代的燈紅酒綠也就過去了。

⑶**納博科夫**（Vladimir Nabokov, 1899-1977）生於俄國的一個貴族家庭，布爾什維克革命後全家流亡西歐。他畢業於劍橋大學，住在英國、德國及法國。最後在德軍進入巴黎前流亡美國，並歸化為美國公民。他以俄文及英文寫作，先後在史丹福大學、康奈爾大學及衛斯理女子學院任教。56歲出版《洛麗泰》一書令他富裕起來，於是辭去教職專業寫作。他也是一位傑出的蝶類學專家，曾在哈佛大學作比較動物研究員，還把他發現的一種藍色蝴蝶寫進他的小說《普寧》（*Pnin*）中。普寧是一個由俄國逃到美國的昆蟲學教授，是高級知識分子，卻要在嶄新而複雜的美國生活中掙扎，多少有納博科夫自己的影子在書中。

納博科夫曾被許多評論家視為20世紀繼福克納之後最重要的美國作家，也是英語文學繼喬伊斯之後最有風格及獨創性的作家。而他的創作更被視為美國現代小說的濫觴啟發者。許多評論家都為諾貝爾文學獎遺漏他感到遺憾。

《洛麗泰》（*Lolita*）是納博科夫最出色、也是最受爭議的

作品。1955年出版後因傷風敗俗被歐美各國列為禁書數年。書中描述一個40歲的知識分子亨伯特（Humbert Humbert，姓與名相同）被12歲的少女洛麗泰所迷惑，先娶了洛麗泰的母親以便接近她。洛麗泰的母親不久死去，於是亨伯特帶了繼女洛麗泰四處以汽車旅館為家。然而這個小精靈卻背他而去，與不同的男人同居。最後亨伯特把一個欺負洛麗泰的男人殺死而入獄。故事以亨伯特的第一人稱自知觀點寫出。他稱洛麗泰為「我生命的光」、「我的罪惡，我的靈魂」、「時間虛幻的島嶼」……等等。亨伯特以懺悔回述開始了小說的故事，但是他在小說中扮演著情人、囚犯、法庭證人及講述者的角色。洛麗泰則被稱為一個nymphet，是希臘羅馬神話中半神半人的美麗少女，住在山、林、水潭中。這部小說在文體開創性及文字藝術性上都有相當高的成就，絕不能單純以戀童癖或純色情小說眼光視之。

(4)密契爾（Margaret Mitchell, 1900-49）是一書作者，一生只著《飄》（*Gone with the Wind*，電影名《亂世佳人》，1939年上映）一書。在中國曹雪芹及羅貫中也是《紅樓夢》及《三國演義》的一書作者。密契爾出生在富裕的南方世家，7歲開始閱讀有關40多年前南北戰爭書籍，以及由老人談話中了解那個戰爭。她在25歲時開始寫《飄》，寫了10年在1936年完工出版，翌年得普立茲獎。49歲時因車禍去世，否則應有更多著作出版。《飄》的故事是以南北戰爭為背景，觀點明顯是站在被擊敗的南軍那邊。主題很簡單，就是生存。主角郝思嘉（Scarlett O'Hara）及船長白瑞德（Rhett Butler）都是堅強又任性的人物，他們與環境鬥爭，不戰勝不罷休。而郝思嘉也為愛情付出極高代價。這小說有愛情，有戰爭，是南方農業社會的一部史詩之作。書一出版即大肆暢銷，3年後電影又是贏得多項大獎。此書在密契爾生前已有

40 種譯本，行銷 800 萬冊。電影《亂世佳人》至今已近 70 年，仍然為觀眾喜愛。

10.4.3　賽珍珠、以撒‧辛格、索爾‧貝婁、童妮‧摩里森

這四位小說作家均為諾貝爾文學獎得主。包括兩位女性作家及兩位猶太裔作家。

⑴**賽珍珠**（Pearl Buck, 1892-1973）的父親在安徽傳教。她的童年多在中國度過，回美念大學畢業後又回中國任教於金陵大學。因為她對中國農村及小市鎮的童年回憶猶存，所以重要作品多以中國為背景，如《龍種》（*Dragoon Seed*）及由《大地》（*The Good Earth*）、《兒子們》（*Sons*）、《分家》（*A House Divided*）組成的中國農村生活的三部曲《大地的家庭》（*The House of Earth*）。書中王家的命運就代表了中國，而土地則代表了命運。以一個美國人在保守的當時能了解中國及中國人，並寫出不錯的文學作品，這是她得到 1938 年諾貝爾獎的重要原因。

⑵**以撒‧辛格**（Isaac Singer, 1904-91）是波蘭的猶太人，以意第緒文（Yiddish）寫作。他在 1935 年移民美國，來美後還是過猶太人生活，於 1978 年得到諾貝爾文學獎。他自認是個東歐猶太人，最重要的小說全以猶太社會作背景。最出名的小說是《莫斯卡特一家》（*The Family Moskat*）、《大宅邸》（*The Manor*）及《地產》（*The Estate*）。這些小說全是描述東歐猶太人的近代歷史。意第緒文是東歐流亡猶太人的語言，它沒有國土，沒有邊界，沒有任何政府的支持及認可。所以這種語言中沒有表達戰爭、武器、軍事行動、戰術的詞彙，與另一種猶太人多用的希伯來文（Hebrew）不同。

⑶**索爾‧貝婁**（Saul Bellow, 1915-2005）也是精通意第緒語的猶太人，他的父母由俄國移民到加拿大。索爾‧貝婁 9

歲時舉家遷往芝加哥，他在猶太人的環境裡長大，以後成為作家，也在各大學教書。他與以撒‧辛格不同的是他自認是個美國作家，只是碰巧是猶太人。他重要的作品有《雨王韓德森》（*Henderson the Rain King*）、《奧吉‧馬奇的遭遇》（*The Adventures of Augie March*）、《抓住這一天》（*Seize the Day*）及《何索》（*Herzog*）。他是二戰後美國重要的作家，也是猶太裔作家的代表性人物。雨王韓德森是個不快樂的富翁，為尋求生命意義到非洲的叢林，在那裡找到他的精神寄託。然而令人懷疑的是：這種新發現的寄託又能維持多久？《何索》一書則是索爾‧貝婁本身的故事，何索是猶太裔的歷史學教授，幾次不愉快的婚姻帶給他不少苦惱。小說一開始，他就拚命寫信給許多活人及死人，向報紙投書，給無名的死者寫信，甚至寫信給尼采、海德格、上帝……這些信並未寄出。作為一個高級知識分子，他生活在理想及現實的衝突中脫身不得。索爾‧貝婁的小說涉獵廣泛，包括社會學、人類學等，也是不容易讀懂的小說。即使如此，他的書還是相當暢銷，被看成有「高級趣味」的嚴肅作品。他在 1976 年得到諾貝爾文學獎。

(4)**童妮‧摩里森**（Toni Morrison, 1931- ）在 1993 年成為至今唯一獲得諾貝爾文學獎的黑人女性作家。她也是「女性文學」常提到的作家。童妮‧摩里森的父親為躲避種族歧視，舉家由南方阿拉巴馬州遷往北方的奧亥俄州作造船廠焊工。她的家庭重視黑人傳統，篤信宗教。童妮‧摩里森曾加入劇團到南方去，看到了她父母當初逃避的黑人生活，帶給她寫作的靈感及素材。童妮‧摩里森 33 歲時離婚，帶著兩個孩子，白天上班，晚上作家事，孩子睡後寫她童年時的回憶，加上想像，劇團南方旅行的經驗，擴展為小說裡的人物及情節。她到 39 歲才發表第一個長篇小說。最有名的一本是

《所羅門之歌》（*Song of Solomon*），這是寫男人，她以對自己兒子的觀察寫出。童妮・摩里森在56歲時發表得到普立茲獎的《摯愛》（*Beloved*）。是一部震撼性的小說，由真實故事改寫。敘述19世紀一個黑奴女人帶孩子由南方肯塔基州逃往北方，要被捕時，竟殺了自己的孩子。她在法庭上毫無懺悔之意，言明是不願孩子再過奴隸生活才下手殺害。童妮・摩里森的小說，用了不少幻想，神話，像詩一樣朦朧的語言，這些賦予她的作品相當的質地及強度。

10.4.4　福克納

福克納（William Faulkner, 1897-1962）與海明威、史坦貝克年齡相仿，都得到諾貝爾獎，也被認為是20世紀美國最傑出的三位小說作家之一。但是歐洲文學界一般認為福克納是三者中成就最高者。實際上，福克納也是三人中最先得到諾貝爾獎（1949）。他的成名是由歐洲開始，並與普魯斯特、喬伊斯、吳爾芙並列為四大意識流作家。

福克納出生在南方最貧窮的密西西比州。4歲多時舉家遷往牛津鎮（Oxford），以後他就生活及終老於此鎮。他高中未畢業，大學念了三學期，也未畢業，以後卻成為20世紀美國享譽最高的作家。福克納曾入加拿大的英國皇家空軍，尚未上戰場一戰即已結束。他也曾在密西西比大學作郵局局長，大部分的時間看書及打撲克牌，信件堆積如山，弄得怨聲載道，不得不辭職。他曾短期遊歷歐洲，在巴黎時常去一家喬伊斯常去的咖啡館，但他生性羞澀，從未上前與喬伊斯交談。半年後福克納回到密西西比州的牛津鎮，開始他的寫作生涯。

福克納接受年長的小說作家安德森（Sherwood Anderson, 1876-1941）的建議，以自己的家鄉為背景，杜撰了一個「約

克那柏陶法郡」（Yoknapatawpha County）——一個神話和真實混合的地方。他的19部長篇小說中有15部以約郡為背景，中心是郡府傑佛遜鎮（Jefferson），像史詩般把約郡的風土、歷史、社會人情都包括在小說裡。魯迅也曾創造過一個魯鎮來容納他大多數的小說，魯鎮其實就是魯迅的家鄉紹興。福克納首先幾部小說如《軍餉》（*Soldiers' Pay*）銷路都不好，直到《聲音與憤怒》（*The Sound and the Fury*）出版後，他被評為「少數現存的天才作家之一」。《聲音與憤怒》書名出自莎士比亞悲劇《馬克白》第五幕，馬克白的台詞形容人生如痴人說夢：“It is a tale told by an idiot, full of sound and fury, Signifying nothing.”這部小說描寫傑佛遜鎮康普生家族的沒落、不道德及走向毀滅之路。故事分別由四個人作敘述，前三章是康普生家三兄弟的意識流，由各自角度敘述他們淫蕩不貞的姐妹凱蒂的故事，敘述者之一凱蒂的小弟竟是個白痴。他以只有3歲小孩智力的模糊意識流及混亂的印象，告訴讀者他失去姐姐的悲哀。因此小說的命名典出於「痴人（idiot）說的故事，充滿了聲音與憤怒，卻沒有任何意義」。這三段中的意識流有長達數頁而無一標點符號的段落。最後第四段又以次知觀點視角，由家中僅存的黑人女僕，以旁觀者作客觀公正的批判。這四章的標題內容均隱約與《新約》中耶穌的遭遇、受難、復活有關或平行。於是一個南方敗壞家庭的灰暗，通過神話的形式，竟發展為對人類命運的深刻探討。這個寓言小說的思想性，絕不遜於創新筆法的藝術性。

他重要的長篇小說還有《我躺著等死時》（*As I Lay Dying*）、《阿沙龍，阿沙龍》（*Absalom, Absalom*）及《八月之光》（*Light in August*）。《八月之光》敘說一個窮苦，天真，善良的年輕女孩莉娜，懷了孕，長途跋涉去傑佛遜鎮找她的男友。小說的另外一條線是她男友的黑白混血男性朋友

名 Joe Christmas。此人是私生子，因聖誕節前夕被棄於孤兒院門口而被如此命名。他自小命運多舛，受盡折磨，養成仇恨、暴戾的性格。他在鎮上為非作歹，最後被白人閹割再射殺。這兩條線交互進行，而莉娜與 Joe 兩個主角在書中從未見過面。莉娜代表了天真，明亮，勇敢與善良。雖然貧窮不幸，懷了私生子，但人格卻無損。她像大地之母一樣，帶著身孕長途步行或搭便車去找不知情的男友。她的勇氣和堅忍深深感動了讀者。相對地，Joe 則代表了晦暗，仇恨，自我毀滅的一面。

福克納的短篇小說出名的有〈愛彌麗的玫瑰〉（A Rose for Emily）、〈紅葉〉（Red Leaves）等。〈紅葉〉是一篇表面單純卻極有深度的小說，敘述印第安人部落學白人蓄養黑奴。酋長死後，侍奉他的身邊黑奴要陪葬，於是黑奴開始逃亡。他為生命奔跑，最後還是被圍困在黑暗沼澤中。清晨，印第安人進入沼澤捕捉獵物，黑奴全身塗著泥塊，面對升起的朝陽，用他的母語唱歌，歌聲狂野而哀淒。〈紅葉〉從頭到尾並無紅葉出現，亦未言及秋天。然而黑奴的逃亡到死亡，也就是葉子變紅到凋零的過程。在〈紅葉〉裡，人沒有選擇死亡，而是死亡選擇了人，福克納寫道：「因為人會躍過生命。跳進死亡；他衝進死亡，但沒有死，因為當死亡捉住一個人，它只抓住生命結束的這一端。那是死亡從後面越過他時，仍是在生命中。」

福克納的小說同情黑人，也都有黑人角色，有 18 部小說中有黑人及白人的衝突。基本上，他是個人道主義者。他的小說常是晦澀難懂，然而在美學深度及文字藝術上，他無疑是 20 世紀的大師，也是美國最有深度的作家。

10.4.5　海明威

　　海明威（Ernest Hemingway, 1899-1961）是我國讀者最熟悉的美國作家。他出生在芝加哥一個富有的醫生家庭，從小喜歡漁獵，中學時是運動健將及校刊編輯。18歲時志願參加第一次世界大戰，在歐洲戰場上負傷，幾乎喪命，兩度得到義大利政府頒發的勛章。他在戰後住在巴黎，寫出了第一部重要的長篇著作《太陽依舊上升》（*The Sun Also Rises*，攝為電影名《妾似朝陽又照君》）。這本書和《告別武器》（*A Farewell to Arms*，電影片名《戰地春夢》）都有反戰的風格。第一次大戰時，純正的美國青年響應威爾遜總統的對德宣戰號召，抱著崇高的理想為了正義、為了人類的文明、為了歐洲小國的權利和自主走上戰場。這些青年渴望在戰爭裡找到真正的價值和生命。但是當他們看了戰爭的真面目，殘暴、無理性、屠殺、敗德、謊言、混亂……那些崇高的理想全被戰爭抹殺。他們於是感到幻滅，回到原來社會又格格不入，他們不再屬於這個社會，變成了「迷失的一代」（The Lost Generation）。有些人在戰後留在巴黎，過著頹廢的生活。海明威的《太陽依舊上升》就是典型之作，書的扉頁引用美國女作家**斯泰茵**（Gertrude Stein, 1874-1946）的一句話：「你們都是迷失的一代」（Yor are all a lost generation）。這也是「迷失的一代」此名詞的來源。

　　海明威之後又參加西班牙內戰及第二次大戰。他為一些報紙作戰地記者，這個工作對他搜集寫作資料極為有利。此外到深海釣大魚，到非洲獵猛獸，到西班牙看鬥牛……這些多彩多姿的生活也是他寫作的素材。小說背景多在國外，常以生死極限為主題，文筆簡潔，自成一格。海明威崇尚英勇的死亡。鬥牛在他的小說裡常出現，比如《午後之死》（*Death in the Afternoon*，因鬥牛永遠只在週日下午舉行）及

《戰地鐘聲》（*For Whom the Bell Tolls*）。每一場鬥牛，鬥牛士或牛有一個一定要死亡，所以每一場都是一個悲劇。鬥牛士遵循著古典的技巧，表現出他的勇敢、藝術、尊嚴、榮譽和訓練。對海明威來說鬥牛是一種德操，也是一種宗教。

海明威的寫作在《過河入林》（*Across the River and into the Trees*）出版後，被認為是江郎才盡了。沒想到兩年後他寫成了中篇的《老人與海》（*The Old Man and the Sea*）。這個小說譯成中文不到 7 萬字。描述一個古巴老漁夫，只用一個小破帆船在大海中捕魚，84 天一無所獲，本來陪伴他捕魚的一個小男孩也因無魚無收入離他而去。這次一出海，即在 600 呎的深水下弄到一條大馬林魚，他與這大魚搏鬥了兩天，筋疲力盡，手也刮破了，很多鯊魚來吃他捕到繫在船邊的大馬林魚，最後到岸時只剩魚骨。海明威的英雄永遠是失敗，死亡，喪失所愛的人，但這個老漁夫不同，他是孤獨的勝利者，意志堅強地與大自然與命運搏鬥。在這小說裡海明威寫了一句名言：「人可以被毀滅，但是不能被擊敗。」這個小說發表兩年後，他在 1954 年得諾貝爾獎。

海明威有些出名的短篇及中篇小說，如〈山如白象〉（Hills Like White Elephant）、〈殺人者〉（The Killer），及〈雪山盟〉（The Snow of Kilimanjaro，又譯〈基利曼扎羅之雪〉）。這些中短篇也都是文字簡潔，但意義深長之作。海明威晚年有憂鬱症，曾入院，最後以獵槍自殺。他與吳爾芙是西方極少數自殺的名作家。

10.4.6　史坦貝克

史坦貝克（John Steinbeck, 1902-68）的童年在舊金山灣以南的塞林納谷（Salina Valley）度過，許多小說以塞林納谷為背景。他在史坦福大學主修海洋生物，但未畢業，他一直

想成為作家。史坦貝克像海明威一樣，也作過記者。同時他曾在生物實驗室工作過，這些變成他一部分小說的背景。他是個社會主義色彩很濃的作家，同情工人、窮人。《相持》（*In Dubious Battle*）及《人鼠之間》（*Of Mice and Man*）寫在經濟大恐慌後，工人罷工及流浪工人的生活。1939年出版的以葡萄園工生活為背景的《憤怒的葡萄》（*The Grapes of Wrath*）帶給他巨大的聲譽。

《憤怒的葡萄》書名出自《新約·啟示錄》14章19節：「那天使就把鐮刀扔在地上，收取了地上的葡萄，丟在上帝忿怒的大酒醡中。」此小說描寫因天災移民到加州的窮人生活。窮人互相照顧呵護，在葡萄園摘葡萄，到處受歧視及侮辱（這些人是白種窮人），被資本家壓榨，被警察迫害，家人相繼在遷移過程中死去，許多嬰兒也因食物及醫藥的缺乏而早夭。此書一出，立刻引起強烈回應，但是也被加州政府列為禁書數年之久，聲言史坦貝克所寫的誇大不實，有煽動階級仇恨及反對資本主義之動機。這本書以複雜的象徵及《聖經》架構寫出：《舊約》中的〈出埃及記〉、〈啟示錄〉及〈雅歌〉均在《憤怒的葡萄》一書中有強烈的象徵意義。

史坦貝克深受《聖經》影響，另一出名小說《伊甸園東》（*East of Eden*）是討論人性善惡的問題，書中三代人均住在塞林納谷。所有代表性善的人物均以 A 字作起頭如亞當（Adam）、阿倫（Aron）；性惡者則以 C 字作名子起頭；如查理（Charles）、凱茜（Cathy）、卡兒（Caleb）等。這是〈創世紀〉第四章性善的亞伯（Abel）及性惡的該隱（Cain）兩兄弟的起頭字母。該隱因嫉妒殺死弟弟亞伯，後受上帝寬免，住在伊甸園東。而兩兄弟的父母是亞當與夏娃，也因吃了禁果被上帝懲罰而住在伊甸園的東邊。此小說史坦貝克認為是自己最得意的著作，但是評論家給的評價並不高。此書被拍攝

為同名電影（中文片名《天倫夢覺》），原規劃由馬龍・白蘭度（Marlon Brando）主演，結果變成是詹姆斯・狄恩（James Dean）的成名之作。天才洋溢的狄恩成大名後不久，即以 23 歲之年開快車殞命，像流星一樣閃過天際墜落。此書出名與狄恩的悲劇不無關連。

《小紅馬》（*The Red Pony*）是史坦貝克在發表《人鼠之間》同年（1937）另一成功之作。這部中篇小說由四個獨立而又相關的短篇組成，描述小男孩約第得到生日禮物小紅馬，由此開始他長成的過程。這裡面有小紅馬痛苦的死亡，有老印第安人自願走向象徵神祕、安謐、美麗與死亡的大山，有農場上長工為搶救將誕生的小馬，用鎚子打死臨產的母馬。這些情節巧妙地將一個童話故事提升為一部世界名著。史坦貝克的短篇小說也多上乘之作。如〈菊花〉（Chrysanthemum）描寫一個寂寞的少婦失望的心情；〈蛇〉（Snake）描寫一個變態的女人到生物實驗室買了老鼠及蛇，津津有味地觀看蛇吃鼠的殘忍；〈逃亡〉（Flight）描述一個大男孩失手殺人逃往山中，最後仍被追捕者射殺的過程。這些都是在長谷——即是塞林納谷——發生的事。史坦貝克用他那支充滿了豐富想像力及寫實主義神韻的妙筆，寫出以上這些既富詩意，又具粗獷雄渾風格的作品。他在 1962 年得到諾貝爾文學獎，頒獎詞慎重推崇他的美國氣質及社會同情心。

10.5　20 世紀美國詩歌

20 世紀英語文學中最重要的詩人應是艾略特。他出生於美國，在哈佛大學接受教育，1922 年發表《荒原》，1927 年入了英國籍，1948 年得到諾貝爾文學獎時已是英國人。1944 年，他發表突破性的《四個四重奏》，被認為是艾略特最完美的作品，但它的影響力及知名度卻不及《荒原》。艾略特已在

第八章作較長介紹。

20世紀美國有米洛茲及布羅茨基因詩歌得到諾貝爾文學獎。但是他們是以波蘭文及俄文寫作的歸化移民，所以並不能算是美國的主流文學（即英語文學）。另外一些知名的美國20世紀詩人，如屬現代主義的**康明斯**（E. E. Cummings, 1894-1962），屬意象主義（Imagism）的**洛威爾**（Amy Lowell, 1874-1925）、**傅萊徹**（John Fletcher, 1886-1950）及城市詩人**桑德堡**（Carl Sandburg, 1878-1967）因篇幅關係，不予深入介紹。

10.5.1 龐德及佛洛斯特

⑴**龐德**（Ezra Pound, 1885-1972）也是意象主義的詩人。他對許多著名的20世英語文學作家都有影響，這些作家包括葉慈、喬伊斯、海明威、艾略特等。甚至艾略特的《荒原》在定稿前曾經龐德刪節過半。他本人最著名的詩是《詩章》（*Canto*），共109首，每一首僅有一編號，沒有標題。龐德還醉心中國文化，翻譯了李白及《詩經》裡的詩。他並不通中文，但曾努力學日文，透過日文譯中國詩，所以李白被譯為「李黑古」，乃日語發音。龐德喜愛中國儒家思想，卻又醉心於法西斯主義，公開在二次大戰期間攻擊美國及西方同盟國，以致被美國法院判定叛國罪。後因精神崩潰在罪犯精神病院住了12年。釋放後住到義大利，並終老於此。

⑵**佛洛斯特**（Robert Frost, 1874-1963）的詩在美國各大學課程中相當流行。而他也曾在各大學教課及任駐校詩人，甚至得到不少名譽博士學位。他的〈雪夜停林畔〉（Stopping by Woods in a Snowy Evening）是20世紀傳誦美國最廣遠的一首詩。

佛洛斯特生在舊金山，曾就讀於東岸的哈佛大學及達特

茅斯學院。他和福克納一樣，先在歐洲出的名。一次大戰爆發後，他又回到美國，並定居在新英格蘭區的一座農場上。佛洛斯特的詩常以田園為題材，卻在平凡樸實的詩句中別具寓意哲理。他的詩走傳統的路線，不進行詩歌形式的試驗。而他因在宗教氣氛濃厚的單親家庭長大，所以詩作的詞句和內容受到宗教的影響。佛洛斯特其他膾炙人口的詩還有〈補牆〉（Mending Wall）及〈未選擇之路〉（The Road Not Taken）。他受邀在甘迺迪總統的就職大典上朗誦〈雪夜停林畔〉及〈未選擇之路〉二詩。〈雪夜停林畔〉是首押韻的短詩，文字淺顯卻雋永。

> 我想我知這是誰的樹林
> 雖然他的房舍是在村子裡；
> 他將不會看見我駐足於此
> 看著他滿佈降雪的林子。
>
> 我的小馬一定覺得奇怪
> 為何停在近處沒有農舍的地方
> 位於樹林及冰凍的湖之間
> 又在一年中最黑的夜晚。
>
> 馬兒輕抖鈴鐺
> 像是在問是否搞錯了
> 其他只有微風的吹拂聲
> 及鵝毛雪片下落的聲音。
>
> 這樹林美麗，幽黑而深邃
> 但是我已承諾趕赴其他約會

睡前還有很多哩的路要趕
睡前還有很多哩的路要趕。

Whose woods these are I think I know
His house is in the village though;
He will not see me stopping here
To watch his woods fill up with snow.

My little horse must think it queer
To stop without a farmhouse near
Between the woods and frozen lake
The darkest evening of the year.

He gives his harness bells a shake
To ask if there is some mistake
The only other sound's the sweep
Of easy wind and downy flake.

The woods are lovely, dark and deep.
But I have promises to keep,
And miles to go before I sleep,
And miles to go before I sleep.

　　然而，他將趕赴誰的約會呢？——一個愛人的約會？一個
讎敵的約會？一個生的約會？還是一個死亡的約會？佛洛斯
特把一個孤獨旅人在雪夜行路的意境恬然地表達在這首著名
的詩中。

10.6　20世紀美國戲劇──歐尼爾、田納西‧威廉斯及米勒

20世紀美國最傑出的戲劇作家不出歐尼爾、田納西‧威廉斯及米勒三人。

⑴**歐尼爾**（Eugene O'Neill, 1888-1953）是唯一以戲劇被授予諾貝爾獎的美國作家（1936）。他父母以旅館為家，是在各地演出的劇場演員，生活不正常，哥哥酗酒，母親有毒癮，是個病態的家庭。他曾入普林斯頓大學一年，後出海在各外國港口為家，他酗酒，企圖自殺未成，因肺病住過療養院。

歐尼爾第一個長劇《地平線外》（*Beyond Horizon*）即被百老匯接受演出。由於他的努力，美國戲劇得以由鬧劇發展為複雜而嚴肅的戲劇，以古希臘悲劇為基礎，提升至莎士比亞的深度。他是自然主義劇作家，一度進入表現主義，最後又回到自然主義。這一點和他最景仰的瑞典名劇作家史特林堡相同。歐尼爾最出名的一個劇本是《長夜漫漫路迢迢》（*Long Days Journey into Night*），在他過世後才上演，全劇影射他自己家庭的不幸。他基本上是個現代悲劇作家，而頗有幾劇與他個人家庭的悲劇相關，譬如他最受劇評家重視的《送冰人來了》（*The Iceman Cometh*）即是如此將家庭的酗酒寫入劇中。

歐尼爾的代表作之一《榆樹下的慾望》（*Desire Under the Elms*）表達出典型希臘式的悲劇。劇中老農莊主娶了年輕健美、且有心機的艾碧為妻。艾碧勾引老農前妻的兒子伊本。兩人生了孩子造成亂倫悲劇。艾碧為了向伊本表白自己不是為了奪取財產而生孩子，竟把嬰兒殺掉，並向老農承認嬰兒是伊本的。劇中農場前有兩棵巨大的榆樹，象徵著情慾及孤立，最後招致毀滅的悲劇，也因此達到了詩的境界。

歐尼爾是偉大的劇作家，一共寫了45部劇本。除諾貝爾

獎外，四度獲得普立茲獎，作品複雜而深奧。他身體一直不好，甚至不參加諾貝爾獎的頒獎典禮。他晚年在舊金山灣區的丹維爾城建了一座「道屋」（Tao House）。到底為什麼以中國道教為名，無人知曉，此屋現被列國家保護資產。

⑵**田納西‧威廉斯**（Tennessee Williams, 1911-83）和福克納一樣生在南方的密西西比州。因為他的濃重南方口音及家境貧窮，大學同學給了他一個「田納西」（南方州名）的外號，以後成為他的筆名。他在愛奧華大學畢業後作過餐廳侍者，踏進爵士樂，酒吧，妓院，流浪漢的世界，同時他本人是同性戀者。他的劇本多描寫南方變態的社會，家庭中的衝突，不愉快的人生，常給人以灰暗、頹廢、挫折的感覺。他一共有 13 部劇本被攝成出名的電影，是作品被拍成電影及電視劇最多的美國劇作家。他的《慾望街車》（*A Streetcar Named Desire*）及《朱門巧婦》（*Cat on a Hot Tin Roof*）分別得到普立茲獎。其他重要的劇作有《玻璃動物園》（*The Glass Menagerie*，中文電影名《荊釵怨》）、《玫瑰紋身》（*The Rose Tattoo*）、《亡命者》（*The Fugitive Kind*）、《巫山風雨夜》（*The Night of the Iguana*）、《夏日煙雲》（*Summer and Smoke*）及《夏日痴魂》（*Suddenly Last Summer*）等。他在 50 歲以後健康日下，幾度精神崩潰及因其他病而住院。他在整夜喝酒酩酊大醉中過世。

⑶**亞瑟‧米勒**（Arthur Miller, 1915-2005）是寫實主義的劇作家。他和田納西‧威廉斯為二戰後美國的首席二大劇作家。他以創作《推銷員之死》（*Death of a Salesman*），及曾與瑪麗蓮‧夢露結婚過 4 年而聞名。米勒成長於經濟大恐慌的 1930 年代，父親破產、米勒因而自年輕就感受到現代生活的無保障，這反映在他的名劇《推銷員之死》中。這齣是 20 世紀美國最有名的一齣戲，因為它訴說了資本主義社會的冷酷

無情，中老年人為生活為家庭拚老命的悲哀。在此劇中，63歲的威利是個四處跑的推銷員，他極力想栽培大兒子畢夫為推銷員。然而畢夫卻對作一個牧場工人有興趣。威利不承認失敗，還是認為畢夫早晚有大發展。然而威利體力漸衰，推銷生意大不如前，被年輕剛上任的小老闆裁掉。走投無路下竟以自殺欲將人壽保險金給畢夫作創業之用。這種小人物的死根本不會有人注意。在叢林法則的商業社會裡，重視的是長袖善舞，只看你有什麼東西或條件可賣，不講究友情。威利的悲劇在今日社會天天上演，這些小人物內心的苦悶、挫敗、空虛深深地為中下階級的美國人所體會。這齣戲也被翻譯為多種語言，在世界各國上演，反映了一個20世紀普遍的社會現象。

亞瑟‧米勒曾因有共黨嫌疑而在50年代被麥卡錫主義整肅過，然而他只是個有同情心，關懷社會的人，並沒有入過共產黨。他在2005年2月因心臟衰竭而死亡，享年90歲。

課文複習問題

1. 美國的浪漫主義與歐洲的浪漫主義有何不同？
2. 惠特曼的詩的特色為何？
3. 亨利‧詹姆斯的重要性為何？
4. 海明威筆下「迷失的一代」因何而產生？
5. 試分析美國的諾貝爾獎得主與美國文學的關係。
6. 福克納、海明威及史坦貝克小說的特色各為何？
7. 歐尼爾為何是美國最偉大的劇作家？
8. 《白鯨記》與《老人與海》有何相似之處？由此比較中西對大自然態度的異同。

思考或群組討論問題（課文內無答案）

1. 美國文學在20世紀30年代之後，進入世界文學先驅地位是否合理？

2. 為何重要文學思潮無一啟蒙於美國？

3. 討論美國電影與文學之間的關連。

4. 多種族對美國文學的發展是否有巨大助益？

5. 討論美國的華裔文學，如譚恩美（Amy Tan）、湯婷婷（Maxine Hong Kingston）及哈金（Hajin）。

第十一章　日本文學

「穿過縣境漫長的隧道就是雪鄉。夜空下一片白茫茫。火車在信號所前停下。」

——川端康成《雪鄉》

11.1　日本概況

東鄰強國日本自古以來吸收中國文化，至今其文字仍保留許多漢字。習俗上中、日、韓三國多相同，人種上亦極相近。日韓兩國至今仍崇尚中國儒家思想、朱子之學。

1867年日本第122位天皇明治以16歲之年登位，翌年改年號為明治，即在重臣保護下迅速展開全盤西化維新運動。短短38年間竟分別擊敗清國及俄國二世界大國，成為現代化國家，在國勢、人民素質及文化創新上超越它效法千餘年之中國。自古日本深受中國傳來儒學及佛學之影響，又祈望發展自己的文學及思想，故有「和魂漢才」之提出。平安時代，《源氏物語》問世，日本開始逐漸建立自己的民族文學。基本上日本文學的獨創性並不大，明治維新前的「古典文學」多受中國隋唐六朝以後文學之影響；「明治維新」以後則受西方文學影響。日本的社會有開放性及收容性的特質，不但不以接受外來文化為恥，反而對優良外來文化的吸收有感恩之心。但是由另一角度觀察，西方重視個人及人道，日本則強調服從群體、忽略個人。所以西方文學對日本文學的啟蒙不可能徹底，是名副其實的「和魂洋體」。

西元1770年代對日本來說是個轉折的開始。日本人開始感覺西方的科學優於傳統漢學及漢書。最可以象徵這種轉變

的是 1771 年杉田玄白醫生獲准解剖一名被處決的犯人「青茶婆」的身體，發現荷蘭醫書解剖學的理論是正確的。而中國醫書記載東西方人體結構不同，或人死後內臟易位的說法完全錯誤。此一事件對改變日本的世界觀有深遠的影響，從此開始翻譯西書時代。

日本的國土分本州（Honshu）、九州（Kyushu）、四國（Shikoku）及北海道（Hokkaido）四大島。日本人的祖先是從亞洲大陸及南方遷居而來。西元 1 世紀中國《漢書・地理志》中把日本寫成「倭人」。此時日本分為百餘小國，大約西元 4 世紀中期大和時代才全國統一。到了 6 世紀，正式吸收由中國的醫學、曆法、儒家思想及佛教。西元 645 年（大化元年）日本開始仿中國，首次用「大化」之年號，進行一系列的改革，稱為「大化革新」。8 世紀初，元明天皇仿唐朝都城長安建了平城京（今之奈良）為都，此後 80 餘年稱之為「奈良時代」。之後桓武天皇為了要避開勢力日益強大的佛教寺院，乃遷都平安京，即今之京都。由此，約四百年政治中心均在京都，史稱「平安時代」，包括鎌倉幕府的近 140 年在內。平安及鎌倉二時代是「神佛融合」的時代。神道是日本自古以來的傳統宗教，然而尚未發展完備即受外來文化衝擊。這種神佛合一的狀況一直延續至「明治維新」，才實行神佛分離。

美國及日本是對中國影響最大的兩個國家，為進一步了解日本，本章特別針對其歷史及文學作一入門之介紹。因國人知識分子粗通日語者為數不少，本書特列重要日本人名及專有名詞之正確（也是唯一的）英語拼音以作參考。

11.1.1 幕府的建立

建立鎌倉幕府是日本封建制度的開始。幕府在日本是皇室近衛府的別稱，亦指近衛大將的住所。幕府首長是將軍，

是全國實質的統治者。全國各地有「藩」，藩主臣服於將軍，稱為「大名」，將軍也是全國最大的大名。這整個由幕府與地方諸藩構成的國家體制至江戶時代被稱為「幕藩體制」。天皇是天子，是神，但是幕府大將軍的權力顯然大於天皇。日本首次遭到外國的進攻是鎌倉時代元軍忽必烈兩度來襲，均遇暴風雨而退。「日本是神國」的觀念由此產生。這種觀念持續至現代。這陣風稱之為「神風」，也就是二戰末期，日本飛行員以戰機自殺攻擊美艦「神風特攻隊」名稱之由來。

鎌倉時代結束後進入短暫的南北朝時代，以及之後的「室町時代」、「戰國時代」及「安土桃山時代」共約270年。在室町時代及戰國時代相疊的末期，織田信長率兵入京都後四方征戰，為之後的豐臣秀吉及德川家康的統一事業立下基礎。此一時期陶瓷器的輸入及發展促成茶道的流行。茶道及花道崇尚「幽」、「寂」，顯受禪宗影響，

德川家康繼豐臣秀吉後，入主為江戶幕府之大將軍。德川家族統治日本長達265年之久，以儒學取代佛學為統治地位的思想。同時封建社會制定了士農工商四級世襲而不可逾越的階級制度。所謂的「士」是屬統治階級的武士，並非中國的讀書人。武士可帶刀及有「苗字」（即姓氏）。公卿、神官和僧侶的定位相當於武士。士農工商之下還有「賤民」，從事屠宰、清潔、遊藝、劊子手等工作，子孫相傳，不准和一般人民來往。職工和商人合稱「町人」。

幕藩體制的鎖國政策限制對外貿易及禁止日本人去海外。目的是防止基督教在農民間擴展，以及預防各藩屬藉對外貿易擴展財富，造成對幕府的威脅。日本人心目中的「實體」世界，一向只及於中國。至鎖國期間中國船入港數被限額，中國人也被限定居住在「唐人屋敷」的住宅區內。全歐洲只有荷蘭一國獲准來往。故18世紀以後，「蘭學」在日本

興起。1853-54年美國海軍東印度艦隊司令培理兩度率艦強迫叩關，日本的鎖國政策遂告崩潰。不久，以薩摩藩及長州藩二大藩為主的軍隊，擊敗幕府第15代將軍德川慶喜，1868年（明治元年）成立了新政府。至此，長達近700年的幕府政治遂告落幕。一個新的時代——明治維新的時代到臨。

11.1.2 明治維新

　　1868年11月江戶改稱東京，翌年新政府由保留舊傳統的京都遷到東京。實際上在江戶時代，「三都」的江戶、大阪及京都及各城市均已迅速發展。江戶在17世紀人口已達百萬，是當時世界上人口最多的城市。大阪是經濟中心，京都則是文化中心。新上任的明治天皇時年方17歲。1870年實行「大教宣佈」，明定神道為國教。但在外國施加壓力下承認信仰基督教的自由。內戰促進了藩的統治體制的瓦解，明治4年（1871）斷然實行「廢藩置縣」之措施；再下去是士農工商的「四民平等」，可有姓氏，可互相通婚；賤民制被廢止；武士的經濟補給被廢除。明治15年派遣伊藤博文等人赴歐向德國學習憲法理論及實施。明治22年頒布「大日本帝國憲法」，即「明治憲法」，是亞洲國家的首部現代化憲法。但規定天皇是神聖的化身，不必承擔人間政治責任。

　　交通、電信及郵政、貨幣方面全盤採取西方先進制度。廢除陰曆、規定星期日休息。服裝方面連宮廷也採用了西服。言論方面日本最早的報紙是1871年的《橫濱每日新聞》，1894年創於東京的《讀賣新聞》及1879年創於大阪的《朝日新聞》。教育在封建時代即已受到相當重視，江戶時代國民識字率已達世界水準。明治維新以後統治者格外重視發展小學教育，以為軍國教育的基礎。在專門教育方面明治10年（1877）創辦東京帝國大學。曾出洋考察三次的學者福澤

諭吉（Fukuzawa Yukichi, 1834-1901，其肖像印在今日萬元日幣紙鈔上）於 1890 年正式設立第一所私立大學慶應大學。另一著名私立大學為內閣總理大臣大隈重信（Okuma Shigenobu, 1838-1922）所成立的早稻田大學。明治時代結束以前，還設立「京都帝國大學」、「東北帝國大學」及「九州帝國大學」等三所帝大。「台北帝國大學」成立於昭和時代的 1928 年。

為了富國全面推行工業化，引進歐美現代機器、技術及外籍技師。中央政府新設工部省、內務省及負責財政的大藏省共同推動工業建設。此三省分別由大久保利通、伊藤博文及大隈重信三位日本近代史上的重臣擔任內務卿、工部卿及大藏卿。

日本的維新運動有詳盡的計畫。比如 1871 至 1873 年派遣大規模的「岩倉使節團」至先進國家學習。成員近百人，包括許多政府領導人，如大久保利通、日後成為日本近代國家的主要設計人伊藤博文，及西園寺公望首相等。這些政府領導人在歷時 21 個月長期離開東京後返國，竟依然保持原有官位。這是任何發展中國家的領導人物所不敢做的事，只要離開超過一年半，權位一定丟掉。正式報告書由儒家學者兼武士久米邦武執筆。歸納他們觀察的某些重點如下：

⑴西方人有不達目的不休堅毅的浮士德精神。認為公正是政治要素。有強烈的物質慾望，相信人性本惡，所以認為應管制競爭。

⑵歐美各國均為日本帝國的公敵。日本必須富國強兵以回應此情勢。

⑶東方沒有西方啟發國民心智的博物館；發達的西方國家均注重本國歷史。

⑷在歐美各國看到基督教培養的市民美德。日本官員應對基督教敬重，並建議解除對基督教的禁令，避免招來外國

責難。

(5)國家愈落後，人民愈迷信。任何上級標榜宗教，顯然是為了加強人民對權威的敬服。

(6)歐洲的進步與議會政治息息相關。

使團返國途中經中國各地，他們對西方的評價愈高，對東方的失望就愈深。福澤諭吉是當時影響日本思想最大的人，被稱為「日本的伏爾泰」。他出身傳統漢學，曾習蘭學及英語，三次隨遣外使節赴歐美。他在報上發表「脫亞論」，把明治維新的意義集約於「脫亞」二字，主張日本脫離落伍的亞洲，移師於西洋之文明。甚至主張謝絕與「惡友」清國、朝鮮交流。明治政府也積極進行與西方的外交活動。

1895 及 1905 年，日本在明治維新後不到 37 年，分別在甲午戰爭及日俄戰爭中擊敗世界大國清國及俄國。一般說來，一個國家在那個時代進步為已開發現代化國家需要將近 100 年，日本卻加速步伐在不到 40 年完成工業及軍火之現代化。甲午戰爭及日俄戰爭時，日本軍人以其親身經驗，感覺到對戰敗國人民的優越感，軍人回國後在日本傳開一個腐敗落後清國的印象。甚至井上馨外相直言：「讓我們把日本帝國變成一個歐洲式的帝國，讓我們把日本人變成歐洲式人民！」然而，新日本擺脫了中國，走向歐洲，卻仍然保留許多中國傳統價值，如儒家的忠孝觀念，而不是西方的民主自由平等及個人主義。

11.2　日本文學之時代區分

多數國家以朝代或帝王統治期間為區分，甚至文學亦復如此。比如唐詩、漢賦、宋詞、維多利亞文學等。日本自西元前約 700 年第一個天皇神武天皇（天照大神後裔）至今共有 125 個天皇，均屬一個家族，沒有中國的易姓換代歷史。

因此日本文學以年代為區分，共分為五個文學時代，前四個統稱古典文學，第五個稱近代文學。古典文學與近代文學的分水嶺即是1868年的明治維新。兩者的主要區別有以下兩點：

(1)古典文學用日本的文語體古文（相當於中國的文言文）所寫。近代文學以口語文寫就（相當於中國的白話文）。

(2)古典文學深受中國六朝及隋唐以後文學之影響，近代文學則受西方文學影響——主要是歐洲，因彼時美國尚未成為文化強國。

日本文學由古典逐漸過渡為現代，與民國初年中國文學情形相同。以下分列五個時代：

(1)上古時代文學（西元794年以前）

日本原無文字，只有「口承文學時代」。以後傳入漢字表達語意，也創「漢音」表達日本話。日本最古老的文學作品《古事記》完成於奈良時代的西元712年，接著720年又完成日本第一部官撰正史《日本書記》，均用中國人看得懂的純漢文寫作。西元751年完成最早的漢詩集《懷風藻》，稍後再完成20卷和歌集《萬葉集》。《萬葉集》中的表音漢字後來被稱為「萬葉假名」。

(2)中古時代文學（西元794-1192）

此時代又稱「平安時代」。在宮廷服務的才女們把漢字的草書體，進一步由萬葉假名簡化為「平假名」（Hiragana），這時出現最早的敕撰和歌集《古今和歌集》；僧侶們為誦讀漢譯佛經注音的需要，取漢字字形中一部分偏旁表音而成「片假名」（Katakana）。物語（小說故事）方面則有以和歌為中心的《伊勢物語》成書。而在女性著作中，出現了著名的《枕

草子》及《源氏物語》。《枕草子》是**清少納言**（Sei Shonagon, 約 966-1013）以散文體描寫宮廷生活之作。《源氏物語》為**紫式部**（Lady Murasaki Shikibu, 約 978-1014）所著，以宮廷為舞台，描寫細膩的女性心理及貴族華麗的生活。這些才女多溫柔貌美，卻成為門第或政治婚姻的犧牲品，過著哀怨淒清的日子，常以悲劇性的命運收場。《源氏物語》成書於 11 世紀初，是世界上第一部心理小說，也是世界上最早出現的長篇紀實小說。紫式部出身貴族家庭，自幼學習漢詩文，對白居易詩尤為鍾愛。她也熟悉佛教經典。22 歲時嫁給年近半百的官員，兩年後丈夫死去，寡居時創作《源氏物語》，大約 36 歲時去世。《源氏物語》主要是描寫光源氏與薰兩代之間糾葛的情愛故事。出場人物四百餘人，雖有多重主題，但基本的主題是「物哀」——即對人生不如意的哀怨。《源氏物語》是近千年前的小說，至今藝術魅力仍然存在。此書以文語體古文寫成，20 世紀後日本名作家谷崎潤一郎將其譯為口語文。中文譯本早已在中國大陸發行，台灣則參照大陸譯本出版於 20 世紀末。此小說被公認為日本文學史上最偉大的小說。

因一般民眾識字教育尚未普及，中古時代的文學作品全出自貴族或僧侶之手筆，故也被稱為「貴族文學的時代」。平安初期之文學作品仍受唐風文化影響，日本貴族男性此時均慣以漢文吟漢詩。即使女性作家紫式部之《源氏物語》，也以白居易〈長恨歌〉詩句描寫桐壺天皇與更衣姬間真摯的愛情。但之後，女性作家輩出帶動假名的普及。

(3)中世代文學（西元 1192-1603）

在此時期政治大權已由朝廷轉至幕府將軍之手，武士階級頗受重視。文學上以反映戰亂的《平家物語》，及由戰亂而

領悟到人生無常的宗教色彩作品出現。《平家物語》被比喻為類似《三國演義》的戰爭小說。而此時期日本戲劇文學的「能」劇出現。在「能」劇中，演員戴假面具在台上表演。「能」的腳本則為「謠曲」，另有名為「狂言」的喜劇等。至此，日本文學已有了韻文（詩）、散文、物語（小說）及戲劇四大類。

⑷近世文學（西元 1603-1868）

德川設幕府於江戶（今東京），政治、人口及文學中心均由京都轉至江戶，故此時期之文學又稱「江戶文學」。因庶民階級的「町人」開始受教育者眾，也創作文學，故而產生了「町人文學」。這些町人隨著土地經濟過渡到貨幣經濟，逐漸掌握經濟實權，社會地位雖低，卻成為實力階級。

近世前期的文學，仍在京都及大阪一帶的上方（「上」指的是皇宮所在地，「上方」指的是京城一帶），故稱「上方文學」。同時以民眾詩發展出的俳諧開始流行，以對抗宮廷文學盛行的和歌。俳諧或俳句均有遊戲之意，俳句是以 17 字為一首之短詩，俳諧則是指俳諧連歌。**松尾芭蕉**（Matsuo Basho, 1644-94）所創之蕉風俳諧最為出名，而且轉向風雅、閑寂的句風，含納了更多禪文化的精神。和歌則是特別指宮廷詩歌，有句數不限的長歌及延續至今的短歌。短歌又是連歌（二名或以上詩人輪流聯句）及俳句的濫觴。日本的詩歌自古傳承下來有和歌、漢詩、連歌、俳諧、狂歌及川柳。日本將中文漢文的詩歌兩字分開；以漢文寫之詩通稱「漢詩」，而日本原有的「大和」的詩歌稱之為「和歌」，或簡稱為「歌」。

江戶初期的小說名之為「假名草子」，以日語「假名」文字寫成，附有易讀易懂的插圖。對一般民眾的啟蒙頗有貢獻。約莫半世紀後在大阪有通俗小說形式的「浮世草子」出

現，流行長達百年之久，最有名的作品即是**井原西鶴**（Ihara Saikaku, 1642-1693）的《好色一代男》。

至 18 世紀後期，文化重心開始由京阪上方東漸，進入「江戶文學」時代。詩歌仍以和歌為主，俳諧自「俳聖」松尾芭蕉歿後，逐漸回到趣味性與大眾化的低俗。此時文學價值最高的小說是和漢夾雜的「讀本」，創作方式仍受中國小說如《水滸傳》等白話小說之影響，是士大夫的文學作品。此時期的戲劇文學有民俗的「淨瑠璃」及主流的「歌舞伎」，「歌舞伎」的主流地位一直延續到 19 世紀末，最重要的劇作家為近松門左衛門。

(5)近代文學（西元 1868 迄今）

明治元年至 19 年（1868-1886）是日本「近代文學」的啟蒙期。明治維新努力的方向著重在政治、經濟及工業方面。西元 1895 年甲午之戰勝利後完成第一次產業革命，在紡織及製絲等輕工業方面頗有成就。再以「馬關條約」獲自中國的二億三千萬兩賠償改銀本位為金本位財制，遂與歐美金融市場掛勾結合，增加對外競爭能力。10 年後的 1905 年又在日俄戰爭中獲勝，展開了第二次產業革命，除鋼鐵、機械等重工業外，軍火工業也有了進一步的發展。三井、三菱、住友、安田等大財閥相繼出現，為帝國主義快速鋪路。

在富國強兵，全力現代化的路程中，文學雖被視為不重要的消遣之物，歐洲前後盛行一時的浪漫主義、寫實主義及自然主義，乃至唯美主義（日本稱耽美派）及象徵主義也在短時期內先後幾至同時傳入日本。這段近代文學的形成費時約 20 年。

近代日本文學史上的首要大事，乃是**坪內逍遙**（Tsubouchi Shouyou, 1859-1935）的著作《小說神髓》問世。此書在明

治 18 年（西元 1885 年）發行，表達了寫實主義的理論，更指引近代日本文學啟蒙應走的新方向。此書重點如下：

　　⑴明確指出小說是一種獨立藝術，不必為政治、宗教或倫理等服務。

　　⑵小說要由傳統儒教勸善懲惡的文學觀轉為人情及心理描寫。

　　⑶提倡「寫實主義」及「言文一致」。也就是使用口語文（白話文）而非文語體古文（文言文）創作小說。

　　坪內逍遙出身於名古屋地區藩武士家庭，保送入東京帝大，受教於英籍霍頓教授。因而了解西洋各國視文學為獨立之藝術，且受到極高之尊重。這與日本一向以為男子漢不應從事文學創作，實有天壤之別。坪內逍遙在我國無籍籍名，而他是對近代日本文學貢獻最大的一人。**二葉亭四迷**（Futabatei Shimei, 1864-1909）在《小說神髓》問世一年後發表《小說總論》一書，深化了《小說神髓》的寫實主義理論，更在實踐上創作了日本第一部以口語文寫出的寫實主義小說《浮雲》。

11.3　近代日本文學作家地位

　　日本的近代文學始自明治維新的 1868 年，這是年代的劃分。實際上近代文學的開端，如前所言，要比此延後了將近 20 年。有限的櫻島環境，釀成了無常的人生，自古表現在日本文學作品中就以「風雅、物哀、空寂」為意識內容的優美特色。象徵皇室高雅的菊花與象徵武士道精神的劍均為日本文學所稱譽之美。名文學評論家**廚川白村**（Kuriyagawa Hakuson, 1880-1923）曾比喻文學為苦悶的象徵。作家實際的生活更是一段痛苦的掙扎。日本大多數純文學作家常與貧窮脫不了關係。且精神異常，自殺者比比皆是。自殺者有芥川

龍之介、太宰治、有島武郎、川端康成、三島由紀夫、北村透谷等。患有躁鬱症者則有夏目漱石。但精神異常有時卻是創作的泉源，西方人亦常說精神緊張產生的張力（tension）有助創作。

前言有謂明治初期作家地位低。然而自明治中期，作家地位節節上升，以後與醫生及老師共同被稱為「先生」，而非「樣」。夏目漱石及樋口一葉的畫像被印在今日日本最常用的低額鈔票上（夏目漱石為舊鈔 1,000 元；樋口一葉為新鈔5,000 元），而在我國或美國，並未有作家上鈔票的例子。日本大學的文學教授對一流作家極為尊重，對他們的私生活瞭如指掌，更以認識某位一流作家為榮。有位地位崇高的大學教授曾說：「從事文學創作是才氣型。我們作不成大作家，只好退而求其次，走學者或教授的路。」也因日本社會對有才氣作家的尊重，令近代日本文學及今居於亞洲文壇領先地位，作品已被西方人肯定。至今東亞只有兩位日本國民為諾貝爾文學獎得主── 1968 年之川端康成及 1994 年之大江健三郎（高行健是代表法國得獎）。

近代日本文學以維新後之天皇時代概分為：明治的文學、大正的文學、昭和的文學及平成的文學。

11.4 明治的文學（1868-1912）

明治的文學即明治天皇時代之文學。明治初期極為輕視文學，之後有歐洲小說翻譯及坪內逍遙所著《小說神髓》出版，文學始逐受重視。初期翻譯多為政治及革命小說，用以鼓吹西歐自由民權思想。更藉翻譯文學作品來了解西方的現實與人生。許多日本名作家均在初期曾參與西方小說翻譯工作。這些翻譯對日本文學的現代化，擔任了重要的責任。

寫實主義、浪漫主義及自然主義均在明治20 - 30年代傳

入日本。實際上,這些名稱均為日人由英文漢譯而來,以後中國也沿用日人所譯的漢文名詞。自 1868 年開始,日本文學在短短數十年間走過了歐洲近代文學幾百年的發展過程。

日本近代文學史上最早出現的純文學團體是明治 18 年(1885)成立的「硯友社」。硯友社的主要目的是對抗歐化主義、恢復傳統文學及促進言文一致運動。創辦人是寫實派的**尾崎紅葉**(Ozaki Koyo, 1868-1903),此時他尚是東京帝大預備門(後來的東京第一高等學校,簡稱一高)學生,年方 17 歲。他本名尾崎德太郎,曾就讀東京帝大文學科,擅長描寫女性,著名長篇小說《金色夜叉》未完成即因病去世,享年 34 歲。與尾崎紅葉並列的有**幸田露伴**(Koda Rohan, 1867-1947)。他只有電信修理學校學歷,卻和尾崎紅葉同被聘為《讀賣新聞》專任作家,陸續發表傑出小說作品,形成明治文壇著名的「紅露時代」。他 41 歲時被聘為京都帝大文學部講師,是沒有大學文憑而被聘為大學講師的第一位作家。後獲頒國家文學博士學位,並在昭和 12 年(1937)獲日本政府第一屆「文化勳章」。

11.4.1　明治時代的重要作家

除上節所介紹寫實主義作家尾崎紅葉、幸田露伴、坪內逍遙及二葉亭四迷外,明治時代的重要作家可依不同派別分列如下:

浪漫主義在明治 20 年代傳入日本,以詩歌為中心,但重要作家卻有不少是小說作家。重要作家有**樋口一葉**(Higuchi Ichiyo, 1872-96,樋讀音勇),被譽為當時的紫式部或清少納言(《源式物語》及《枕草子》二書之女作家)。是至今仍受讀者喜愛的少數明治時代女性小說作家,創作正值高潮期即因肺病結束 24 歲的生命。她的像印在 5,000 元鈔票上。**國木**

田獨步（Kunikida Doppo, 1871-1908）為龍野藩（現今兵庫縣）武士之子。甲午戰爭時，以戰地記者身分乘千代田號軍艦觀戰作報導。他是抒情詩人，曾是浪漫主義的小說作家，作品後來傾向客觀寫實，也被視為自然主義的先驅者。

其次介紹明治時代的自然主義作家。最早將左拉的自然主義引進日本的是曾留學德國的醫生大文豪森鷗外。基本上日本的自然主義帶有浪漫主義的色彩，這是與西方的自然主義不同之處。重要的作家首推**島崎藤村**（Shimazaki Toson, 1872-1943）。他先以詩人姿態出現於日本文壇，1897年出版的《若菜集》是日本現代詩的里程碑，宣告現代詩的誕生。而他的《破戒》也是日本文學史上第一部自然主義的小說。另一自然主義小說家**田山花袋**（Tayama Katai, 1872-1930）曾在日俄戰爭時以戰地記者身分赴中國戰場。他的名作《蒲團》（日語棉被之意）描寫中年已婚男作家與入門女弟子之間的戀情，其實是他自己的真人真事。**德田秋聲**（Tokuda Shusei, 1871-1943）是個加賀藩武士的兒子，長篇小說《霉》經夏目漱石推薦，在《朝日新聞》上連載。《霉》描述作家和女傭的女兒因發生性關係而懷孕生子，只好補辦結婚。兩人學識程度懸殊，爭執不休，作家無法忍受，離家出走。第四位重要的自然主義作家是小說家**正宗白鳥**（Masamune Hakucho, 1879-1962），他也寫了不少好劇本及文學理論，歷經明治、大正、昭和三個時代，1943年出任日本筆會會長。

在歐化的自然主義大旗下，反自然主義的旗幟終於出現了。主要的有「白樺派」（見下節「大正的文學」）、耽美派（即唯美主義或新浪漫主義）及「餘裕派」（即「高踏派」）。耽美派排斥自然主義的科學精神，注重思想及感覺，提倡「耽美享樂」。耽美派的作家以永井荷風及谷崎潤一郎兩人最為傑出。**永井荷風**（Nagai Kafu, 1879-1959）明治初期留美，

又曾在法國學習一年。後出任慶應大學文學教授，1952 年
（昭和 27 年）獲頒作家最高榮譽的文化勳章。**谷崎潤一郎**
（Tanizaki Jun'ichiro, 1886-1965）東京帝大國文科出身，崇拜
西方的唯美思想。他在 1923 年東京大地震後遷居關西，儔於
古都奈良及京都之美，轉而回歸到東方古典美的傳統，成果
即是將古典名著《源氏物語》由文語體古文譯為口語文。另
一成就乃是長篇小說《細雪》的誕生。《細雪》以大阪為背
景，將大阪人的人情世故、語言方式、風俗習慣均寫入小
說，他又以描繪四季的賞花、賞月、觀劇、捕螢等表達人與
自然的融合；再加上四個美麗的姐妹間微妙感情的細膩描
寫，使《細雪》成為谷崎潤一郎最傑出的作品。他曾被賽珍
珠提名諾貝爾文學獎，但未獲獎。

11.4.2 森鷗外、夏目漱石與芥川龍之介

本節特別列出明治的文學作家森鷗外、夏目漱石與芥川
龍之介，乃因前二人為明治時代的大文豪。他們屬於高踏派
（又名餘裕派，日文從容、鎮定之意）。高踏派在自然及反自
然的風潮中，保持獨立的立場，作品帶有理性及矯性的色
彩，同時重視倫理的原則。如此的特色深深地影響了下一個
時代（即大正時代）的理想主義作家。芥川龍之介是「新現
實主義」最重要的作家，屬「新思潮派」，名著〈羅生門〉及
〈竹藪中〉之作者。實際上，他們三人是到了大正時代才將日
本近代文學推向一個新的高峰。

⑴**森鷗外**（Mori Ogai, 1862-1922）出生於鹿足郡津晴武
士家庭，祖上歷代為醫生。森鷗外自幼聰慧過人，12 歲時虛
報年齡考入東京帝大醫學部預科，19 歲以最年幼的畢業生步
出東京帝大醫學部。進入陸軍任軍醫，後升至軍醫總監及陸
軍醫務局長退休，是軍醫的最高官階。退休後被派任帝室博

物館長。除本行醫學博士外，明治42年47歲時又被頒予國家文學博士學位。他的西方美學理論、詩論、戲劇論，深深地促進了當時日本文學觀念的更新。

森鷗外年輕時學習漢詩文。因在醫學及語言學方面表現出人之才華，被派赴德國留學4年，專攻公共衛生及醫學。他曾與坪內逍遙大打筆戰，反對坪內所提倡的寫實主義。森鷗外留學德國期間正值日本新舊交替的時代，他也有彼時日本知識分子典型的矛盾心情，既接受唯物的醫學技術訓練，又深受唯心哲學的影響。所以他以理性的方式觀察事實，卻又跨入非理性的悲觀領域，匯成「具象理想主義」的美學思想。因此，他的理論被視為個人的矛盾。他的高級官方地位成為另一重矛盾：固然他不贊同彼時官方壓抑文學，但又得附從於官方體系。這種雙重身分形成他性格的雙重性。然而，無可置疑，他的文學活動影響了同時代及之後的日本作家。

森鷗外最出名的小說是短篇的〈舞姬〉。這是他的處女作，也是日本浪漫主義的先驅之作。故事敘述一個日本青年官員被派留學德國，因救濟一個貧困的德國舞女而與她相戀並同居。他在大學時代好友忠告之下，為了保住官位而遺棄已有身孕的戀人，傷心歸國。於是舞女絕望而發瘋，釀成悲劇的結局。這是日本近代文學中，首次作者以自懺作主題。

(2)**夏目漱石**（Natsume Soseki, 1867-1916）是個極有獨立原則的硬骨文豪，不願附屬於任何政治或官式學問。他曾自動放棄受人尊敬的東京帝大教授職位，進入《朝日新聞》作特約作家（當然，《朝日新聞》給了他極優渥的待遇），後又拒絕日本政府授予的博士稱號。他出生於東京一個舊幕府世襲制的名主家庭，因家運不濟，幼年時兩度被生父送出寄養。這種境遇養成了他孤獨的性格，也培養了他對獨立人格

的追求，最後導致精神憂鬱症。

　　他自幼喜愛漢文學，但後考入東京帝大英國文學系。畢業後作了數間學校的英語教員，並因神經衰弱症而一度入寺參禪，但未悟道。 1900 年， 33 歲的夏目漱石被政府派往英國倫敦留學 3 年。回國後任教一高及東京帝大。寫了他最出名的小說《我是貓》。但對他的文學創作及文學觀最有決定性影響的，卻是他在留英期間完成的《文學論》。他的創作開始得晚，結束得也早，一共只有 12 年的時間， 1916 年在伏案中與世長辭。他雖與英文及英國文學有密切的關係，卻自稱「內心的文學是由漢籍得來的。」他本名夏目金之助，「漱石」的筆名出自《晉書・孫楚傳》「漱石、枕流」中，意為頑固、奇人。

　　《我是貓》表現出不凡的構思，書中由一隻中學教員飼養的貓的眼中觀察人的社會百態，也由貓的頭腦思索各種問題，對自詡有英式教養的紳士們多方諷刺。小說一切的情節均透過一隻貓來進行，可謂兼具寫實主義的批判精神及浪漫主義的離奇手法。之後，夏目漱石寫了不少傑出的小說及文學理論的文章，使他成為青年的偶像。小說方面他以《三四郎》、《門》及《從此以後》三部曲開始作風格轉變，不再是《我是貓》那樣的諷刺批判，而是以歐洲流行的心理分析方式，探討現代人孤獨的內心世界及讀書人的利己行為。《少爺》是他的另一名作小說。

　　夏目漱石對西方及中國文學均有深刻的了解，所以能以世界文學的立場來思考東西方。他認為西方的文學工作者有根深柢固的歐洲中心主義，根本無視東方文學的存在，所以他的《文學論》一書主要的就是要突破歐洲中心主義。他強調日本不應一味尾追西方，而是應以日本自己的文學標準來看待西方文學。「採納西方文學，必須是為了發揮自己的特

色」——此點與本書第一章歌德所言不謀而合。他在多篇文學批評及理論方面還有以下之重點：

①他強調文學作品的內容，但並不忽視形式。他認為「形式是為內容而形成，內容並不是為形式而產生的。」這裡所謂的形式及內容也可延伸為藝術性及思想性。

②盲目崇拜西方或狹隘的保存日本國粹均不可取。要理解日本及西方，才能由兩種異質文學中獲取創造力。

③強調「認識世界要先解釋人生意義」。所以建議由哲學、心理學、社會學、美學等多科學問來評價文學。

夏目漱石的文學論導引日本文學走向現代化，他也用心在創作中實踐他所創的文學論。他深深地影響了他的弟子芥川龍之介、久米正雄、松岡讓等人。活躍在大正時期前半葉的「白樺派」核心人物如武者小路實篤、志賀直哉、長與善郎等，皆與夏目漱石有深摯的關係。甚至後來的著名作家橫光利一、大岡昇平、福永武彥等也都繼承了他的風格。他成為近代日本文學最重要的文豪，他的肖像曾印在日本的千元紙鈔上，實是實至名歸。

夏目漱石只活了49歲，晚年熱中於漢詩。他「則天去私」的觀念及「天」、「禪」、「無心」的思想，在他彌留前一天以漢詩寫出的絕唱中表達：

真蹤寂寞杳難尋
欲抱虛懷步古今
碧水碧山何有我
蓋天蓋地是無心
依稀暮色月離草
錯落秋聲風在林
眼耳雙忘身亦失

空中獨唱白雲吟

最後「空中獨唱白雲吟」反映了他對人生永恆的歸宿、儒家「天人合一」的清靜心境。

(3)**芥川龍之介**（Akutagawa Ryunosuke, 1892-1927）與森鷗外及夏目漱石並稱為近代日本文學史上半期的三傑。他在辰年辰月辰日辰時出生於東京，因為日語辰與龍同音，故而取名龍之介。他從母姓芥川。母親在他出生9個月後發瘋，10年後在精神病中去世。此事令芥川一生籠罩在遺傳的恐怖陰影中。

芥川自小接觸和漢書籍，中學、一高、東京帝大英文系均名列前茅。受到同學後來成為名作家的久米正雄的慫恿，放棄走學問研究之路，選擇作為一個作家。大正六年（1917）出版第一本劇作集《羅生門》，已登上新進作家第一把交椅。前一年他的短篇小說〈鼻子〉在《新思潮》第4次的創刊號上發表，受到大文豪夏目漱石的賞識，認為他「將成為文壇上無與倫比的作家。」這種鼓勵促使他立志當職業作家。

芥川自幼身體虛弱，性格孤僻。上大學時失戀於生父家小保母，更助長了厭世、孤僻的性格。失戀之後，芥川以讀書轉移痛苦，對小說創作大有裨益。然而他卻陷入分明的善惡觀念中，為此頗為苦惱。他對〈羅生門〉這篇小說非常重視，所以第一本書就取用「羅生門」為書名。此小說如今已成為對事物觀察不同角度的代名詞，也被黑澤明（Kurosawa Akira, 1910-98）取名為其獲威尼斯影展金獅獎之電影片名。是黑澤明與三船敏郎（Mifune Toshiro, 1920-97）首次的合作，也是三船敏郎後日成為日本電影史上最偉大的演員的處女作。然而《羅生門》一片及其名詞的內容實際上取材自芥川另一短篇小說〈竹藪中〉，片名則取自〈羅生門〉。這種改

編兩篇或以上之小說為電影的技巧稱之為複合改編，是常見的改編方式。

芥川龍之介一生從未發表過長篇小說。自殺前 5 個月寫出〈河童〉。敘述一個 30 歲的精神病患在濃霧的梓川谷遇見傳說中怪獸河童，在追趕河童的過程中墜落在一個洞穴裡，患者醒來發現已然進入河童國。他在寫這個幻想與諷刺交織的故事時，已對未來惶恐不安，加上遺傳的恐懼，最後終於吞下大量安眠藥了斷。芥川龍之介在他憂鬱、疑惑、惶恐、短暫的 35 歲生命中，為日本搭建了一個五彩繽紛的近代文學舞台。

11.5 大正的文學（1912-1926）

日本第 123 代天皇大正在位僅 14 年。此時明治維新強力推動的富國強兵路線已經成熟。日本成為一個高度工業化的資本主義及帝國主義國家。隨著經濟發展，教育普及、個人意識一定提高，於是大正文學呈現了個性分化及文學自律性發展的特質。最能反映大正時代的文學團體乃是「白樺派」及「新思潮派」。

新理想主義的「白樺派」在明治 43 年（1910）即已開始。出身貴族學校學習院及東京帝大的武者小路實篤、志賀直哉、有島武郎等創刊文藝雜誌《白樺》及同名的文學團體。自然主義重科學及主張「無理想」。白樺派與之正好相反，主張恢復理想，故又稱理想主義。新思潮派則與自然主義的「無技巧」相反，強調恢復技巧，故又稱新技巧主義。兩派朝著不同的方向進行反對自然主義的運動。

白樺派均出身貴族及資產階級家庭，有強烈的優越感，對人生充滿樂觀。他們並不滿足已擁有（而別人沒有的）物質世界，企圖追求更高一層的精神世界。「白樺派」不只限

於文學，更涉足雕刻、美術等其他藝術及思想。他們為了本身權貴家庭利益，對政治及社會問題保持漠然的態度。這樣的團體，當然和一次大戰後經濟不景氣、以及 1917 年俄國布爾什維克革命成功的影響背道而馳，所以風行一時後就逐漸消失。此派主要人物簡介如下：

武者小路實篤（Mushanokouji Saneatsu, 1885-1976）活了 91 歲，東京人，二次大戰前有子爵爵位的貴族（又稱華族），戰後日本廢除貴族階級身分。他是白樺派的首腦人物，東京帝大社會學科就讀。反對戰爭，曾發表〈八百人的死刑〉，批判日本當局對台灣抗日運動的高壓處置。他是小說及劇本作家，作品特色為托爾斯泰主義及人道主義。二次大戰時一反前例，全力支持日本發動的侵略戰爭，戰後極力要求維持天皇制。

志賀直哉（Shiga Naoya, 1883-1971）活了 88 歲。父親是大企業家，東京帝大英文科，畢業前居然退學，專心寫作。被當時文壇視為「短篇小說之名人」、「小說之神」。昭和 24 年（1949）獲日本政府頒授「文化勛章」。

有島武郎（Arishima Takeo, 1878-1923）出身於薩摩藩武士家庭，維新後父親為明治政府高官。自幼接受儒教，並在美國人家庭學習英語，入教會小學，再轉貴族學習院，因成績優異被編與皇太子（後大正天皇）同班。明治 36 年（1903）赴美哈佛大學留學，接觸惠特曼、愛默生等。他出名的長篇小說《一個女人》細膩地描寫了一個女人對自己人生的選擇。有島武郎 45 歲時與有夫之婦的女記者波多野秋子雙雙自殺殉情。

新思潮派是指以東京帝大學生為中心的《新思潮》雜誌第 3 期及第 4 期的作者群。《新思潮》雜誌創刊於明治 40 年（1907），以後至二次大戰前，此雜誌斷斷續續發行了第 2 期

至第 14 期，最終一共發行至第 19 期為止。先後有谷崎潤一郎、芥川龍之介、菊池寬、松岡讓等一流作家參與。新思潮派對當時的自然主義及白樺派均持反對態度，只推崇森鷗外及夏目漱石二大文豪。此派主張以理智、觀察和解釋內心來創作。所以也被稱為新寫實主義。此派作家多出身中下層，更接近庶民社會。然而此派沒有明確統一的文學路線，各家「一人一派」，所以算不上統一的文學運動實體，不久無疾而終。

新思潮派重要作家有前節所介紹的芥川龍之介，另有久米正雄及菊池寬。**久米正雄**（Kume Masao, 1891-1952）是小說家及劇作家。父親是小學校長，竟因小學失火，燒了牆上掛的天皇照片，切腹自殺謝罪。久米正雄後入一高及東京帝大，學生時代即寫小說及戲劇，後來由純文學走入大眾文學的道路。他曾與松岡讓同時愛上恩師夏目漱石的女兒筆子，松岡讓贏得芳心。久米正雄失戀之後寫下以此為題材的長篇小說《破船》。**松岡讓**（Matsuoka Yazuru, 1891-1969）亦為一高及東京帝大哲學科出身之小說作家。

菊池寬（Kikuchi Kan, 1888-1948）是小說家及劇作家。上小學時家貧買不起課本竟用手抄。中學也有時交不出學費。中學成績優異，保送入一高，因為同學背負竊盜罪名而在畢業前夕退學。以後迂迴考入京都帝大英文科，教授中有廚川白村、上田敏等。菊池寬後來走向大眾文學，所以說不上是一流作家。但他是以貧窮出身，最後在文學活動上成為企業家。菊池寬在大正 12 年（1923）創辦《文藝春秋》雜誌，成為純文學及通俗小說發表的重要陣地，此雜誌在創刊數年之後即每月發行數十萬冊，至今已近 90 年。出版社則成為全國數一數二的大出版社。他為紀念一高同班同學芥川龍之介而設有「芥川賞」，是日本最高的純文學獎。為紀念大眾

文學作家**直木三十五**（Naoki Sanjugo, 1891-1934）而設有「直木賞」，是專門為大眾文學作家而設。另外他有「菊池寬賞」表彰前輩及同事。許多名作家及文學評論家都曾受他提攜，比如川端康成。大正15年他成立「文藝家協會」，任第一屆會長。這些工作提高了作家的社會地位，也為作家帶來了經濟利益。他的貢獻令他成為「文藝的權威」，對日本近代文壇貢獻及影響極鉅。

菊池寬登上文壇最高領導地位，又選上東京議員。二次大戰期間支持侵略戰爭，戰後被解除公職，管制解除前即病逝。他政治生命的喪失，也埋葬了他的藝術生命。

除了以上兩派外，此時代尚有詩人**佐藤春夫**（Sato Haruo, 1892-1964），是新浪漫主義的重要詩人。他通曉古今，曾於大正9年來台灣及福建旅行，對台灣民俗風景描述寫成《南方紀行》旅遊記。以歌仔戲《陳三五娘》原有故事詩創作了《星》。

11.6　昭和的文學（1926-1989）

大正15年（1926）12月，大正天皇駕崩，昭和天皇繼位。昭和天皇在位64年至1989年病逝，由裕仁皇太子同日繼位為平成天皇。昭和20年8月15日，日本戰敗投降，盟軍勒令日本修改憲法，解除投降前一切軍國主義制度。故而日本在政治、社會、經濟、甚至國民思維方面均有劇烈改變。相應地，文學也進入完全自由創作的時代。

日本自明治維新後引入西方文學。但一種思潮引入後尚未成熟即被另一思潮取代。比如西方是先有浪漫主義作主導，再走向寫實主義；而日本則是寫實主義先於浪漫主義。日本對西方文化的吸收受限於傳統的封建文化。在這種狀況下，日本文學的獨立自主性在戰敗投降前並不高，常是為社

會及政治服務的工具。

11.6.1　左派文學與戰爭文學

　　1917 年俄國布爾什維克（即共產黨）推翻沙皇，革命成功。共產黨是一種國際性政黨。換言之，不同於國民黨、民進黨或美國之民主黨、共和黨等只在本國發展。共產黨在大正 11 年（1922）成立國際共產黨日本支部；中國共產黨則前一年（1921）由李大釗、陳獨秀及董必武在上海成立。 1928 年親馬克斯主義的「全日本無產者藝術聯盟」成立，而日本的左派文學運動是由《文藝戰線》雜誌主導。中國則在 1930 年 2 月在上海成立「左翼作家聯盟」，由魯迅任發言人，實際領導責任落在中共總書記（相當於國民黨之黨主席）瞿秋白肩上。魯迅從未加入過共產黨，只是「左聯」名義上的領袖。

　　日本與中國的左派文學活動同樣被政府彈壓取締。日本政府此時已走向法西斯，昭和 6 年（1931）九一八事變後開始逮捕主要左派作家， 1937 年盧溝橋事變後禁止左派雜誌發行。然而被捕入獄的作家竟在洗腦釋放後開始由「左」轉「右」，以「私小說」（只寫身邊瑣事，暴露私人心態的日本獨特小說）的方式描述本身的轉向過程及苦惱等。這一類作品被稱為「轉向文學」。

　　「戰爭文學」包括支持戰爭的文學及反戰文學。 1905 年日俄戰爭時日本聯合艦隊司令東鄉平八郎曾說過：「無論何法都要比戰爭強，我是恨極了戰爭，因為熱心於戰爭的人，都不懂戰爭。」十年之間的甲午戰爭及日俄戰爭均有好戰及反戰的文學作品出現。九一八事變之後，日本政府立即取締反戰文學作品。第一屆「芥川賞」得主小說家石川達三的《活生生的兵隊》竟被查禁，並被判四個月及緩刑三年。原因

是此時的從軍記者石川達三採訪南京淪陷後之情形，描述日本軍隊虐待中國俘虜及婦孺過份生動。

太平洋戰爭爆發前，日本一方面與英美談判瓜分亞洲利益，一方面將訓練有素的「聯合艦隊」集中在千島群島備戰。準備談判一破裂，立刻開戰。給予開戰的電訊暗碼是「登陸新高山」。新高山即是台灣的玉山，因略高於富士山而為名。聯合艦隊司令山本五十六（Yamamoto Isoroku, 1884-1943）大將曾為駐美海軍武官，對美國國力知之甚詳。他曾說：「如有戰爭，第一年日本佔上風，第二年即進入平手狀態，第三年我們將敗給美國。」然而，御前會議終於作出最後決定，山本大將接到「登陸新高山」之電報，旋即偷襲珍珠港開啟戰端。太平洋戰爭爆發，過去對中日戰爭持反對態度之作家，幾乎全體改變立場，贊同政府的軍事行動。日本政府對外則高舉「八紘一宇」（世界一家）為侵略亞洲各國之藉口，企圖把侵略正常化。其後出爐之「大東亞共榮圈」、「生命共同體」都是出自「八紘一宇」之說。

戰時以「國家總動員法」徵調不少作家赴戰地作報導及文書等工作。「戰爭文學」受到鼓勵獨霸文壇，其他文藝活動陷入停滯窒息。火野葦平（1907-60）發表《兵隊三部曲》成為暢銷書。小說出版後作者因有實地作戰經驗，竟被視為英雄。接著有石川達三的《武漢作戰》、林芙美子的《戰線》及丹羽文雄的《不還回的中隊》等。但此時也有一批不寫戰爭的作品出現，永井荷風、志賀直哉、島崎藤村、尾崎一雄、石川淳、太宰治等大作家均有人道性的非戰作品出版。甚至川端康成最傑出的作品《雪鄉》亦在左傾的《中央公論》連載，但經內閣情報局干預，被迫中斷。基本上，日本左派文學發源於1921年創刊的《播種的人》，另有《文藝戰線》及《戰旗》共三本重要雜誌刊物。

11.6.2 新感覺派

日本文壇最早出現的現代主義文學是大正末期及昭和初期的「新感覺派」。它表現了 20 世紀的藝術性格,是現代日本文學的啟發先驅——藝術與文學是姻親關係。這些作家深受一次大戰後西歐前衛藝術的影響,強調主觀,否定客觀。為了表現自我,完全要取決於「新的感覺」。主張文學創作應把感性知性放在理性之上。這種感性實際上也就是個人感覺的反映。他們更主張形式決定內容。換言之,也就是主觀決定客觀。最後他們主張文學革命,全盤接受西方技巧,否定日本文學傳統。總而言之,就是用敏銳的感覺來掌握小說人物的表現技巧。但是這種盲目模仿西方而忽略自身文學傳統、又無深厚思想基礎及重要傑作的文體變革運動,終在不久後走入死巷。

新感覺派重要的核心人物有橫光利一及川端康成兩人。**橫光利一**(Yokomitsu Riichi, 1898-1947)是「新感覺派」的靈魂人物,曾入早稻田大學英文科。他的短篇小說〈頭與腹〉被譽為「新感覺派」的誕生。《上海》是他的重要作品之一,以民國 14 年發生於上海的「五卅慘案」為題材,描寫國際殖民都市上海的混亂與頹廢。通過街頭暴動、工廠罷工、華洋衝突來透視社會秩序的崩潰及群眾的動向等。五卅慘案發生時橫光居住於上海。

川端康成的早期名作《伊豆的舞孃》亦列入新感覺派。基本上,川端的作品多有獨特色彩,只有幾部前衛性強的作品屬於純正的新感覺派,所以列為新感覺派作家並不完全恰當。

在這之後有「新興藝術派」延續「新感覺派」的命脈,雖然只維持一、二年即告終止,但也有著名作家如井伏鱒二(Ibuse Masuji, 1898-1993)、橫光利一、室生犀星及堀辰雄寄

身其中。

11.6.3　戰後的文學

　　日本在 1945 年 8 月 15 日接受波茨坦宣言，由天皇宣佈無條件投降。美軍佔領日本後強制性推進日本的非軍事化及民主化，解放婦女，廢除專制政治，改變天皇主權的國體，將神格化的天皇「人格化」。在這種劇烈變更的過程中，許多戰時停刊的雜誌復刊，以反戰為內容的文學應運而生。許多停筆的老作家重新登場，如谷崎潤一郎在戰爭期間被禁的小說《細雪》又繼續連載竟篇。

　　1946 年《近代文學》雜誌創刊，宣告「戰後派」文學的誕生。同年「新日本文學會」成立，與《近代文學》合作，基本方針強調藝術至上及精神貴族。之後，以右傾《近代文學》為主導的所謂「戰後派」形成。「戰後派」不是一個時間觀念，而是指「戰後派」作家對文學概念及表現形式的新追求。「戰後派」作家及作品有強烈的社會性及自我意識。作家荒正人曾說：「自己就是自己，這是走向民眾之路。民眾就是我，不存在我之外的民眾。」

　　1950 年 10 月，20 多萬中國軍隊突然越過冰凍的鴨綠江，取代已筋疲力盡的北韓殘軍，進入韓國戰場，和聯合國的軍隊展開殊死戰。在此戰爭中國以 1 國打 16 國，纏戰 3 年居然打成平手，在板門店簽了停戰協定。由於這種情勢的重大變化，中國軍隊的頑強好戰，令美國改變了佔領政策，將日本納入其遠東戰略體系內。而日本也因韓戰（又名朝鮮戰爭）軍需帶來了經濟的快速成長。文學界此時的形勢是「戰後派」第三代新人包括安岡章太郎、遠藤周作、曾野綾子、文評家奧野健男等人開始出頭。這些人在戰爭年代成長，多當過學生兵，與「戰後派」的文學觀極不相同。他們對政治

及思想漠不關心，屬「審美的」藝術派。「戰後派」是為了與戰後復出的已成名作家作區隔，用來稱呼當時新興作家的名稱。短短二年，「第二次戰後派」顯身承繼戰後派的理念，但更成熟，吸納了更多西方技法，被認為是日本現代長篇小說的奠定期。知名的安部公房、三島由紀夫就是此時期的作家。之後在 1953 年，因評論家山本健吉〈第三新人〉一文而開始稱呼當時嶄露頭角的新人作家，「第三新人」因此成了 1953-55 年代作家的代名詞。

戰後在歐洲興起而雄霸文學界成為主流的存在主義也傳入日本，有成就的作家安部公房及獲得 1994 年諾貝爾文學獎的大江健三郎均為存在主義作家。

此外，推理小說、大眾文學（即通俗小說）及「女流作家」的興起，亦是戰後文學的特色。尤其昭和 20 年後，日本文學進入多樣化。無論寫實主義或現代主義作家，均不再以過去單一的文學模式創作，新的探索不斷出現。大眾文學在昭和時代也算重要的一支，日本人視推理小說、武俠小說、偵探小說及歷史小說均為大眾文學（即通俗文學）。推理小說最出名的作家是**江戶川亂步**（Edogawa Ranbo, 1894-1965）及**松本清張**（Matsumoto Seicho, 1909-92）。此外平成時代寫《失樂園》及《無影燈》的**渡邊淳一**（Watanabe Junichi, 1933- ）也屬大眾文學作家。

以下就此一時期之重要作家及作品作一概括介紹。這些作家雖被歸入昭和文學時代，實際上有些在大正時代即有優秀作品出現，有些在平成時代仍有創作出現。

11.6.4　昭和時代的作家

昭和天皇在位 64 年，平成天皇由 1989 至今在位不過十數年。許多現存日本作家尚未達蓋棺論定階段，或現有成就尚

不足以列入教科書或參考書。以下簡介在昭和時代即已成名之重要作家。有些上節已提到，則不再作簡述。一些「大眾文學」作家因有相當名氣，亦包括在下列：

(1)**石川達三**（Ishikawa Tatsuzo, 1905-85）第一屆「芥川賞」（日本最重要的純文學作品獎，1935年設立）得主，得獎作品為小說《蒼氓》，描寫日本在實行軍國主義走向戰爭的年代，國內民不聊生，窮人被迫移民巴西的艱苦離鄉背井情形。同年第一屆大眾文學的「直木賞」頒給川口松太郎。以後獲直木賞者曾有邱永漢、陳舜臣兩位在日台灣作家。

(2)**安部公房**（Abe Kobo, 1924-93）出生醫生家庭，其父曾任教偽滿之滿洲醫科大學。他的小學、中學皆在瀋陽就讀。在念東京帝大醫科時迷上尼采、雅斯培、海德格之存在主義哲學。醫學院畢業後棄醫從文。無固定職業，過著窮困的生活，但幾年後即得到全日最高的芥川賞，立刻出名。他的作品《砂丘之女》獲法國最優秀外國文學獎。在卡夫卡的故鄉捷克被推為最受歡迎之日本作家。歐洲人認為他是日本的存在主義大師。重要小說有《燃燒的地圖》及《砂丘之女》（同名之電影曾獲坎城影展評審團獎）。《砂丘之女》寫中學生物老師為採集昆蟲竟被困在巨型砂坑中，脫身不得。在砂坑中有許多人家，他被迫和一個年輕的寡婦同居，每日鏟砂，猶如卡繆筆下推石上山的薛西佛斯。他多次脫逃均告失敗。最後他竟接受現況，找到了生命的意義。於是不再回到原來的世界，永遠失去蹤影。他的小說有卡夫卡的風味，在現實與超現實的世界中往返。小說人物被砂坑、被牆、被箱子圍住，或變成飛螢，然而這些迷宮似的絕境都有可能的出路。他曾被提名諾貝爾文學獎，雖未得到，卻成為世界級的存在主義作家。

(3)**遠藤周作**（Endo Shusaku, 1923-96）是日本最有名氣的

天主教作家，曾在慶應大學讀法國文學及留學法國專攻天主教文學。他的《海與毒藥》以二次大戰時期九州帝大醫學部用中美俘虜作活人解剖為背景，刻劃參與醫生及護士之心理狀態，涉及基督教的原罪觀念及人道精神。他的最後的一部小說《深河》指印度的恆河，探討東西方文化的差異、日本人的宗教觀、轉世觀以及泛神教與一神教的對立等問題。他的作品有些屬大眾文學，所以文學地位無法太高。他曾來台參加1986年的「文學與宗教國際研討會」。

⑷吉川英治（Yoshikawa Eiji, 1892-1962）屬大眾文學作家，以《宮本武藏》及《鳴門祕帖》二武俠劍道小說出名。《宮本武藏》由稻垣浩攝為同名三集電影，由三船敏郎主演的影片顯然勝過原著小說。尤其結尾宮本武藏與年輕劍士佐佐木小次郎在巖流島海灘的決鬥，是日本史上最有名的一場決鬥。此片製作的藝術性已達登峰造極，遠超一般武俠片或美國西部片，獲1955年奧斯卡最佳外語片。也因此影片，促使吉川英治的小說更為流行。

⑸深澤七郎（Fukazawa Shichiro, 1914-87）以《楢山節考》獲「中央公論新人賞」，是中篇得獎小說中唯一曾被川端康成及三島由紀夫推薦的作品。敘述日本北部山村因糧食不足而有棄老於荒山之習俗。由名導演今村昌平攝製為同名電影，贏得多次國際影展大獎。深澤七郎無大學學歷，40歲以後才開始寫作，後來又寫了不少有庶民觀點的傑出作品。

⑹三浦綾子（Miura Ayako, 1922-99）及原田康子（Harada Yasuko, 1928- ）在日本被稱為「女流物語文學作家」。前者是《冰點》的作者，後者是《輓歌》的作者。此二小說均曾在台北《聯合報‧聯合副刊》連載。在日本是暢銷書，但基本上屬大眾文學作品。

⑺司馬遼太郎（Shiba Ryotaro, 1923-96）日本的歷史小說

作家中最出名就是司馬遼太郎，但是與井上靖相比，司馬遼太郎及海音寺潮五郎的歷史小說還是被歸入大眾文學，地位大概相當於台灣的已故歷史小說作家高陽。他也是以獲大眾文學的「直木賞」而登上文壇，筆名是因鍾愛司馬遷的《史記》，「遼」是景仰而望塵莫及，太郎是一般的日本名。他曾來台訪問前總統李登輝，寫出《台灣紀行》（台灣名為《台灣人之悲哀》）而引起大譁。

司馬遼太郎的小說《殉死》描述日本陸軍軍神乃木希典大將的故事。日俄戰爭的陸戰是以中國東北旅順為戰場。乃木希典率日軍進攻 203 高地，久攻不下。日軍死傷人數近六萬人，乃木希典兩個兒子也戰死坡上。後勝利班師回朝，乃木以傷亡過眾，要求明治天皇賜死，以謝罪於國人。天皇不允，但七年後天皇駕崩時，乃木希典夫婦立即切腹自殺以報天皇，故被封為日本陸軍軍神。司馬遼太郎亦有中國的歷史小說《漢風楚雨》、《空海的風采》及《項羽與劉邦》等。

(8)**石原慎太郎**（Ishihara Shintaro, 1932- ）之弟名石原裕次郎，曾為 50 年代風靡一時的電影明星，可惜早夭。石原慎太郎在 1956 年以《太陽的季節》獲得芥川賞。一時日本青年紛起效尤成為「太陽族」，以反傳統道德規範及開放的性意識為標榜。到了 70 年代，又有所謂「透明族」及其文學流派的出現，變本加厲地公然吸毒、雜交、酗酒……。「透明族」文學則是以村上龍的《近乎無限透明的藍色》為代表作。石原慎太郎在《太陽的季節》出了大名 12 年之後進入政界，以三百多萬全國最高票當選議員，是極度反共及反華的議員。他也曾被延攬入閣擔任環境廳長官、運輸大臣等職。他選上東京的知事（即市長）連任至今，算是保守派，與他早年 23 歲時寫《太陽的季節》極不相同。

(9)**井上靖**（Inoue Yasushi, 1907-91）井上靖出生於醫學世

家，中學時是柔道選手，入九州帝大英語系，後改考入京都帝大哲學系，專攻美學。畢業後進入「每日新聞」社。戰爭期間應徵入伍，被派往中國。旋即因病退役。由此，他開始寫從軍隨筆，以及新詩。

他以詩為創作起始，由此孕育了美學的概念。所以他的小說有詩的抒情韻味及深沉思維方式。《冰壁》是這類小說的代表作。它以 1955 年登山隊攀登穗高山冰壁時，一隊員繩斷人亡的事件為素材寫成。他的第二創作期是歷史小說。這些歷史小說由 17、18 世紀上溯至一、兩千年前，涵蓋日本、印度、波斯、高麗、俄國及中國西域。其中以中國西域的歷史小說藝術成就最高，佔的比例也最重。重要的西域小說有《敦煌》、《樓蘭》、《天平之甍》、《洪水》及引起爭論的《蒼狼》。他寫歷史小說並非只根據生活和靈感寫出，而是加上學術調查及佛學的知識。

《天平之甍》是以日本留學僧東渡中國，在唐朝的動態及當時奈良的佛教狀況，寫出日本天平文化是由中國移入。《樓蘭》則以《漢書》及《晉書》為本，描繪西域風沙埋沒的小國樓蘭。此小說無愛無恨，無出場人物，只刻劃了印象意境及瞬時的美。《敦煌》描述科考落第生趙德行與王女的悲戀故事，還有趙德行將大批珍貴經卷藏入千佛洞的情節。《洪水》是以西域為題材，根據《水經注》敘述主角在驅逐匈奴之後重開絲路，屯田啟水，最後卻被洪水吞沒的故事。《蒼狼》則由《元朝祕史》書中有關蒙古先祖為蒼狼與白色的牝鹿雜交而來所撰之故事。成吉思汗自稱蒼狼，他說：「蒼狼必須有敵人，沒有敵人的狼不能成為狼。」此書被大岡昇平批評是竄改史料，杜撰之作，不能算歷史小說。井上靖認為中國是日本的「夢之土」，是日本文化的根源。他的小說雖以外國為背景，美學的意象則是日本傳統文學的「物哀」。井

上靖與川端康成、三島由紀夫被譽為日本近代文學的「後三傑」。

11.6.5　大江健三郎

　　大江健三郎（Oe Kenzaburo, 1935- ）在 1994 年繼川端康成之後，成為第二位得到諾貝爾文學獎的日本作家。他出生在四國島上一個森林山谷的村莊，童年在森林峽谷中度過，最愛讀馬克‧吐溫的《頑童流浪記》。由那裡感受到他能聽懂鳥語及與野鵝為友——他文學裡的感性成分可能源自兒時的幻想。大江的創作由森林出發，最終又回到森林。他將日本自然的美、象徵神的樹木與他自身的感情全然融入小說。中國的日本文學大師葉渭渠曾說：「大江先生一生都在回憶過去，面對現實，從而創造出自己的傳統。」大江也崇拜魯迅，自稱 12 歲即開始閱讀魯迅的作品。

　　大江屬於日本戰後叛逆的一代，在東京帝大念法國文學系，畢業論文是〈論沙特小說中的影像〉。他相當喜愛存在主義作家卡繆、沙特、安部公房及現代主義作家福克納的小說。這也使他與安部公房成為日本最重要的兩個存在主義作家。大江的語法及筆法均甚西方化，作品文字晦澀難理解，又有個人宇宙觀、性、人類的死亡終極等疑問蘊藏其中。他的小說結合了知性與感性，且多引用比喻，是一種常見於存在主義小說的文體。他的存在主義另一特色是「日本化」。他重視《源氏物語》，並儘量在他的小說中滲入日本古老神話的象徵性。所以大江文學的風采結合了日本及西方，由東方走向世界。他深受存在主義影響和念法文系也有關，因為重要存在主義文學以法國作家為主。然而大江主要是吸取存在主義的創作技巧，對於存在主義文學思想的攝取，他作了日本化的修飾。

《個人的體驗》是大江的代表作之一，此書與他天生腦功能障礙的兒子有關。孩子一生下來就在死亡線上掙扎，無法發出人類的語言。6 歲那年大江帶他去森林，他竟開口說聽到水鳥鳴聲。於是大江見到了希望的曙光，培養兒子成為作曲家──譜出鳥的歌聲與人類的音樂。大江另一部小說《燃燒的綠樹》也與此障礙兒有關。

大江健三郎非常重視作家的歷史使命及社會責任。緣此，他的作品常會有泛政治色彩。他透過文學來批判天皇制、反對核武器、反對日美安全條約等。大江曾五次訪問中國，最近一次是 2006 年 9 月 12 日前往南京大屠殺紀念館。他雖是人道主義者，並非共產主義者。這一點他和極右派同時期的反華作家石原慎太郎（只差 3 歲）正好相反。大江曾多次赴廣島調查原子彈爆炸的慘狀，寫成《廣島札記》。這裡他提出一個問題：「人類應如何超越文化的差異而生存下去？」彼時正值美蘇核子冷戰的當頭。他在 1958 年 23 歲時獲得日本文學最高的芥川賞，36 年後再獲得諾貝爾獎。日本政府旋即向他頒文化勛章，被他拒絕。他認為文化勛章來自政治主體，文學不必依附於政治。他亦公開反對作家以被選為院士為目標，因為日本藝術院乃一官式組織，根本不應凌駕於文學界之上。換而言之，大江健三郎正式宣告文學應超越於官式組織之上。

11.6.6　三島由紀夫

三島由紀夫和川端康成一般公認是 20 世紀日本最重要的作家。三島與川端可算自許的師生關係，先介紹後輩的三島，最後以川端作壓軸。

三島由紀夫（Mishima Yukio, 1925-70）本名平岡公威，出生在一個高級官僚家庭。祖父曾任庫頁島的長官，父親是

中央農林省的高官。他的祖母出身武士家庭，又曾接受皇家教育的薰陶，所以堅持培養孫子的武士與皇族高貴勇敢人格。因此，三島的童年與母親、其他孩子、大自然都隔絕，在優裕的環境裡成長培育出他孤高的性格。他的背景令他有資格入貴族學校「學習院」，他也積極學習柔道、劍道、馬術、在節日抬神輿等男性化的體能訓練。學習院畢業後三島直接進入東京帝大法律系。然而他真正的志趣是：在理論及實踐上結合理性的法律與感性的文學——他認為自己在文學上的新古典主義傾向就此產生。

他開始有自戀及喜愛男體的傾向，對「青春、美與死」的嚮往化為他作品的重點。之後，三島曾訪問他仰慕已久的希臘，在那裡見到男性美的雕像。於是，三島美學的基礎就構築在融合古希臘文化的知性、法學的理性及文學的感性之上。也就此，他將肉體及文體的升格變造同時納入小說中。於是《仲夏之死》、《潮騷》及《金閣寺》誕生了，大海與死亡的形象開始進入他作品的核心。

三島由紀夫在23歲時寫成第一個自傳體的長篇小說《假面的告白》，即獲得成功。這是部有關他本人同性戀心情的描繪。出版年份1949年正值戰後混亂時期，天皇被「人格化」，青年在精神上空虛、失落，一切傳統價值均面臨挑戰。《假面的告白》確定他在日本文壇上的地位後，三島立刻著手《愛的飢渴》的創作。這部小說其實是《假面的告白》的延伸。

《金閣寺》是他最出名的作品，根據1950年一個僧人焚燒京都金閣寺的事件寫成。在此小說中，金閣寺小徒弟溝口有嚴重口吃且長相醜陋，所以自卑自閉。溝口對金閣寺深深地迷惑，他先是對金閣寺不如想像中的美失望，然後認為金閣寺是神聖的，最後把金閣寺與自己化為一體。他像其他三

島筆下的英雄一樣沮喪於無力感，又自卑於缺乏自身的美。就在這種複雜的情緒下，溝口竟將毀滅與永生視為一體。即是：最完美的只有在毀滅後才不致變形，才能昇華為永恆——他終於將金閣寺付之一炬。而三島的美與死亡也完全在《金閣寺》一書中表露無遺。此書問世於 1956 年，正值日本現代文學由戰後派的「思想性」高潮，有再轉回到「藝術性」的趨向。所以《金閣寺》不但是三島文學的重鎮，也在日本近代文學史上佔有重要的地位。

〈憂國〉只是短篇小說，描述二二六事變失敗後，陸軍中尉與他的妻子雙雙自殺謝罪。死前共度最後一夜，將肉體的愉悅與之後的痛苦結合，達到了愛慾的最高境界。然而，這篇三島出名的小說實際上將華麗的殉死引申為對神道與君王的崇拜。

三島的絕筆長篇巨著《豐饒之海》由《春雪》、《奔馬》、《曉寺》及《天人五衰》四部曲組成。在這之前日本文學並無四部曲的巨著。在這部巨著裡，三島將唯美、古典和浪漫發揮到極致，四個主角均在 20 歲左右結束了他們年輕的生命。文中有輪迴轉世、禁忌的愛情、淒美的死、人生的虛幻、三島的世界觀及思想體系等。可說是以「死」為主題、思想性與藝術性俱備的作品。

1970 年 11 月 25 日中午，三島以及他的私人軍隊「楯之會」成員，衝入日本自衛隊市谷基地，企圖煽動自衛隊失敗，隨之和會員森田必勝切腹自殺，並由其他會員充當「介錯」（日本武士切腹自殺協助者，結束切腹不死之痛苦），砍下他們的頭顱。就如他和他的小說所追求的，三島為了美而死，他終於幻化自己為金閣寺。三島沒有留下任何與文學相關的遺言，如果有的話，那就是他所有的作品。

11.6.7 川端康成

川端康成（Kawabata Yasunari, 1899-1972）出生在一個醫生的家庭，幼年時父母即去世，之後撫養他的祖父母也在他少年時去世。這些死亡帶給他寂寞、憂鬱、孤僻、虛幻，但也帶給他文學，川端在 15 歲即已立志作小說家。大正 6 年（1917）他考入一高，後畢業於東京帝大國文系。他 19 歲念一高時單身往伊豆半島旅行，途中因避雨邂逅跑江湖賣藝的年輕舞孃，產生一段超越階級、似有若無的戀情。這就是他日後寫成著名的《伊豆的舞孃》。此中篇小說曾 6 次被搬上銀幕，是小說被拍成電影次數最多的一部。

川端曾一度進入新感覺派運動，但不久即開始走自己的路線。他深入探尋《源氏物語》所表現的風雅、物哀，以及禪宗中無常的幽玄空寂，從而形成川端美學的根基。他深受佛教的影響，崇尚「無」或「空」，始終保持著超脫、閑寂及內省的心境——這些完全反映在他的小說中。他認為「無」是所有生命的源泉，是最大的「有」。他也認為生死一體，死是最高的藝術及美。因此川端三分之一的作品都與死亡聯繫。他的學生三島由紀夫和他一起被提名 1968 年諾貝爾文學獎，後由川端取得，成為東亞第一位作家獲獎者。三島對生死的觀念與川端相似。川端吸收西方人文主義的內涵及寫作技巧，然而猶如大江健三郎，他把這些全面日本化了。定稿於1948 年的名作《雪鄉》就是在這種東西文學融匯的過程中誕生的。

《雪鄉》、《千羽鶴》與《古都》是川端最重要的三部長篇小說（其實《千羽鶴》只有中篇的字數）。其他如《美麗與哀愁》、《山之音》、《花之圓舞曲》、《睡美人》、《名人》等，均為膾炙人口之作。此外在文學理論及批評方面，他頗有建樹，寫下了許多篇評論文字。

《雪鄉》以「穿過縣境長長的隧道，便是雪鄉了。夜色下，大地一片銀白，火車在信號所前停下。」為起始，已成名句。小說描述舞蹈研究家島村與雪國溫泉地的藝妓駒子之間的交往與感情，又加入年輕貌美的葉子。島村對駒子的態度並不積極，他把自己置身於人生糾葛之外。全書並沒有曲折的情節，也沒有動人的故事。然而，就像以下介紹的《千羽鶴》一樣，它表現了一種感覺及美——日本自然的美、季節的美、女人的美及日本文字的美。文中川端又多次使用西方技巧的意象（image），令這部看似日本傳統人物及風格的小說帶有相當的現代色彩。

　　川端非常重視文字語言，他認為一部優秀的文學作品必須借助於語言學、美學、心理學及修辭學。他也強調「有思想而沒有生活的文學作品，就如同哲學家的倫理說。」簡而言之，在他的文學世界裡，藝術性永遠要重於思想性。

　　《千羽鶴》是千隻鶴之意，因為日文以羽為鳥禽單位。此小說由目睹一位參加茶會美麗少女稻村雪子的「千羽鶴」紋樣包袱巾為起始，環繞著主角菊治有四名女性出場。這中間有不倫之戀，有志野燒茶具瓷器象徵人物。然而即是不倫之戀，也超越了世俗的道德規範，令讀者感受到美的境界。而美的境界猶如獨行在無人的路上的稻村雪子，手持印著潔白純淨千羽鶴的包袱，川端曾為此作題詩：「春空千鶴若幻覺」。

　　川端對季節的敏銳感覺反映在他的小說以季節為題，如《山之音》的〈冬櫻〉、〈春鐘〉、〈秋魚〉，《古都》中的〈春花〉、〈秋色〉，《舞姬》中的〈冬之湖〉等。《古都》一書開始老楓樹上的兩株紫羅蘭，即象徵孿生姐妹千重子與苗子的悲歡離合的命運。而《山之音》除有季節的象徵描寫外，更以「夢」及「死」穿插其間，主角信吾出現了九個老

境的夢，而死者的葬禮與前述的夢幻交織出現，更令《山之音》有了特異的氣氛。

1968 年是明治維新 100 週年，川端康成獲得諾貝爾文學獎。他以「美麗的日本與我」發表受獎演說。三年以後，川端康成自殺身亡，留下的作品散發著日本文學的淒美、古典、感傷與遙遠。

11.7　平成的文學（1989- ）

裕仁皇太子在 1989 年即位為平成天皇。在此時期，雖然有許多新作家出現，但江山代有人出，卻未必各領風騷數十年。至今為人稱道的還是昭和時期的作家及作品。新人不一定要等到蓋棺才能論定，但目前為止，對新作家的介紹可能還是預測性。這種預測可以論文形式發表，並不適合寫入教科書。

大眾文學顯然在走紅。村上春樹、吉本芭娜娜等大眾文學作品極為暢銷乃不爭之事實。他們的都會小說（在台灣有相應之「三廳文學」）反映了一般大眾的需求。實際上，任何時代，任何地區，通俗的大眾文學一直受到大眾的歡迎。

日本小說的主流（指純文學作品）是出世的，即社會性及政治性淡薄，批判性不強。這一點和歐美極為不同。以日本的民族性來看，他們也不習慣在文學上對社會進行批判。再加上 80 年代以後日本富裕安定繁榮的社會，更如開高健（Kaiko Takeshi, 1930-89）所言「小說失去了敵人」。

女性主義、新馬克斯主義、後現代主義、新歷史主義、後殖民主義均已在日本生根。而「語言學轉向」（Linquistic Turn）、網路文學的出現及多媒體結合，是否會給日本這個求新求快求變的國家帶來文學上的轉向，令平成的文學及平成的作家以另一種姿態出現，則非今人所能料。實際上，也不

太可能是今人所期盼的。

課文複習問題

1.試述平安時代的重要文學作品。

2.明治維新的重點及重要性為何？

3.歐洲的各類文學思潮在何時傳入日本？

4.夏目漱石的重要性何在？

5.三島由紀夫主要的美學觀點為何？

6.川端康成有哪些重要作品？

7.大江健三郎的文學思想有何重點？

8.日本有哪些出名的大眾文學作家？

9.新感覺派強調的是什麼？

思考或群組討論問題（課文內無答案）

1.比較日本及中國對外來文化的吸收。

2.你認為日本明治維新成功的因素何在？

3.日本學習近代西方文學，而令其日本化。中國的民情是
　否亦可如此？

4.試討論日本小說的特色。

5.討論《源氏物語》及《紅樓夢》是否適合作比較。

第十二章　其他亞非拉地區現代文學

> 「就是這壓抑瀰漫的痛苦，深入為愛慾，轉化成人間的苦樂，就是它永遠透過詩人的心靈，融化流湧而為詩歌。」
>
> ——泰戈爾《吉檀迦利》

　　與美、歐、日本相比，其他亞非拉地區文學對我國讀者來說比較陌生，也比較不重要。在某種程度上，亞非拉地區文學的近期發展也較為遜色。本章謹就代表性之現代亞非拉地區作家及作品作一簡介，日本文學已在前章作專介。

12.1　亞非地區文學

　　古羅馬人認為凡在東邊的國家均屬「亞細亞」，這就是如今「亞洲」（Asia）一詞的來源。西方的地理學者將亞洲及北非洲統稱為「東方」（East）。並依次劃分為近東、中東和遠東三部分。我國習慣上將世界分為歐美（西方）及亞非（東方）兩大陣營。

　　近代東方文學不及歐洲近代文學卓然有成，但世界五大文明古國埃及、巴比倫（今伊拉克之美索不達米亞平原）、印度、中國及希伯來均在亞洲及北非地區。古埃及文學距今6,000年，巴比倫文學源頭亦可溯至6,000年前。希伯來文學（主要是《舊約》）距今3,200年左右。中國及印度的文學大約在距今4,000年前逐漸形成。一般說來，除中日文學外，古亞非文學受宗教意識影響極大，而且形成及發展呈多源狀態，不像歐美文學的源頭只有唯一的希臘文學。世界古代四大文學分別為希伯來文學、希臘文學、中國文學及印度文學。

古代印度文學使用梵文（意為典雅規範之語言），兩大史詩分別為《麻哈布哈拉塔》（*Mahabharata*）及《喇嘛耶涅》（*Ramayana*），各有 10 萬行及 2 萬 4 千行，全是格律嚴謹的韻文。印度最古老的詩歌經典是《吠陀》（*Veda*），大約產生於西元前 1,500 到 1,000 年間。「吠陀」一詞本義智慧，印度人認為此書出自神的啟示，而非人的言詞。印度文學至中古時期漸由宗教中分離出來，成為獨立的藝術、詩歌、梵劇、小說各行發展。

　　中古時期亞非地區漸次形成了中國、印度及阿拉伯（伊斯蘭文化）三大體系。阿拉伯文學中有伊斯蘭教《可蘭經》（*Koran*）以散文姿態出現，可蘭一詞在阿拉伯文是「誦讀」之意。《可蘭經》在闡述伊斯蘭教教義時插入各種傳說、故事、寓言、諺語、見聞等。除了《可蘭經》外，中世紀的阿拉伯文學最出名的是《一千零一夜》（*The Thousand and One Nights*）或名《天方夜譚》（*Arabian Nights' Entertainment*）。這是無名氏的作品，不完全是阿拉伯人的，也有古波斯、希臘、印度、希伯來人的故事。此書的藝術特色是詩文並茂、韻散結合的表現方式。另外值得一提的是 20 世紀黎巴嫩作家**紀伯倫**（Khalil Gibran, 1883-1931）所著《先知》（*The Prophet*）一書。此書以散文詩寫出，深具哲理，被認為是一本抒情的小《聖經》，譯成數十種語言。

　　到了 19 世紀中葉，西方各國以船堅砲利打開了東方各國大門，絕大多數亞非文學乃淪為殖民地或半殖民地的文學。此時東方文學的特徵是有反帝國主義的政治傾向、受西方思潮影響大、同時也有不少職業作家的出現。進入 20 世紀，亞非地區的文學以日本及印度成就較高。非洲則有以埃及為中心的北非阿拉伯文學、撒哈拉沙漠以南的黑人文學及南非的白人文學。因黑人各國均無文字，故黑人文學是以殖民國家

的英文或法文寫作。以下自 12.1.2 開始，概括介紹 20 世紀重要的亞非地區作家。

12.1.1 簡介佛教

世界六大宗教，即基督教（包括天主教、正教及新教）、佛教、伊斯蘭教、道教、印度教（婆羅門教）及猶太教均發源於亞洲。佛教雖源於印度，在中日兩國信徒甚眾。對中日及印度的文學及藝術發展均有深重影響。佛教是徹底的無神論，沒有創世主的觀念。佛（佛陀之簡稱）是已覺悟的眾生，眾生是尚未覺悟的佛，只是眾生中只有釋迦牟尼一人修道成佛。然而久遠以前曾經有佛出生，未來的久遠仍將有佛出生。佛教教主釋迦太子出生於西元前 623 年，牟尼乃古印度對聖者的尊稱，意為寂默。

佛教有大乘及小乘，小乘厭世觀念重，只求乘佛法作個人生死解脫；大乘則既求解脫之道，又救渡其他眾生。通常北傳的梵文系佛教為大乘佛教，以中國為中心而傳至日本、韓國。南傳的巴利文系佛教為小乘，以錫蘭為中心傳至泰緬等國。佛教自印度傳入中國有近 2,000 年的歷史，始於東漢時代，相當於耶穌紀元的初期。佛教在印度因印度教及伊斯蘭教的勢力抬頭，乃逐漸式微。西藏的佛教實際上乃直接傳自印度，但只傳入密宗一支，分黃教、紅教、白教及黑教等。密教屬大乘，偏重於儀式及咒文持誦，特別信任神力作法。相對於密宗，中日的大乘屬顯宗（顯教），偏重於義理的研究及闡述。

佛教的教典很多，並不像基督教只有一部代表性、權威性的《聖經》或伊斯蘭教的《可蘭經》。大乘佛教在中國有天台宗、華嚴宗、三論宗、唯識宗、淨土宗、律宗、禪宗、密宗等八個宗派。其中禪宗是不立文字，教外別傳。佛教的教

理有一基本原則，就是釋迦對宇宙人生悟到的緣生。緣生即因緣而生，每一件人、事、物都有連帶的關係，便是因緣。宇宙事物的聚散乃因「緣生緣散」，不是恆久實在。因為一切皆空，所以佛教稱此道理為「緣生性空」，而佛教也被人稱為「空門」。這個空，相當於「不實在」，而不是「不存在」。佛教不相信有一個永恆不變的靈魂，因為這不合緣起緣滅的理論，但絕不是唯物論。佛教不否認鬼神的存在，但也絕不崇拜神鬼。佛教的神通常是在天與鬼之間，也是凡界的眾生。佛教重因果律，而且通看三世。日本的佛教大致與中國相似，而以淨土真宗及日蓮宗為特色。佛教與神道在日本的關係載於第十一章。佛教與禪宗的某些觀念表現在中日兩國重要的文學作品中。

12.1.2　泰戈爾

　　1913 年的諾貝爾文學獎頒給以孟加拉文及英文寫作的印度詩人泰戈爾（Rabindranath Tagore, 1861-1941）。在長達 60 年的創作生涯中，他共寫了 50 多部詩集、12 部小說及 30 多個劇本。同時他也是個出名的畫家及作曲家，他的歌曲〈我們的金色孟加拉〉（Our Golden Bengal）成為孟加拉共和國的國歌。泰戈爾出生在加爾各達一個富裕的家庭，他的父親曾創立加爾各達醫學院。他自己在 30 歲時接管家中在孟加拉地區的龐大產業，因此而與村人接觸，產生對窮苦落後人民的同情，這對他以後的創作頗有影響。

　　印度是「詩的國家」，詩是這個貧窮的民族生活中富足的一部分。泰戈爾曾被送往英國學法律，一年即退學回家。他父親了解他，並不強迫他繼續學業。於是他的兩個大教師就是大自然與平民——到了婚後小孩們降臨他家時，他又得到了新的教師。《新月集》（The Crescent Moon）可說是描寫兒童

最美麗的詩集。然而他的兒女及妻子相繼在 5 年內死亡，帶給泰戈爾新的感觸，啟發他寫出柔美的情歌及富生活哲理的詩集如《園丁集》（*The Gardener*）及《飛鳥集》（*Stray Birds*）。然而他思想藝術的顛峰之作是《吉檀迦利》（*Gitanjali: Song Offerings*）。這是孟加拉語譯音，意為「對神奉獻」。這部 103 首散文詩的組合，薈萃了泰戈爾對人生理想的追求及神我合一的探索過程。這也就是他所說的「詩人的宗教」。泰戈爾的文筆寫景生動之外，抒情筆調更達朦朧、神祕及渺茫的詩的意境，而詩中又富令人深慮的哲理。這也是他的詩如此迷人的原因。《吉檀迦利》由愛爾蘭詩人葉慈作導介之文，1910 年出版，3 年後泰戈爾即成為第一個得到諾貝爾獎的東方人。

泰戈爾曾在 1924 年訪問中國，由梁啟超負責接待，徐志摩及林徽音作翻譯，此情此景曾在電視劇《人間四月天》出現。徐志摩喜愛《新月集》之名，隨後 1928 年與梁實秋、聞一多、胡適、葉公超等創立了「新月社」。泰戈爾曾被英皇授予騎士之位，後因抗議英軍血腥鎮壓印度平民，憤而退還騎士封號。泰戈爾與艾略特同為 20 世紀以英文創作最偉大的詩人，深受 20 世紀其他重要歐美詩人的推崇。他在《新月集》中有言：「當我的聲音因死亡而沉寂時，我的歌仍將在你活潑的心中唱著。」

12.1.3　索因卡、馬富茲、葛蒂瑪、柯慈

這四位是獲得諾貝爾文學獎的非洲作家，後二人是南非白人。

⑴**索因卡**（Akinwande Soyinka, 1934- ）在尼日利亞是最負盛名的劇作家、小說家和詩人。他出身在一個以祭祀典禮歌舞著稱的土著部落，這種傳統令索因卡從小就對戲劇發生

興趣。他在當地的英文學校及英國的大學英文系受教。索因卡以戲劇見長，他的劇作兼具諷刺及悲憫的特點，代表作是《路》（*The Road*）。此劇發生在不到一個上午的短暫時間內，空間則未超出教堂邊一間名為「車禍商店」的小棚屋。就在如此有限的時間及空間內，劇中排出一系列角色離奇人生經歷及追憶。《路》一劇結合了非洲的部落文化傳統及西方存在主義的戲劇藝術技巧。基本說來，英語創作的索因卡，在戲劇及小說上都表現了複雜的時間結構，不只是現在、過去及未來的交錯運作，甚至有「過去的過去」這一更複雜的時段。他在 1986 年成為第一個獲得諾貝爾獎的非洲作家，得獎的原因是創作的複雜性、哲理性，及非洲文化與土地的深根性。

⑵埃及人**馬富茲**（Naguib Mahfouz, 1911-2006）在 1988 年以 77 歲高齡，成為世界上唯一以阿拉伯文寫作而得到諾貝爾文學獎者。埃及人在 6,000 年前曾有世界最早出現的文化及文學，到了西元前 1 世紀，埃及被羅馬帝國征服後，漸次同化於阿拉伯民族及伊斯蘭文化，埃及文學遂成為阿拉伯文學之一部分。馬富茲在開羅大學畢業後，長期供職政府機構，業餘從事寫作，近 70 年的創作生涯中共產生 40 本小說、 30 本劇作。他的小說創作可分三個階段：歷史小說、現實主義小說及現代主義小說。最重要的作品是《開羅三部曲》（*The Cairo Triology*），以三個街名為小說的三本書名：《宮間街》（*Palace Walk*）、《蕭閣宮街》（*Palace of Desire*）及《蘇卡利亞街》（*Sukkariyah* 或 *Sugar Street*）。這部 1957 年出版的三部曲，反映了一個中產階級埃及伊斯蘭教家庭三代人民不同的理想、命運、及生活變遷。這三代人的出生、成長、衰老、死亡，以及他們的日常生活都有生動的刻劃，書中當然也描繪了社會、政治及文化的變化。這部小說被推崇為阿拉伯文

世界 20 世紀最偉大的小說。書寫就後他停筆 5 年，這是因為 1952 年荒淫無道的法魯克王被推翻，馬富茲認為舊社會已告結束而失去批評對象，創作意念冰消，寫作生涯已至盡頭。

然而二年後，《我們區內的孩子們》（*Children of Gebelawn*）出版，馬富茲以寓言的形式來敘述世界三大一神教——猶太教、基督教及伊斯蘭教的故事，書中言及宗教與科學的衝突及並存問題。馬富茲意圖以科學代替宗教，並批判神話、迷信及落伍，又以寓言隱喻言論自由被箝制。可想而知，這種小說一出版，立即在伊斯蘭教界產生強烈反應。埃及政府及時列為禁書，馬富茲本人並遭恫嚇。然而馬富茲更進一步發言袒護盧西迪（Salman Rushdie, 1947- ）。盧西迪是因《魔鬼詩篇》（*The Satanic Verses*）而被柯梅尼教主下令格殺，懸賞取他頭顱的印度裔英國詩人。由馬富茲不畏惡勢力的發言，可見他的人格。但第一個站出來譴責盧西迪事件的是 2006 年的諾貝爾文學獎得主帕慕克（Orhan Pamuk, 1952- ），他是土耳其的小說作家。

到了 60 年代，馬富茲已功成名就，卻開始重新思考寫作方式，以西方的象徵主義、意識流、荒誕超現實手法描繪埃及現實社會，他稱之為「新寫實創作」（new realistic writing）。他的探索及創新帶動了整個傳統保守的阿拉伯文壇，至今他已被譽為現代阿拉伯文學最偉大的作家。他在 1994 年 83 歲時曾被兩名伊斯蘭教狂熱分子刺傷。2006 年以 95 歲高齡去世。

⑶**葛蒂瑪**（Nadine Gordimer, 1923- ）及**柯慈**（John Coetzee, 1940- ）分別是 1991 及 2003 諾貝爾文學獎得主的南非白種人小說作家。兩人都得過英國最重要的「布克獎」（Booker Prize）。布克獎只頒給在大不列顛國協、愛爾蘭共和國及南非產生的長篇小說，是為了對抗法文的龔固爾獎而創

設於 1968 年。他們兩位也都對南非獨立前的種族隔離政策
（apartheid）持反對意見，並把這種人道的觀點融入他們的小
說中。

　　葛蒂瑪 15 歲即在雜誌上發表第一篇短篇小說。她以《自
然保育者》（*The Conservationist*）獲布克獎，在我國出版的譯
本小說有《我兒子的故事》（*My Son's Story*）、《偶遇者》
（*The Pickup*）及《朱利的族人》（*July's People*）。她的文筆清
晰、冷漠，儘量不感情外露，這種冷筆也就是她的特徵。她
的小說常述及公眾事物如何影響個人的生活，青年的純真理
想如何逐漸腐化衰逝。

　　柯慈是荷蘭裔的南非人，曾在美國念大學，之後在南非的
大學教文學及寫文評，翻譯荷蘭文作品。兩度獲得布克獎，重
要小說有《麥可‧K 的生命與時代》（*Life and Times of Michael
K.*）、《等待野蠻人》（*Waiting for the Barbarians*）及《屈辱》
（*Disgrace*）。《屈辱》是敘述在大學任教的大衛因醜聞而失去
名聲、工作及親情，女兒也被侵入黑人強姦成孕，形成雙重屈
辱。但他卻在農莊大地找到了生命和安寧。柯慈寫作的基本主
題是種族隔離政策的價值觀念及行為。他認為這種制度可能出
現在世界任何一個地方，迫害任何一個種族。

12.2　拉丁美洲文學

　　拉丁美洲是指美國以南，使用西（絕大多數）、葡、法三
種拉丁語系的國家。拉丁美洲曾有四位詩人獲得諾貝爾文學
獎：1945 年獲獎的智利女詩人密絲特拉兒（Gabriela Mistral,
1889-1957），1971 年獲獎的智利男詩人聶魯達（Pablo
Neruda, 1904-73）。密絲特拉兒的詩描寫了印第安人苦難的生
活。聶魯達較為我國讀者熟悉，他的自傳中譯本曾在台灣出
版。因是共產黨員，他曾在智利政府右傾時藏身數年，這幾

年隱蔽生活對他寫作大有助益。另外兩位一是 1967 年獲獎的瓜地馬拉詩人**阿斯圖里亞斯**（Miguel Asturias, 1899-1967）及 1990 年得獎的墨西哥詩人**帕斯**（Octavio Paz, 1914- ）。帕斯的出名詩作是《太陽石》（*Sun Stone*），此詩讚嘆古代文化，並抒發詩人對祖國山河大地的激情。此外西印度群島有一位以英文寫詩的黑人作家**沃克特**（Derek Walcott, 1930- ），在 1992 年得到諾貝爾文學獎，他的詩描繪了加勒比海的風土。

除了這四位詩人外，拉丁美洲最有名的作家**馬奎斯**（Garcia Marquez, 1928- ），是魔幻寫實主義的小說代表作家。此外近年有位英籍千里達島的小說家**奈波爾**（V. S. Naipaul, 1932- ），以《大河灣》（*A Bend in the River*）及《畢斯華士先生之屋》（*A House for Mr. Biswas*）出名，得到包括布克獎在內不少的重要英文小說獎項，並在 2001 年獲得諾貝爾獎。基本上沃克特及奈波爾均不算拉丁美洲作家。

12.2.1　魔幻寫實主義文學與馬奎斯

西方文化傳統自希臘開始即標榜理性、人道、民主、現實，在文學上不提倡放縱情感，18 世紀的新古典主義就是以理性為主。19 世紀初的浪漫主義一反過去兩千年以上的理性傳統，而主張解放情感及創作自由。19 世紀中葉興起的寫實主義又恢復理性的基調。之後在 20 世紀展開的現代主義及存在主義文學均有反理性的明確傾向。而在 20 世紀中葉開始蓬勃的拉丁美洲魔幻寫實主義，是結合理性的寫實及非理性的魔幻匯成的文學思潮。

魔幻寫實主義（Magic Realism）一詞源自繪畫，1925 年德國藝術評論家佛朗茨‧羅（Franz Roh）首用此詞解釋德國後期表現主義的繪畫風格。以魔幻寫實形容一種變動而又恆常、存在又消失、真實與魔幻並存的意境。1948 年委內瑞拉

小說家**皮耶德里**（Arturo Pietri, 1906-2001）首用此詞解說該國反現實規範的小說潮流。此後，魔幻寫實成為拉丁美洲小說的特色標記。近年中國大陸的作家亦隨後跟上，出品了不少魔幻寫實的小說，陳忠實的《白鹿原》甚至獲得「魯迅文學獎」。

　　魔幻寫實受到了超現實主義文學的影響，不同的是超現實主義以超越現實為基礎寫作；而魔幻寫實仍以現實為基礎，附加魔幻的神祕色彩。如與幻想小說（Fantasy Fiction）或科幻小說（Science Fiction）相比，基本上幻想小說或科幻小說描繪的是另一種制度的世界、異樣性質的生活；魔幻寫實主義小說則是將現實世界與歷史及神話融合，注入夢幻的色彩。在這類型的小說中，荒誕與現實是一體的兩面；人物也採二分法，在不同的空間切分為複雜的本尊與分身。如此寫實是小說的背景，魔幻是技巧的運用。因為拉丁美洲的歷史、地理、自然、神話與傳奇等文化仍處於神祕待開發的異地，將這些題材轉變成小說，自然形成更吸引人的文字。

　　馬奎斯（Garcia Marquez, 1928- ）是魔幻寫實主義最重要的作家，其他著名魔幻寫實小說作家有古巴的**卡本迪爾**（Alejo Carpentier, 1904-80）、阿根廷的**波赫士**（見第八章）及智利的**阿言德**（Isabel Allende, 1942- ）。馬奎斯出生在哥倫比亞一個小鎮上的中等家庭。父親是鎮上報務員，他的童年在外祖父母家度過。外祖父曾參加內戰，是退役上校，外祖母則講給他聽過許多民間鬼怪故事。這段童年生活充滿了幽靈鬼怪，以後成為他創作的泉源。他在大學讀法律及新聞，畢業後選擇記者生涯，被派往歐洲及拉丁美洲工作。他在 1961年出版他自認最得意之作《沒人寫信給上校》（*No One Writes to the Colonel*）。寫一位曾建功勳退役的老上校，在貧困與孤獨中，每日祈盼郵船帶給他信件及退休金，15 年過去卻一無

所獲。此小說全部寫實，沒有任何魔幻在內。1967年馬奎斯耗時18年完成的《百年孤寂》（*One Hundred Years of Solitude*）出版，奠定了他的世界性名聲，此書被譯成30多種文字，行銷總數至今超過一千萬冊。之後他又出版了《獨裁者的秋天》（*The Autumn of the Patriarch*）及《愛在瘟疫蔓延時》（*Love in the Time of Cholera*）。1982年他被頒予諾貝爾文學獎，得獎後他宣稱最崇拜的作家是福克納及海明威。

《百年孤寂》敘述邦迪亞（Buendia）家族六代一百年的興衰史。第一代老邦迪亞帶妻兒翻山越嶺在沼澤叢林地建立了他名為馬康多（Macondo）的家園。自此展開馬康多及邦迪亞家族的盛衰歷史。在這些描述中，每個人物、每次事件均處在過去、現在及未來的時間循環與回歸中。一百年後，又回到了原地，是個大循環怪圈。在這百年中，這個家族有亂倫、32次革命起義、大雨不停近5年、許多的死亡、瘟疫，還有飛毯載人飛行、大磁鐵吸走街道兩旁屋子內所有的鐵鍋盆、大屠殺中機槍掃射密集的群眾卻刀槍不入……這些魔幻的奇象。馬康多的社會是個政治腐敗、愚昧窮困及保守封閉的世界。《百年孤寂》書名的第二層深意是孤獨。孤獨的精神是這個家族的共同性，代代相傳。這種個體的孤獨也削弱了他們社會的凝聚力。實際上，拉丁美洲是世界上開發最晚的地區之一，馬奎斯的祖國哥倫比亞更是販毒、專制、落後、封閉之地。拉丁美洲有許多印第安人代代深信生命存在於死亡中，死亡是生命延續的一個階段。換而言之，生命與死亡並不如我們想像的那麼絕對。小說中有些細膩的情節就體現了這種觀念，比如第六代的奧良奴上校晚年不停為自己織裹屍布。

馬奎斯在文字藝術上使用了一些象徵，比如黃色、蝴蝶及螞蟻分別象徵死亡、愛情及毀滅。誇大及荒誕的筆法顯現

了魔幻現實的特質。而在寫實作品中，沿用巴洛克風格優美瑰麗而獨特的詞句，更給《百年孤寂》帶來了迷人的魅力。小說一開始就是一句經典名言：「許多年後，當邦迪亞上校面對行刑隊時，他將想起他父親帶他去找冰塊那個遙遠的下午。」故事以另一段名言結尾：「……因為遺稿預言，當他看完遺稿時，這個鏡花水月的幻象城鎮將被狂風掃去，由人們的記憶中消失。書上所寫的一切，從遠古到永遠，不會再重演。因為被判定百年孤寂的家族，在這地球上是不會再有第二次機會的。」

於是，這部史詩性，撲朔迷離的魔幻神奇小說，以各種角度反映了馬奎斯想表現的拉丁美洲世界，也豐富了讀者深沉的想像。

課文複習問題

1. 簡述世界四大古文學。
2. 泰戈爾有哪些重要詩集？特色為何？
3. 魔幻寫實文學的特色為何？
4. 如何由「百年」及「孤寂」了解馬奎斯的《百年孤寂》的寓意？

思考或群組討論問題（課文內無答案）

1. 比較四大古文學中神話所佔的份量。
2. 為何魔幻寫實文學在中國大陸比較風行？
3. 比較20世紀東西二大詩人泰戈爾及艾略特的詩。

附錄一 西方古典音樂 Classical Music 簡介

　　西方古典音樂全以歐洲為主，重要作曲家無一美籍。古典音樂始自 1450 至 1910 年。古典音樂的定義是「一般大眾咸認重要作曲家所作之樂曲。」音樂史家將西方音樂分為七個時期。

　　1.中世紀音樂 Medieval（至 1400 年為止）

　　2.文藝復興音樂 Renaissance（1400-1650）

　　3.巴洛克音樂 Baroque（1650-1750）

　　4.古典主義音樂 Classical（1750-1820）

　　5.浪漫主義音樂 Romantic（大約 1820-1910）

　　6.印象主義音樂 Impressionist（1870-1915）

　　7.現代主義音樂 Modern（1910 至今）

　　實際上重要古典音樂只包括了 3、4、5 三個時期。音樂分為聲樂（人聲為主，如歌劇、歌曲、合唱等）及器樂（如交響樂〔Symphony〕、室內樂〔Chamber Music〕、奏鳴曲〔Sonata〕、協奏曲〔Concerto〕等）。重要作曲家除歌劇（義大利為主）外，絕大多數為德國人及奧地利人（亦為德語系統）。

交響樂團 Orchestras

　　第一個交響樂團 1743 年創於德國萊比錫城，發展至今交響樂團多以城市為主。樂團人數由 25 人至 120 人，平均約 60 名演奏者，其中一半至三分之二為弦樂演奏家（小、中、大提琴及豎琴）；管樂器包括鋼琴、喇叭、單簧管、雙簧管、長笛、短笛、銅角、小號；另外還有鼓、鑼。弦樂器排在樂

團最前方，中間是管樂器，鑼及鼓排在最後方。換言之，音響愈大排在愈後方。目前美國最好的交響樂團排列如下：

1.**紐約愛樂交響樂團**（New York Philharmonic Orchestra）：名指揮家馬勒（Gustav Mahler）、托斯卡尼尼（Arturo Toscanini）及伯恩斯坦（Leonard Bernstein）均曾擔任過指揮。

2.**波士頓交響樂團**（Boston Symphony Orchestra）：日裔小澤征二（Seiji Ozawa）曾任指揮。

3.**舊金山交響樂團**（San Francisco Symphony Orchestra）

4.**費城交響樂團**（Philadelphia Orchestra）：尤金·奧曼地（Eugene Ormandy）曾任指揮達 42 年之久。

5.**克里夫蘭交響樂團**（Cleveland Orchestra）

6.**芝加哥交響樂團**（Chicago Symphony Orchestra）

巴洛克時期（1650-1750）

古典音樂在此時期逐漸成形。室內樂（Chamber Music）盛行，音樂受宗教影響。重要作曲家如下：

1.**巴哈**（Johann Sebastian Bach, 1685-1750）——巴洛克時期最重要之作曲家，德國人，咸認他去世那年即為巴洛克時期之終止。重要作品有《布蘭登堡協奏曲》（*Brandenburg Concertos*）及《聖馬太受難曲》（*St. Matthew Passions*）。被稱為「音樂之父」。

2.**韓德爾**（Georg Friedrich Handel, 1685-1759）——德國人，但後來如此英國化，死後葬在倫敦之西敏寺（Westminister Abbey）。為《彌賽亞》（*Messiah*）大合唱及《水上音樂》之作曲者。

3.**韋瓦第**（Antonio Vivaldi, 1675-1741）——義大利作曲家，創作甚豐。

古典時期（1750-1820）

鋼琴開始使用，樂曲比巴洛克時期要複雜，樂隊要大許多，注重團體演出，而非個人技巧；歌劇（opera）、協奏曲（concerto）、奏鳴曲（sonata）及交響樂（symphony）開始盛行。重要作曲家如下：

1.海頓（Franz Joseph Haydn, 1732-1809）——德國作曲家，有「交響樂之父」之稱，共作104首交響樂，著名的有《倫敦》、《時鐘》、《軍隊》、《驚愕》及《玩具》等交響樂。

2.莫札特（Wolfgang Amadeus Mozart, 1756-91）——德語系統的奧地利人，出生在薩爾斯堡（Salzburg），只活35歲。神童，4歲彈琴，5歲作曲，6歲登台為主要演奏者，9歲譜出第一首交響樂，14歲他所作歌劇正式演出。他能在腦中把整首交響樂譜出，然後才寫上樂譜。被教皇封為騎士，少年時即名滿全歐洲，短短一生做了600件音樂，包括20部歌劇（最有名的是《魔笛》〔*The Magic Flute*〕、《費加洛婚禮》〔*The Marriage of Figaro*〕及《喬凡尼》〔*Don Giovanni*〕），50首交響樂（著名者如《朱比特交響樂》〔*Jupiter Symphony*〕）。其他如多首序曲（Overture），及管弦樂「夜曲」（Nachtmusik）等均膾炙人口。他除音樂外，其他才藝平平，作人技巧極不佳，身體衰壞極快。1791年有神祕客請他寫「安魂曲」（Requiem），他認為是為自己葬禮所寫，未完成即去世。僅次於貝多芬，是西人評價最高，最被世人喜愛的音樂家。

3.貝多芬（Ludwig van Beethoven, 1770-1827）——德國人，被稱為「樂聖」，過世後近180年，仍是古典音樂的中心人物。一生中長期生病，經濟情況不順，愛情不順，童年不幸，30歲即開始逐漸耳聾。他把他的不幸與憤怒傾注到音樂

上，也是阻止他有時想要自殺的因素。他出生在德國的音樂家庭，20歲去奧地利之首府維也納，終其生於此城。他的一生曾被法國作家羅曼·羅蘭寫成小說《約翰·克利斯多夫》（*Jean-Christopher*）。

他的重要作品有九大交響曲，其中第三《英雄》（*Eroica*，此曲本為獻給他最崇拜的拿破崙，後因拿破崙稱帝而易名為《英雄交響曲》）、第五《命運》、第六《田園》（*Pastoral*）、第九《合唱》（*Choral*）最有名。鋼琴《皇帝協奏曲》（Piano Concerto No.5, *Emperor*），《D大調小提琴協奏曲》（與布拉姆斯及柴可夫斯基的D大調合稱小提琴三大「D大調」。如果再加上孟德爾頌的E小調，則合稱四大小提琴協奏曲），歌劇《費特里奧》（*Fidelio*，是他唯一的歌劇），鋼琴奏鳴曲《悲愴》（*Sonata Pathetique*）、《熱情》（*Sonata Appassionata*），及《月光》（*Sonata Moonlight*，後人編加之名），室內樂《克羅采奏鳴曲》（*Kreutzer*），鋼琴獨奏曲《給愛麗絲》（*Fur Elise*），小提琴曲《羅曼斯》（*Romance*）、《克里奧蘭序曲》（*Coriolan Overture*），及《利奧諾瑞序曲》（*Leonore Overture*）、《愛格蒙特》（*Egmont*）等。

第九交響樂（《合唱》）首演時，貝多芬已全聾，最後合唱完成後，觀眾全體起立熱烈鼓掌叫好，貝氏站在指揮台上茫然不知，直至一名小提琴手推他轉身，他才看到首演成功的反應。

4.羅西尼（Gioacchino Rossini, 1792-1868）──義大利歌劇作家。《塞維里理髮師》（*The Barber of Seville*）及《威廉特爾序曲》（*William Tell Overture*）作者。

浪漫主義時期（大約 1820-1910）

此時期是古典音樂最重要的時期，也出了最多的著名音

樂家,甚至貝多芬也被劃入此時期。此時期古典音樂由宮廷及富人之沙龍傳入中產階級,圓舞曲(Waltz)亦興起。此時期的作曲不再如前期那麼注重對稱、結構及技巧,而是注重個人的表現及創意。此時期之作曲家常自視覺(繪畫、雕刻及建築)、詩及文學中攝取靈感,作品極重感性,令聽眾激動。樂團也由二十人擴充為上百人,交響樂曲變得較長。一些音樂不出名的國家也產生了以國家民族為題材的音樂,如**西貝流士**(Sibelius,《芬蘭頌》作者)、**葛里格**(Grieg,挪威人,《皮爾金特組曲》〔*Peer Gynt Suite*〕作者),及**德弗札克**(Dvorak,捷克之波西米亞人,《新世紀交響樂》作者)。重要的歌劇在此時產生,以義、德為主。除貝多芬外,有以下重要音樂家:

1.**舒伯特**(Franz Schubert, 1797-1828)——奧國人,終生未離開奧京維也納。只活31歲,共創634首藝術歌曲,重要作品有〈聖母頌〉(Ave Maria)、〈小夜曲〉(Serenade)、〈菩提樹〉、〈鱒魚〉、〈野玫瑰〉等歌曲及《未完成交響樂》。

2.**孟德爾頌**(Felix Mendelssohn, 1809-47)——德國猶太人,亦只活38歲,知名作品有《仲夏夜之夢》(*A Mid-Summer Night's Dream*)、《義大利交響曲》、《蘇格蘭交響曲》、藝術歌曲〈乘著歌聲的翅膀〉、《E小調小提琴協奏曲》等。

3.**蕭邦**(Frédéric Chopin, 1810-49)——波蘭鋼琴作曲家,39歲死於肺病。與法國小說作家喬治·桑(George Sand,女性用男人筆名)之戀愛膾炙人口。重要作品均為未標明之鋼琴作品,包括《波蘭舞曲》(*Polonaise-Fantaise*)。

4.**舒曼**(Robert Schumann, 1810-56)——德國作曲家,音樂評論及理論家。《萊茵河交響樂》(*Rhenish Symphony*)作

者。

5.**李斯特**（Franz Liszt, 1811-86）——匈牙利人，當時最好的鋼琴演奏家。《匈牙利狂想曲》（*Hungarian Rhapsodies*）作者，作品如蕭邦以鋼琴為主。

6.**華格納**（Richard Wagner, 1813-83）——德國人，世界上最重要歌劇作家。第一首歌劇《飛行的荷蘭人》（*The Flying Dutchman*）完成於 20 歲，之後又譜出《湯懷瑟》（*Tannhaüser*）及《羅安格林》（*Lohengrin*，今日每個婚禮開始時用的〈結婚進行曲〉即出自此歌劇，婚禮結束時用的是孟德爾頌的《仲夏夜之夢》中一段）、《紐崙堡名歌手》（*Die Meistersinger von Nürnberg*）、《崔斯坦及伊索底》（*Tristan und Isolde*）、《巴西法拉》（*Parsifal*）及他的里程碑歌劇系列《尼布龍指環》（*Der Ring des Nibelunger*）：《尼》劇分四部分為「萊茵河黃金」（Das Rheingold）、「女武士」（Die Walkure）、「齊格菲」（Siegfried）及「諸神之黃昏」（Götterdämmerung，英文是 Twilight of the Gods）。

華格納人品極壞，卻是世界上最偉大的歌劇作曲天才。他歌劇多取材自德國及北歐神話，以日爾曼民族的高貴及勇敢為榮，並警告日爾曼民族不要被外族（如猶太人）所污染及造成血統上的混淆。希特勒執政後大肆推崇華格納及哲學家尼采為德意志優越種族之楷模人物，每年到華格納最後居地拜魯斯（Bayreuth）朝拜。華格納認為音樂應該有宏偉、史詩及神話性質，充滿情感，生動及有象徵性及獨立性。在歌劇（Opera）上（歌劇是 Music Drama），音樂不只是戲劇的配樂，而是戲劇的一部分。換言之，音樂與劇本同格。華格納將神話、哲學、史詩及心理學結合到歌劇裡，無疑是有史以來最偉大的歌劇作家。尼采比華格納小 31 歲，成為忘年之交，後來兩人交惡，尼采又對華氏大肆攻擊。華氏下葬之地

拜魯斯每年有一歌劇季，專上演華氏之作。

7.**布拉姆斯**（Johannes Brahms, 1833-97）──德國音樂家以管弦樂、交響樂為主要作品。知名樂曲有《大學序曲》（*Academic Festival Overture*）、《匈牙利舞曲》（*Hungarian Dances*）、《D大調小提琴協奏曲》。與巴哈、貝多芬合稱「三B」（The Three B's）。

8.**柴可夫斯基**（Peter Tchaikovsky, 1840-93）──俄國作曲家。最有名的芭蕾舞曲作家，三大芭蕾舞曲為《天鵝湖》（*Swan Lake*）、《睡美人》（*The Sleeping Beauty*）及《胡桃鉗》（*The Nutcracker*）。其他著名樂曲有《1812年序曲》（*1812 Overture*）、第六號《悲愴交響曲》（*Pathetique Symphony*）、《羅密歐與茱麗葉序曲》（*Romeo and Juliet Fantasy Overture*）、《降B小調第一號鋼琴協奏曲》、《D大調小提琴協奏曲》、歌劇《尤金‧奧尼琴》（*Eugene Onegin*）等。柴可夫斯基的作品常融入俄國民謠及俄國的精神。《1812年序曲》是以法國人拿破崙攻入俄都莫斯科為背景。

9.**史特勞斯**（Johann Strauss Jr., 1825-99）──奧地利人，被稱為「圓舞曲之王」（the Waltz King）。一生創作圓舞曲四百多首。最出名的有〈藍色多瑙河〉（The Blue Danube Waltz），及〈維也納森林〉（Tales from the Vienna Woods）。他的父親及弟弟亦為知名圓舞曲作曲家。這個家族與20世紀初德國作曲家理查‧史特勞斯（Richard Strauss，輕歌劇《玫瑰騎士》〔*Der Rosenkavalier*〕作者）無關。

10.**威爾第**（Giuseppe Verdi, 1813-1901）──義大利哥劇作家，與華格納同年出生，被稱為「歌劇之父」。重要作品有《阿依達》（*Aida*）、《茶花女》（*La Traviata*）、《弄臣》（*Rigoletto*）、《奧塞羅》（*Otello*）、《遊浪詩人》（*Il Trovatore*）等。

11.普契尼（Giacomo Puccini, 1858-1924）——義大利歌劇作曲家。重要作品有《蝴蝶夫人》（*Madam Butterfly*）、《波希米亞人》（*La Boheme*）、《托斯卡》（*Tosca*）、《杜蘭朵公主》（*Turandot*，未完成即去世）。他的歌劇旋律優美，多以女性為主角，而且是悲劇收場。

12.林姆斯基—高沙可夫（Rimsky-Korsakov, 1844-1908）——俄國作曲家，《天方夜譚組曲》（*Scheherazade*）作者。

13.比才（George Bizet, 1838-75）——法國作曲家，歌劇《卡門》（*Carmen*）為世界上演出最多之歌劇。只活36歲，否則可能更有成就。

印象主義時期（1870-1915）

此時期音樂放棄原有複雜作曲技巧，走向單純，常以田園、大海、風景等為主題。音樂以感覺為主，不講求旋律及背後的哲學或象徵意義，聽者以自己的印象做詮釋及發揮。主要作曲家有法國人**德布西**（Claude Debussy，《海》〔*La Mer*〕作者），此時期音樂旋律不及前期優美悅耳，故而不甚出名。

現代主義時期（1910迄今）

全為次級作曲家及作品。幾位俄國作曲家較出名，如**蕭斯塔科維奇**（Shostakovich）、**史特拉文斯基**（Stravinsky，芭蕾舞劇《火鳥》〔*Firebird*〕作者）等。此期音樂旋律及作曲技巧均不比前期。實際上，20世紀並無重量級古典音樂作曲家出現。此時期美國最重要作曲家為**葛舒文**（George Gershwin, 1898-1937，《藍色狂想曲》〔*Rhapsody in Blue*〕作者）。

其他作曲家

　　有些作曲家可能未出大名或不被公認為一流重要作曲家，例如**韋伯**（Weber，德人，歌劇《魔彈射手》作者）；**董尼才悌**（Donezitti，義人，《愛情靈藥》歌劇作者）；**拉哈曼尼諾夫**（Rachmaninoff，俄人）；**帕格尼尼**（Paganini，義大利小提琴家）；**歐芬巴赫**（Offenbach，法人，歌劇《霍夫曼故事》作者）；**聖賞**（Saint-Saens，法人）；**古諾**（Gounod，法人，歌劇《浮士德》作者）。

附錄二　簡介西方繪畫

　　繪畫及雕刻多為具象，20世紀以後才有大量抽象繪畫（abstract paintings）出現。而屬藝術另一形式的文學，則通過抽象的文字作表達。亦是藝術的另一形式的音樂則以聽覺，而非視覺作反應及欣賞。這是它們基本的不同之處。西方繪畫依時序概分為十一個時期。中古時期之前因無重要畫家及記載，故不包括在簡介之內。此十一時期分述如下：

一、後中古時期 High Middle Age

　　此時期繪畫以基督教義詮釋為主，平淡嚴謹，並不重視人性。主要是拜占庭藝術（Byzantine Art）之後羅馬時期藝術。此時期繪畫所表達對上帝的敬畏，乃是彼時封建制度所殷切企望。此期繪畫以義大利為主。繪畫主題是精神性的、宗教性的、神祕性的，而非人世間的現實性。

二、哥德時期 Gothic Period

　　13世紀後期在義大利萌芽。此時期封建制度逐漸在解體中，封建制度所倡導的嚴格、封閉、宗教性逐漸被修正。藝術家開始以凡人生活作創作背景，增加了寫實性。中北歐亦加入哥德繪畫的陣容，尤其比利時的Flemish畫派影響頗大。

三、文藝復興時期 Renaissance

　　此時期不是以神為主，而是以人為主。人的生活、美感、道德、宗教信仰、理性均在此時期主導繪畫。15世紀在義大利展開，中心是佛羅倫斯。主要畫家有**達文西**（Leonardo da Vinci, 1452-1519，「蒙娜麗莎」〔Mona Lisa〕、「最後的晚餐」〔The Last Supper〕作者）、**米開朗基羅**（Michelangelo, 1475-1564，也是重要雕刻家，作品包括在梵蒂岡教廷〔Sistine Chapel〕天花板所繪之聖經「創世紀」，以及雕刻「彼泰」〔Pieta〕，即聖母抱耶穌遺體之雕像）以及**拉斐爾**（Raphael, 1483-1520）。米開朗基羅被視為以往最偉大的雕刻家。而現代最偉大的雕刻家則被公認為法人**羅丹**（Auguste Rodin, 1840-1917）。羅丹重要作品有「地獄大門」（Gates of Hall）、「沉思者」（The Thinker）、「吻」（The Kiss）。羅丹之學生，後為女友之**克勞黛**（Camille Claudel）亦為知名雕刻家。羅丹生前即出大名，賺大錢，與馬克·吐溫、聖賞同時被牛津大學贈與榮譽博士學位，英皇愛德華七世亦曾到法國拜訪他。

四、風格主義 Mannerism

中心仍在義大利之羅馬，年份大約是 1550-1600 年間。作風反古典畫法，強調形式的奇巧，而輕視內容。在 1520 年開始至 1600 年結束，重要畫家有西班牙人**葛利科**（El Greco, 1541-1614）。繪畫特色為頭腳小，形體長，具有動態，表現出反宗教改革與緊張，不安，熱情的心態。

五、巴洛克藝術 Baroque Art

由羅馬開始，但普及全歐，重要畫家有比利時人**魯班**（Peter Paul Rubens, 1577-1639）及荷蘭人**蘭布倫特**（Rembrandt, 1606-69）。此畫派延至 17 世紀末才結束。畫風反文藝復興時期之嚴肅、含蓄、平衡，轉為傾向於豪華浮誇。在教堂及宮殿中把建築、繪畫及雕刻結合為一個整體，在這三方面都追求動勢與起伏，企圖造成幻象。

六、洛可可時期 Rococo

18世紀初由法國開始，受中國畫影響，亦受自然植物（如葉子、樹枝的形狀）影響，許多人認為只屬巴洛克藝術之末期。畫風纖細，輕巧，華麗和繁瑣的裝飾性；喜用C形、S形或漩渦形的曲線和清淡的色彩。

七、新古典主義 Neoclassicism

以希臘羅馬古典作品為典範。畫風趨嚴肅，理智，恢復古典羅馬的形式，不同於希臘文化的知性及富創造性。此時代之來臨受美國獨立（1776）及法國大革命（1789）之影響。新古典主義不久即被富感性的浪漫主義所取代。新古典畫風與端莊嚴肅的拿破崙趣味相投，重視形式的統一與理智調和，表現輪廓明晰，注重素描。

八、浪漫主義 Romanticism

表現強烈個人主觀情感及幻想，不受畫派及藝術理論限制，反對機械文明。主要畫家有英人**布雷克**（William Blake, 1757-1827）及西班牙畫家**哥雅**（Francisco de Goya, 1746-1828，「裸女瑪雅」〔The Nude Maja〕畫者）。法人**德拉克洛瓦**（Eugene Delacroix, 1798-1863，領導民眾的「自由女神」〔Liberty Leading the People〕作者）。法人**傑里柯**（Theodore Gericault, 1791-1824，「梅杜薩之筏」〔Raft of the Medusa〕作者）。

九、寫實主義 Realism

19世紀中葉在法國開始，受照相及科學發展影響。此畫派不注重精神層面，宣稱一切以科學為根據，而非以人的直覺及想像來作畫。重要畫家有**米勒**（Jean-François Millet，法

人，「拾穗」〔The Gleaners〕作者）。他的畫明確地反映出農人勞苦的生活現實。現實主義與自然主義（Naturalism）在繪畫上無區別。自然主義描繪大自然，聚居巴黎東南方楓丹白露森林的巴比松畫派（或稱楓丹白露派〔Fontainebleau〕）即屬自然主義畫派。

十、印象派 Impressionism

19世紀末期在法國產生。絕大多數傑出畫家為法國人，故又通稱法國印象派（French Impressionism）。此派捕捉瞬間光影變化，及光線對氣氛的影響，不太注重細節工筆。此派之名乃來自莫內（Claude Monet, 1840-1926）之名畫「日出：印象」（Impression ： Sunrise）。此派對20世紀繪畫影響不小，雖已有一百多年歷史，至今仍為最被喜愛及接受之畫派。主要畫家有**馬奈**（Edouard Manet, 1832-83）、**特嘉**（Edgar Degas, 1834-1917）、莫內、**摩里索**（Berthe Morisot, 1841-95，女畫家）、**雷諾瓦**（Auguste Renoir, 1841-1919）、**畢沙羅**（Camille Pissarro, 1830-1903）、**塞尚**（Paul Cezanne, 1839-90）、**梵谷**（Vincent van Gogh, 1853-90，荷蘭人，但主要在法國作畫）、**西斯勒**（Alfred Sisley, 1839-99）、**秀拉**（Georges Seurat, 1859-91）。其中梵谷最被世人稱許，卻是個荷蘭人。他37歲自殺身亡，生前未售一畫。他和弟弟Theo的通信成為有名書簡集。他與好友**高更**（Paul Gauguin, 1848-1903，法人，在大溪地作畫多年）爭吵後曾自割一耳洩憤，最後住進瘋人院。

十一、前衛藝術 The Avant-garde

可能稱之為現代藝術（Modern Art）比「前衛藝術」更恰當。19世紀最後的數年，「現代主義」（Modernism）興起，

在藝術及文學方面深受佛洛伊德心理學之影響，繪畫及雕刻開始出現抽象繪畫及雕刻。此時期之繪畫有極不同之多種表現方式，而畫家也在尋求新的創造方式及新的思想背景，尋求新的突破。許多新的流派均在這短短的一百年內出現。「常見」之畫家及畫派例舉如下：

1.**馬諦斯**（Henri Matisse, 1869-1954，法人），野獸派（Fauvisme）代表人物。

2.**勃拉克**（Georges Braque, 1882-1967，法人），與畢卡索共創立體主義（Cubism）。

3.**夏卡爾**（Marc Chagall, 1887-1985，俄人，後成為法國畫家），超現實（Surrealism）畫家。

4.**康丁斯基**（Wassily Kandinsky, 1866-1944，俄人），抽象主義畫派創始人之一。

5.**米羅**（Joan Miro, 1893-1983，西班牙人），超現實主義畫家。

6.**達利**（Salvator Dali, 1904-89，西班牙人），超現實主義代表畫家。

7.**帕洛克**（Jackson Pollock, 1912-56，美國人），抽象表現派（Abstract Expressionism）主要人物，20世紀美國最傑出抽象畫家。

8.**安迪‧沃荷**（Andy Warhol，1930生，美國人），美國普普藝術（Pop Art）代表畫家。

9.**畢卡索**（Pablo Picasso, 1881-1973，西班牙人），雖在西班牙南部之瑪拉卡（Malaga）出生，卻早年即定居巴黎。是20世紀全世界最有創造力及影響力的畫家。早期在「藍色時期」及「粉紅色時期」，表現主題對窮人、流浪藝人、馬戲團人物深切同情。再受非洲黑人藝術影響進入「黑人時期」。後創立體主義畫派，1930年始又明顯傾向超現實主義。二次大

戰前後作「格爾尼卡」（Guernica）巨畫，結合立體主義、寫實主義及超現實主義風格。表現由戰爭引起的痛苦、受難及獸性，為其代表作。

　　此外，20世紀曾流行一時尚有如表現主義、達達主義、歐普藝術等數十不同畫派，不及一一備述。

中文人名索引（含日文人名）

英文人名索引

國家圖書館出版品預行編目資料

近代外國文學思潮／夏祖焯編著.
初版. -- 臺北市：聯合文學，2007〔民96〕
352 面 ；14.8×21 公分. -- （當代觀典；19）
含索引
ISBN 978-957-522-670-1（平裝）
1. 文學 - 歷史

810.9   96000474

019

當代觀典

近代外國文學思潮
Introduction to Modern World Literature

作　　　者／夏烈（夏祖焯）
發　行　人／張寶琴

總　編　輯／李進文　　　　業務部總經理／李文吉
責　任　編　輯／黃榮慶　　　　財　務　部／趙玉瑩
資　深　美　編／戴榮芝　　　　　　　　　　韋秀英
內　頁　版　型／黃祉菱　　　　人事行政組／李懷瑩
校　　　對／夏祖焯 施佩君 陳維信　版權管理／黃榮慶
法　律　顧　問／理律法律事務所
　　　　　　　　陳長文律師、蔣大中律師
出　　　版　　者／聯合文學出版社股份有限公司
地　　　址／臺北市基隆路一段178號10樓
電　　　話／（02）27666759轉5107
傳　　　真／（02）27567914
郵　撥　帳　號／17623526 聯合文學出版社股份有限公司
登　　記　　證／行政院新聞局局版臺業字第6109號
網　　　址／http://unitas.udngroup.com.tw
　　　　　　　　E-mail:unitas@udngroup.com.tw

印　　刷　　廠／鴻霖印刷傳媒股份有限公司
總　　經　　銷／聯合發行股份有限公司
地　　　址／231新北市新店區寶橋路235巷6弄6號2樓
電　　　話／（02）29178022
版權所有·翻版必究
出　版　日　期／2007年 1月　　初版
　　　　　　　　2016年12月15日　初版五刷
定　　　價／320元

ISBN-13 978-957-522-670-1（平裝）
《本書如有缺頁、破損、裝幀錯誤、請寄回調換》